Prix du Meilleur Polar des lecteurs de Points

Les éditions POINTS organisent chaque année le Prix du Meilleur Polar des lecteurs de POINTS. Pour connaître les lauréats passés et les candidats à venir, rendez-vous sur

wwww.meilleurpolar.com

Arni Thorarinsson est né en 1950 à Reykjavík, où il vit actuellement. Après un diplôme de littérature comparée à l'université de Norwich en Angleterre, il travaille pour différents grands journaux islandais. Il participe à des jurys de festivals internationaux de cinéma et a été organisateur du Festival de cinéma de Reykjavík de 1989 à 1991. Ses romans sont traduits en Allemagne et au Danemark.

DU MÊME AUTEUR

Le Temps de la sorcière
Métailié, 2007
et « Points Policier », nº P2016

Le Dresseur d'insectes
Métailié, 2008
et « Points Policier », nº P2255

Arni Thorarinsson

LE SEPTIÈME FILS

ROMAN

Traduit de l'islandais
par Éric Boury

Éditions Métailié

TEXTE INTÉGRAL

TITRE ORIGINAL
Sjöundi sonurinn
Published by agreement with Forlagid, www.forlagid.is

ISBN 978-2-7578-2506-8
(ISBN 978-2-86424-724-1, 1re publication)

– Ici, c'est le diable qui mène la danse, observa-t-il d'un air renfrogné. Il nous faudrait un miracle pour nous en sortir puisque nous n'agissons pas et que nous l'accueillons à bras ouverts.

Je murmurai une réponse tellement vague que je ne la comprenais pas moi-même.

– Vous voulez dire ici dans le Nord-Ouest ou dans toute l'Islande ?

– Tenez, il n'y a qu'à voir ce qui vient de se passer en ville.

– Eh bien, pour l'instant, nous ignorons de quoi il retourne exactement.

– Nous savons très bien que tout ce qui a lieu ailleurs finit par se produire également ici et la pire chose qui pouvait nous arriver, c'était d'être arrachés à notre isolement.

– Allons, l'isolement est l'antithèse de la liberté et la liberté est…

– Épargnez-moi vos fichus discours qui sonnent creux. La liberté ? Pour quoi faire ? Pour imiter tout ce qui bousille les gens partout dans le monde ? La cupidité, l'indifférence et l'irrespect.

– Nous n'en sommes tout de même pas encore à prendre exemple sur les attentats terroristes.

– Ah bon ? Enfin, ça dépend de ce qu'on appelle terrorisme.

– Ni sur les kidnappings.

– Il y a pourtant régulièrement des enfants qui sont arrachés à leur père.

Je m'apprêtai à protester et à arguer du bien-être des bambins en question.

– Ou à leur mère, d'ailleurs, ajouta-t-il en secouant la tête. Des enfants sont soustraits à leur famille, si ce n'est pas par l'autre parent, c'est par les services de l'État, et si ce ne sont pas les services sociaux qui s'en chargent, ce sont les publicitaires et les marchands de drogue.

– Il n'y a pas non plus de massacres.

– De quelle planète venez-vous donc ? Ici, à longueur d'année, c'est l'hécatombe dans les campagnes. C'est simplement plus insidieux qu'ailleurs. Vous êtes en ce moment même au beau milieu d'un massacre.

– En tout cas, il n'y a pas de meurtres en série.

– Nourrissez-vous d'illusions aussi longtemps que vous le pourrez ; elles ne tarderont à s'évanouir.

– Quel pessimisme ! Tout n'est quand même pas aussi sombre que ça.

– Ah bon ? renvoya-t-il, la main tendue vers sa boîte de tabac à priser posée sur la table. Seul un miracle peut nous tirer de cette mauvaise passe.

– Ouais. Et où on va le dégoter, ce fameux miracle ?

Il renifla le tabac qu'il s'était mis dans les narines.

– Nous n'avons plus qu'à nous en remettre au Sauveur.

Les sauveurs ne manquent pas en ce moment, pensai-je avec un haussement d'épaules. Et chacun d'eux se propose de nous apporter le bonheur, la beauté, la ligne, la santé, la richesse et, tant qu'on y est, la rédemption. Tout ça pour un prix modique.

Il semblait lire ma perplexité sur mon visage.

– Je vous parle du Sauveur avec un grand S.

Alors que j'observais le tabac qui lui coulait des narines comme deux filets de sang, ce n'était pas au Sauveur que je pensais.

– On n'a pas franchement l'impression que la demande soit très pressante, marmonnai-je d'un air absent. La plupart des églises sont à moitié vides, quand elles ne le sont pas complètement.

– C'est justement quand la demande est à son niveau le plus faible que le besoin est à son comble, conclut-il avant de se moucher vigoureusement.

J'avais en tête tout autre chose que lui.

Je pensais surtout à cet amour qui vous consume.

1

UN VENDREDI DE LA FIN OCTOBRE

Je me réveille tôt le matin qui suit l'incendie. J'ignore complètement que l'événement s'est produit pendant la nuit.

Du reste, ça n'a pas la moindre importance. La maison brûle.

On ne sait jamais rien des projets et des manigances des gens un peu partout, que ce soit à l'autre bout du pays ou de l'autre côté du globe. Méfaits et bonnes actions. On ne sait même pas ce que trament les occupants de l'appartement d'à côté. Parfois, on s'interroge sur ceux qui nous sont les plus proches. Il arrive même qu'on aille jusqu'à douter de soi.

Il existe partout des énigmes irrésolues dont, pour la plupart, on ignore l'existence. Alors on passe sa vie à chercher des réponses. Mais comment diable résoudre un mystère dont on ne connaît même pas la nature ?

On reprend un peu de café, des cornflakes, et on jette un œil par la fenêtre.

Voilà, c'est l'une de ces journées-là.

Surviennent alors trois gamins de douze ans qui croient tout savoir.

Vers midi, je rédige à grand-peine le quota d'articles que je dois expédier pour l'édition du week-end.

L'info la plus importante est, encore une fois, un scandale lié à l'aménagement de la capitale du Nord : une petite maison privée doit-elle céder la place à un grand bâtiment construit par une société ? Les forces nationales en faveur du développement répondent évidemment que oui. Les valeurs économiques priment sur toutes les autres.

Mais je sais que les pages du *Journal du soir* ont soif de nouvelles autrement plus juteuses que cet abondant et banal muesli quotidien.

Quelqu'un frappe sur le chambranle de la porte et Asbjörn apparaît à l'entrée de mon placard.

– Au fait, annonce d'un ton enjoué le directeur de l'antenne d'Akureyri, j'ai reçu la visite d'une charmante petite bande de jeunes gens entreprenants qui voudraient que notre journal parle d'eux.

Je lui lance un regard interrogateur.

– En effet, poursuit-il. Ce sont des petits gars géniaux. Ne sommes-nous pas toujours à l'affût de sujets humains attrayants et positifs ?

– Eh bien, à entendre le rédacteur en chef de Reykjavik, j'ai plutôt l'impression qu'il préférerait qu'on lui serve des thématiques humaines déprimantes et négatives.

Asbjörn secoue la tête et la chair de ses joues tremblote.

– Trausti peut bien se torcher lui-même. Le moment est venu de mettre en lumière les côtés sympathiques et positifs que notre jeune génération porte en elle. Tous ces gamins ne sont pas de futurs voyous abrutis à coup d'ordinateurs, ou des junkies. Il y a ici un grand nombre de jeunes créatifs qui débordent d'imagination et quand ils trouvent la manière adéquate d'exprimer leur talent, notre devoir est d'en parler, tout autant que du reste.

Ils s'appellent Ingi, Gudjon et Alex Thor. Assis au coin-café à l'accueil, silencieux et posés, ils m'ont l'air un peu tendus.

Asbjörn glisse sa bedaine derrière le comptoir et annonce avec un sourire tout en me désignant :

– Je vous présente Einar, c'est le journaliste qui va vous interviewer.

– Bonjour les gars, dis-je en m'installant face à eux. Que voulez-vous me raconter ?

– Nous venons de fonder une entreprise, explique Ingi, celui qui semble être le chef.

Il porte un bonnet bleu qui lui tombe sur les yeux, il a des cheveux roux, des joues bien rouges et rien d'autre sur le dos que son tee-shirt en dépit de la température extérieure qui avoisine zéro.

– Ça fait partie de l'actualité, n'est-ce pas ? me demande-t-il d'un air sérieux.

– Bien sûr que ça en fait partie, pépie Asbjörn par-dessus son ordinateur.

Vêtu d'un blouson à capuche noire, Gudjon adresse un sourire à Alex Thor, lequel porte une doudoune verte et s'exclame : *« Yes ! »* Ils se frappent mutuellement la main, comme ils ont vu faire à la télévision.

Sur quoi, ils m'annoncent qu'ils ont l'intention de proposer à leurs concitoyens un service de laveurs de carreaux.

– Ça ne fera pas de mal, observe Asbjörn, étant donné les tempêtes qu'on a ici en hiver. Comment vous est venue cette idée ?

– Nous avons envie d'aider les gens, avance timidement Alex Thor.

– Et il nous faut de la pub, ajoute Gudjon.

– Et du fric, complète Ingi. On économise pour s'acheter de nouveaux ordinateurs.

– Génial, commente Asbjörn alors que je lui adresse un regard noir par-dessus mon épaule. C'est très bien de ne pas aller mendier du fric à papa et maman qui ont assez de soucis comme ça avec les traites, la carte Visa et tout le reste. Aide-toi, le Ciel t'aidera.

Les trois gamins échangent un regard.

– Quel est le nom de votre entreprise ?

– Claire Vue.

– Mais pourquoi avoir choisi de laver les vitres ?

Ingi me fixe de ses yeux gris qui pétillent d'intelligence.

– Parce que les vitres redeviennent toujours sales et qu'il faut les laver à nouveau.

– Autrement dit, c'est une activité renouvelable ?

La moue qu'ils affichent indique que le terme « renouvelable » ne leur est pas aussi familier qu'aux dirigeants de la nation.

– Je veux dire que peu importe la fréquence à laquelle vous laverez ces carreaux, la demande sera constamment renouvelée sans jamais s'épuiser.

– Ah oui, marmonne Ingi en reniflant.

– Il est toujours possible de s'enrichir, dis-je.

Les gamins s'animent et hochent vigoureusement la tête.

– Tout le monde s'enrichit, observe Ingi, pourquoi pas nous ?

Au lieu de les interroger sur le capital initial de leur entreprise, sur les indices boursiers et le cours des actions des firmes non cotées, je leur demande :

– Et combien coûtera ce service ?

– Peut-être dix mille couronnes, répond Ingi.

– Par maison ou par fenêtre ?

Le chef tourne sa langue dans sa bouche. Les tarifs semblent loin d'être définis.

– Par maison, n'est-ce pas ?

Il répond d'un hochement de tête embarrassé.

– Peut-être vaudrait-il mieux baser le prix sur chaque fenêtre puisqu'il existe des maisons de toutes les tailles. Des fenêtres aussi, d'ailleurs.

– Ou peut-être seulement six mille couronnes, glisse Gudjon.

– Oui, vous ne voulez pas que ce soit trop cher non plus, sinon les gens n'auront pas les moyens de s'offrir vos services.

Ils échangent à nouveau des regards.

– Qu'est-ce que vous diriez de trois cents par fenêtre ? Si la maison en compte dix, vous empochez trois mille couronnes.

– Oui, répond Ingi, c'est pas mal.

– Vous voulez que j'écrive ça ?

– Oui, merci.

Devant la porte, ils ont entreposé le matériel de leur entreprise : des seaux en plastique, des raclettes, des chiffons, du produit à vitres et une échelle repliée.

– Eh bien, dis-je en désignant leur attirail, vous voilà déjà prêts à faire feu.

– Oui, oui. Nous avons déjà commencé. Nous venons de laver les carreaux de la grand-mère de Gudjon. Elle nous a donné dix mille couronnes.

Ils se sont également dit que notre journal pourrait leur offrir de la publicité gratuite. Je poursuis un moment ma discussion avec ces jeunes entrepreneurs. Je les interroge sur leurs centres d'intérêt, l'école, la manière dont ils envisagent l'avenir. Ce qui leur importe avant tout, c'est d'atteindre une aisance financière qui leur permettra de s'offrir tout ce qu'ils pourront désirer. Je ne les en blâme pas et nous nous quittons bons amis. Joa prend quelques photos des propriétaires de Claire Vue en action.

Je chantonne *Steamy windows*. Je commence tout juste à rédiger pour mes concitoyens un article réjouissant sur une initiative privée quand les gamins passent leur nez par ma porte entrebâillée.

– Dites, ça ne vous dérangerait pas de donner les numéros de nos portables dans votre article ?

– Il faut que tu fasses un saut ici à l'heure du café, mon cher monsieur, m'annonce le directeur de la publication au téléphone l'après-midi même.

Je jette un œil sur la pendule et sur l'ordinateur. Je viens de terminer mes corvées et je me demande justement à quoi je pourrais bien m'occuper ce week-end.

– Pourquoi donc, cher Hannes ? Si je puis me permettre.

– Trausti et moi souhaiterions avoir une petite discussion avec toi.

Je me demande ce qui se trame, voilà qui ne me plaît pas.

– Pourquoi ? Si je puis me permettre.

– Nous verrons ça à ce moment-là.

– Est-ce vraiment utile de débourser un billet d'avion pour une petite discussion ? On ne pourrait pas tout simplement en parler au téléphone, quelle que soit la question ?

– Nous t'attendons à seize heures trente. Ça te fera du bien de changer un peu d'air, non ?

– Eh bien, comme tu sais, je rentre tout juste de mes vacances tardives. Le changement qu'il y a entre Akureyri et le Portugal me suffit amplement pour l'instant.

– Ne perdons pas de temps. Quatre heures et demie, mon cher monsieur, seize heures trente.

La bruine recouvre la ville de Reykjavik au moment où je prends un taxi pour monter de l'aéroport au quartier général du *Journal du soir*. Avant de pénétrer dans le bâtiment, je m'allume une cigarette que je savoure sous le porche. Pendant le vol, je me suis demandé si j'allais rentrer à Akureyri dans la soirée ou passer le week-end ici, rendre visite à Gunnsa et Raggi, à mes vieux parents, et faire un tour dans ma tanière du quartier de Thingholt. Et peut-être aussi donner rendez-vous à Margrét. Peut-être. Peut-être pas. Mais peut-être. Je remets ma décision à plus tard et j'éteins ma cigarette dans le cendrier à côté de l'entrée.

Quand j'arrive à l'étage, la salle de rédaction n'est pas très animée. Je longe le standard où Lolo la Brune, assise avec son air menaçant, me salue d'un geste de la main, et je passe devant le bureau de mon héritière, celle qui a pris ma suite pour le suivi des informations de la police du district de Reykjavik.

– Quel désert ! Ça manque rudement d'ambiance !

Sigurbjörg détache ses yeux de l'écran.

– Pas possible, salut ! lance-t-elle. Elle se lève et me sourit de tout son visage frais et désirable. Presque tout le monde est parti. L'édition du week-end est bientôt bouclée.

Je jalouse son jean et sa veste en cuir.

– Des nouvelles de la police ?

– Rien que du trafic de drogue et des bagarres en centre-ville. La routine, précise-t-elle, les mains appuyées sur le bord du bureau, svelte, plantée sur ses longues jambes fines.

Vais-je maintenant me mettre à envier le bord d'un meuble ?

J'essaie de penser à autre chose.

– Ils t'ont proposé une embauche définitive ?

J'avais presque pris comme une insulte personnelle le fait de voir une gamine, à peine sortie de la fac de journalisme et engagée pour l'été, venir occuper mon ancien terrain de chasse. Ces a priori sont pourtant bien vite partis en fumée quand j'ai collaboré avec elle pour mon enquête racontée dans ma série d'articles intitulée *Le Dresseur d'insectes*.

Elle baisse les yeux.

– Une embauche définitive, quand même pas. Ils ont prolongé mon contrat de six mois. Je suppose qu'ils attendent de voir.

– Ils n'envisagent quand même pas de supprimer la rubrique ? D'abattre la meilleure bête du troupeau ?

– Je n'en sais rien. Ici, on ne parle que d'économies et de coupes sombres.

Elle balaie les lieux du regard et baisse le ton.

– On croirait presque que chaque couronne déboursée sort tout droit de la poche du directeur de la publication.

L'héritier de la couronne désigné par la rédaction a dû se méprendre sur le sens du terme.

Le vieux roi et le nouveau dauphin échangent un regard par-dessus le bureau de Hannes. Debout à la fenêtre, je m'efforce de déchiffrer l'expression des deux hommes qui sont à la direction du journal et prennent part à la lutte pour le pouvoir, chacun défendant son groupe d'actionnaires respectif.

Les jambes posées sur le bureau, Hannes tire d'une main l'une de ses bretelles rouges sur sa chemise en jean tandis que, de l'autre, il tripote un gros cigare qu'il plonge par intermittences dans son bec sans l'allumer. Les pattes de rocker qui lui mangent les joues sont grisonnantes, presque blanches, et sa tignasse assortie est toute ébouriffée. Son visage aux traits bruts semble fatigué, mais ses yeux bleu clair pétillent.

Sur le fauteuil d'en face s'agite l'homme que l'actionnaire principal du *Journal du soir* veut voir occuper le poste de directeur de la publication conjointement avec Hannes, avant de remplacer ce dernier une fois qu'il aura été évincé. Tout bronzé, le visage bien lisse, le cheveu coupé court, Trausti Löve enlève quelques poussières imaginaires de sa chemise blanche et de son pantalon impeccablement repassés.

– Nous voudrions élargir un peu ton rayon d'action, annonce le rédacteur en chef tout en croisant et décroisant ses jambes.

Ce n'est pas moi qu'il regarde, mais le directeur de la publication, comme pour se persuader que c'est ensemble qu'ils sont parvenus à cette conclusion.

– Élargir mon rayon d'action ? Un peu ?

– Oui, ça ne va plus du tout de te voir les bras croisés à Akureyri des mois durant. Il ne se produit tout bêtement pas assez de choses là-bas.

Je ne réponds rien. Je regarde Hannes qui, impassible, humecte son cigare de droite à gauche.

– Il faut que tu sois plus mobile.

Je ne parviens plus à me contenir.

– Qu'est-ce que c'est que ces conneries ?

Trausti me fusille du regard.

– Je te conseille de garder ton calme.

– Il me semble avoir fait preuve d'une telle mobilité entre Akureyri et Reykjavik que cela nous a permis de dégoter le sujet qui a le plus gonflé les ventes du journal ces derniers temps, et cela ne remonte qu'à quelques semaines. Qu'est-ce que… ?

Hannes brandit son cigare humide.

– Nous en sommes absolument conscients, mon cher monsieur, et nous ne sommes pas non plus des ingrats.

Il s'apprête à poursuivre, mais Trausti se met à aboyer.

– Nous devons parvenir à rentabiliser notre personnel, c'est aussi simple que ça.

– Rentabiliser ! Tu as encore une fois l'intention de rogner quelques centimètres par tête sur les registres comptables ?

– Si tu t'imagines que l'argent consacré à l'antenne d'Akureyri est une sorte d'aide aux démunis ou fait partie de la politique de rééquilibrage du gouvernement, tu te trompes. Nous l'avons fondée pour dégager de nouveaux bénéfices, pas pour nous endetter.

– Eh bien, dis-je, moqueur, en repensant à ma discussion avec les représentants de Claire Vue. En d'autres termes, l'agence d'Akureyri est censée fonctionner aux énergies renouvelables ?

Trausti se lève d'un bond.

– Oui, c'est exactement ce qu'elle est ! Et si tu veux conserver ton poste ici au journal, ce qui…

Le directeur de la publication se penche calmement par-dessus son bureau pour l'interrompre :

– Asbjörn, Joa et toi avez effectué un travail fantastique dans le Nord. Et nous cherchons toutes les solutions pour éviter de fermer l'agence ou de réduire son activité. Voilà exactement pourquoi…

– Tu n'as qu'à fermer ta gueule et faire ce qu'on te dit ! éructe le rédacteur en chef qui, les mains plongées dans les poches de son pantalon, s'est mis à faire les cent pas. Parce que sinon…

– Essayons de garder notre calme, conseille Hannes à Trausti en agitant son cigare. Mon petit Einar…

Ah, nous y voilà.

– Afin de maintenir notre agence à Akureyri, nous devons la renforcer et étendre son champ d'action.

J'attends, tel un condamné à mort.

– Notre idée est de nous appuyer sur notre expérience, laquelle, comme je viens de le dire, est positive, même si elle nous coûte cher. Nous voulons que tu ailles chercher l'information et des sujets divers ailleurs que dans les campagnes du Nord et du Nord-Est.

Je suis abasourdi.

– Faudra-t-il que je…

– Tout du moins, de temps à autre, poursuit Hannes. De cette manière, nous parviendrons peut-être à rendre notre journal plus attractif pour les lecteurs et les annonceurs des autres régions d'Islande. Nous devons faire appel à toutes nos ressources.

– Mais…

Il lève son cigare en l'air.

– Y compris nos ressources humaines. En résumé, nous souhaitons que tu suives l'actualité et l'évolution des choses, disons, sur un périmètre qui s'étend du cap de Snaefellsnes jusqu'à la région de la capitale, en passant par le Nord. En toute confidentialité, il est probable que nous soyons forcés de réduire le personnel de la rédaction de Reykjavik au cours des prochains semestres.

– Dis donc, Hannes, interrompt Trausti, devons-nous avoir confiance en ce type au point de l'informer de notre cuisine interne ?

– Oui, répond Hannes, imperturbable. Je sais que nous pouvons nous fier à Einar pour ce genre de choses. Si on n'a pas confiance en son personnel, alors on ne devrait pas l'employer.

Il se tourne à nouveau vers moi :

– Nous entrevoyons certaines possibilités de développement en province et nous entendons les exploiter au maximum.

– Qu'est-ce que ça implique pour moi d'un point de vue pratique ? dis-je en soupirant. Je vais me transformer en journaliste itinérant ? En girouette ?

– Tu restes à Akureyri jusqu'à nouvel ordre. Tu essaies d'établir des contacts un peu partout en province et de te rendre là où surviennent les événements.

– Vous avez discuté de tout ça avec Asbjörn ?

– Non, nous voulions d'abord t'en parler à toi puisque ce changement concerne plus la partie journalistique que la gestion. Et ta première mission t'attend déjà.

– Ah bon ?

Le rédacteur en chef trouve le moment venu de briller à nouveau de tous ses feux.

– Nous commençons par les Fjords de l'Ouest. Tu pars à Isafjördur dès lundi matin.

– Isafjördur ? Qu'est ce qu'il peut bien se passer là-bas ?

– Rien du tout, mon cher monsieur, répond Hannes. Enfin, à ce qu'on dit. Les Fjords de l'Ouest ont été rudement secoués ces derniers temps, comme chacun sait. Peu de choses s'y sont produites, à part une diminution de la population de dix-huit pour cent sur vingt ans. Il y a du chômage, une absence de perspectives, et cela ne s'est pas arrangé quand les quotas de pêche ont été diminués. Nous voulons que tu y ailles, que tu parles avec les gens du cru et que tu nous fasses un état des lieux.

– Tout le monde a entendu parler de la croissance dans le Nord et l'Est, précise Trausti avant d'ajouter, réticent : tu as traité ce sujet de manière convenable. Il te faut maintenant te plonger dans la récession qui touche le Nord-Ouest.

Me voici cerné, je ne trouve aucune échappatoire.

– Du développement à la récession. Est-ce que Joa m'accompagne ?

Le rédacteur en chef secoue la tête.

– Non, elle reste à Akureyri pour couvrir l'actualité en cas de nécessité.

Il attrape sur le bureau de Hannes un petit appareil numérique qu'il me tend.

– Tu prendras les photos toi-même.

C'est maintenant à mon tour de dire non de la tête.

– Par conséquent, garde les yeux en face des trous, ironise Trausti. Tu resteras là-bas quarante-huit heures, ça devrait suffire. Et n'oublie pas de poser la Question du jour à Isafjördur pour l'édition de mardi.

Bien que ce soit puéril, je ne parviens pas à me retenir de lui faire un doigt d'honneur. Je vois le directeur de la publication sourire en douce tandis qu'il allume son cigare.

Le temps s'est brutalement refroidi. La bruine qui couvrait Reykjavik a cédé le pas aux averses de neige. La circulation du vendredi soir s'avance péniblement vers chez elle, ce qui est aussi mon cas. Il serait inutile de rentrer dans le Nord pour repartir dans le Sud avant de m'envoler vers l'Ouest.

Je prends mon courage à deux mains, je passe l'aspirateur dans mon appartement en sous-sol du quartier de

Thingholt, le temps de digérer cette réunion, et j'essaie de me remonter le moral. Peut-être que ce petit tour à Isafjördur me changera un peu les idées ? Je n'y suis jamais allé. Peut-être que ça me fera du bien. Peut-être que la récession qui sévit là-bas m'apprendra à apprécier cette sensation de croissance qui m'habite ? Peut-être. Peut-être pas.

En réalité, je suis persuadé que ce prétendu développement de la province finira par tomber à l'eau. C'est également valable pour Akureyri. Peut-être qu'il est déjà en train de tomber à l'eau.

J'appelle Gunnsa dans l'intention de l'inviter au restaurant avec Raggi, mais ils se rendent à une fête au lycée.

– Pourquoi tu ne nous as pas prévenus plus tôt que tu serais en ville ? demande ma fille, adorable.

– Je ne l'ai appris qu'à midi. Est-ce que ça aurait changé quoi que ce soit ?

– Non, enfin, non. Je n'en sais rien.

Je lui demande de passer mon bonjour à son petit ami. Nous convenons de nous rappeler demain.

J'appelle mes vieux parents. Papa est patraque et cloué au lit. Maman est fatiguée. Nous prévoyons de nous rappeler demain.

Après avoir arpenté mon appartement toute la soirée, allumé puis éteint la télévision, mis Freddy King et retrouvé ma bonne humeur sur les notes de *Going Down*, avant d'éteindre Freddy King, j'attrape le téléphone et j'appelle Margrét.

Tandis que je suis allongé sur le lit où j'écoute sa respiration entrecoupée, la maison brûle.

2

SAMEDI

– Symbolique de la situation ? m'a demandé le rédacteur en chef quand j'ai troublé son calme matinal, vers dix heures. Serait-ce l'embrasement ?

– Eh bien, puisque c'est arrivé cette nuit, je me suis dit que j'allais avancer mon voyage. Comme ça, nous aurons même un article. Une interview des pauvres gens qui ont tout perdu et ce genre de choses. C'est mieux que de laisser encore une fois blablater les ministres, le maire, les députés ou les armateurs, pour peu qu'il en reste. Mieux que de les laisser répéter leur vieille rengaine comme quoi rien ne remplacera jamais soixante mille tonnes de morue.

– Ok, a bâillé Trausti, en route !

Je chantonne tout bas : *Mille morues s'avancent lentement sur la chaîne.*

Un steward aux gestes vifs offre un jus d'orange à mon voisin impatient, à une mère, à sa petite fille et à son frère, assis de l'autre côté de l'allée centrale.

– Nous parviendrons à rallier Isafjördur dans la journée, assure-t-il, en appuyant sur *parviendrons.*

L'avion à hélices prend son élan sur la piste. Il attend, immobile, depuis que le premier vol de ce matin a été retardé pour cause de mauvais temps. À ce moment-là, assis seul dans la cuisine de Margrét devant une tasse de café, j'écoutais le bulletin d'informations à la radio.

Une vieille maison du centre-ville d'Isafjördur a été ravagée par un incendie la nuit dernière. Le feu a dû se déclarer peu après minuit, en l'absence des habitants. La maison est très endommagée et tout ce qui s'y trouvait plus ou moins détruit. L'origine du feu est inconnue. Une enquête est en cours.

Après avoir vérifié l'horaire du vol et parlé à Trausti, j'ai appelé Asbjörn pour obtenir sa promesse que Karolina et lui s'occuperaient de Snaelda, ma perruche, avec autant d'attention que pendant mes vacances. On avait, dans le passé, émis quelques réserves sur la cohabitation de Snaelda avec leur petit chien Snudur, surnommé Snulli, dans le même espace. Mais Snaelda et Snudur s'étaient finalement bien entendus. J'avais éprouvé un soupçon de jalousie que j'avais vite balayé en me souvenant que j'étais hétérosexuel et que sous le joli plumage de Snaelda se cachait en réalité un mâle.

Margrét était partie à la salle de sport où elle allait passer une heure à suer sang et eau avant de rentrer en faisant du jogging.

J'ai allumé une cigarette avec laquelle je me suis livré à quelques mouvements de musculation du bras, j'ai ouvert la fenêtre et regardé le quartier de Laugaras tout en rejetant la fumée vers l'extérieur. J'ai examiné cet appartement soigné, aux couleurs harmonieuses. En fait, je ne connaissais pas le domicile de Margrét. La première fois que je suis venu ici, nous sommes allés directement au lit. Hier soir, nous avons pris un café avant.

Cela ne me pose pas de problème. En revanche,

j'ai quelques doutes en ce qui concerne Margrét Karlsdottir.

Au moment où l'avion décolle, peu après midi, je me sens soulagé. En réalité, c'est ce que j'éprouve généralement quand un engin à bord duquel je suis assis s'élève tout à coup librement dans les airs.

Je repense à ces vacances au Portugal. C'est elle qui en avait pris l'initiative. Du reste, je n'ai pas pour habitude de partir en voyage avec une parfaite inconnue. Même si les gens font rapidement connaissance pendant une cure de désintoxication, quelques jours passés ensemble à Virkid ne représentent nullement un chèque en blanc ouvrant sur une histoire d'amour. En tout cas, rien ne dit que ce chèque n'est pas également en bois. Et même si Margrét était venue se faire aider après avoir, des années durant, abusé de la cocaïne, des amphétamines et de l'alcool, ma présence là-bas n'était en réalité justifiée que par une enquête pour meurtre. Les gens qui font connaissance de cette manière, qui débutent une relation amoureuse en parfaite insouciance puis partent ensemble en vacances au soleil ne peuvent pas s'attendre à récolter grand-chose. Du reste, je n'attendais rien de cette histoire.

La dernière fois que j'ai vu un environnement étranger par le hublot d'un avion, j'avais devant moi une terre sèche et aride. Aujourd'hui, par les trouées à travers les nuages, on aperçoit des montagnes couvertes de neige, des immensités désertes et, à ma droite, les îles du Breidafjördur. Mais cette vision s'évanouit dès qu'on pénètre dans la masse nuageuse suivante. On sait si peu de choses de ce qui nous attend.

Comme j'ignorais absolument dans quoi je m'engageais, la principale nouveauté de ces vacances a été l'accès au sexe. J'étais affamé de longue date et, une fois surmontés les premiers moments de nervosité, ce n'était pas l'envie qui me manquait. Je ne dis pas que ça m'a surpris, et encore moins qu'une nymphomane notoire telle que Margrét soit parvenue à assouvir mon appétit. Ce qui m'a quelque peu étonné, en revanche, c'est de voir de parfaits inconnus ayant pendant de longues années à peine embrassé quelqu'un sans être sous emprise se comporter brusquement comme des adolescents en chaleur. Margrét avait pour habitude de ne pas porter de petite culotte sous ses robes et ses jupes légères ; elle prenait son pied à m'allumer en public. Nous avons fait ça sur le balcon de l'hôtel, dans l'ascenseur, sur la plage, dans le bus pendant une excursion, dans les toilettes des restaurants ; en réalité, partout où nous courions le risque que quelqu'un nous surprenne. Nous allions de plus en plus loin. C'était marrant.

Puis quelque chose est arrivé.

Et ce n'est qu'en rentrant à Akureyri que j'ai compris que cette tension dont j'étais dépendant n'avait fait que remplacer une autre dépendance, laquelle s'était autoproclamée en hibernation. Tous les ragots se rejoignent, m'avait confié l'un de mes compagnons de cure.

Tous les ragots ? Peut-être pas, mais tous les plaisirs, ça oui !

– Maman, regarde en bas !

Me voilà arraché à mes considérations.

– Regarde en bas, maman ! crie mon jeune voisin afin de couvrir le ronflement du moteur.

La surface ridée du fjord de Skutulsfjördur qui scintille au soleil rappelle les écailles des poissons qui ont assuré pendant des siècles la subsistance des villages en contrebas, laquelle leur a maintenant été ôtée littéralement de la bouche. Ce paysage est grandiose et saisissant, avec ses vallées glaciaires qui s'enfoncent dans les fjords, ses à-pics vertigineux et ses ondulations qui avancent vers la mer, couvertes de neige, tels des bonbons sur lesquels on aurait saupoudré du sucre glace. Par le hublot à côté duquel sont assises la mère et la fille, on voit que la neige recouvre entièrement la ville d'Isafjördur. De mon côté défile à vive allure une montagne qui, d'après la carte, se nomme Kirkjubolshlid ; nous passons si près qu'elle semble presque tapoter le flanc gauche de la carlingue. Je me rappelle subitement que l'aéroport est situé dans une zone à risque d'avalanches à cause de cette montagne, et que la station de surveillance d'Isafjördur s'efforce parfois de diminuer ce risque en recourant à des explosifs pour détacher les couches de neige avant qu'elles ne s'accumulent trop.

Un certain nombre de passagers attendent le vol qui les emmènera vers Reykjavik. D'autres personnes se sont garées sur le parking bondé afin d'accueillir des hôtes ou leurs proches pour les conduire vers le centre-ville.

– C'est la première neige, précise un homme venu chercher l'un des passagers qui se rend au vernissage de son exposition de peinture, lequel aura lieu dans l'après-midi au centre culturel situé dans la Maison d'Édimbourg. Depuis le début de l'automne, nous n'avons eu que de la pluie.

En tout cas, elle n'a pas eu raison de l'incendie de la vieille maison, la nuit dernière.

La température étant de trois degrés, la neige se transforme rapidement en bouillasse. Devant l'aéroport, je m'allume une cigarette, je sors mon portable et j'appelle un taxi au numéro indiqué dans la salle des arrivées. Alors que j'attends, je piétine la soupe, j'appelle Gunnsa et maman pour leur donner des nouvelles et j'observe la communauté humaine qui s'est installée le long de la côte, au pied de montagnes majestueuses, et qui s'étend jusqu'à Thingeyri, depuis que six communes ont été réunies en une seule il y a une dizaine d'années.

Qu'est-ce qu'il peut donc se passer ici ?

L'avenant chauffeur barbu ne se montre pas très loquace sur la question. Nous dépassons le premier quartier d'habitations et il m'informe que ce dernier a été baptisé Holtahverfi. Je lui demande s'il y a beaucoup de passage, beaucoup de touristes, à cette époque de l'année. Il me répond que non.

– Un peu quand même, ajoute-t-il, de temps à autre.

– Il y a pas mal d'étrangers, n'est-ce pas ? Des immigrés ?

– Eh bien, le terme n'est pas franchement adéquat. Depuis longtemps, des gens viennent d'un peu partout travailler ici dans l'industrie du poisson : des Polonais, des Australiens. Ils ont fini par s'intégrer. Récemment, on a accueilli quelques Philippins, quelques Thaïlandais, des Polonais et des ressortissants de l'ex-Yougoslavie. Ils représentent en tout quelques centaines d'individus. Ce sont des gens très bien.

– Et voilà maintenant que c'est la fin de l'industrie du poisson, n'est-ce pas ?

– Pas tout à fait, mais les perspectives ne sont pas encourageantes. Et même si le nombre d'étrangers augmente, celui des Islandais de souche diminue.

– Cela doit vous sembler assez bizarre, à vous, ceux du cru, de voir la société changer à ce point, non ?

– Oui, parfois. L'autre jour, ma fille et son mari ont été aussi surpris qu'inquiets d'entendre leur petit garçon commencer à s'exprimer d'une manière parfaitement incompréhensible.

– Ah bon ?

– Ils ont cru qu'il y avait un problème et l'ont fait examiner. Eh bien, imaginez-vous qu'on a découvert chez ce gamin quelques traces de polonais.

– Hein ?

– Oui, le gamin était devenu bilingue tout bonnement parce qu'il passait son temps entouré de petits Polonais à la maternelle.

Nous continuons de rouler en silence vers la ville sur la neige fondue du boulevard Skutulsfjördur.

– Il y a eu un incendie la nuit dernière, dis-je.

Le chauffeur jette un œil dans le rétroviseur.

– En effet.

– Une vieille maison, m'a-t-on raconté. Elle est réduite en cendres ?

– Pas entièrement, mais elle a beaucoup souffert. En réalité, elle n'était pas très bien entretenue depuis quelques années.

– Comment l'incendie s'est-il déclaré ?

Il me regarde en coin dans le rétroviseur.

– Autant que je sache, on l'ignore.

Mes tentatives maladroites ne me mènent pas bien loin.

– Mais c'est tout de même étrange qu'autant de maisons brûlent dans ce pays en hiver, ajoute-t-il alors. Que ce soit dans le Sud, à Reykjavik ou ailleurs en Islande. Aussi bien des habitations que des locaux à usage professionnel. C'est désormais notre pain quotidien.

– Tout à fait. Il n'y a qu'à voir tous ces incendies qui ont eu lieu aux îles Vestmann.

– Il y en a eu treize en l'espace de quelques années et ils étaient d'origine criminelle, n'est-ce pas ?

– Je crois me souvenir que c'est la thèse de la police du coin. Mais les incendiaires courent toujours.

– Ou peut-être l'incendiaire, répond-il. Il se peut qu'il s'agisse du même homme.

– Possible, mais ce n'est pas sûr. Parfois, ce sont simplement des gamins qui jouent avec le feu. Ou des adolescents.

– À moins que ce ne soit l'œuvre d'un détraqué.

– Peut-être à cause du froid. Quelqu'un fait une flambée pour se réchauffer et ça déraille.

Je contemple le port de l'autre côté du Pollur, auquel on donne ici le même nom qu'à Akureyri. Quelques bateaux de pêche sont amarrés à la jetée, dans l'attente d'un destin incertain.

La ville est construite sur la langue de terre qui sépare le Pollur du fjord de Skutulsfjördur. Pollgata, la rue du Pollur, mène à la celle du port, Hafnarstraeti, et c'est là que le chauffeur s'arrête, sur une place nommée Silfurtorg, laquelle me semble constituer le centre de la ville. Elle est recouverte de dalles ; des sculptures en béton sont disséminées ça et là. Elle rappelle d'autres places ratées comme Ingolfstorg à Reykjavik et Hafnartorg, celle du Port, à Akureyri. Les rues principales portent évidemment les noms d'Adalstraeti, la Grand Rue et de Hafnarstraeti, la rue du Port, quoi d'autre ?

– Je vous en prie, hôtel Isafjördur, m'annonce-t-il devant un bâtiment blanc à plusieurs étages.

Je m'enregistre auprès de la jolie brune à l'accueil. Elle maîtrise bien l'islandais, mais s'exprime avec un léger accent. Je balance mon baluchon dans ma chambre du deuxième étage. Les murs sont en crépi blanc et une sérigraphie surmonte le lit qui se prolonge par un bureau. La télé n'a pas de télécommande et je trouve le minibar vide quand je l'ouvre machinalement. Ici, les priorités sont dans le bon ordre.

La réceptionniste a disparu au moment où je redescends dans le hall. Je fourre dans ma poche quelques brochures d'information, parmi lesquelles un plan de la ville, puis je m'affale sur le canapé en cuir et je feuillette rapidement les descriptions impressionnantes des merveilles des Fjords de l'Ouest, des stations de ski dans les vallées de Tungudalur et de Seljalandsdalur, de la vie sociale et des activités culturelles florissantes. Je regarde toutes sortes de babioles destinées aux touristes dans la vitrine du hall, des broderies, des objets sculptés, des symboles magiques et des onguents miraculeux des Fjords de l'Ouest aussi bien pour les lèvres que pour les muscles, au moment où la réceptionniste passe la porte en vitesse.

– Où est le commissariat ? dis-je.

Elle me toise. Pourquoi donc ce touriste me demande-t-il le commissariat en guise de première destination ?

Elle me fait signe de l'accompagner jusqu'au trottoir.

– Il vous suffit de descendre la rue Hafnarstraeti de quelques pas sur la gauche. Là, vous apercevrez le bâtiment de la préfecture. Le préfet est au troisième étage et le commissariat au rez-de-chaussée, du côté qui donne sur le Pollur.

– Merci beaucoup.

Elle balaie du regard la place où s'élèvent de vieux et beaux bâtiments parmi lesquels d'autres, plus récents et moins beaux, prennent la pose.

– Si vous avez besoin de lecture, vous avez là-bas la plus ancienne librairie d'Islande.

Cette dernière est installée dans un bâtiment en pierre peint en blanc surmonté d'un toit en chapeau et j'ai l'impression que, comme presque toutes les autres librairies du pays, elle fait partie de la chaîne Penninn.

– Et si vous avez envie d'un café, l'une des plus anciennes et la meilleure des pâtisseries se trouve également dans le coin.

Elle désigne une maison qui porte l'inscription *Pâtisserie d'antan* où je n'aperçois nulle enseigne de chaîne franchisée. Pas encore.

La femme se retourne et jette un œil vers la salle de restaurant située à l'arrière de la réception :

– Quant au meilleur restaurant, il est chez nous, à l'hôtel.

– Le *Journal du soir* ? Qu'est-ce que vous venez fabriquer ici ?

Alda Sif Arngrimsdottir, commissaire à Isafjördur, se fait l'écho de la majeure partie de mes interlocuteurs ayant endossé l'uniforme de la police, et cela depuis le début. Que diable nous veut le *Journal du soir* ? Pourquoi ce fouille-merde vient-il nous les casser ?

– Je suis surtout venu ici pour faire une sorte d'état des lieux sur les perspectives en matière d'emploi, d'économie, de développement social aussi bien que culturel.

J'affiche la mine la plus innocente que j'aie en stock tout en m'exprimant comme une brochure pour touristes.

– Et puis, nous avons appris la nouvelle de cet incendie, la nuit dernière.

– Je ne communiquerai pas là-dessus, vous pouvez continuer à vous concentrer sur votre « état des lieux ».

– Merci bien.

J'ai rarement été confronté à une telle incarnation de la rigidité. En tout cas, pas depuis ma rencontre avec le commissaire Olafur Gisli Kristjansson, le collègue d'Alda Sif à Akureyri. Notre relation a, du reste, graduellement évolué vers une forme d'amitié. Je ne caresse ici aucun espoir de ce genre : le temps me manque.

Elle semble âgée d'une petite quarantaine d'années. Ses cheveux roux sont attachés en queue de cheval. Très mince, vêtue de son uniforme, chemise bleue et pantalon noir, elle est campée dans son bureau, les bras derrière le dos.

La photo posée près de l'ordinateur montre la commissaire enlaçant un petit garçon à l'air timide et un adolescent boutonneux. Son sourire chaleureux tranche nettement avec la mine glaciale de la fonctionnaire que j'ai en face de moi.

– Vous désiriez autre chose ? interroge-t-elle. Son visage long et anguleux n'est pas maquillé, ses paupières sont lourdes.

– En fait, oui. Qui sont les propriétaires de cette maison et où étaient-ils au moment de l'incendie ?

– C'est un couple d'une trentaine d'années : Rosa Dis Thorsteinsdottir et Sigurdur Ögmundsson. Ils étaient à une fête au moment où le feu s'est déclaré. Il nous a été signalé peu après minuit.

– Et la maison a flambé en quelques instants ?

Elle soupire.

– Elle n'a pas complètement brûlé, les pompiers sont parvenus à éviter le pire. Mais elle a rudement souffert, surtout à l'intérieur. Elle était remplie d'objets qui ont nourri les flammes.

– Les maisons voisines ont-elles été menacées ?

– Non, elle est indépendante. Heureusement, les constructions sont plutôt espacées dans ce quartier de la ville.

– La cause du sinistre ?

– L'enquête suit son cours.

– Vous soupçonnez une origine criminelle ?

Elle ne me cède pas un pouce de terrain.

– L'enquête suit son cours.

– L'installation électrique était-elle vétuste ?

– C'est souvent le cas dans les vieilles maisons.

– On m'a dit que celle-ci n'était pas très bien entretenue depuis quelques années.

Elle ne répond rien.

– Elle a une histoire ? Est-elle considérée comme ayant un intérêt historique ?

– C'est le grand-père de Rosa Dis qui l'a construite au début du siècle dernier. N'étant pas originaire d'Isafjördur, je suis incapable de vous en dire plus. Et puis ce n'est pas à la police d'évaluer la valeur historique d'un bâtiment.

– Où est-ce que je peux trouver les propriétaires ?

– Ils sont pour l'instant hébergés chez des amis dont je ne suis pas autorisée à vous communiquer l'adresse.

– Et ils ont tout perdu ?

– Tout leur mobilier est plus ou moins détruit.

– Sera-t-il possible de la reconstruire ?

Elle passe devant moi pour m'ouvrir la porte.

– Pour obtenir la réponse à de telles questions, vous allez devoir vous adresser ailleurs.

Je quitte donc le bureau de la commissaire principale d'Isafjördur et sors dans le couloir qui part vers la droite à l'intérieur de ce monstre de béton, de métal et d'acier qui porte le nom de préfecture. Il y a une enfilade d'autres salles destinées aux équipes de garde, aux interrogatoires, et j'ai l'impression de voir quelques cellules vers le fond. À gauche, on aperçoit une cafétéria déserte avec des banquettes. Je rejoins le guichet de l'accueil où une sonnette permet d'obtenir une aide avenante. Pour l'instant, cette dernière a atteint ses limites.

– Certains ne voient dans ces maisons que des taudis et des tas de planches, m'explique la journaliste de la RUV, la Radio Télévision Nationale. Mais pour d'autres, surtout pour ceux qui, comme moi, sont originaires d'Isafjördur, elles constituent la ville, son histoire, son identité.

Rut Jakobsdottir, une femme vive d'une quarantaine d'années, a des cheveux bruns bouclés. Elle porte un jean et une doudoune bleue. Je ne la connais pas seulement par ses reportages diffusés à la télé et à la radio, mais aussi parce que je l'ai croisée à Reykjavik dans des réunions de l'Association des journalistes. J'ai fait un saut au quartier général de la RUV situé dans Adalstraeti, à côté du café Langa Manga, à quelques pas de la place Silfurtorg, et Rut est venue se balader avec moi dans le vieux centre-ville. On trouve là des bâtiments fort différents les uns des autres qui s'harmonisent parfois difficilement, certains sont vieux et bas, en ciment ou en bois, bien entretenus, pittoresques et charmants, alors que d'autres, plus récents, sont prétentieux et tape-à-l'œil. On y trouve également des rues demeurées intactes où quelques maisons portent non seulement des dates, 1892 et 1896, mais aussi des noms, comme les fermes à la campagne.

Nous nous tenons à distance avec quelques badauds et contemplons la maison qui a été sinistrée. Une odeur de brûlé, forte et âcre, se dégage encore de la bâtisse en bois à deux niveaux, surmontée d'un grenier. Les fenêtres ressemblent à des yeux éteints aux paupières calcinées. Des enquêteurs entrent et sortent des lieux placés sous scellés. Un policier en uniforme monte la garde.

– Apparemment, ça ne vaut pas le coup de reconstruire, dis-je tandis que je prends quelques photos avec l'appareil numérique que m'a confié Trausti.

– On a parlé d'en démolir une qui date de 1884, ici, dans la rue Silfurgata, précise Rut tout en hochant la tête. Le comité de sauvegarde s'y est opposé en arguant du fait que le centre d'Isafjördur est l'un des plus anciens d'Islande et qu'il possède une histoire architecturale remarquable. Il a même été question d'inscrire l'ensemble du site à l'inventaire du patrimoine. Le quartier de Nedstakaupstadur, ici, sur la langue de terre, est la plus ancienne concentration humaine du pays. On y trouve des bâtiments datant de la seconde moitié du XVIIIe siècle, la période du Monopole du commerce. Il ne vient à l'idée de personne de les démolir, ils sont d'ailleurs entretenus par les pouvoirs publics. C'est différent pour ces maisons-là, la décision revient au propriétaire.

– Les propriétaires de ces ruines ont donc leur mot à dire.

– Pour eux, les impératifs financiers priment évidemment sur l'intérêt historique. Ils n'ont pas les moyens de faire autrement. Le grand-père de Rosa Dis a construit cette maison à la force de ses bras vers 1900 et son père, Steini Kiddi du Kjölur a tout fait pour la maintenir en état.

– Steini Kiddi du Kjölur, comment ça ?

Elle affiche un sourire.

– De son vrai nom : Thorsteinn Kristinsson. Le grand-père que tout le monde appelait Kiddi était capitaine sur un bateau de pêche dénommé le *Kjölur*. Depuis toujours, la coutume des gens d'ici c'est de donner des surnoms. Quand j'étais gamine, on m'appelait Rut la Luge, simplement parce que j'avais une luge plus belle que beaucoup d'autres. Dans l'esprit de certains, je suis peut-être restée Rut la Luge, et je le serai pour toujours.

– Et cette famille était aisée ?

– Non, ils n'étaient pas riches, mais c'étaient des gens vaillants et courageux. Ils travaillaient comme des fous pour eux et les leurs. La fierté de la famille, c'était de posséder une maison dans un bel endroit de la ville, un endroit qui était en vogue, à l'époque.

– Mais Rosa Dis n'est pas parvenue à l'entretenir aussi bien qu'eux ?

– Je suppose que non. Elle a travaillé dans les bureaux d'une conserverie de poissons qui a plusieurs fois fait faillite et changé de nom.

Plus tôt dans la journée, j'ai appelé le 118 pour obtenir le numéro de portable de Rosa Dis Thorsteinsdottir, mais elle ne m'a pas répondu. Quant à Rut, elle m'affirme ne pas savoir qui l'héberge.

– Je suppose que les prix de l'immobilier ne crèvent pas les plafonds dans les parages, dis-je, alors que nous retournons vers la place Silfurtorg.

– Ça non ! La demande est nettement moins importante que dans la capitale. On ne peut pas dire que ce soit l'âge d'or, ni dans ce quartier, ni ailleurs.

– Que fait Sigurdur, le mari de Rosa Dis ?

– Eh bien, je n'en sais rien. Il est originaire de Reykjavik. Même si la ville est petite, le temps où tout le monde savait tout de tout le monde est révolu, précise Rut. Environ trois mille personnes vivent rien qu'à Isafjördur et si on compte les campagnes, le chiffre atteint les cinq mille.

Elle lève la main en guise d'au revoir au moment où nous atteignons la place et mon hôtel. Alors qu'elle marche vers le QG de la RUV, je lui crie :

– Et ils n'ont pas d'enfants ?

Elle secoue la tête sans m'accorder un regard.

– Non, mais je crois qu'il lui est parfois arrivé d'héberger son frère.

Je passe la porte de l'hôtel au moment où mon portable sonne. C'est Olafur Gisli qui répond à l'appel que je lui ai lancé plus tôt dans la journée.

– Eh bien, mon brave, s'esclaffe le commissaire d'Akureyri après que je lui ai fait part de ce qui m'amène. Cela vous fera le plus grand bien de travailler à découvert, comme ça vous apprécierez combien vous avez été gâté chez nous.

– Oligisli, le problème c'est que votre collègue ne me dit absolument rien. Vous, au moins, vous me confiez toujours quelques petites choses.

– Alda Sif assume sa fonction en parfaite conformité avec les exigences de l'administration. Elle n'est peut-être pas la meilleure humoriste des Fjords de l'Ouest, mais elle fait preuve de beaucoup de professionnalisme. Quelle raison aurait-elle de se laisser déstabiliser par un journaleux fouineur comme vous ?

– Il n'y a personne dans les rangs de la police d'ici que vous pourriez me recommander ? Quelqu'un qui serait un peu plus loquace ?

Le commissaire s'accorde un instant de réflexion.

– Voyons voir. Je ne connais pas grand monde là-bas. Je ne vois personne d'autre que ce bon vieux Brandur.

– Ce bon vieux Brandur ? dis-je, plein d'espoir.

– Oui, essayez de discuter avec Brandur Brandsson. Mais je ne vous promets rien, il a un caractère de cochon.

– Qui est-ce ?

– Il n'est pas nouveau dans la maison. Il occupe depuis longtemps le poste de brigadier-chef à Isafjördur, ce qui l'a peut-être rendu un peu aigri. Mais j'ai toujours beaucoup de plaisir à le croiser. Nous avons souvent poussé la chansonnette aux banquets annuels, nous nous sommes livrés à des joutes oratoires et des bras de fer.

– Vous ne pourriez pas l'appeler pour lui dire que je suis un bon petit gars ?

Vient maintenant un long silence. Devant l'hôtel, je fume ma cigarette et j'observe le ballet des piétons et des voitures sur la place alors que la nuit tombe. Les rues et les trottoirs sont mouillés, la neige fondue disparaît peu à peu.

– Vous êtes encore là ?

– Il est arrivé quelque chose de spécial à part un incendie ? me demande-t-il enfin. Pourquoi voulez-vous faire tout un plat d'un événement aussi banal ?

Je lui explique qu'étant donné ma présence sur les lieux, c'est ce qui s'offre de mieux à moi et que j'ai l'intention de m'appliquer à rendre compte de l'actualité, aussi insignifiante puisse-t-elle paraître et blablabla.

Il me promet de contacter ce Brandur Brandsson dont il me communique le numéro de portable.

– Il n'est pas inutile d'avoir en tête que le

Brennivin[1] islandais produit sur Brandur le meilleur des effets, conseille-t-il.

J'entre dans une *sjoppa*[2] sur la rue Hafnarstraeti, juste à côté de la préfecture. J'achète des cigarettes, du Coca et le *Courrier d'Isafjördur*, le journal local. Les lieux sont remplis d'adolescents qui s'empiffrent de hamburgers, de hot-dogs et de sucreries. À côté de la machine à sous se tient un groupe d'origine asiatique qui s'efforce de faire fructifier son argent.

De retour dans ma chambre, je parcours le journal d'Isafjördur. J'y lis des articles sur le sauvetage réussi de l'équipage d'un bateau qui a chaviré, l'embauche controversée d'un directeur d'école, les perspectives de développement de la géothermie dans la région, et un colloque sur l'emploi où les intervenants ont exprimé la nécessité d'améliorer les moyens de transports terrestres autant qu'aériens. On y mentionne aussi la qualité accrue des connexions Internet, l'augmentation des subventions en faveur de la recherche et du développement afin de rendre la région plus compétitive en termes d'initiatives pionnières et d'y attirer les investissements à risque. Je lis également un article qui traite du projet très discuté d'implantation d'une raffinerie pétrolière, un autre qui expose l'idée de la création d'une station touristique avec un hôtel équipé d'installations récréatives diverses et de balnéothérapie, d'autres qui traitent de pêche à la ligne en mer, de

1. Eau-de-vie aromatisée au cumin. On la surnomme aussi la Mort Noire. *(Toutes les notes sont du traducteur.)*

2. Une *sjoppa* (dérivé de l'anglais *shop*) est une particularité islandaise qui n'a pas son équivalent exact en France et n'a rien à voir avec nos bureaux de tabac. C'est un petit magasin qui vend des cigarettes (lesquelles sont cachées derrière un rideau !), des friandises, des sodas, des magazines, des journaux ainsi que, parfois, des hamburgers, glaces, soupes chaudes, sandwichs, hot-dogs.

tourisme culturel, de vols directs vers l'étranger au départ de l'aéroport local, et de la promotion des Fjords de l'Ouest en tant que destination touristique tout au long de l'année. On en apprend sur la valeur des prises de pêche, les fêtes entre adolescents sans aucune surveillance, la conduite en état d'ivresse, les concerts et autres événements culturels ainsi que sur la vogue croissante de la lutte islandaise. Et je ne donne là que quelques exemples.

Qui donc a dit que rien ne se passait ici ? C'est moi ?

Les lumières de la ville se reflètent sur les eaux tranquilles du Pollur. La vue romantique, offerte depuis le restaurant de l'hôtel baptisé *Au bord de l'eau*, s'accorde bien avec le délicieux plat d'aiglefin dont je me régale à ma table située à côté d'une fenêtre. On trouve encore du poisson ici, mais il n'est pas donné.

Cela dit, le romantisme n'atteint pas mon esprit. J'ai organisé ma journée de demain, pris rendez-vous avec le maire dans l'après-midi et avec Rosa Dis Thorsteinsdottir plus tard dans la soirée. Le premier s'est félicité du fait qu'on parle de sa ville, de la situation économique et des opportunités offertes sur le marché de l'emploi. La propriétaire de la maison dévastée a consenti, presque à contrecœur, à m'accorder une brève entrevue. Elle m'a confié être encore sous le choc.

Le romantisme et la gaieté règnent toutefois à certaines tables de cette salle ivoire. Il y a des fleurs aux fenêtres et des photos d'oiseaux sur les murs neutres surmontés d'un plafond lambrissé à corniche. Les bougies baignent d'une clarté vacillante les visages du jeune couple assis à la table en face de la mienne. Ces deux-là parviennent difficilement à se quitter des yeux et mangent d'un air rêveur. Trois étrangers dégustent bruyamment de la viande d'agneau. On entend trois couples rire aux éclats à l'autre bout de la salle. Apparemment, ils se racontent leurs pérégrinations hasardeuses dans les pays du Sud. Deux hommes d'une bonne trentaine d'années sont assis près de la porte devant leur verre de whisky et discutent à voix basse. L'un d'eux m'est familier pour l'avoir vu en photo dans la presse. Karl Olafsson est un footballeur connu de l'équipe nationale, il est parti jouer à l'étranger avant de rentrer au pays, il y a quelques années. Je crois me souvenir qu'il a investi dans des boutiques de mode et des restaurants chics à Reykjavik.

Après avoir réglé la note, alors que je me dirige vers la sortie, je décide de vérifier si la présence en ville de Karl ne donnerait pas matière à article.

– Bonsoir, je m'appelle Einar et je travaille au *Journal du soir*. Pardonnez-moi de vous déranger, mais…

– Bien le bonsoir, répond le camarade du footballeur avec un large sourire tout en me tendant sa paume moite. Je m'appelle Halli [1] et je suis le meilleur ami de Kalli Olafs.

Certains ne répugnent décidément pas à se parer de la gloire des autres. Le type en question est bien en chair, presque bouffi, il a un visage rond, jovial et rougeaud. Ses cheveux d'un blond filasse sont coiffés en une petite crête qui lui court au milieu du crâne.

Son meilleur ami, Karl Olafsson, sait qu'il n'a nul

1. Diminutif de Hallgrimur. De même, plus loin, Kalli est le diminutif de Karl. Les Islandais ont la manie du diminutif dont l'emploi indique une forme de proximité : l'appartenance à un groupe, un cercle d'amis, une famille, une communauté, etc.

besoin de se présenter et me tend la main avec un calme olympien. Son sourire éteint ne parvient pas à illuminer son regard. Il avance sa puissante mâchoire puis hoche sa tête brune, impeccablement coiffée. Contrairement à son compagnon, Karl a le corps tellement ferme et musclé qu'on devine presque les lignes de ses muscles à travers ses vêtements élégants et sombres, coupés à la dernière mode.

– Je… je ne veux pas vous importuner bien longtemps, mais je me suis dit en vous voyant ici, Karl, que je pourrais vous demander si vous aviez l'intention de vous fixer à Isafjördur, d'un point de vue financier ou professionnel. Vous investissez en ville ?

– Non, non, non, répond-il, toujours souriant. Nous rendons simplement visite à des amis pour fêter l'avènement de temps nouveaux.

– Malheureusement, répond Halli en avalant une bonne lampée de whisky. Mais vous devriez quand même interviewer Kalli, simplement parce qu'il existe. C'est une raison suffisante, amplement suffisante.

Karl lance un regard complice à son camarade et sourit en coin.

– Vous pourriez aussi, continue Halli avec un sourire grimaçant, interviewer son meilleur ami, c'est-à-dire moi.

Les deux hommes éclatent de rire. Seuls les yeux injectés de sang de la star du football attestent qu'il est bien aviné, même s'il n'est pas aussi avachi que son copain Halli.

– Merci beaucoup, dis-je en guise d'au revoir aux joyeux drilles. J'en prends bonne note.

Je parviens à fumer une demi-cigarette tandis que je parcours lentement la distance qui sépare l'hôtel du Langa Manga. Je balance mon mégot au pied des marches et j'entre. Autrefois, ce bâtiment devait être une simple maison de quatre pièces. Le comptoir en bois fait face à la porte, les ventilateurs fixés au plafond confèrent au lieu un certain exotisme. À la sono, les Talking Heads prennent le relais de R.E.M. Je m'approche du bar et commande un cappuccino auprès du serveur, un type enjoué dont les cheveux sont noués en queue de cheval.

Il n'est que neuf heures du soir. Seules quelques tables sont occupées dans la salle voisine. Sur un mur, des étagères où sont posés des livres et des jeux. Une douce clarté émane de petits photophores. Je me dis que l'endroit est plutôt cosy tandis que je m'installe à une table couverte de mosaïque près d'une fenêtre. Je sors mon portable tandis que je détaille une vieille maison à tourelle toute biscornue, peinte en rouge et en vert.

Je fouille mes poches à la recherche du morceau de papier où j'ai noté le numéro du brigadier-chef Brandur Brandsson. À travers le brouhaha, j'entends des jeunes du lycée d'Isafjördur et l'un de leurs enseignants discuter de l'intérêt que présentent Mugison et sa musique pour la ville. La conversation de deux femmes d'une quarantaine d'années, assises devant leur bière à la table voisine, est nettement plus discrète. Le sujet est en rapport avec la mode vestimentaire.

Le serveur m'apporte mon cappuccino et, alors que je m'apprête à composer le numéro, j'entends l'une des femmes déclarer :

– Regarde-moi ça !

Je jette un œil par la fenêtre. À côté de la maison à tourelle, j'aperçois trois adolescents dégingandés, deux garçons et une fille, vêtus de jeans noirs ultramoulants, de gilets ou de vestes en cuir, avec des chaînes et d'autres babioles. Sous la lumière des lampadaires, on distingue des boucles d'oreilles et de longs cheveux noirs. Leur présence semble si anachronique dans le vieux centre-ville d'Isafjördur qu'ils me font penser à des militaires en uniforme venus d'un autre temps, errant dans des déserts étrangers.

– Je ne sais pas, répond l'autre femme. Je me dis qu'il vaut mieux avoir une fille qui ne se fiche pas éperdument de son apparence et qui suit la mode. Même si ça coûte cher.

– Mais ceux-là ne se fichent pas de leur apparence. Bien au contraire. Elle est très étudiée, même si c'est complètement ridicule.

Elles éclatent de rire.

– Je m'inquiète pour la gamine, reprend la première. Elle dit qu'elle déteste son corps. Comment c'est possible alors qu'on a treize ans et qu'on est maigre comme un clou ? Que le diable l'emporte !

– Tu n'as quand même pas oublié, ma chérie ? Nous étions préoccupées par notre apparence dès l'âge de douze ans, non ?

– Si, mais on ne demandait pas d'implants mammaires en cadeau de Noël !

Elles éclatent à nouveau de rire, d'un rire un peu forcé.

– Est-ce que, par hasard, avance prudemment l'autre, elle t'aurait entendu te plaindre de ta ligne ?

– Dieu tout-puissant ! Tu ne crois quand même pas qu'elle m'imite, qu'elle me prend comme exemple ?

– Ça lui passera, ne t'inquiète pas, rassure l'autre.

J'appelle Brandur Brandsson. La voix est sombre et rugueuse.

– Je ne fais ça que pour mon ami, Olafur Gisli,

précise-t-il, bourru. Passez chez moi demain, à l'heure du café.

Il me communique son adresse.

– Mille mercis à vous, dis-je humblement. Avez-vous de nouveaux éléments dans l'enquête sur l'incendie ?

– Je viens de vous dire que vous pouviez passer me voir demain. Je ne vous promets pas de révélations sur quoi que ce soit. C'est un service que je rends à Olafur Gisli, parce qu'il me l'a demandé.

– Bon, d'accord. Et pardonnez-moi de vous avoir dérangé ainsi, un samedi soir.

– Il se trouve que vous ne me dérangez pas beaucoup. Je suis en congé. Ce qui me dérange le plus, c'est cette histoire de profanation.

– De profanation ?

– Quoi ? Vous n'avez pas entendu parler de cette horreur ?

– Non.

Je sens qu'il s'énerve.

– Sur la tombe de Kiddi du Kjölur.

– Euh, non. Qu'est-il arrivé ?

– Eh bien, quelqu'un lui a chié dessus, ni plus ni moins ! s'exclame-t-il d'un ton brutal avant de me raccrocher au nez.

Des adolescents des deux sexes sont attroupés devant l'hôtel au moment où je rentre, après avoir pris mon café du soir. Le groupe semble tout excité, certains ont une bière à la main. Au centre, Karl Olafsson distribue des autographes.

– Comment tu t'appelles ? demande-t-il à l'une des gamines.

– Karitas, répond-elle, le visage radieux.

– Où veux-tu que je te l'écrive ?

Elle soulève son pull et lui présente sa poitrine nue.

Karl sourit d'un air amical avant d'écrire sur le sein gauche : « À Karitas », et sur le droit : « De la part de Kalli Olafs. »

Les gamins crient tous en chœur : Ouais ! *Fuck* !!

Les seins à l'air, la fille sautille dans tous les sens pour que tout le monde voie bien le trophée qu'elle vient de décrocher. Elle l'exhibera probablement toute la soirée.

Les garçons applaudissent. L'un d'eux baisse vite fait son pantalon et présente son postérieur au champion. Les filles se joignent aux applaudissements et rient à gorge déployée.

À côté de son camarade qui refuse avec bienveillance d'apposer son autographe, aussi droit qu'un garde du corps, Hallgrimur Saevar affiche un sourire coincé.

3

DIMANCHE

« Je suis l'étron sur la tombe, qui ne connaît nul repos... »

J'ignore la provenance du petit diablotin qui vient me fredonner à l'oreille une version déviante de ce blues génial interprété par Sukkat et KK[1]. Peu de chance qu'il ait été engendré par la paix qui règne sur les tombes des habitants de la capitale des Fjords de l'Ouest. C'est un vieux cimetière où poussent des arbres, situé à côté de l'église dans la rue Solgata, en surplomb du rond-point où le boulevard Skutulsfjardarbraut devient la rue Pollgata, avant d'entrer dans le centre-ville. L'église est moderne, tellement moderne que si la tour qui lui sert de clocher n'était pas surmontée d'une croix, cet assemblage de bâtiments en ciment beige avec tout ce verre et ces bardages d'acier ou d'aluminium ferait plutôt penser à une raffinerie pétrolière qu'à un mausolée destiné à la purification des âmes. Une raffinerie pétrolière ayant plutôt belle allure, certes. Sur la place d'Eyrartun, non loin de là, s'élève l'imposant et respectable bâtiment de Safnahus, l'ancien hôpital qui abrite aujourd'hui, parmi d'autres institutions, divers musées et une bibliothèque. De

1. Deux groupes de musique islandais.

l'autre côté de la place, on voit le cube de béton tout en grisaille du nouvel hôpital.

Pourquoi faut-il toujours que le présent perde la bataille contre le passé en ce qui concerne la beauté et les formes architecturales ? me dis-je, posté au milieu du cimetière d'où j'observe la manière dont la ville s'étend depuis le Pollur jusqu'aux flancs de la montagne Eyrarfjall.

Peut-être est-ce lié à des raisons pratiques, des questions de rapidité, d'économie et de profit. Pourtant, le plus déterminant en la matière c'est à coup sûr la peur d'être ringard.

La neige s'est remise à tomber, cette fois-ci en biais.

Après avoir exploré le cimetière dans tous les sens, je trouve enfin la tombe du commandant Kristinn Thorsteinsson, de son fils Thorsteinn Kristinsson et de leurs épouses respectives. La sépulture est entourée d'un muret qui commence à s'effriter çà et là. Sur la stèle est gravé un poème qui parle d'un homme qui a beaucoup travaillé, n'était redevable à personne, faisait le bien autour de lui et donnait de tout son cœur. « Sa richesse fut de ne jamais nuire. Que Dieu bénisse son souvenir. »

J'ai honte, seul parmi tous ces braves gens, j'ai honte de mon humour à deux balles et de mes pensées irrespectueuses de tout à l'heure.

La seule profanation visible en ces lieux, c'est moi et mon imagination détraquée. Je retire mes paroles, dis-je à voix haute dans l'espoir que quelqu'un m'entende.

En tout cas, si quelqu'un a déféqué sur la tombe, comme l'a dit Brandur Brandsson, on n'en voit aucune trace. Il n'y a rien d'autre que les restes de fleurs fanées. L'étron sur la tombe n'a pas eu de repos.

Ceux qui ont le cœur pur assistent probablement à

l'office dominical. Moi, je dégage d'ici pour me diriger vers le tapis de neige de la place Eyrartun. Le balcon au-dessus de la porte de Safnahus lui donne l'air d'une résidence d'apparat d'un gouverneur qu'on imagine apparaître dans des moments solennels pour s'adresser à la foule. Je m'attarde quelques instants au cas où j'y verrais le maire. Hier soir, il m'a dit qu'il pourrait me rencontrer ici car il doit participer au programme de la Journée du nounours avant de s'envoler vers Reykjavik pour une réunion. Je n'ai jamais entendu parler de la journée en question. J'ai supposé qu'il s'agissait de l'inauguration d'un nouveau magasin de jouets ouvert dans la région par une chaîne franchisée.

Peut-être que je devrais, moi aussi, organiser ma Journée du nounours. Offrir une petite fête à tous mes nounours, le surnom que je donne à mes informateurs. Mais bon, cela poserait problème. Ils perdraient leur anonymat et ne seraient, par conséquent, plus mes informateurs.

Des visiteurs, jeunes et moins jeunes, arpentent les salles de Safnahus qui a, pour l'occasion, ouvert ses portes en ce dimanche. Pendant que j'attends le maire, je me plonge dans l'historique de la Journée du nounours, laquelle est fêtée dans les bibliothèques des pays nordiques en l'honneur de leur jeune public. Il tombe le jour de l'anniversaire de Teddy Roosevelt, l'ancien président des États-Unis, à l'origine du concept de *teddy bear*.

Cette journée est-elle également fêtée dans les bibliothèques de Bagdad ? me dis-je en examinant les dessins des enfants d'Isafjördur qui couvrent tout un pan de mur.

Derrière mon dos, j'entends le déclic d'un appareil photo. Je découvre un jeune homme de petite taille, court sur pattes et grassouillet, vêtu d'un sweat à capuche et d'un jean, qui manie l'objectif comme un professionnel. Je m'approche pour me présenter. Il me répond qu'il s'appelle Fridfinnur Askelsson et qu'il travaille au *Courrier d'Isafjördur*.

– Ah bon, dis-je. Excellent journal. Comment parvenez-vous à le maintenir à flot ?

Il affiche un sourire.

– Incroyablement bien, quand on pense au peu de gens qui vivent ici et à la pénurie d'événements. Il existe depuis vingt ans et j'ai été engagé l'année dernière. Notre site Internet est également très visité.

– Pénurie d'événements, dites-vous. Eh bien, un incendie et une profanation doivent tout de même rompre un peu la routine.

– Oui, évidemment, convient-il. Ça fait toujours quelque chose à raconter. Mais attendez une seconde, comment ça, une profanation ?

Je lui expose l'affaire.

– Je n'en ai pas entendu parler, marmonne-t-il en se caressant le menton. Une profanation ? Ce n'est pas simplement un banal acte de vandalisme ?

Je hausse les épaules.

– Quelqu'un qui aurait eu une envie pressante entre deux fêtes du samedi soir et qui se serait soulagé à cet endroit ? reprend-il.

– Il semble tout de même étrange, si c'est le cas, que cela soit arrivé justement sur la tombe du bâtisseur de la maison incendiée.

– Ce n'est pas moi qui suis chargé du suivi de ce genre d'affaire. Tout ce qui concerne les rapports avec les administrations est confié aux rédacteurs en chef. Ils doivent soigner les relations avec les autorités. À cause des revenus liés à la pub, des abonnements contractés par la municipalité, des subventions et de tous ces trucs-là.

Fridfinnur fait un signe de la tête en direction du maire qui se tient dans le couloir, occupé à discuter avec quelques électeurs potentiels. Je le reconnais pour avoir vu sa photo dans les journaux.

– Vous avez réussi à prendre des clichés de l'incendie ?

– Il était presque éteint quand je suis arrivé.

Nous convenons que le *Journal du soir* lui achète une photo qu'il s'engage à faire parvenir à Reykjavik au plus vite.

– Vous connaissez cette Alda Sif qui occupe le poste de commissaire ?

– Non, il n'y a que peu de gens qui la connaissent même si elle travaille ici depuis plusieurs années. Elle se tient le plus souvent à l'écart. Mais elle a la réputation d'être très efficace.

– Et le préfet ? Comment il est ? Eyjolfur Atli Sveinsson, c'est bien son nom ?

– Un vrai grippe-sou, répond-il. Eyjolfur Atli est originaire d'Isafjördur et il occupe le poste de préfet depuis longtemps. Il s'intéresse plus à l'administratif et aux tableaux sur Excel qu'aux relations avec le commun des mortels. Il ne fréquente pratiquement que le gratin de la ville. En revanche, je crois savoir qu'il s'occupe correctement des projets en cours dans le territoire sous son autorité. Il est d'ailleurs sacrément étendu puisqu'il débute au milieu du Gilsfjördur, qu'il remonte jusqu'à la province des Dalir et inclut la lande de Holtavörduheidi, jusqu'à la province du Borgarfjördur. C'est un territoire immense et pas toujours facile à gérer.

– Vous connaissez la famille qui a perdu ses biens dans l'incendie ?

– Non, je ne suis pas d'ici. Je suis arrivé dans la péninsule pour aller au lycée. J'ai obtenu un boulot d'été au *Courrier d'Isafjördur* et j'y suis resté après mon bac.

J'ai l'impression que le maire s'apprête à quitter les lieux : il piaffe dans le couloir face à ses électeurs et jette un œil à sa montre.

– En revanche, ajoute Fridfinnur, j'ai rencontré des gens qui sont allés à la même soirée qu'eux, avant-hier soir.

– De quel genre de soirée s'agissait-il ? dis-je, tout en m'efforçant de capter l'attention du maire d'un geste de la main.

– Un enterrement de vie de jeune fille. Ou peut-être de vie de garçon ? Je ne me souviens pas. Toujours est-il que ça avait l'air d'être plutôt sympa.

– Ah bon ?

– Oui, hier soir au Langa Manga, j'ai croisé deux gars qui prolongeaient la fiesta. Le joueur de foot Karl Olafsson et un de ses copains.

– Ah, je vois. Je suis allé là-bas hier soir, mais je suis rentré tôt à l'hôtel. J'ai dû les manquer.

Fridfinnur me toise avec compassion.

– Ça ne démarre vraiment qu'entre onze heures et minuit.

– Et ils s'amusaient bien ?

– Oui, surtout son copain. Il allait emmerder tout le monde, en premier lieu les femmes, et se présentait comme Halli, le meilleur ami de Kalli Olafs. C'est franchement nul, comme technique de drague.

Je hoche la tête avec un sourire.

– Et ça fonctionnait ?

– Je ne sais pas pour lui. Mais les filles affluaient à la table de Karl qui les accueillait. Il secoue la tête d'un air perplexe. Il n'avait même pas besoin de lever le petit doigt.

Je m'avance vers le maire.

– Dites, déclare alors le photographe, il y a longtemps que j'ai envie de partir à Reykjavik pour faire du vrai journalisme. Il n'y aurait pas un poste disponible chez vous ?

Je dis non de la tête.

– Je n'ai pas l'impression qu'il y ait de grandes chances qu'une place se libère. Essayez quand même de contacter Trausti Löve, le rédacteur en chef. Sait-on jamais ?

– Trausti Löve, répète le photographe. Waouh ! Il était vraiment super à la télé.

Les mesures de rééquilibrage me donnent la nausée au moment où le maire Sigurdur Garpur Sigurdsson en a terminé avec le sujet. Il m'a expliqué comment les revenus moyens de la population des Fjords de l'Ouest ont diminué : il y a vingt ans, ceux-ci figuraient parmi les plus élevés d'Islande alors qu'ils se classent maintenant parmi les plus faibles. Autrefois, il y avait des chalutiers dans chaque fjord, mais peu à peu, le système des quotas, la vente libre des autorisations de pêche et leur limitation ont sonné le glas des vieux villages de pêcheurs. Il m'a expliqué comment la diminution des prises alliée au progrès dans les techniques de pêche et de traitement du poisson ont conduit à une destruction des emplois dans ce secteur essentiel ; comment la région a été oubliée par la croissance économique, surtout dans le domaine des investissements et des nouvelles technologies ; comment on peut créer de nouveaux emplois par le biais de subventions destinées à renforcer les réseaux électrique, routier et celui des communications mobiles. Il m'a exposé les nouvelles opportunités qu'offrent la prospection d'énergie géothermique, l'élevage de la morue, l'usine de traitement de l'eau et la plateforme de services destinée à l'est du Groenland, sans oublier le développement du domaine éducatif, celui de la recherche et encore moins celui du tourisme puisque seuls deux pour cent des étrangers arrivant en Islande décident de venir jusque dans les Fjords de l'Ouest.

Ouf !

Il me revient à l'esprit que les gens de Reydarfjördur, dans l'Est, projetaient de créer un paradis pour touristes qui proposerait des activités de plein air dans le respect de l'environnement. Ce projet avait immédiatement été mis au placard quand l'industrie lourde avait pointé son nez. J'ai la nette impression que la même chose se prépare ici. Installer une raffinerie pétrolière qui emploierait cinq cents personnes et générerait encore plus d'emplois connexes est une solution plus facile et plus rapide que de miser sur un développement progressif du tourisme, lequel demeurera de toute manière une activité saisonnière.

– Ce n'est pas l'air pur que nous respirons ni la jolie vue que nous avons sur les montagnes qui nous permettront d'affronter l'avenir, poursuit-il, déterminé.

C'est un homme aux gestes vifs, de taille moyenne, mince, vêtu d'un costume noir et d'une chemise blanche. Il a les cheveux coupés en brosse.

– Nous devons faire preuve de plus de solidarité et d'optimisme, donner aux gens l'audace et la force d'investir en prenant des risques calculés. La vie ici est agréable. Il ne suffit pas d'en convaincre les décideurs et le monde du travail, il faut que nous en soyons nous-mêmes persuadés. Nous devons en appeler à la responsabilité sociale de l'industrie de la pêche, dans les Fjords de l'Ouest. Trois pour cent de la population islandaise vit ici et nous détenons neuf pour cent des quotas de pêche. Les propriétaires de ces entreprises doivent réfléchir à deux fois avant de vendre ces quotas à l'extérieur dans l'unique souci d'un profit immédiat. Pourtant, même si nous avons une belle et longue histoire avec la pêche que nous devons continuer de pratiquer sans crainte, nous ne devons pas nous enchaîner à cette unique activité. Nous devons regarder vers l'avenir avec l'esprit ouvert à de nouvelles opportunités. Nous devons mettre plusieurs œufs dans plusieurs paniers et nous garder de n'en mettre qu'un dans un seul.

Au terme de ce bref discours, Sigurdur Garpur consulte à nouveau sa montre. Il sort son téléphone et compose un numéro. Le vol vers Reykjavik a été annulé pour cause de mauvais temps.

– Vous voyez, observe-t-il en replongeant son portable dans sa poche. C'est le genre de désagréments auxquels nous sommes constamment confrontés. Je dois être présent à une réunion au ministère des Transports demain matin. Je suppose que je n'ai plus qu'à m'y rendre en voiture. Que ne ferait-on pas pour voir naître le tunnel d'Oshlid, n'est-ce pas ?

– Une question, pour finir. Elle concerne la maison qui a brûlé l'autre nuit, et ce que vous venez de me dire à propos du passé et de l'histoire. Est-ce que la ville s'arrangera pour qu'elle soit reconstruite à l'identique au même endroit ?

Le maire se lève du recoin où nous nous étions installés.

– Il est trop tôt pour se prononcer sur cette question. Le respect du passé ne doit pas être un frein au progrès et aux évolutions. Nous administrons une ville, pas un musée en plein air. L'avenir de cette maison dépend surtout de la volonté de ses propriétaires qui ne se sont pas exprimés pour l'instant.

Je ramasse mes notes et mon dictaphone puis je me lève.

– Il ne semble pas que le respect du passé ait été un frein au progrès ni au développement dans le cas présent, dis-je tout en lui montrant la vie qui déborde à l'intérieur du bâtiment rénové et très réussi de Safnahus.

– Du reste, ça nous a coûté assez cher, précise-t-il, de transformer cet hôpital construit en 1927 en bâtiment polyvalent destiné à héberger une bibliothèque, les archives régionales, un musée des beaux-arts et de la photographie. Mais nous ne le regrettons pas. Ce lieu remplit admirablement ses fonctions depuis cinq ans et on ne démolit pas du Gudjon Samuelsson.

Au terme de son discours, le maire me tend une feuille imprimée où figure une liste.

– J'ai rassemblé sur ce papier les noms de quelques personnes qu'il vous serait profitable d'interroger pour la rédaction de votre article. Des gens qui ont une vision responsable de l'avenir.

Sur quoi, il disparaît dans sa voiture pour aller à la rencontre des autorités de Reykjavik. Je parcours la liste avant de la jeter dans la poubelle la plus proche.

Alors que je quitte Safnahus et que s'offrent à ma vue le nouvel hôpital, l'église et le cimetière, je comprends brusquement combien les autorités locales envisagent l'avenir de manière responsable. Ici, on économise vos pas sur le chemin le plus court qui vous mènera du berceau à la tombe.

La seule inconnue de cette équation, c'est l'endroit où chaque individu atterrira entre-temps.

Ensuite, je me démène comme un diable. Je discute avec toutes sortes de gens du cru sur les perspectives d'un avenir radieux ou terrifiant, sur les sales types détenteurs de quotas de pêche qui ruinent les villages par leur avidité irresponsable, sur l'État qui refuse de racheter les maisons de ceux qui jettent l'éponge, les forçant ainsi à partir en perdant tout ce qu'ils possèdent, sur la politique de limitation drastique des autorisations de pêche, sur les recommandations imbéciles de l'Institut de recherche marine, sur la diminution de vingt-cinq pour cent de la population en l'espace de vingt ans, sur la croissance négative, l'opportunisme des politiciens, les ménages endettés qui quittent Reykjavik pour prendre un nouveau départ dans les Fjords de l'Ouest où les services sont de qualité, les prix de l'immobilier avantageux, et l'environnement idéal pour les familles. Etc. Etc.

L'OPTIMISME : LA MEILLEURE DES MESURES DE RÉÉQUILIBRAGE

Tel est le gros titre qui me vient à l'esprit alors que je m'accorde une pause dans ma chambre d'hôtel. Mon répit est toutefois de courte durée.

Le brigadier-chef Brandur Brandsson vit dans le vieux quartier. Il occupe une maison mansardée, couverte de tôle ondulée peinte en jaune, surmontée d'un toit rouge, et dont l'encadrement des fenêtres est peint en blanc. Brandur est un petit homme chauve, costaud et râblé, probablement âgé d'une bonne soixantaine d'années. Il porte un gilet de laine marron à carreaux par-dessus sa chemise grise et un pantalon en tergal qu'il remonte haut sur sa bedaine, assez conséquente. Il s'attarde quelques instants sur le pas de sa porte d'où il me détaille sous toutes les coutures. Les traits durs de son visage rasé de près sont très expressifs. Il abaisse ses lunettes sur son nez camus et regarde alternativement par-dessus et à travers les verres, comme pour trouver la distance convenable. Je parviens difficilement à me l'imaginer se livrant à des bras de fer et à des joutes verbales, ou poussant la chansonnette avec Olafur Gisli, comme deux joyeux drilles, dans les banquets de la police. Et je me maudis en silence d'avoir oublié le conseil du commissaire d'Akureyri selon lequel il était judicieux d'amadouer Brandur en lui apportant du Brennivin.

Il semble brusquement prendre une décision. Il jette un œil au-dehors, regarde furtivement à droite et à gauche puis attrape le revers de ma veste d'un geste plutôt brutal pour m'entraîner à l'intérieur.

– Allez, entrez, nom de Dieu, grommelle-t-il. Je n'ai aucune envie que les passants ou les voisins voient que j'invite chez moi un journaleux de la presse à scandale.

En vain, je m'efforce de déceler un sourire entre ses dents serrées.

Brandur abaisse son regard sur mes chaussures couvertes de neige. Son crâne luisant a la forme d'une boîte de conserve bosselée. Quelques filaments de tabac s'enfoncent dans les ridules de sa lèvre supérieure. Il est en chaussettes et m'indique de l'imiter.

Tandis que je me déchausse, je contemple les murs lambrissés et la moquette élimée de l'escalier de meunier qui mène à l'étage. Je suis le maître des lieux dans l'étroit couloir, dépasse la cuisine exiguë sur la droite et j'entre dans le salon, à gauche. Toutes les portes sont étroites et basses, ce qui convenait au peuple nain que nous étions dans le passé. En entrant, je parviens à me cogner la tête contre le linteau. Des reproductions de paysages islandais, principalement d'Isafjördur, couvrent les murs. Des rideaux occultent complètement les fenêtres.

Dans l'air lourd flotte un mélange d'odeurs corporelles, de poussière, de café réchauffé et de cuisine rance.

Brandur m'invite à m'asseoir au salon. Le siège du maître de maison est un fauteuil orienté vers la télévision, installée dans une bibliothèque, et j'opte donc pour le canapé capitonné en cuir marron. Une vieille pendule veille à côté de la porte. Au fond de la pièce se trouve une petite salle à manger où l'on voit un buffet et une table pour quatre personnes. Les dîners d'apparat doivent être plutôt rares chez ce Brandur Brandsson.

– Le *Journal du soir*, grogne-t-il en attrapant sa boîte de tabac à priser avant de se laisser tomber lourdement sur la couverture pliée en quatre sur son fauteuil. Fichue feuille de chou ! Si ce n'était pas mon ami Olafur Gisli qui me demandait ça…

Il s'interrompt et secoue la tête.

– Donc, vous n'appréciez pas beaucoup nos articles ? dis-je, inquiet.

– Je ne les lis pas. J'en ai ma claque de me laver les mains à chaque page.

– Ah, je comprends.

J'aurais bien envie d'une cigarette, mais je n'aperçois aucun cendrier.

– Le *Journal du soir* n'est même pas bon à envelopper le poisson, poursuit-il, à moins que ce dernier ne soit gâté ou avarié.

– Est-ce que ça vous dérange si je fume ?

– Oui, répond-il en m'offrant du tabac à priser.

J'hésite. Puisque j'ai oublié le Brennivin, il serait peut-être habile de tenter d'établir une forme de connivence avec mon hôte. J'attrape entre mon pouce et mon index un peu de tabac que j'enfonce dans mes narines avant de renifler.

La manœuvre est délicate, mais je sens une brûlure revigorante monter jusqu'à mes sinus.

Il observe les opérations. Son visage semble figé en une sorte de grimace.

– N'allez pas croire que l'interdiction de fumer dans les lieux publics soit à mes yeux la loi la plus marquante de notre époque. C'est juste que je m'efforce d'abandonner le cigare. Je fumais un paquet de London Docks par jour il y a encore deux ans. Je dois préserver la pompe, précise-t-il en tapotant son épaisse poitrine.

Voilà que sa langue se délie quelque peu. Je saute sur l'occasion pour discuter de notre ami commun, le commissaire d'Akureyri. Après l'avoir chacun de notre côté couvert de louanges, Brandur se remémore les moments où ils se sont livrés tous les deux à des joutes oratoires et poétiques.

– Le *Journal du soir*, ouais, répète Brandur, soudain pensif. Puisque Olafur Gisli m'en dit du bien, il y a une probabilité mathématique pour qu'il ne soit pas entièrement mauvais. Évidemment, votre canard plaît aux jeunes. Et tout ce qui leur plaît me déplaît, c'est le moins qu'on puisse dire. Les jeunes, je n'y comprends rien. Ici, dans l'Ouest, nous les appelions autrefois les petits diables.

– Les petits diables ?

– Oui, il y avait ceux de Hlidarvegur, et ceux de Nedstakaupstadur qui venaient du quartier où nous sommes. Aujourd'hui, on voit partout des petits diables de Thaïlande, de Pologne et de je ne sais où. De braves gamins, d'ailleurs. En général, meilleurs que les nôtres qui veulent tout avoir sans rien donner en échange.

– Il n'y a pas de problèmes avec tous ces étrangers ?

– Les petits diables d'ailleurs ? Ne vous attendez pas à ce que j'en dise du mal. Ils sont trop nombreux, voilà tout.

– Peut-être parce que les gens du coin refusent les emplois mal payés ?

– Oui, les jeunes se croient trop bien pour ces boulots-là. Encore heureux, il y a des exceptions. Tenez, le petit Grimsi, par exemple. Il travaille pour vous, pour le *Journal du soir*.

– Qui est ce petit Grimsi ?

– Un gamin de dix ans. Il livre votre feuille de chou en ville.

– Ah bon ?

Sa voix forte se fait, un instant, plus pointue.

– Oui, c'est le fils de la commissaire.

– Le fils d'Alda Sif ? dis-je tandis que me revient le souvenir de l'accueil plutôt sec qu'elle a réservé à celui qui s'avère être le collègue de son fils.

Il reste silencieux et s'enfonce dans une narine une robuste prise de tabac.

Ce lien professionnel explique peut-être que la commissaire soit restée à ce point sur la réserve.

– Je ne parle de Grimsi qu'à titre d'exemple, reprend Brandur. C'est un môme courageux, mais à son âge on est fragile et influençable. Par ces fainéants habillés tout en noir qui traînent ici en ville avec pour unique but de s'opposer à tout et à tout le monde.

– Comment ça, ces fainéants habillés tout en noir ?

Il s'emplit l'autre narine de tabac.

– Ben, ces trois apprentis du diable. L'un d'eux est le frère de Rosa Dis, celle dont la maison a brûlé l'autre nuit. Il s'appelle Bjartur. Ils sont accoutrés comme s'ils sortaient tout droit de l'enfer ou qu'ils s'apprêtaient à y retourner.

Je me souviens des trois adolescents dégingandés qui sont passés devant le Langa Manga hier soir.

Pourquoi donc est-ce que Brandur me parle d'eux ?

– Vous les soupçonnez d'avoir une responsabilité quelconque dans l'incendie ?

Il se passe la main sur le crâne.

– Personne n'est soupçonné de quoi que ce soit. Autant que je sache, l'enquête est encore en cours pour déterminer la cause du sinistre et cela peut être long. Voyez par exemple l'incendie qui a eu lieu à Reykjavik au coin des rues Laekjargata et Austurstraeti : on a enquêté, enquêté, enquêté, sans aucun résultat. Ou encore ceux des îles Vestmann. Là-bas, on sait que l'origine est criminelle, mais les coupables restent introuvables.

– Il y a eu beaucoup de sinistres de ce type dans la région ?

– Eh bien, il y en a eu quelques-uns. Par exemple, quelqu'un a mis le feu à des locaux industriels dans la vallée de Bildudalur il y a deux ans. Six cents mètres carrés sont partis en fumée. Mais le pyromane court toujours. Il a été impossible de prouver quoi que ce soit.

– Vous avez un suspect ?

– Il y a toujours des pistes qui nous orientent vers quelqu'un, mais ça ne suffit pas. Il est difficile d'apporter des preuves dans ce genre d'affaires. Le feu peut avoir tellement d'origines. Il peut être causé par l'électricité, des bougies oubliées, des télévisions qui implosent et ainsi de suite. Le problème, c'est qu'en général le feu détruit tout, y compris les preuves.

Brandur marque une pause. En attendant, je reprends un peu de tabac dans la boîte qu'il a laissée ouverte.

– Mais l'incendie le plus bizarre qui a eu lieu ici à Isafjördur, c'est sûrement celui de l'église, il y a une bonne vingtaine d'années.

Je m'accorde un instant de réflexion.

– En effet, ça me dit quelque chose.

– L'enquête n'a mené à aucune conclusion définitive, poursuit Brandur. Cela s'est produit au milieu de la nuit, en plein été. L'une des théories avançait que le soleil de minuit brillait si fort à travers les vitraux que le feu s'était déclaré. J'ai toujours trouvé ça tiré par les cheveux.

Pour la première fois depuis mon arrivée à Isafjördur, je distingue dans le « par » de mon interlocuteur la prononciation du nord-ouest de l'Islande.

– Une autre thèse affirmait que le feu était d'origine électrique. Le plus probable c'est pourtant que l'acte soit criminel. Il semble que du carburant ait été répandu partout et que les foyers aient été multiples.

– Vous avez quand même dû avoir au moins un suspect ? Pourquoi aller mettre le feu à une église ?

Brandur lève les bras au ciel.

– Une église de cent vingt-quatre ans ! L'intérieur était entièrement calciné, le bâtiment inutilisable. L'autel n'était plus qu'une ruine et les tuyaux de l'orgue avaient fondu comme du beurre. La statue du Christ avait explosé, on a retrouvé des morceaux disséminés un peu partout. Voilà.

Il est pris d'une hésitation.

– On aurait dit que c'était l'œuvre de Satan en personne. Et…

– Et ?

Brandur grimace encore plus qu'à son habitude.

– Peu avant l'événement, quelqu'un était entré par effraction dans l'église pour la profaner.

– Ah bon ? Exactement comme c'est arrivé au cimetière ce week-end ?

J'ai l'impression que les larmes lui montent aux yeux. Brandur Brandsson n'est probablement pas aussi endurci que le laissent présager son physique ou le ton de sa voix.

– Pas tout à fait. C'était bien pire que ça. Quelqu'un avait pris la bible et s'était masturbé dessus, dit-il, saisi d'un frisson. Jamais nous n'avons réussi à établir de lien entre l'incendie et cette horreur.

– Et l'église n'a pas été reconstruite ? J'ai visité ce matin un assemblage de béton qu'on peut certes considérer comme beau, d'un certain point de vue. Cela ferait un bel hôtel, par exemple.

– Beau ? Il est tout simplement affreux ! dit-il en se penchant sur la table basse. Laissez-moi vous dire que je suis très impliqué dans les affaires de la paroisse. J'ai siégé au conseil paroissial pendant des années et je me suis battu de toutes mes forces pour voir cette église reconstruite. Mais nous ne sommes pas parvenus à nous entendre. Ça a donné lieu à une véritable guerre en ville. Pour finir, la vieille église a été démolie et emmenée en tas dans la vallée d'Engidalur, là-bas, au bout du fjord de Skutulsfjördur où elle repose toujours dans un immense coffrage à ciel ouvert spécialement fabriqué pour l'accueillir. Et ce grand machin a été construit à la place. La plupart des églises modernes ne sont que des exercices d'entraînement pour architectes impies.

Brandur se lève et se met à arpenter le salon.

– Je n'y ai pas remis les pieds depuis cette époque. J'allais le faire il y a quelques années, mais un nouveau pasteur a été nommé. Une espèce de blanc-bec envoyé de Reykjavik.

– Ah, et il est mauvais ?

– Mauvais ? Un beau parleur de la pire espèce. Un type qui s'imagine que la parole de Dieu est le ticket d'entrée pour un moment de gloire. Bon sang !

– Quand je suis passé au cimetière ce matin, je n'ai vu aucune trace de profanation sur la tombe dont vous m'avez parlé.

– Là, je n'en sais rien. Je n'étais pas de service ce week-end. Mais c'est lui qui l'a signalé.

– Qui ça, lui ?

– Eh bien, le beau parleur à l'habit.

– Voilà, il n'y a plus rien, sanglote Rosa Dis Thorsteinsdottir. Plus rien de la maison de papa et maman, de grand-père et grand-mère. De tout ce qui se trouvait à l'intérieur, il ne reste plus rien.

Je jette un œil par la fenêtre du Langa Manga où elle a accepté de me rencontrer devant un café.

– Nous avons tant à faire, m'a-t-elle confié hier au téléphone. Il y a tant de choses auxquelles nous devons penser. Comment allons-nous redémarrer ? Et où ?

La neige qui tombe abondamment nous bloque la vue. Il fait nuit. Bien des choses contribuent à ce que les gens soient aveugles.

Rosa Dis m'explique que pour l'instant ils se débattent avec les assurances.

– Nous ne savons pas encore où nous en sommes, précise-t-elle en s'essuyant les yeux du revers de la manche de son manteau en laine rouge. Elle a une trentaine d'années, mais son visage rondelet est marqué, son front ridé, et ses grands yeux bruns sont soulignés de larges cernes bleutés. Elle a tenté de dissimuler les traces du choc en se maquillant, mais cela ne suffit pas.

Elle me raconte qu'elle et son mari étaient sortis s'amuser la nuit du drame.

– J'étais à l'hôtel, à l'enterrement de vie de jeune fille de mon amie Oktavia. Elle se marie le week-end prochain et nous étions tellement nombreuses qu'elle avait loué la salle de restaurant.

– Et le futur marié ?

– Pendant ce temps-là, Biggi, son petit ami, et quelques copains, parmi lesquels mon Siggi[1], étaient chez Oktavia qui leur avait laissé la maison. Biggi vient de Reykjavik et c'est là-bas qu'il fêtera son véritable enterrement de vie de garçon. Vers minuit, les hommes sont venus nous rejoindre et nous avons continué la fête, tous ensemble.

Ses longs ongles vernis de rouge grattent le plateau en mosaïque de la table.

– Nous étions en train de chanter à tue-tête et de nous amuser pendant que notre maison brûlait, précise-t-elle, d'un air abattu.

– Vous l'avez héritée de votre père ?

Elle hoche la tête.

– C'est tout ce qu'il m'a laissé. Ma sœur aînée est décédée et je suis l'avant-dernière de la fratrie. Mes quatre sœurs ont toutes déménagé, la maison ne les intéressait pas. Elles ont hérité du peu d'argent que papa et maman avaient placé sur un livret. Moi, je me retrouve ici et tout ce qu'il me reste, c'est un tas de ruines calcinées.

– Et une situation financière désastreuse ?

1. Diminutif de Sigurdur.

– Plutôt, oui, je travaille dans les bureaux de l'ancienne Kampalampa, autrement dit la Crevette rose.

– La Crevette rose ?

Rosa Dis se force à sourire.

– Oui, on l'appelle toujours comme ça. Autrefois, c'était une conserverie et elle a été baptisée du nom de la crevette qu'on pêche sur nos côtes. Comme la plupart des usines qui pratiquaient cette activité, elle a plusieurs fois fait faillite. Aujourd'hui, elle s'est tournée vers le poisson, à petite échelle. Nous, les employés, nous avons fini par renoncer à utiliser les nouveaux noms qu'elle a pris après chaque faillite. Voyant qu'elle avait été rebaptisée quatre fois en quatre ans, nous avons repris l'habitude de la désigner par son nom d'origine.

– Et Sigurdur, votre mari ?

– Il vient d'abandonner ses études de commerce. Ça représentait trop d'allers-retours vers Reykjavik et nous n'en avions plus les moyens. Il cherche du travail depuis quelque temps, il espère une opportunité.

– Et votre jeune frère, il vit chez vous, n'est-ce pas ?

Elle semble étonnée que je connaisse l'existence de son frère.

– Bjartur a, pour ainsi dire, quitté notre domicile pour s'installer chez Idunn, sa petite amie. Ça ne me plaît pas beaucoup, ils n'ont que quatorze ans. Mais la jeune fille est bien entourée et la maison de ses parents est grande.

Une maison spacieuse et des parents prévenants, tout va donc pour le mieux.

– Vous avez une idée de la manière dont le feu s'est déclaré ?

– Non, mais toute l'installation électrique était vétuste et nous n'avions pas les moyens de la mettre aux normes.

– Salut, lance un homme qui entre en vitesse dans le bar. C'est un bel homme, grand, d'environ trente-cinq ans, et vêtu d'un manteau noir. Il frappe ses pieds sur le sol pour se débarrasser de la neige.

– Je vous présente Siggi, mon mari, annonce Rosa Dis dont le visage s'illumine.

Je me lève, lui tends la main et me présente.

– Sigurdur Ögmundsson, répond-il en retirant ses gants pour me saluer.

Il est svelte, comme sa femme, et son visage à la mâchoire solide est orné d'élégantes lunettes. Les flocons de neige fondent rapidement sur ses cheveux blonds ondulés.

– Il faut qu'on y aille, annonce-t-il, Oktavia nous attend pour manger.

Rosa Dis se lève et m'adresse un regard en guise d'excuse.

– Elle nous héberge tant que nous sommes dans l'incertitude.

– C'est bien d'avoir de vrais amis quand une chose de ce genre arrive, observe gravement Sigurdur. C'est dans ces moments-là qu'on les reconnaît. Tout le monde s'est proposé de nous prêter main forte.

Il se tourne vers sa femme.

– Dis, tu lui as parlé de la collecte ?

Elle semble embarrassée.

– Non, je ne suis pas certaine que…

– Quelqu'un a eu l'idée, poursuit-il, d'organiser une collecte pour nous soutenir. C'est une attention extrêmement touchante, mais Rosa Dis est tellement fière. Elle trouve cela plutôt pitoyable.

Sur quoi, il enserre de ses bras les épaules de sa femme et lui dépose un léger baiser sur la joue.

– Eh bien, si cette collecte a finalement lieu, il va

de soi que notre journal diffusera l'information. Il est courant que les amis et les proches de ceux qui, comme vous, sont confrontés à des drames, organisent ce genre de collecte pour les aider à passer le cap le plus difficile. Il n'y a aucune honte à ça.

Sigurdur hoche la tête.

– Merci, si cette collecte a lieu, nous vous en ferons part.

Nous sortons ensemble sous la neige qui tombe abondamment et descendons prudemment l'escalier du Langa Manga. Le couple m'autorise à prendre une photo sur laquelle Sigurdur tient son épouse dans ses bras.

Alors que nous allons nous quitter, un camping-car aux proportions gigantesques sort brusquement du rideau de neige et dérape le long du trottoir. Je bondis en arrière et j'attrape le manteau de Sigurdur qui serre sa femme contre sa poitrine.

– Quelle bande de cinglés ! hurle-t-il, hors de lui.

Son épouse semble tétanisée par la peur.

Nous suivons du regard le monstre qui traverse à toute vitesse la place devant l'hôtel avant de s'engouffrer dans Hafnarstraeti.

Alors que je m'apprête à aller dîner après avoir envoyé à Reykjavik mon article sur l'incendie accompagné de photos des lieux et des propriétaires, j'aperçois à la réception de l'hôtel un couple d'étrangers complètement bouleversés.

– Notre camping-car a disparu ! dit l'homme en anglais à la réceptionniste, quelqu'un nous l'a volé !

4

LUNDI

– Divers indices laissent à penser qu'il s'agit d'un acte criminel, concède la commissaire d'Isafjördur, mais nous n'avons aucune certitude en la matière.

Pas plus que l'autre jour Alda Sif ne m'invite à m'asseoir. Debout à la fenêtre derrière son bureau, elle croise les bras sur sa poitrine. Dehors, il ne neige plus, le froid piquant a pris le relais et, dans la rue Pollgata, le vent pousse les passants vers leur destination ou bien les en éloigne. Le Pollur est hérissé de vagues et d'écume.

– Et quels sont les indices en question ?

– Je ne peux pas vous les communiquer pour l'instant. Enquêter sur les lieux d'un incendie prend beaucoup de temps, vous n'êtes pas sans le savoir. Et toute cette neige ne nous a pas aidés.

– Quand peut-on s'attendre à des conclusions ?

– Dès que nous les aurons tirées.

– Ah, vraiment ? Génial. Si je peux me permettre, avez-vous un suspect ou peut-être même plusieurs ?

Je crois voir sur ses lèvres l'esquisse d'un sourire.

– Vous avez évidemment le droit de poser la question.

– Avez-vous commencé à vous intéresser aux

individus bien connus de vos services ? *The usual suspects*, comme on dit.

– Fort heureusement, il n'y a que très peu de ces *usual suspects* à Isafjördur en ce qui concerne les incendies, mais c'est un excellent film.

Malgré mon agacement grandissant, c'est à mon tour de sourire.

– En effet. Vous soupçonnez des vandales qui traîneraient en ville, des alcooliques ?

– Nous n'avons pas vraiment de vandales ici. Quant aux poivrots, ils sont partout.

– C'est vrai. Est-il possible que les propriétaires de la maison aient des ennemis qui auraient pu mettre le feu ?

– Vous êtes trop pressé, note Alda Sif. Si c'est parce que vous avez peur de manquer votre avion pour Reykjavik, vous pouvez vous calmer. Il fait bien trop mauvais.

Je grimace.

– Merci du renseignement, j'ai vérifié ça ce matin. Je vous pose ces questions parce que hier soir, je discutais avec Rosa Dis et Sigurdur devant le Langa Manga quand ce camping-car volé s'est précipité vers nous, en tout cas, c'est l'impression que j'ai eue.

Elle pose ses mains sur ses longues cuisses fuselées et me déclare d'un air parfaitement sérieux :

– Si vous avez une telle tendance à voir le mal partout, vous pourriez parfaitement vous demander si ce n'était pas vous que ce camping-car voulait renverser plutôt qu'eux.

Me voilà pris au dépourvu.

– Ne serait-il pas plus raisonnable d'envisager qu'étant donné les conditions de circulation sur une route enneigée, le conducteur ait eu des difficultés à freiner ? poursuit-elle.

– C'est possible.

– Il conduisait vite. Peut-être était-il également en état d'ébriété.

– Ok. À part ça, vous avez du nouveau en ce qui concerne ce camping-car ? Il a été retrouvé ?

Elle secoue la tête.

– Ce n'est pas un peu bizarre ? Un engin de cette taille ne se cache pas facilement.

– On le retrouvera. Ne vous inquiétez pas. Le jour se lève à peine, nous commençons les recherches et ce ne sont pas les endroits qui manquent.

Ils avaient garé leur camping-car non loin de là car les places sur le parking de l'hôtel étaient trop petites.

– Nous voulions simplement nous offrir un repas au restaurant, m'a expliqué le mari. Nous en avions assez des sandwichs, nous avions envie de nous faire un petit plaisir après cette longue journée de route.

Il s'exprimait dans un anglais correct, mais la rapidité de son débit était à la mesure de son émotion. Il m'a dit s'appeler Jurgis Urmanaite. Sa femme se prénommait Renata.

– D'où venez-vous ? lui ai-je demandé dans le hall de l'hôtel.

– De Kaunas, en Lituanie, m'a-t-il répondu.

C'était un homme râblé, d'une quarantaine d'années. Il avait le crâne rasé, un grand nez et une nuque plate. Il portait un jean et un tee-shirt blanc sous sa veste en cuir marron, et avait noué une épaisse écharpe de laine autour de son cou massif.

– Tiens, tiens, me suis-je dit, Kaunas en Lituanie.

Comme je n'ai manifestement pas réussi à dissimuler ma pensée qui se fourvoyait dans les clichés, il a ajouté :

– Mon épouse et moi dirigeons une bijouterie. Nous nous offrons de longues vacances. Nous parcourons l'Europe depuis le mois d'août et c'est ici notre destination finale. Nous sommes arrivés début octobre à Seydisfjördur avec notre véhicule sur le ferry *Norraena*.

J'ai regardé Renata, assise sur le canapé en cuir noir, elle passait sa main d'un air absent dans les longs cheveux blonds épais qui encadraient son joli visage allongé. La combinaison de chez 66° Nord la grossissait sacrément.

– Il y a si longtemps que nous rêvions de venir en Islande. Vous, les Islandais, avez été le premier de tous les peuples à reconnaître officiellement notre indépendance. Et il faut que cela nous arrive ici !

Quant à vous, en guise de remerciement, vous nous avez envoyé la mafia lituanienne, des trafiquants de drogue, des types ultra-violents, ai-je pensé l'espace d'un instant. Puis j'ai reculé devant ces idées simplistes et pétries de préjugés.

J'ai posé à Jurgis quelques questions au sujet du véhicule. Il m'a dit qu'il s'agissait d'un Ford Transit d'une valeur d'environ huit millions de couronnes islandaises.

– Nous avons beaucoup apprécié de pouvoir voyager en toute liberté tout en dormant dans ce qui est devenu notre maison. Nous n'avons jamais rencontré le moindre problème, jusqu'à maintenant.

– Quand aviez-vous prévu de rentrer chez vous ?

– Nous devions nous envoler pour la Lituanie à la fin du mois, après le départ du dernier ferry de l'automne, m'a-t-il répondu. Il nous restait à voir comment faire pour rapatrier le camping-car par voie maritime et nous prévoyions d'étudier les différentes possibilités offertes d'ici deux jours, à notre arrivée à Reykjavik. Mais maintenant, je me demande comment nous allons faire.

– Vous aviez laissé les clefs sur le contact ? Le véhicule était ouvert ?

– Je suppose, oui, puisque je ne retrouve pas les clefs. On nous a dit qu'en Islande, c'est à peine si les gens ferment leurs maisons quand ils s'absentent. On a entendu dire que c'est une société tellement paisible, sereine et honnête.

Je suis resté coi.

Le rédacteur en chef n'est pas franchement enchanté de l'article que je lui ai envoyé hier soir après ma conversation avec Jurgis de Kaunas à propos de la disparition du camping-car.

– Qu'est-ce qu'il y a d'intéressant là-dedans ? Il faut que tu rentres dans le Sud avant de retourner dans le Nord. Il était question que tu passes deux jours dans le Nord-Ouest, au maximum trois. Ça nous coûte du fric.

– C'est vous qui avez voulu m'envoyer ici, dis-je en m'allumant une cigarette à l'intérieur de ma chambre. Et là, il se trouve que je suis bloqué par le temps.

Je l'entends pousser un soupir de dépit.

– Voilà ce à quoi nous sommes confrontés, nous, les provinciaux. Nous n'avons plus qu'à nous en remettre à Dieu, à la compagnie Air Islande et à la chance.

– Tu as rassemblé assez de matière pour ton article censé faire l'état des lieux ?

Je m'affole en pensant à la quantité d'interviews et de notes que j'ai accumulées.

– Oui, je crois que j'ai largement ce qu'il faut.

– Dans ce cas, tu n'as qu'à faire un tour à Isafjördur pour la Question du jour qui paraîtra dans l'édition de demain. Ensuite, tu vois si l'enquête avance et tu prends le premier vol.

L'apparence est-elle importante si on veut réussir dans la vie ?

Telle est la question profonde que, sur la place Silfurtorg, je pose aux passants transis de froid et ballotés en tous sens par le vent du nord. J'ignore pourquoi c'est celle-là qui m'est venue à l'esprit, mais je l'associe vaguement à la conversation des deux femmes du Langa Manga, samedi soir. Et les réponses, alors ?

– Évidemment.

– Malheureusement, oui. L'âge, l'apparence, les vêtements, la manière dont on se tient.

– Je vais me faire couper les cheveux au salon Villa Valla. Et je suis un régime. Je me sens tout simplement mieux quand je sais que j'ai bonne allure.

– Énormément. Je fais très attention à moi et je me soucie beaucoup de la mode. C'est dommage que ça coûte aussi cher de soigner son apparence.

– L'important devrait être la beauté intérieure, pourtant c'est l'apparence qui prime.

Ses tempes sont dégarnies, mais ses cheveux bruns lui couvrent à demi les oreilles. Le pasteur Halfdan Örn Kjartansson semble âgé d'une bonne trentaine d'années. Il porte une tenue décontractée : un pull rouge à col roulé et un jean. Son visage au teint pâle et sa barbe clairsemée lui donnent plus l'air d'une star de cinéma que d'un serviteur de l'Église d'Islande. Ses pieds sont posés sur son bureau. Pour couronner le tout, la musique dissonante de Megas[1] s'échappe des imposants haut-parleurs de la chaîne hi-fi posée derrière lui, à même le sol.

Les soirées sont glaciales sur le Nes
la tempête de neige couvre val et colline
transi, avec ma valise sur le dos
je viens jusqu'à toi pour te dire ces mots :

Si tu penses à moi,
je penserai à toi…

Il baisse le son et commente d'une voix profonde :
– C'est génial, c'est absolument génial.

Les yeux de la nuit sont comme ceux de la mouche
qui sans doute me voit alors que je m'avance
secrètement vers toi pour me glisser avec
ma bouteille dans le creux de ta main.

– Je voulais vous poser quelques questions à propos de la profanation que vous avez signalée à la police samedi, celle de la tombe de Kristinn Thorsteinsson, dans le cimetière d'à côté.

Assis sur un fauteuil bien rembourré, je détaille l'homme de Dieu.

1. Ce chanteur-troubadour a reçu en 2000 le prix Jonas Hallgrimsson de la langue islandaise (Jónasverðlaunin) pour sa contribution à la préservation et l'enrichissement de la langue nationale. Il a influencé la poésie, la musique et la variété en encourageant, par ses textes, les jeunes à recourir à leur langue maternelle plutôt qu'à l'anglais comme moyen d'expression.

– Il n'y a pas là de quoi écrire un article, répond le Pasteur Halfdan Örn.

– Peut-être pas. Mais il est étrange que la maison construite par Kristinn ait brûlé justement au cours de la même nuit.

Il croise ses mains sur ses abdominaux bien fermes et, au lieu de me répondre immédiatement, fredonne avec Megas :

Tu ne trouves pas Esja géniale
et Akrafjall[1]
vraiment d'enfer...

Il pousse un soupir.

– Bon, oui, cette histoire de crotte déposée sur la tombe. Je faisais ma promenade quotidienne samedi matin et j'ai fait une halte au cimetière, comme d'habitude. C'est alors que j'ai vu ces étrons.

Il ajoute avec un sourire :

– Puisqu'il y en avait deux.

– Autrement dit, vous ne prenez pas l'affaire au sérieux. Vous n'y voyez aucune profanation ?

– Eh bien, disons que je la considère plutôt comme une profanation de nature environnementale. C'est pour cela que j'ai informé la police.

– Et vous avez tout nettoyé ?

– Vous suggérez que j'aurais détruit des indices ? Disons que je ne voyais aucune raison de laisser cette déjection sur place.

Il prend un air plus sérieux.

– Je conviens que les gens devraient se garder de souiller la mémoire des défunts.

1. Esja et Akrafjall sont deux montagnes qu'on voit depuis Reykjavik.

– Et cette déjection, vous en avez fait quoi ?

– Je trouve votre curiosité plutôt malsaine. J'ai mis ce truc-là directement aux ordures. Êtes-vous de ceux qui croient cerner les gens en observant ce qu'ils mettent à la poubelle ? Ou en inspectant la propreté de leurs toilettes ?

Je réfléchis à la question et me dis qu'il a peut-être raison.

– Eh bien, ce n'est pas pire que de juger les gens sur leur apparence, non ? dis-je, en me souvenant de la Question du jour.

– Puisque vous l'affirmez.

– C'était une déjection humaine ? J'entends par là qu'il ne s'agissait pas d'une crotte de chien ou d'un autre animal.

– En effet, il y a une différence. Inutile d'entrer dans les détails.

Il affiche un sourire narquois, ouvre un tiroir d'où il sort une photo qu'il fait glisser jusqu'à moi sur le bureau.

– J'emporte toujours mon polaroïd avec moi quand je pars me promener. J'aime bien fixer des instants de toute sorte sur la pellicule.

La photo montre deux, oui deux crottes au pied de la tombe de Kiddi du Kjölur.

– J'ai l'impression que les gens d'ici trouvent un peu bizarre de me voir brandir cet appareil photo à tout moment. Cela ne contribue pas à améliorer ma réputation, soupire-t-il, un rictus aux lèvres.

– Ça signifie que vous êtes un pasteur controversé ?

– C'est une paroisse assez conservatrice, comme le sont généralement celles de l'Église d'Islande. En plus, il se trouve que j'aime beaucoup me balader dans le coin à moto.

– Mais pourquoi avez-vous pris ça en photo ? dis-je en lui rendant le cliché.

– Eh bien, parce que je voulais que la police le voie noir sur blanc, ou plutôt dans toutes les couleurs de l'arc-en-ciel. J'ai pris deux photos et je leur en ai donné une. Je n'avais pas envie que les gens aillent raconter que j'avais inventé cette histoire.

– Est-ce que vous aviez déjà connaissance de l'incendie quand vous avez découvert la tombe souillée ?

Il remet le cliché dans le tiroir.

– Oh oui, ici, ce genre de nouvelles se répand à toute vitesse. C'est entre autres ce qui m'a poussé à en informer la police. Et je vous l'accorde : la coïncidence est troublante.

Confortablement installé dans ma chambre d'hôtel après le dîner, je regarde la télé, allongé sur mon lit. À la fin du journal, on lance un avis de recherche :

La police des Fjords de l'Ouest est à la recherche de deux hommes âgés de 31 ans. Il s'agit de Karl Olafsson et de Hallgrimur Saevar Bjarnason. La dernière fois qu'ils ont été aperçus remonte à hier après-midi, à Isafjördur. Toute personne susceptible de fournir des informations à leur sujet est priée de contacter les services de police au numéro de téléphone…

Je bondis hors du lit pour attraper mon portable. Au lieu de composer le numéro indiqué à la télé, j'appelle le brigadier-chef Brandur Brandsson.

– Que se passe-t-il ?

– Que se passe-t-il ? On est sans nouvelles de ces

hommes depuis plus d'une journée, grommelle Brandur. Et leurs amis sont inquiets.

– Ils séjournaient à l'hôtel ?

– Oui. Mais bon, rien ne dit que tout espoir soit perdu. Ils étaient venus ici pour faire la fête et il est possible qu'ils aient décidé d'aller traîner leurs guêtres ailleurs sans en informer qui que ce soit. Ce ne serait pas la première fois que cela arrive.

– En effet. Je les ai croisés au restaurant de l'hôtel samedi soir. Ils avaient l'air bien avinés. Dites-moi, ils étaient motorisés ?

– Non, ils sont venus ici en avion. Mais bon, il y a toujours un moyen, peut-être sont-ils montés avec quelqu'un d'autre. On s'imagine parfois que quelqu'un a disparu alors que la personne en question est tout bêtement tranquille dans son coin.

– Mais il est plus rare que deux individus s'évanouissent dans la nature en même temps, non ?

– Probablement.

Je garde le silence quelques instants, puis j'observe :

– Eh bien dites donc, il s'en passe de belles à Isafjördur ce week-end.

– Les conneries peuvent être contagieuses, marmonne Brandur Brandsson.

Avant d'expédier une brève à Reykjavik, je lui fais promettre de me contacter au cas où les recherches aboutiraient ce soir.

Vers minuit, mon portable m'arrache en sursaut à mon profond sommeil.

– Les recherches ont abouti, m'annonce la voix étouffée de Brandur Brandsson. Je veux parler de ce fichu camping-car.

– Où l'avez-vous retrouvé ?

– Nous sommes à Orrustuholl, dans la vallée de Tungudalur.

– Où est-ce ?

– J'ai autre chose à faire que de vous indiquer la route.

– Ok. Il n'y a personne dedans ?

– Sur ce point, vous n'aurez rien d'autre que mon silence.

– Ah bon, vous n'êtes pas sûr ?

– Tout ce que je sais, c'est qu'il est mal en point.

– Il a été détérioré ?

– Détérioré ? Disons plutôt carbonisé. C'est aussi simple que ça.

5

MARDI

Les essuie-glaces du taxi dansent le twist par intermittence sur le pare-brise. La neige a cessé de tomber à gros flocons pour l'instant, mais des bourrasques de poudreuse nous occultent la vue par moments alors que nous roulons sur le boulevard Skutulsfjardarbraut en direction du fond du fjord. Au-dessus de la station de ski de Tungudalur, les aurores boréales dansent dans le noir de la nuit.

Je l'ai réveillé sans me rendre compte qu'à Isafjördur, il existe des gens qui conduisent des taxis mais exercent une seconde profession quand il n'y a que peu à faire dans la première, et inversement.

– C'est un drôle de nom, Orrustuholl, dis-je à mon sympathique chauffeur, encore engourdi par le sommeil.

Nous dépassons le quartier de Holtahverfi. La plupart des maisons sont plongées dans l'obscurité et leurs occupants dorment probablement à poings fermés ; du reste, il est plus d'une heure du matin.

– Je ne sais pas exactement à quel endroit ça se trouve, répond-il, le regard concentré sur le pare-brise. C'est quelque part dans la vallée de Tungudalur, en contrebas du bois de Tunguskogur. Que diable allez-vous faire là-bas à une heure pareille ?

– Eh bien, on m'a dit que le camping-car disparu y avait été retrouvé et que la police était sur les lieux.

Je le vois froncer les sourcils dans le rétroviseur, mais il ne fait aucun commentaire.

– Pourquoi a-t-elle été baptisée Orrustuholl, cette colline ?

– Cette histoire n'est plus très vivace aujourd'hui dans l'esprit des gens d'Isafjördur, surtout chez la jeune génération. Mais ce dont je me souviens, c'est qu'à la ferme de Tunga vivaient autrefois deux sœurs qui s'appelaient Korna et Kolfinna. C'est d'elles que les fermes Kornustadir et Kolfinnustadir tirent leur nom. Ces deux sœurs, qui à ce qu'on dit ressemblaient plus à des ogresses qu'à des femmes, étaient constamment en conflit. D'après le conte populaire, leurs chemins se croisèrent un beau jour au sommet de cette colline. Elles se disputèrent et se bagarrèrent avec une telle violence qu'elles y laissèrent la vie. Voilà pourquoi ce lieu a été baptisé Orrustuholl, la Colline de la bagarre.

– Ah bon ?

– Voyons, voyons, marmonne-t-il en jetant un œil à la route qui descend vers la gauche.

On aperçoit un bâtiment qui ressemble à un restaurant.

– Là, nous avons le terrain de golf et sa buvette, commente-t-il.

Il me demande de regarder à droite où je distingue de petites maisons disséminées dans la végétation.

– Le bois de Tunguskogur abrite une grande partie des chalets d'été des gens d'Isafjördur. Un certain nombre d'habitants du quartier d'Eyri viennent y passer l'été. Il y a également un terrain de camping pour les touristes, l'endroit est charmant et bien abrité.

Nous enjambons un pont.

– Ici, c'est la rivière Buna qui descend droit de la montagne, commente le chauffeur.

Je parcours les lieux du regard à la recherche de la police.

– En 1994, ce périmètre a été dévasté par une avalanche qui a emporté presque tous les chalets : seuls deux d'entre eux ont été épargnés. Elle a également détruit une grande partie des arbres de la pépinière de Simsonsgardur en les dispersant aux quatre vents. Il a fallu un certain temps pour remettre tout ça en état. En fait, toute cette zone doit être protégée à l'aide de pare-avalanches.

Il immobilise le véhicule pour scruter les alentours. On entend dans la montagne le murmure d'une cascade. Ensuite, il fait demi-tour.

– Les voilà, annonce-t-il en désignant les abords de la rivière.

Les phares de trois voitures de police éclairent la neige et les congères. Sur une petite éminence qui, avec beaucoup de bonne volonté, mériterait le nom de colline, on voit un gigantesque véhicule noirâtre, entièrement carbonisé.

– Cette Colline de la bagarre tient décidément ses promesses ! dis-je alors que je mitraille comme un fou avec mon numérique. On dirait qu'elle vient d'essuyer une attaque aérienne.

Un policier en uniforme me repousse.

– Tenez-vous à distance respectable. Nous n'avons pas fini d'inspecter les lieux.

Le camping-car immaculé, sorti du rideau de neige l'autre jour dans la rue Adalstraeti, est apparemment hors d'état. Le pare-brise a disparu, tout comme les autres vitres, me semble-t-il.

J'aperçois Brandur Brandsson qui discute avec un homme en uniforme, probablement l'un des deux inspecteurs de la Criminelle dont dispose la police des Fjords de l'Ouest à Isafjördur. D'autres policiers en uniforme vont et viennent autour de l'épave, équipés de puissantes lampes torches. À l'intérieur du véhicule, on distingue du mouvement et des faisceaux lumineux. La commissaire Alda Sif ne tarde par à sortir par la portière calcinée pour s'adresser à Brandur et à l'un des inspecteurs de la Criminelle.

– Pourriez-vous demander à Alda Sif de venir me parler quand elle aura un moment ? dis-je au flic qui monte la garde entre moi et le véhicule.

Il me lance un regard avant d'aller rejoindre les autres. Son haleine monte à la verticale comme un jet de vapeur.

Je caresse l'idée d'appeler Trausti Löve pour lui transmettre la nouvelle, mais je décide que le moment est mal choisi. D'ailleurs, il ne va pas modifier la première ni la dernière page de l'édition de demain pour une histoire de camping-car volé et maintenant calciné.

Tout à coup, j'entends un portable qui sonne. Je plonge machinalement la main dans ma poche, même si je sais que ce n'est pas ma sonnerie. La mienne est une version lente et apaisante d'*Unchained Melody*. Celle-là est rapide et enjouée. C'est *Ne te souviens-tu pas de moi ?* du groupe Studmenn.

Je cherche des yeux la source de ce bruit. Je tombe alors sur la lueur bleutée de l'écran qui clignote à côté d'une motte de terre, à quelques mètres de la colline.

Je ramasse l'objet à moitié enfoncé dans la neige.

– Allô ?

Silence.

– Allô ?

– Qui est-ce ? demande une voix féminine hésitante.

J'y distingue quelque chose d'étrange. Sans être franchement pâteuse, elle déforme les mots.

– Je m'appelle Einar.

La communication est coupée.

J'examine l'appareil au creux de ma paume. Il est du dernier cri.

L'écran indique que son propriétaire a manqué quarante et un appels.

Du coin de l'œil, j'aperçois Alda Sif emmitouflée dans un épais manteau en fourrure qui se dirige vers moi en enjambant les monticules de glace.

Je tente de regarder en vitesse le numéro depuis lequel on a appelé.

Mes doigts engourdis par le froid refusent de m'obéir.

Alda Sif se tient maintenant à côté de moi. Le regard qu'elle me lance sous sa chapka est acerbe, et l'expression de sa bouche des plus contractées.

– Qu'est-ce que vous fabriquez ici ?

J'abaisse la main dans laquelle je tiens le téléphone.

– Euh, c'est juste que j'ai appris qu'on vous avait appelés et je voulais savoir de quoi il retournait.

– Comment avez-vous su que nous étions là ? Nous ne sommes pas au centre-ville et ces lieux ne sont pas spécialement fréquentés, que je sache.

– Eh bien…

Je m'efforce de réfléchir vite et bien.

– Surtout au beau milieu de la nuit, ajoute-t-elle.

– J'ai croisé un passant à côté de l'hôtel tout à l'heure. J'étais sur le trottoir en train de fumer ma cigarette et j'ai parlé avec cet homme qui m'a dit vous avoir vus sur cette route.

Je fais un signe de tête en direction de la route en question sur laquelle m'attend mon chauffeur.

– Alors, j'ai pris un taxi et j'ai vu vos phares.

Elle me toise sans un mot. Je bondis sur l'occasion.

– Dites-moi, Alda Sif. Pendant que je vous attendais ici, j'ai entendu la sonnerie d'un portable quelque part.

Je lui tends le téléphone en ajoutant :

– J'ai suivi le bruit et j'ai répondu.

Elle m'arrache l'appareil de sa main gantée.

– Sachet ! crie-t-elle à l'attention de ses collègues restés à côté du camping-car. Elle tient le téléphone entre deux doigts. Quand l'un des policiers arrive à toutes jambes, muni d'un petit sachet zippé, elle y glisse le portable avant de le refermer.

– Que pouvez-vous me raconter ? dis-je.

Elle remet le sachet au policier.

– Le camping-car a été retrouvé. Il a presque entièrement brûlé.

– La Palice n'aurait pas dit mieux. Mais comment est-ce arrivé ? Quelqu'un y a mis le feu ? dis-je, bien que je connaisse la réponse.

– Rien ne le prouve.

– Qui a retrouvé le véhicule ?

– Des gens qui habitent dans le coin. Ils s'offraient une petite promenade de santé et ils l'ont découvert entre onze heures et minuit.

– Depuis combien de temps est-il ici ? À quand remonte l'incendie ?

– À plusieurs heures. L'épave a eu le temps de refroidir.

– La neige a probablement accéléré le processus, non ?

Elle ne me répond pas.

– Puisque personne n'a signalé d'incendie ici aujourd'hui, n'est-il pas probable que ce dernier ait eu lieu la nuit dernière ?

Elle pousse un soupir.

– À la faveur de la nuit ? Alors que tout le monde dormait dans le voisinage et qu'il n'y avait pratiquement aucune circulation sur la route ?

Elle secoue la tête.

– Je ne vous dirai rien à ce sujet pour l'instant. Mais il semble que personne n'ait remarqué de flammes ou de fumée, ou jugé nécessaire d'en avertir la police.

– L'intérieur du véhicule a entièrement brûlé ?

– Pratiquement, oui, concède-t-elle enfin. Et malheureusement, il n'avait pas que des objets à son bord.

DÉCOUVERTE DE RESTES HUMAINS CALCINÉS
À BORD DU CAMPING-CAR DISPARU

Il est plus de trois heures du matin quand j'envoie mon article accompagné des photos qui s'y rapportent. Le rédacteur en chef m'a accueilli plutôt froidement quand je l'ai sorti de son lit, mais il s'est réchauffé quand je lui ai exposé le motif du dérangement.

Je m'allume une cigarette en regardant par la fenêtre de ma chambre. Le calme s'est posé sur les eaux du Pollur. Dans la ville endormie, les lampadaires continuent de veiller, la neige, elle, a cessé de tomber.

Que se passe-t-il donc au sein de cette petite communauté apparemment tranquille ? À propos de pénurie d'événements, on a vu mieux !

Les liaisons aériennes seront probablement rétablies dès demain matin.

Mais Trausti ne m'a pas rappelé que je devais prendre le premier vol vers Reykjavik.

Au moment où je quitte mon lit, peu après midi, le ciel au-dessus d'Isafjördur est limpide, mais bientôt la clarté se mue en une pénombre annonçant le crépuscule. Ce n'est sûrement pas la situation géographique qui risque de renforcer l'optimisme des gens d'ici. Enfin, je suppose qu'on s'y habitue, comme à tout le reste. Bien qu'on aperçoive à peine le soleil pendant deux mois au plus noir de l'hiver, les gens attendent tranquillement que l'obscurité recule. Elle se dissipe d'elle-même. On ne peut pas dire pareil de bien d'autres choses.

Après avoir pris un café et du pain grillé au restaurant, je vais discuter avec la réceptionniste pour lui demander si les employés de l'hôtel n'auraient pas aperçu Karl Olafsson et Hallgrimur Saevar Bjarnason dans la journée de dimanche ou au cours la nuit qui a précédé. Elle me répond que non.

– Ils avaient leurs clefs sur eux, mais le gardien de nuit ne se souvient ni de les avoir croisés, ni de leur avoir ouvert la porte extérieure.

– Et les autres clients, ceux des chambres voisines ?

– Celles voisines de la leur étaient inoccupées.

Je la remercie avant de me diriger vers le commissariat. Il n'y a personne à l'accueil. À la cafétéria, trois policiers discutent à voix basse. L'un d'entre eux est plongé dans la lecture du *Journal du soir*. Je constate que l'information que j'ai envoyée cette nuit occupe toute la une. Je suppose que les vols depuis Reykjavik ont été assurés.

J'appuie sur la sonnette. Les hommes lancent un regard dans ma direction. Celui qui tient le journal abandonne sa lecture et se lève.

– Bonjour, est-ce qu'Alda Sif est là ?

Il secoue la tête.

– Elle est occupée.

– Quand pensez-vous qu'elle aura un moment ?

– Elle sera occupée toute la journée. Tout le monde est occupé. Moi aussi, d'ailleurs.

Il prononce ces mots sans aucune agressivité.

J'ai envie de lui dire que le fait que la police du pays soit plongée dans la lecture du *Journal du soir* serait un exemple à suivre par le reste de la population, mais je me contente de le remercier avant de franchir la porte dans l'autre sens. La police des Fjords de l'Ouest est occupée.

Je croise Rut Jakobsdottir, la correspondante de la RUV, qui s'avance d'un pas pressé vers l'entrée. Elle a sur elle le fameux dictaphone des journalistes radio qui me fait toujours penser à une flasque.

– Ce n'est pas la peine d'y compter, ils sont tous occupés, dis-je.

– Exact, répond-elle avec un sourire narquois. Voilà pourquoi j'ai emporté mon matériel.

J'applaudis brièvement et je m'incline.

– Félicitations pour ton scoop ! s'exclame-t-elle.

Je pose mon doigt sur le bout de mon nez.

– Merci, merci. Je suis toujours sur le pied de guerre, mais bon, plus personne ne veut me parler.

Elle s'approche de l'entrée du commissariat.

– Tu n'as qu'à écouter le bulletin de la radio à quatre heures.

– Comment ça ? Tu ne trouveras personne à interviewer là-dedans.

– Possible, mais toi, tu ne fais pas partie du même club de lecture qu'Alda Sif, répond, toute guillerette, la correspondante de la RUV.

Putain de merde.

Me voilà assis dans ma chambre d'hôtel, l'oreille collée au bulletin radiophonique de quatre heures. C'est Rut qui a l'honneur du premier sujet, elle a obtenu une interview de la commissaire. On y apprend que l'enquête de la police des Fjords de l'Ouest en est au stade initial, mais qu'elle a toutefois révélé la présence de deux corps humains carbonisés à bord du camping-car calciné.

Rut demande s'il y a une possibilité pour que les deux hommes recherchés aient volé le véhicule et que les corps retrouvés soient les leurs.

Bonne question que j'attends d'avoir l'occasion de poser depuis un bon moment. En réalité, je suis assez surpris que la RUV interroge la commissaire sur des sujets aussi sensibles à ce stade de l'enquête. D'ailleurs, voici la réponse :

– Même si je le pouvais, je ne répondrais pas à cette question. Nous n'avons pas identifié les victimes pour l'instant et ce sont leurs proches qui seront les premiers informés. En plus, je tiens à préciser que les recherches concernant ces deux hommes n'ont toujours pas été abandonnées.

– Deux incendies se sont produits ici à Isafjördur en l'espace de quelques jours, pensez-vous qu'il faille établir un lien entre ces événements ?

Deuxième bonne question.

– Il est beaucoup trop tôt pour se prononcer, répond Alda Sif. L'enquête sur l'incendie du camping-car en est à son stade initial.

– Et celle sur la maison ravagée dans la nuit de samedi ?

Au terme d'une brève hésitation, voici la réponse :

– Il y a de grandes probabilités pour qu'il s'agisse

d'un acte criminel, mais les autres éventualités ne sont pas à exclure pour l'instant.

– C'était Rut Jakobsdottir, notre correspondante à Isafjördur qui interviewait Alda Sif Arngrimsdottir, commissaire principale de la police des Fjords de l'Ouest, conclut le présentateur.

Putain de putain de merde !

Un jeune couple d'Isafjördur perd tout ce qu'il possède dans un incendie, probablement criminel. La même nuit, quelqu'un défèque sur la tombe de l'homme qui a bâti la maison et qui est le grand-père de l'actuelle propriétaire. Non loin de là, le camping-car d'un couple lituanien est volé, une journée et demie plus tard. Dans le même temps, deux hommes de passage en ville disparaissent. Trente-six heures plus tard, on retrouve le véhicule carbonisé avec, à l'intérieur, deux cadavres. Pour l'instant, on ne connaît ni leur identité, ni leur sexe.

La tête ailleurs, je liste ces points sur du papier à lettres de l'hôtel tout en écoutant les informations du soir à la radio et à la télé. Je n'y apprends rien de plus que ce qu'a dit Rut Jakobsdottir au bulletin de quatre heures.

En revanche, l'écran de télévision affiche les portraits des deux hommes disparus, Karl Olafsson et Hallgrimur Saevar Bjarnason.

Je ne suis parvenu à joindre Alda Sif ni par téléphone, ni en me rendant deux fois de suite au commissariat. Il semble en effet qu'ils soient débordés. Les policiers passaient sans arrêt d'une pièce à l'autre. Quant à Brandur Brandsson, il ne décroche pas son portable.

J'étudie les différentes possibilités. Si le camping-car a été incendié sur la colline d'Orrustuholl, cela implique-t-il que les auteurs aient quitté les lieux à bord d'un autre véhicule ? Je n'ai repéré aucune trace de pneus là-bas. Soit, c'était la nuit, il neigeait, la visibilité était mauvaise et on me maintenait à distance, mais bon…

D'ailleurs, où seraient allés les occupants de cette autre voiture ? Seraient-ils retournés en ville ?

Ou bien partis ailleurs ? À Reykjavik ? Dans le Nord ? Dans les Fjords de l'Est ?

À moins qu'il n'y ait pas eu d'autre voiture ? Étant donné le temps qu'il faisait, il fallait probablement une demi-heure, si ce n'est plus, pour parcourir à pied la distance qui sépare la vallée de Tungudalur de la ville d'Isafjördur.

Il me manque trop de paramètres et les possibilités sont trop nombreuses.

Comme bien souvent par le passé, le rédacteur en chef se montre fort peu compréhensif à mon égard et encore moins reconnaissant. J'avoue toutefois que l'article que je lui ai envoyé ce soir à neuf heures n'est qu'un produit recyclé.

Enfin, vers onze heures, Brandur Brandsson consent à me répondre. Il est rentré chez lui, de mauvaise humeur, franchement sur les nerfs.

– Non, il n'y a rien de neuf, débite-t-il.

– Et cela ne commence pas à s'éclaircir ?

Il s'agace de plus belle.

– Il va falloir que vous vous calmiez, mon vieux. Je ne peux pas passer mon temps à vous communiquer des informations. Je dois préserver mon poste.

– Vous êtes solidement établi, non ? dis-je d'un ton léger.

– Solidement ? Je suis brigadier-chef ! Je suis brigadier-chef ici depuis cent ans !

Il s'emporte si violemment que je soupire :

– Pardonnez-moi, je n'avais pas l'intention de…

Brandur a le souffle court, tant il est bouleversé.

– Je pose ma candidature à tous les postes de direction qui se libèrent ! Et on me passe constamment devant. C'est la même histoire à chaque fois !

– Mais le poste de brigadier-chef est un poste de direction, n'est-ce pas ?

– La dernière fois, j'ai demandé celui de commissaire et qu'est-ce qu'ils ont fait ?

– Eh bien…

– Ils l'ont donné à cette bonne femme de Reykjavik !

– Brandur, vous avez eu une rude journée…

– Cette bonne femme qui n'est même pas capable de s'occuper de ses gamins !

Me voilà convaincu que les autorités qui ont engagé la commissaire au sein de la police des Fjords de l'Ouest ont fait le bon choix.

– Voilà comment la dernière occasion de décrocher le poste dont j'ai rêvé toute ma vie m'est passée sous le nez !

– On m'a pourtant dit qu'Alda Sif s'en tirait plutôt bien.

– Tous mes espoirs ont été réduits à néant.

Il marque une brève pause.

– Je ne dois pas me mettre dans des états pareils, soupire-t-il. Il faut que je ménage la pompe et que je prenne mes pilules.

– Allons, mon cher Brandur. Je vous rappellerai demain.

– Vous m'avez demandé si les choses s'éclaircissaient. Eh bien, je suppose qu'elles le feront dès demain. Là, tout sera différent.

– Ah bon ?

– On va nous envoyer toute une bande de Reykjavik. Des génies de la police scientifique ainsi que deux inspecteurs de la Criminelle, spécialisés dans les crimes violents. Ils devraient régler en un clin d'œil tous les trucs qui nous échappent à nous, pauvres incapables que nous sommes !

– Allons, allons, c'est une bonne chose de recevoir un peu de renfort, non ? Vous n'avez que deux inspecteurs de la Criminelle en ville. Ces événements inhabituels doivent sacrément peser sur vous.

– C'est absolument insupportable !

Il tente à nouveau de se calmer.

– Franchement insupportable. Qu'est-ce qu'il se passe ici ?

Voilà justement la question qui me tient éveillé. Après m'être retourné dans mon lit pendant une demi-heure, j'allume la lampe de chevet. Il est presque minuit.

Je mets la radio, j'arpente ma chambre et je bois un verre d'eau. Le bulletin de minuit commence, une fois encore, avec une version réchauffée du reportage de Rut. Vient ensuite une série de nouvelles qui traitent des discussions entre partis politiques à propos des mesures souhaitables ou non dans le domaine économique, d'une agression à main armée dans un magasin 10-11 plus tôt dans la soirée, dont le butin atteint la somme de sept mille huit cent cinquante couronnes et au cours de laquelle la caissière a été blessée à la tête. On a également droit à quelques mots sur les victimes d'un attentat à l'explosif en Irak et aux critiques formulées par le porte-parole des associations de consommateurs au sujet de l'entente sur les prix pratiquée par les magasins de jouets.

La police de Reykjavik nous communique l'avis suivant. On recherche…

Et voilà ! me dis-je. Encore un gamin qui a fugué du domicile familial.

… Fjalar Teitsson. Fjalar est âgé de 37 ans, il a quitté son domicile lundi soir à 22 h 30 et n'a donné aucune nouvelle depuis. Toute personne l'ayant aperçu est priée de contacter…

En cffct, qu'cst-cc qu'il sc passe ?

Les conneries sont sans doute contagieuses. Seraitce une épidémie ?

6

MERCREDI

Je l'ignore.

Ceux qui se croient omniscients sont insupportables pour les autres qui, comme nous, le sont.

Qui a dit cela ? Je l'ignore également.

Peut-être que la dernière mode consiste à disparaître afin d'attirer l'attention. Peut-être est-ce pour les intéressés une manière de mesurer leur popularité, de connaître leur cote sur le marché de la société, de découvrir ce que pensent leurs proches, de faire parler d'eux, de chercher à susciter l'inquiétude, de s'arranger pour qu'on se lance à leur recherche et obtenir ainsi quelques instants de célébrité.

Bien que j'ignore pas mal de choses, je sais pourtant qu'en général, il n'en va pas ainsi. En Islande, les disparitions, surtout en hiver, sont le reflet d'une forme de détresse, quelle que soit sa nature.

La grisaille extérieure résonne avec les pensées qui m'agitent à la table du petit-déjeuner. Par la fenêtre du restaurant, la journée semble s'annoncer humide et maussade. La mer est hérissée, mais si la visibilité le permettait, j'aurais presque l'impression que la neige a pratiquement disparu, sauf peut-être sur les sommets et au pied des montagnes. Les vols sont sans doute assurés aujourd'hui, mais je ne suis pas vraiment sur le départ.

Karl Olafsson et Hallgrimur Saevar Bjarnason ne semblaient pas disposés à prendre personnellement l'initiative de dire adieu à cette vie. C'étaient deux joyeux compères. Mais qu'en sait-on ? Qu'est-ce que je sais des relations qu'ils entretenaient ?

L'avis de recherche lancé pour Fjalar Teitsson me déconcerte tout autant. Le communiqué de la police ne mentionne pas qu'il était député au Parlement, ni qu'il était l'un des espoirs les plus prometteurs du Parti socialiste. Du reste, cela n'a que peu à voir avec l'affaire. À moins que ? Je n'ai jamais entendu dire que Fjalar était confronté à des problèmes particuliers. En réalité, il n'a jamais été question de sa vie privée, que ce soit dans la presse ou dans le média clandestin constitué par les ragots.

Je suis tellement perplexe que, sans m'en rendre compte, j'ai mis quatre cuillers de sucre dans mon café, soit une et demie de trop.

Ensuite, il y a les incendies accidentels ou volontaires, une activité fort prisée en hiver. Il s'agit d'un sport nettement plus agressif que celui qui consiste à s'arranger pour disparaître. Est-ce le dernier avatar en date d'un mode de pensée déviant ? Le besoin d'un exutoire ? Un désir de destruction ? De la banale imitation ?

C'est une chose de mettre le feu à un bâtiment vide, désaffecté ou complètement vétuste. C'en est une autre d'incendier un lieu qu'on sait occupé par des gens, qu'il s'agisse d'une maison, d'un véhicule ou de tout ce qui peut ressembler de près ou de loin à l'un ou à l'autre.

Je vais faire un tour à la réception où, cette fois,

c'est un homme qui est de service. Je lui dis bonjour et lui demande si le couple lituanien propriétaire du camping-car réside à l'hôtel.

– Oui, répond-il.

– Vous les avez vus ce matin ?

– Non, je regrette, je suppose qu'ils dorment encore.

Je regarde la pendule qui indique bientôt dix heures trente et je sors sur le trottoir. Alors que je fume sous la bruine en réfléchissant à la suite des opérations, un gamin ruisselant arrive à grands pas, vêtu d'un pull à capuche bleue. Il traîne la sacoche plastifiée du *Journal du soir* avec le slogan bien connu : *La réalité dépasse la fiction.* Sans m'accorder la moindre attention, il entre dans l'hôtel pour y déposer un exemplaire. Alors qu'il ressort en vitesse et s'apprête à poursuivre sa route, je m'avance vers lui.

– Bonjour, dis-moi, tu n'aurais pas un journal à me vendre ?

Il sursaute et me lance un regard apeuré.

– Hein ? Si.

– Je t'en achète un exemplaire, dis-je en plongeant la main dans ma poche à la recherche de monnaie.

Il a le visage rougi, l'eau de pluie dégouline de sa capuche jusqu'à ses yeux. Il porte un jean et des bottes en plastique. Son corps commence à s'étirer, ses os à s'allonger : on sent déjà l'adolescent qui pointe son nez.

Je lui tends mes pièces.

– C'est toi qu'on appelle Grimsi ?

Il lève brièvement vers moi ses yeux fuyants.

– Mon nom, c'est Arngrimur, répond-il en scrutant les alentours.

Sa mère a dû lui conseiller de se méfier des inconnus douteux et suspects.

– Quel âge tu as ?

– Dix ans. De quoi je me mêle ?

– De rien, pardonne-moi, mais je te pose la question parce que nous sommes collègues. Nous travaillons pour la même entreprise.

– Comment ça ? renvoie-t-il, étonné.

– Je m'appelle Einar et je travaille au *Journal du soir*.

Je lui tends la main qu'il serre mollement, avec une certaine hésitation, sans enlever son gant de laine verte.

– Il y a longtemps que tu es livreur ?

– J'ai commencé l'an dernier, répond-il en reniflant.

– Et tu livres seulement le *Journal du soir* ?

– Non, j'ai aussi le *Gratuit*.

– Quel courage ! Tu débutes par le *Gratuit* à la première heure et plus tard dans la journée, c'est le *Journal du soir*. Tu as assez de temps pour tout ça ? Et l'école alors ?

– Je n'ai cours que l'après-midi.

– Et tu as du temps pour tes devoirs à la maison ?

Il hésite.

– Oui, le soir, après les cours.

– Je suppose que ça ne te laisse pas beaucoup de marge pour lire les journaux que tu livres, non ?

– Je ne lis pas les journaux.

– Bien sûr que non. Bon, c'était sympa de te croiser. Bonne continuation et merci.

Il reprend sa route vers la place Silfurtorg.

Je note que la capuche de son pull-over est déchirée et ne tient plus qu'à un fil. Je lui crie :

– Qu'est-ce qu'il est arrivé à la capuche de ton pull ?

Il s'immobilise et regarde par-dessus son épaule.

– C'est des types qui ont tiré dessus.

– Et tu ne vas pas demander à ta mère de la recoudre ?

– Elle a autre chose à faire, répond-il avant de continuer sa route, avec la sacoche remplie de bonnes nouvelles sur l'épaule.

– Nous devons laisser l'enquête suivre son cours, dis-je au rédacteur en chef. Les événements se bousculent. Ni leur origine, ni les liens éventuels ne sont clairs.

– C'est justement notre rôle que d'éclaircir tout ça, objecte Trausti. Il faut que j'aie du nouveau pour demain.

– Tu pourrais peut-être me dire par où je dois commencer ?

Il s'accorde un instant de réflexion.

– Eh bien, ce n'est pas moi qui suis sur place.

Voilà au moins une chose dont on peut se réjouir, me dis-je.

Je me retrouve assis dans ma chambre, après être allé en taxi jusqu'à Tungudalur pour frapper à la porte des maisons les plus proches. Elles sont en réalité assez éloignées de la colline d'Orrustuholl ; du reste, personne n'a vu ni entendu quoi que ce soit qui puisse se rapporter au camping-car ou à l'incendie. La maison montée sur roues a elle-même disparu. Les lieux ne sont plus qu'une terre humide et brûlée.

Sur le chemin du retour, je suis passé au commissariat. La pêche n'y était pas très bonne.

– Je vais aller interroger ces Lituaniens, dis-je à Trausti. Parallèlement, je suivrai autant que possible le déroulement de l'enquête. Des renforts sont arrivés de Reykjavik, des types de la Scientifique, enfin, ce genre de types. Je te concocterai un petit truc pour l'édition de demain, mais ne t'attends pas à des révélations fracassantes pour l'instant.

– Ok, mais si ça ne démarre pas vraiment, il vaudrait mieux que tu penses à reprendre l'avion rapidement. Disons jeudi. Nous ne pouvons pas t'entretenir à l'hôtel des jours et des jours si ça ne nous rapporte rien en échange.

– Espérons que la météo se maintiendra. Ici, on ne sait jamais à quoi s'attendre, le temps change plusieurs fois par jour.

– N'oublie pas non plus que tu dois rédiger ton article de fond sur l'état des lieux. Je le prévois pour l'édition du week-end. Envoie-le-moi pour vendredi matin dernier délai.

Bon Dieu de merde !

À l'heure du café, j'ai presque terminé la rédaction de mon fameux état des lieux à partir de mes bandes magnétiques et de mes notes : me voilà amplement soulagé. C'est ennuyeux comme la pluie, mais personne n'a jamais dit que tout devait être drôle. J'essaie de rendre mon récit un peu plus vivant et pittoresque en recourant à des figures de style, en décrivant mes interlocuteurs ainsi que l'atmosphère qui règne en ville. Ensuite, je descends au restaurant pour m'offrir un café et une petite friandise.

C'est plongé dans cette volupté que je passe un coup de fil à Hannes. Après lui avoir exposé la situation, je lui demande :

– Tu sais quelque chose à propos de Fjalar Teitsson et de sa disparition ?

– Eh bien, il ne m'a pas contacté.

– Ne fais pas l'imbécile, Hannes. Je sais parfaitement que tu connais Sigurdur Reynir. Que dit ce grand idéaliste ?

– Le premier secrétaire du Parti socialiste en sait aussi peu que nous, mon cher monsieur. Fjalar a quitté son domicile lundi soir en disant qu'il s'absentait pour deux ou trois heures. Depuis, tout le monde est sans nouvelles. Voilà.

J'ai lu l'article dans le journal que j'ai acheté à Grimsi. Il reprenait ce qu'affirmaient les autres médias, on y voyait une photo du député, mais tout cela n'ajoutait rien au communiqué de la police.

– Et sa vie privée, elle était sans histoires ? Aucune tendance à l'alcoolisme, à la dépression ou ce genre de choses ?

J'entends Hannes s'allumer un cigare à l'autre bout du fil.

– Pas vraiment. Peut-être parfois un soupçon de mélancolie.

– Il a une famille ?

– Non, pas vraiment, répète Hannes. Il vient de rencontrer une femme qui a dix ans de moins que lui. Je ne me souviens même pas de son nom, elle est directrice du marketing chez Framför.

– L'entreprise de logiciels et d'informatique ?

– Oui. Hier, Fjalar devait se rendre à l'étranger pour le compte du parti. Il n'est pas rentré à son domicile, contrairement à ce qu'il avait dit. Il ne s'est pas non plus présenté à l'embarquement. C'est à ce moment-là que l'avis de recherche a été lancé.

– Est-il possible qu'il soit quand même parti à l'étranger ? Ou peut-être ailleurs ? À bord d'un autre avion ?

– Eh bien, on n'a trouvé aucune trace dans les

registres de passagers, mon cher monsieur. Mais on peut tout envisager.

– Il avait évidemment son portable sur lui, non ?

– Cela va de soi, mais il n'a répondu à aucun appel.

– Est-ce que je pourrais monter vous voir ?

J'entends au bout du fil une discussion voilée, en langue étrangère. Jurgis a dû poser sa main sur le combiné.

– D'accord, répond-il avant de me communiquer le numéro de la chambre.

Je remercie le réceptionniste, puis je prends l'ascenseur.

Au moment où son mari m'invite à entrer, Renata me tourne le dos, debout à la fenêtre, les yeux fixés sur les vagues du Pollur grisâtre à travers les gouttes de pluie. Elle tient un verre de bière dans une main et une cigarette dans l'autre. Ses cheveux sont attachés avec une barrette. Jurgis m'invite à m'asseoir dans le fauteuil face au bureau alors qu'il s'installe sur le bord du lit.

– Eh bien, dis-je, le camping-car a finalement été retrouvé, n'est-ce pas ?

Il secoue son crâne chauve.

– Complètement bousillé. À l'état de ruine fumante.

– Où a-t-il été emmené ? Je reviens de Tungudalur et il n'est plus là-bas.

– La police l'a entreposé dans un hangar. Je suppose qu'ils sont en train de l'examiner de plus près.

– Il ne pouvait pas rester là-bas pour l'éternité. Et les conditions climatiques ne se prêtent pas à un examen avancé en plein air, dis-je, le doigt pointé vers l'extérieur.

Renata se retourne, pose son fessier sur le rebord de la fenêtre et nous regarde. Elle semble inquiète et abattue.

– Qu'allons-nous faire ? se lamente Jurgis, les bras levés au ciel.

– Que dit la police ?

– Elle veut que nous restions ici quelques jours de plus, le temps que l'enquête ait un peu progressé.

– C'est compréhensible.

– Compréhensible ? Il n'est pas compréhensible que nous voulions rentrer chez nous ?

Je ne sais pas quoi lui répondre, mais je lui demande quand même :

– Vous étiez certainement assurés ?

– En Lituanie, oui. Mais notre assureur affirme qu'il ne peut rien décider avant d'avoir reçu les conclusions de la police locale. Que devons-nous faire ? Ils ne s'attendent tout de même pas à ce qu'on poireaute ici indéfiniment pour une histoire qui ne nous concerne pas !

– Eh bien, il est difficile de savoir si cette histoire vous concerne ou non. C'est vous qui êtes les propriétaires de ce véhicule.

– D'accord, mais il nous a été volé.

– Certes, certes…

Il se lève d'un bond.

– Nous sommes les victimes ! Et on nous traite comme des suspects !

Jurgis se dirige vers le minibar qu'il ouvre pour en sortir une bouteille de bière.

– D'ailleurs, comment pourrions-nous comprendre tout ça autrement ? Ils passent leur temps à nous poser les mêmes questions, d'abord à nous deux, ensuite ils nous interrogent séparément. Quelle profession exerçons-nous à Kaunas ? Quel était le motif de notre voyage en Islande ? Que venions-nous faire à Isafjördur ? Nous leur avons constamment répété les mêmes choses : nous dirigeons une bijouterie à Kaunas, nous sommes venus ici pour clore notre périple à travers l'Europe, parce que nous rêvions depuis longtemps de visiter l'Islande. Et maintenant, il est trop tard pour le regretter.

– Et la police ne vous croit pas ?

Il décapsule la bouteille d'un coup de dents.

– Je n'en sais rien, répond-il, tout en avalant trois gorgées à la suite.

– La police devrait aisément obtenir auprès de celle de Kaunas la confirmation que vous êtes bien ceux que vous prétendez être, non ?

– C'est ce que nous leur avons dit, précise Renata d'une voix calme et sombre. Ils nous répondent simplement qu'ils y travaillent.

– Vous aviez beaucoup voyagé en Islande avant votre arrivée à Isafjördur ?

Elle s'allume une autre cigarette.

– À Bergen, nous avons pris le ferry pour Seydisfjördur, nous avons visité les Fjords de l'Est en roulant vers le sud. Ensuite, nous sommes remontés vers Akureyri et Husavik, puis nous sommes venus ici. Nous avions l'intention d'achever notre périple à Reykjavik.

Son anglais est meilleur et son accent moins prononcé que celui de son mari. En plus, sa prononciation des noms de lieux islandais est plutôt correcte.

– Autrement dit, vous n'êtes pas encore passés à Reykjavik ?

– Elle vient de vous le dire, non ? me lance Jurgis, d'un ton cassant.

– Pour quelle raison seriez-vous suspects ? Suspectés de quoi, d'ailleurs ? Tout de même pas d'avoir volé votre propre camping-car ?

Ils échangent un regard et haussent les épaules.

– Il est difficile de croire que la police vous soupçonne d'avoir mis en scène le vol de votre véhicule pour ensuite le brûler. Et ces restes humains ? Tant qu'ils y sont, vous avez peut-être aussi assassiné deux personnes dans votre propre camping-car avant de mettre le feu à la scène du crime ?

– Personne n'a jamais affirmé ça, précise Renata, mais ils nous ont posé des tas de questions au sujet de ces deux hommes recherchés.

– Et vous les connaissez ?

Renata expire la fumée de sa cigarette dans ma direction, par-dessus le lit.

– Nous ne les connaissons évidemment pas. Nous sommes touristes en Islande et nous n'y connaissons personne.

– Nous avons rencontré des tas de gens polis et adorables tout au long de notre voyage, marmonne Jurgis. Jusqu'à ce que nous arrivions ici.

– Avez-vous l'impression que les questions de la police sont orientées dans une direction précise ?

Je ramasse mon calepin et je me lève. Ils gardent quelques instants le silence, puis Renata reprend la parole.

– Dès que nous leur avons dit d'où nous venions, leurs questions ont pris une tournure précise, en effet.

– Laquelle ?

– Celle qui implique que nous ayons des liens avec le crime organisé, que nous aurions passé de la drogue avec notre camping-car ou bien…

– Ou bien pire que ça, conclut Jurgis en vidant sa bière.

Allons, me voilà enfin avec un peu de grain à moudre. Alors que je me dirige vers le commissariat, je commence déjà mentalement la rédaction de mon article.

Les propriétaires lituaniens du « corbillard » calciné affirment avoir été
TRAITÉS COMME DES SUSPECTS

La commissaire Alda Sif Arngrimsdottir me fait attendre pendant presque deux heures. Au moment où cllc daignc cnfin, magnanimc, mc laisscr cntrcr dans son bureau, il est sept heures passées.

– C'est n'importe quoi, m'assure-t-elle quand je lui raconte ce que m'ont déclaré les Lituaniens. C'est un véritable malentendu. Nous nous efforçons simplement de ne négliger aucune piste dans cette enquête.

– Elle est maintenant menée par les renforts envoyés par Reykjavik ?

Alda Sif a les traits tirés de fatigue. Elle se tient debout derrière son bureau, les épaules visiblement tendues.

– Non, elle est toujours sous la direction de la police des Fjords de l'Ouest. La règle veut que l'administration locale soit chargée des enquêtes, même si cette dernière reçoit de l'assistance de Reykjavik. Le cas présent ne déroge pas.

– Vous avez de nouveaux éléments en la matière ?

Elle soupire.

– Nous pouvons déclarer avec certitude que les deux corps retrouvés dans le camping-car sont ceux de Karl

Olafsson et de Hallgrimur Saevar Bjarnason, les deux hommes pour lesquels un avis de recherche a été lancé dans la journée de lundi. Les proches ont été informés de ces conclusions, nous pouvons donc maintenant les rendre publiques.

– Quelles sont les causes probables de leur décès ?

– Il est trop tôt pour se prononcer sur ce point. Je peux toutefois vous dire que le véhicule avait été fermé de l'extérieur.

– Fermé de l'extérieur ? dis-je, déconcerté. Ils l'auraient volé, conduit comme des fous le long de la vallée de Tungudalur, fermé de l'extérieur, puis ils auraient cassé le pare-brise et s'y seraient introduits avant d'y mettre le feu ?

Elle secoue la tête.

– Ne vous avisez pas de formuler ce genre d'hypothèses sur la base de mes déclarations. C'est tout ce que nous avons pour l'instant.

Elle fronce les sourcils.

– En revanche, vous pouvez vous interroger sur le pourquoi de tels agissements.

En effet, me dis-je. Ça n'a aucun sens. C'est donc que quelqu'un les a enfermés à l'intérieur du véhicule.

– Ils sont morts dans l'incendie ou ils étaient déjà morts au moment où le feu a été allumé ?

– Il nous faut d'abord déterminer si le feu a effectivement été mis au véhicule ou s'il s'est déclaré pour d'autres raisons.

– Comme par exemple ?

Elle secoue son épaisse chevelure rousse.

– À cause d'une accumulation de gaz dans l'habitacle ? Par accident ?

Même mouvement de la tête.

– Peut-on imaginer que l'un des deux hommes ait

tué l'autre avant d'incendier le véhicule ? Un meurtre suivi d'un suicide ?

– Vous voilà parti loin, décidément, vous vous surpassez.

– Oui, je suppose que vous avez raison. Mais c'est tellement étrange. Vous avez repéré des traces de pneus ou de pas sur les lieux ?

– La neige a effacé tous les indices de ce genre, malheureusement.

Je comprends à l'expression de son visage que notre entretien est clos.

Je la remercie et je quitte son bureau en refermant la porte. J'entreprends mentalement la rédaction d'un nouvel article.

À l'extérieur du bâtiment, le brigadier-chef Brandur Brandsson s'offre une prise de tabac. Je m'apprête à lui parler, mais il m'en dissuade d'un geste de la main :

– Ce n'est pas le moment, marmonne-t-il.

– Eh bien, en tout cas, on connaît l'identité des cadavres, dis-je en remontant mon col avant de poursuivre ma route dans l'obscurité.

– Un drame entre pédés, commente Brandur. Des sales pédés qui voulaient se séparer, se régler leur compte ou peut-être mourir ensemble. Ou aller rôtir tous les deux en enfer.

7

JEUDI

« Sur les treize incendies qu'ont connus les îles Vestmann au cours des sept années passées, quatre ont ravagé le même bâtiment. Nombre de ces sinistres ont eu lieu au mois de décembre, pour la plupart, à la faveur de la nuit hivernale. Tous sont d'origine criminelle, mais aucun n'a été élucidé. »

Je commence ma journée en explorant les bases de données des journaux, à la recherche d'événements comparables à ceux d'Isafjördur. Ce ne sont pas les informations qui manquent : au coin des rues Laekjargata et Austurstraeti, deux des plus anciennes maisons de Reykjavik ont brûlé. Origine du sinistre : inconnue. Pour la troisième fois, une vieille maison d'Eskifjördur a été ravagée par les flammes. Origine du sinistre : inconnue. Deux hommes soupçonnés de se préparer à mettre le feu à des locaux à usage professionnel à Stokkseyri ont été relaxés par la justice, faute de preuves. Dix voitures de luxe ont brûlé dans le quartier des Vogar en décembre de l'année dernière. À cela s'ajoutent les incendies de dix véhicules à Hafnarfjördur et de cinq à Hvolsvöllur quelques années plus tôt. Ces affaires ne sont à ce jour pas élucidées.

Dans l'article concernant les îles Vestmann, on

interroge le maire qui affirme ne pas croire qu'il faille établir un lien entre ces événements. « Je serais surpris d'apprendre que le même individu soit à l'origine de tous ces incendies. Il me semble qu'ils ne sont pas liés. Je vous accorde toutefois que parfois on se croirait presque dans un roman policier. » Les habitants, quant à eux, notent qu'ils n'abordent que peu le sujet dans leurs conversations. « On peut dire que c'est une sorte de tabou, ici, en ville. »

Alors que je prends mon café du matin, accompagné d'une viennoiserie sortie du four à la *Pâtisserie d'antan*, de l'autre côté de la place Silfurtorg, les derniers événements dont Isafjördur a été le théâtre sont bien loin d'être tabou. Ici, on ne se tait pas. Plongé dans les *Nouvelles du matin*, je fais semblant de lire, mais j'écoute les conversations des clients assis aux tables voisines. Ici, et sans doute partout dans cette communauté, les spéculations s'enflamment, si j'ose formuler les choses ainsi. Y a-t-il un incendiaire qui rôde ?

Je suis tellement concentré sur les discussions de mes voisins que je sursaute quand mon portable sonne.

– Allô ?

– Alors, tu ne donnes plus de nouvelles ?

– Salut Magga[1] !

– Tu t'enfuis comme un voleur.

– Je suis à Isafjördur. On m'a envoyé ici ce week-end pour collecter des infos. Je pensais rester deux ou trois jours, mais il s'est produit des événements qui ont changé la donne. Tu n'as pas regardé le journal ?

– Si, si, répond-elle d'un ton un peu moins accusateur.

1. Diminutif de Margrét.

– Je voulais t'appeler, mais je n'ai pas arrêté de courir dans tous les sens. Pardonne-moi.

– Comment peux-tu supporter ça ?

– Quoi donc ?

– D'être envoyé comme un chien de chasse dans tous les coins paumés pour y ramasser quelques crottes de moineaux ?

– J'aime bien ça. C'est ma profession.

– En plus, tu es payé des clopinettes.

– Tout le monde ne peut pas gagner deux millions par mois. Il faut bien que certains se tapent les boulots mal payés. Nos dirigeants affirment qu'autrement, le pays chavirerait.

– Tes exigences sont bien trop faibles.

– Heureux sont les faibles d'esprit, car le royaume des cieux leur appartient.

– Très peu pour moi, merci !

– Heureux sont les doux, car ils obtiendront la terre promise.

– Elle est bien bonne, celle-là, ah, ah, ah !

– Comme tu vois, mes positions sont assurées à long terme, que ce soit là-haut ou ici-bas.

– Tu ferais mieux de t'occuper de toi, de te fixer un objectif, de te battre pour obtenir un poste de direction bien rémunéré ici, à Reykjavik.

– Vois-tu, Margrét, dis-je alors que je sens monter en moi une certaine obstination, on m'a justement proposé un poste de direction fort bien rémunéré au journal il n'y a pas si longtemps et je l'ai refusé. Voilà comment je me suis occupé de moi.

– Dans ce cas, pourquoi tu n'essaies pas d'entrer dans les rédactions des chaînes de télé ? Là, au moins, tu bénéficierais d'une certaine reconnaissance, d'un certain statut.

Je me demande vraiment ce qui lui arrive. Pendant nos vacances au soleil, elle avait vaguement laissé entendre que je manquais d'ambition. D'après elle, il faut avoir des ambitions personnelles, c'est une question d'amour-propre. De ce respect de soi découlerait naturellement celui des autres. C'est capital si on ne veut pas retomber dans l'addiction.

– Les journalistes du petit écran deviennent des visages connus, ça leur ouvre des tas de portes un peu partout dans le monde du travail, poursuit-elle.

– Tout simplement…

– Il y en a même qui font de belles carrières en politique.

– … je n'ai aucune envie de devenir un visage connu. Je n'en éprouve pas le besoin. En réalité, j'aurais plutôt besoin de ne pas le devenir.

Je jette un œil par la fenêtre de la *Pâtisserie d'antan*. Brandur Brandsson a garé sa Volvo grise et fatiguée aux abords de la place, comme il me l'a dit quand je l'ai appelé ce matin afin d'avoir quelques nouvelles et de récolter ne serait-ce que quelques miettes sur l'enquête.

– Bon, il faut que j'y aille, j'ai rendez-vous.

– On se voit bientôt, non ? Tu ne vas pas moisir indéfiniment dans ce trou ?

– Je te rappelle.

– J'ai hâte de te retrouver.

Est-ce que je suis capable d'en dire autant ?

– Bonjour, dis-je en ouvrant la portière pour me glisser dans l'habitacle.

Brandur ne me répond pas. Il inspecte les alentours d'un regard fuyant. Il n'y a en ce moment personne d'autre que nous deux sur la place Silfurtorg. Il ne neige pas, la température avoisine zéro.

Il démarre sans prononcer un mot, s'engage dans la rue Adalstraeti, dépasse le Langa Manga et l'antenne régionale de RUV à notre gauche ainsi que le centre culturel Édimbourg à notre droite. Ce dernier est situé dans un vieux bâtiment rénové, peint en vert, de forme oblongue et biscornue, parsemé de tourelles, comme s'il avait été construit avec des cubes par un enfant débordant d'une joyeuse créativité.

Nous longeons le port où quelques chalutiers sont encore amarrés à la jetée, dépassons des hangars et des locaux pour la plupart dévolus à la pêche et au monde de la mer.

Danger. Chute de plaques de neige depuis le toit, indique un panneau placé à côté de l'un des bâtiments. Le risque en question est pour l'instant négligeable.

Brandur gare la voiture devant un ensemble de vieilles maisons en bois situées à l'extrémité de la langue de terre. La plupart d'entre elles sont rouges et quelques-unes peintes en noir. Un écriteau indique : *Nedstikaupstadur. Musée de l'habitat des Fjords de l'Ouest*.

Il éteint le moteur et sort sa tabatière.

– En hiver, Nedstikaupstadur n'est plus aussi animé qu'autrefois. En été, il faut presque enjamber les touristes. Mais dans le temps, ces lieux débordaient de vie. On y travaillait le poisson salé du printemps à l'automne.

Il prend un air pensif.

– À cette époque-là, le poisson salé, c'était la vie. Aujourd'hui, on ne le cuisine plus que pour les repas de fête. Aujourd'hui, la vie…

Il marque une brève pause avant de conclure :

– Aujourd'hui, la vie se résume peut-être à une raffinerie.

– Bon, vous êtes certain que personne ne nous voit ?

– On n'est jamais trop sur ses gardes, marmonne Brandur en prenant un peu de tabac.

– Vous m'avez pourtant laissé entendre que vous n'aviez plus grand-chose à perdre au commissariat.

– Pas grand-chose à l'exception du peu qui me reste.

– Et ces renforts de Reykjavik, ils sont efficaces ?

Il soupire de dépit sans dire un mot.

– Tout à l'heure, j'étais à la *Pâtisserie d'antan* et j'ai constaté que la population s'interroge sacrément sur tous ces événements.

– Évidemment, répond Brandur en s'essuyant le nez avec son mouchoir à pois rouges. Encore heureux qu'on ne s'habitue jamais à de telles horreurs.

– Pourquoi m'avez-vous dit hier soir que ce qui est arrivé dans le camping-car était un drame entre pédés ?

– Et pourquoi pas ? renvoie-t-il.

– Comment ça, pourquoi pas ?

– Ils sont partout, non ? Ils s'étalent à pleines pages dans les journaux. On les appelle même les flics de la mode !

– Allons, allons.

– Il doit quand même y avoir des lois qui protègent le titre de policier. On se demande. Toutes les valeurs s'effondrent jour après jour. Et même plusieurs fois par jour.

Je m'efforce d'imposer un caractère raisonnable à la discussion.

– Karl Olafsson est un joueur de foot connu de toute la nation.

Brandur se tourne vers moi.

– On voit bien des équipes de foot constituées uniquement de lesbiennes et de pédés, non ?

– Eh bien, Karl n'était pas dans ce genre d'équipe-là. Il était en ligue nationale et a même joué quelques années à l'étranger.

Brandur secoue son crâne chauve.

– Peut-être bien qu'il se cachait, qu'il était dans le placard, comme on dit. D'ailleurs, ces gens-là devraient y rester, au placard ! Les dégénérés doivent rester cachés dans tous les placards possibles avec tous les autres squelettes.

– Si je comprends bien, vous n'avez pas la moindre preuve quand vous affirmez que Karl et Hallgrimur Saevar étaient homosexuels ?

– Si, la preuve que j'en ai, c'est mon bon sens naturel qui reste intact en dépit de toutes les conneries modernes qu'on peut voir et entendre dans ce pays.

– Et que déclarent leurs proches ? Leurs amis ?

– Dans ce domaine, je ne crois pas un mot de ce qu'ils racontent. Je crois ce que dit le saint livre : Tu ne partageras pas ta couche avec un homme comme on le fait avec une femme, c'est une abomination.

Je reste sans voix l'espace d'un instant.

– Et voilà maintenant que l'Église d'Islande s'incline face à cette abjection. Le beau parleur à l'habit qui officie à Isafjördur voudrait bien pouvoir unir ce genre d'individus par les liens sacrés du mariage.

– Ah bon, il est donc en faveur de l'égalité des droits pour les homosexuels ?

Brandur frappe à poing fermé sur le tableau de bord.

– Toutes ces conneries de droits égaux ne sont que des insultes contre les desseins de notre Créateur. D'un côté, il y a le bien, de l'autre, le mal. C'est aussi simple que ça.

– Je ne suis pas vraiment d'accord avec vous sur ce point.

Je m'allume une cigarette en espérant qu'il soit assez énervé pour n'y prêter aucune attention.

Brandur abaisse la vitre de son côté.

– Par ailleurs, mais c'est autre chose, il est bien possible que notre pays ignore qu'il abrite des terroristes islamistes.

Je lui adresse un regard atterré, j'ouvre ma vitre pour rejeter la fumée vers l'extérieur.

– Si nous tenons absolument à chercher des suspects hors d'Islande, est-ce qu'il ne serait pas plus logique de se pencher sur le cas de ce couple lituanien ?

– Les Lituaniens ne profanent pas les sépultures chrétiennes.

– Ah bon ? C'est à ça que vous pensiez ?

Je n'ai vu aucune raison de mentionner l'étron sur la tombe dans mes articles.

– Je croyais que nous parlions des deux cadavres dans le camping-car.

Il semble ne pas entendre ma remarque.

– Ce sont les satanistes qui profanent les tombes, ces saloperies d'adorateurs du démon !

En l'entendant dire cela, me reviennent en mémoire des histoires d'incendies déclenchés par des satanistes à l'étranger, notamment ceux qui ont détruit ces églises en Norvège, il y a quelques années. Je n'ose me risquer à le mentionner à Brandur, qui me semble déjà assez perturbé comme ça. Il serait capable d'exiger qu'on rouvre l'enquête concernant l'incendie de la vieille église d'Isafjördur, il y a vingt ans.

– Les petits suppôts de Satan, marmonne-t-il.

– Vous voulez parler de ces trois gamins habillés tout en noir ?

Son visage grimaçant prend soudain un air grave.

– Comment les appelle-t-on, déjà ? me demande-t-il en se tournant à nouveau vers moi. Comment est-ce qu'on appelle cette satanée mode ?

Je réfléchis un instant.

– Euh, la mode gothique, enfin, je crois. Et ceux qui la suivent s'appellent les gothiques ou quelque chose comme ça.

Il se tait, pensif. Je poursuis :

– Mais c'est surtout lié à la musique, au hard rock ou au death rock, enfin, ce style. Quant à cette façon de s'habiller, je crois qu'elle est passée de mode depuis longtemps. À moins qu'elle n'ait été remise au goût du jour. En fait, elle n'a jamais été très répandue, c'était plutôt un épiphénomène.

– Un épiphénomène ? C'est un mot, ça ?

– Vous m'avez dit que l'un de ces gamins était le petit-fils de Kiddi du Kjölur et qu'il était le frère de Rosa Dis. Il s'appelle bien Bjartur, n'est-ce pas ?

Il marmonne un truc incompréhensible.

– Il figure parmi les suspects ? Tous les trois, peut-être ?

Brandur Brandsson rallume le moteur.

– J'ai seulement évoqué cette éventualité, mais l'administration reste sourde et les experts de Reykjavik encore plus. Ces types savent tout mieux que tout le monde. Personne n'écoute un vieux ronchon consterné devant le spectacle de la tombe profanée d'un honnête homme. Pour eux, c'est un point de détail. Un acte de vandalisme isolé.

Sur quoi, il démarre et se mure dans un profond silence.

Étant donné la nature de l'affaire, les choses ne sont pas d'une parfaite limpidité dans mon esprit au moment où je remonte à ma chambre. Au lieu de continuer à chercher les satanistes et autres terroristes islamistes, je préfère me tourner vers la rédaction de mon article sur l'état des lieux dans les Fjords de l'Ouest avant de l'envoyer à Reykjavik, avec photos à l'appui.

Le téléphone de la chambre retentit.

– Bonjour, ici Sigurdur Ögmundsson.

Il me faut quelques instants pour le situer.

– Je suis le mari de Rosa Dis.

– Ah oui, bonjour. Pardonnez-moi, j'étais plongé dans la rédaction d'un article.

– Je voulais seulement vous informer que nous avons décidé d'accepter la proposition de nos amis et de notre famille qui veulent organiser une collecte de soutien suite à l'incendie de notre maison.

– D'accord, je vais insérer cette information dans notre journal.

Il me remercie et me communique ses coordonnées bancaires.

– Tant que je vous ai au bout du fil, Sigurdur, je voulais vous demander si les causes du sinistre ont été identifiées.

– Eh bien, la police est presque certaine qu'il s'agit d'un acte criminel, comme l'ont rapporté les médias, parmi lesquels le *Journal du soir*.

– Tout à fait, mais quel est ou quels sont les éventuels auteurs ?

– C'est un point que la police n'a pas encore éclairci, malheureusement. On nous a dit que plus le temps passait, plus il était difficile de parvenir à résoudre ce genre d'affaires.

– Tout cela doit être éprouvant.

– Évidemment, c'est affreux. Pour couronner le tout, une rumeur partie de je ne sais où raconte que nous avons nous-mêmes allumé le feu.

Je ne dirais pas que l'idée ne me soit pas venue à l'esprit.

– Ah, ah bon ?

– Pour empocher la prime d'assurance ou je ne sais quoi. Vous imaginez sans peine l'effet que ce genre de ragots peut produire sur Rosa Dis. C'était une maison de famille. La seule chose qu'elle ait héritée de son père qui la tenait de son grand-père.

– Je comprends. Vous m'autorisez à rapporter vos propos en mentionnant votre identité ?

Il s'accorde un instant de réflexion.

– Oui, enfin, vous pouvez dire que ce genre de rumeurs nous blessent profondément. Il y a une foule de témoins qui peuvent attester que nous étions à une soirée au moment où le feu s'est déclaré. Bien sûr, il est normal que cette idée vienne effleurer certains esprits. Nous sommes une petite communauté où il n'y a pas souvent matière à ragots.

– En effet.

– Et c'est encore pire quand on ne trouve aucun coupable. Que doit-on en penser ?

– Avez-vous envisagé que des gens puissent vous vouloir du mal ? Des gens qui auraient voulu vous nuire en incendiant votre maison ?

– Nous y avons beaucoup pensé. C'est vrai qu'en y réfléchissant, tout un chacun a des ennemis. Mais nous ne voyons personne qui aurait pu faire une chose pareille. Absolument personne.

– J'ai aussi entendu dire que les gens s'interrogent sur les liens éventuels entre l'incendie de votre maison et celui du camping-car des touristes lituaniens. Pensez-vous que les deux événements soient liés ?

– Nous ne connaissons pas ces Lituaniens. Nous ne les avons jamais vus. En plus, ils affirment qu'ils n'étaient pas au volant au moment où leur véhicule a failli nous renverser dimanche. Et vous avec !

– En revanche, vous connaissiez un peu Karl Olafsson et son ami Hallgrimur Saevar, n'est-ce pas ?

– Oui, mais on ne peut pas dire que nous étions proches. Ils étaient invités avec d'autres personnes à l'enterrement de vie de garçon chez le Birgir d'Oktavia cette nuit-là. Comme tout le monde, j'ai discuté un moment avec eux, surtout avec ce Halli. C'était la première fois que je les rencontrais. Mais évidemment, je savais qui était Karl Olafsson. Qui ne le sait pas ?

Après nous être dit au revoir, j'appelle Gunnar Mar, le chroniqueur sportif du *Journal du soir* à Reykjavik. C'est un vrai puits de science sur tout ce qui se rapporte au sport et aux athlètes, même si son savoir est nettement plus limité dans les autres domaines. Il est ce qu'on appelle un spécialiste.

– Kalli Olafs ? s'écrie Gunni. Le pauvre gars, c'était pourtant un sacré veinard. Mais bon, c'est comme ça.

– Tu le connaissais bien ?

– Oui, oui. Autant que faire se peut pour des gens sur lesquels nous écrivons pendant des années. Il avait arrêté la compétition depuis quatre ans.

– Quel genre de gars c'était ?

– Un gars vraiment sympa. Je l'ai toujours beaucoup apprécié. Contrairement à beaucoup de ses collègues, il ne piquait pas de crises quand un journaliste critiquait son jeu sur le terrain. Mais bon, c'était plutôt rare qu'on le critique. En tout cas, jusqu'à récemment.

– Jusqu'à ce que ?

– Eh bien, peu à peu, il s'est retrouvé en perte de vitesse. Après avoir joué dans des équipes de première division en Allemagne et en Espagne, il a fini sa carrière dans une équipe de ligue 2 en Suède. Einar, je sais qu'il est inutile de te donner le nom de ses coéquipiers. Autant me demander celui du nouveau maire de Reykjavik. Je prépare un petit article sur Karl pour l'édition de demain. Tu y trouveras tout.

– Ok. Pourquoi considère-t-on que sa carrière était en perte de vitesse ?

– Je n'en parlerai pas dans mon papier, évidemment, mais certains racontent qu'il commençait à se ramollir, qu'il buvait trop et qu'il touchait à la drogue. Ça n'a rien d'exceptionnel dans ce milieu.

– Et personne ne raconte qu'il était homo ?

Gunnar Mar éclate de rire.

– Qu'est-ce que c'est que ces conneries ? Quelle drôle de question !

– Non, enfin, il y a une rumeur qui court ici sur lui et son ami, Hallgrimur Saevar. Je n'en crois pas un mot, mais je voulais quand même demander l'avis du spécialiste.

– Tu fais bien. Kalli et Halli étaient des amis d'enfance. Ils se sont mis au foot tous les deux quand ils étaient ados. Kalli a tout de suite fait preuve de qualités hors pair et sa progression a été fulgurante. Le pauvre Halli n'était pas très doué, il n'a donc pas tardé à décrocher. Mais il s'est fait une place de choix auprès de son ami.

– Il se présentait à tout le monde comme Halli, le meilleur ami de Kalli Olafs.

– Exact, confirme Gunni. Le pauvre garçon, il considérait qu'il n'avait rien de mieux à faire dans la vie que de rester pendu aux basques de Kalli. Halli était un ami très fidèle et sincère, même si certains lui reprochaient d'être un parasite.

– Quelle était sa profession ?

– Il travaillait dans l'une des boutiques de mode de Kalli.

– C'est vrai, Karl était devenu un gros investisseur, non ?

– Il possédait des parts dans des boutiques de mode et des restaurants qui marchaient plutôt bien.

– Ils n'étaient mariés ni l'un ni l'autre et n'avaient pas d'enfants non plus ?

– En effet. Mais ça tournait sacrément autour de Kalli quand il sortait s'amuser. Les femmes l'adoraient.

– Et Halli en profitait aussi ?

– D'une certaine manière, oui.

– Karl avait une petite amie au moment de sa mort ?

– Je dirais plutôt plusieurs.

– Tu sais si l'un ou l'autre aurait, par hasard, trempé récemment dans le monde de la drogue ?

– Je ne peux rien t'assurer, mais ça ne me surprendrait pas. Ils évoluaient dans ce genre de cercles.

Ce genre de cercles… Le rapport avec la Lituanie me trotte dans la tête alors que je quitte l'hôtel pour me rendre au commissariat où, encore une fois, personne n'est disponible pour une interview. Personne à l'exception d'autres journalistes. Je reconnais deux jeunes présentateurs pour les avoir vus sur le petit écran, un bonhomme d'âge mûr de la télévision nationale et une jeune femme de Sjon 2, la chaîne sœur du *Journal du soir* au sein de notre grand consortium. Ils ne me reconnaissent pas car je suis loin d'être une célébrité. En revanche, ils se connaissent. Ils traînent avec leur preneur de son ou de vue à l'accueil du commissariat.

Eh bien, finie la tranquillité, me dis-je en tournant les talons.

Je fais un saut à l'antenne de la RUV. À l'entrée, un dessin humoristique encadré montre deux téléspectateurs. L'un d'eux déclare :

Tous ces machins qu'ils diffusent entre les pubs n'ont aucun intérêt.

Il y a là un studio d'enregistrement ainsi que quelques pièces équipées de bureaux et d'ordinateurs. Rut Jakobsdottir est assise face à un écran, l'air grave.

– Alors, il n'y a pas que la police qui ait droit à quelques renforts de Reykjavik, dis-je sur un ton de camaraderie.

Ma phrase ne déclenche même pas un sourire.

– C'est ridicule, c'est une insulte pure et simple.

– Je comprends bien.

– Je suis parfaitement capable de couvrir cette affaire.

– Ça veut dire qu'ils t'ont retiré ce qui concerne les incendies, les corps calcinés et tout le reste ? Ils te laissent au moins les informations sur les prises de pêche et les vols dans les épiceries ?

– Je ne laisse personne m'enlever quoi que ce soit, répond-elle sèchement. S'il n'y a pas de nouveau dans l'enquête, ils auront tous levé le camp demain matin.

– Que t'en dit Alda Sif, ton amie du club de lecture ?

– Je crois qu'ils seront partis demain. Ils sont venus pour couvrir une seule info avant de retourner à Reykjavik.

– Quelle info ?

Elle me répond par un sourire.

Je regarde le journal de la soirée sur les deux chaînes télévisées. Les journalistes s'offrent leur stand-up devant le quartier général de la police des Fjords de l'Ouest où Alda Sif leur accorde une interview groupée. On n'y apprend rien de neuf.

Eh oui, il est à ce point utile de fréquenter le même club de lecture qu'une commissaire.

Un peu plus tard, quand je joins la même commissaire par téléphone, elle n'ajoute rien à ce rien qui vient d'être diffusé à la télé.

Mais avant de prendre congé d'elle, je l'interroge sur le portable que j'ai trouvé près de la colline d'Orrustuholl. Je n'ai pas mentionné ma découverte dans mes articles, je n'avais d'ailleurs aucune raison de le faire.

– C'était celui de Karl Olafsson, précise-t-elle.

– Et qui a essayé de l'appeler ?

– Il nous est impossible de dévoiler cette information. C'était un appel parmi de nombreux autres qui ne constitue qu'un indice parmi de nombreux autres. Nous enquêtons sur tout ça, mais il nous faut du temps.

Je viens d'envoyer un article et je regarde *Six Feet Under* quand mon portable se met à sonner.

– Bonsoir, mon cher monsieur.

– Bonsoir, Hannes.

– Voici la suite de notre conversation d'hier : ce soir, on a trouvé le corps sans vie du député Fjalar Teitsson rejeté par la mer, en contrebas des réservoirs à pétrole de l'île d'Örfirisey.

8

VENDREDI

– C'est vrai, beaucoup de gens trouvent ces enterrements de vie de jeune fille franchement stupides. Mais bon, mes copines et mes amies pensaient que je devais absolument suivre la coutume. Je ne pouvais pas faire autrement, c'était ma dernière chance de m'amuser comme ça, enfin bref…

Oktavia Kortsdottir passe un peigne sur ses cheveux blonds qui lui retombent dans le dos. Je lui ai expliqué au téléphone que je m'efforçais de cartographier les événements du week-end dernier pour les besoins d'un article.

La future mariée vit dans un immeuble peint en rouge dans le haut de la ville, au pied de la montagne Eyrarfjall. Le quartier est nettement plus chic ou, tout du moins, plus récent que celui d'Eyri. La bâtisse est située légèrement en surplomb du lycée d'Isafjördur où Oktavia me confie qu'elle a passé son bac, il y a deux ans. Elle m'explique ne pas vouloir vendre cet appartement dont elle est propriétaire à cause de la cote modeste de l'immobilier, bien qu'elle habite maintenant Reykjavik où elle étudie la littérature à l'Université d'Islande.

– Je préfère le garder. Biggi voudrait que nous nous

installions dans la capitale, il est originaire de là-bas. Moi, je ne suis pas sûre, j'attends de voir.

Elle lance un regard à son futur mari, Birgir Dagsson, installé à côté d'elle, vêtu d'un jean noir et d'une chemise verte à carreaux. L'assise du canapé en cuir marron est quelque peu usée à force de frottements.

– Que voulez-vous que nous fassions ici ? interroge Birgir en s'adressant plus à moi qu'à sa promise. Quel avenir y a-t-il dans cette ville ?

C'est un appartement spacieux qui compte quatre pièces où règne un véritable chaos. Il est vrai qu'Oktavia a offert l'asile à Rosa Dis et Sigurdur.

Elle se cale plus confortablement sur le canapé.

– Je suis encore tellement jeune et optimiste que j'imagine qu'il existe des opportunités à Isafjördur. C'est ma ville et, à mon avis, on peut y entreprendre tout un tas de choses, dans l'éducation par exemple.

Elle pose sa main frêle sur le genou de Birgir.

– Où vous êtes-vous rencontrés ? dis-je.

– Au Thorvaldsen, le bar, il y a un an, répond Birgir avec un sourire tandis qu'il caresse la main de sa dulcinée.

Il semble un peu plus âgé qu'elle, avec ses cheveux bruns mi-longs et sa barbe de trois jours. Son visage délicat a un teint grisâtre.

– J'étais sorti m'amuser avec mes amis, les regrettés Kalli et Halli. Et cette petite chérie était là avec ses copines.

– Vous êtes également à l'université ?

Il secoue son épaisse tignasse.

– Non, j'ai étudié deux ans en fac d'économie avant de me lancer dans les affaires avec Kalli.

Je pense à Sigurdur Ögmundsson, le mari de Rosa

Dis, et je me fais la réflexion que les gens sont tellement pressés de s'en mettre plein des poches qu'ils n'ont même plus le temps de passer leurs diplômes.

– Vous détenez des parts dans tous ces magasins et restaurants ?

– Tous ? dit-il en haussant les épaules. Nous possédons seulement quatre boutiques et trois restaurants.

– Seulement, le mot est mal choisi, observe Oktavia avec un sourire qui dévoile ses longues incisives.

C'est une jeune femme à l'air intelligent, grande, d'apparence soignée, vêtue d'un chemisier bleu brodé de rouge et d'un jean.

– Alors, comment s'est déroulé cet enterrement de vie de jeune fille ?

– Eh bien, j'ai loué le restaurant de l'hôtel, répond Oktavia tandis qu'elle continue de se peigner. Les filles se sont occupées du reste et ont mis sur pied un sacré programme. Elles m'ont bandé les yeux, m'ont déshabillée puis rhabillée et, quand elles ont retiré le bandeau, je me suis retrouvée vêtue d'une guêpière violette et de bas résille. Ensuite, nous avons commencé à boire et à danser.

– Vous avez fait le concours du plus gros buveur de bière, glisse Birgir, et c'est toi qui l'a remporté.

– Ma copine Odda[1] a voulu chanter une chanson en mon honneur, mais ça a été un désastre.

Elle s'interrompt un bref instant.

– Pauvre Odda, observe-t-elle, pensive, avant de poursuivre. On m'a offert des tas de paquets qui contenaient des godemichés, des lubrifiants et toutes sortes de sex-toys.

Elle adresse un sourire à Birgir.

1. Diminutif d'Oddny.

– Histoire de pimenter la nuit de noces, ajoute-t-elle. Ensuite, un strip-teaseur est arrivé et ça a tourné au délire.

Oktavia baisse les yeux et rougit :

– Je préfère m'abstenir de décrire la scène.

– Ta mémoire défaille au moment adéquat, observe Birgir d'un air narquois.

Elle rejette ses cheveux en arrière.

– Puis, un peu après minuit, les garçons sont venus nous rejoindre.

– Combien vous étiez en tout ?

– Environ une quarantaine, dont trente filles.

– Je suis resté à l'appartement, avec quelques copains, précise le petit ami. On a bu de la bière et de la vodka et on a bien rigolé.

– Vous n'avez pas eu droit au même genre d'animation que les filles ? dis-je, un sourire aux lèvres.

Il a un rictus et attrape une feuille de papier sur la table basse laquée.

– Comme vous pouvez voir, nous ne nous sommes pas laissé abattre non plus.

Je prends la feuille et je la lis :

69 raisons pour lesquelles il vaut mieux être un homme.

On y voit des phrases dans ce style :

Tes appels téléphoniques n'excèdent jamais trente secondes.

Le football.

Tu perds moins de temps à faire la queue devant les toilettes.

Tu n'as besoin de personne pour ouvrir les pots de confiture.

Quand tu zappes, tu ne te sens pas obligé de t'arrêter sur une scène sous prétexte que quelqu'un pleure.

Tu ne t'inquiètes pas trop de savoir si tu décrocheras un boulot ou non.

Tu ne simules jamais tes orgasmes.

Tu peux coucher avec n'importe qui sans que ta réputation soit ternie.

Personne ne te reproche d'avoir trente-quatre ans et de ne pas être encore marié.

Tu peux écrire ton prénom en jaune dans la neige.

Tu ne portes pas de chaussures qui te font mal aux pieds.

Tu peux manger une banane dans l'atelier d'un garage sans que les mecs y voient une signification particulière.

L'absence de préliminaires ne te dérange absolument pas.

J'interromps ma lecture à mi-chemin.

– Un authentique enterrement de vie de garçon, n'est-ce pas ?

– Eh bien, pas tout à fait. L'officiel est prévu pour vendredi prochain à Reykjavik, la veille du mariage, répond-il en adressant un regard grave à Oktavia. Mais il n'est pas impossible que l'un comme l'autre soient repoussés. Étant donné ce qui vient d'arriver.

Oktavia hésite, puis elle reprend la parole :

– C'est vraiment pénible. Surtout quand on pense à tous les préparatifs. Les faire-part ont déjà été envoyés et tout est prêt : l'église, le pasteur, la salle, et le voyage de noces à Paris.

– Nous prendrons notre décision ce week-end. Rosa

Dis et Siggi nous disent qu'il ne faut rien annuler, mais ce qui est arrivé à Kalli et Halli est tellement affreux.

– Comment avez-vous rencontré Rosa Dis et Sigurdur ?

– J'ai connu Rosa Dis à Kampalampa, la conserverie. J'y ai travaillé chaque été pendant toute mon adolescence. Même si elle est un peu plus âgée que moi, nous sommes très proches. C'est une femme adorable. Je suis très amie avec elle et Siggi depuis quelques années.

– Mais dites-moi, Birgir, Karl et Hallgrimur Saevar étaient vos amis à vous ?

– Oui, nous nous connaissions depuis longtemps. Gamin, je jouais au foot avec eux. Mon copain Valli et moi, nous sommes restés très proches de Kalli, même à l'époque où il est devenu pro à l'international. Nous lui rendions souvent visite pour faire la fête avec lui. Quand il est rentré au pays, nous avons mis de l'argent en commun afin d'investir. Et ça marche plutôt bien, d'ailleurs nous travaillons nous-mêmes dans ces endroits. On met la main à la pâte, si j'ose dire. C'est seulement comme ça qu'on peut espérer tirer quelques profits.

– Et Hallgrimur Saevar, il ne s'est pas joint à vous ?

– Non, non, non, débite Birgir avec un sourire éteint. Ce bon vieux Halli n'avait rien du tout, que ce soit dans les jambes ou dans la tête.

– Et ce Valli dont vous parlez, qui est-ce ?

– Il s'appelle Valthor Asmundsson. On se connaît depuis l'adolescence. Avec Halli aussi, évidemment.

– Valthor était également à cette soirée ?

– Oui, nous sommes arrivés tous les deux ici jeudi dernier. Quant à Kalli et Halli, ils nous ont rejoints le lendemain.

– Valli est déjà reparti à Reykjavik ?

– Oui, hier dans la journée. Il faut bien que quelqu'un s'occupe des affaires. La police l'a interrogé deux fois et lui a dit qu'il pouvait rentrer.

– Vous avez une idée de la personne qui pourrait être à l'origine des incendies de la maison et du camping-car ? Ou sur la manière dont est survenu le décès de Karl et Hallgrimur ?

Ils échangent un regard et secouent la tête.

– Pas la moindre, répond Oktavia. Nous n'arrêtons pas de penser à ça. C'est vraiment affreux.

– Vous les avez croisés samedi soir, la veille de leur dispa-rition ?

– Non, nous étions très occupés. Nous avons aidé Rosa Dis et Siggi à s'installer ici.

– Vous savez avec qui ils ont passé la soirée ?

– Aucune idée.

– Je dois vous poser une question déplaisante : est-il envisageable que Karl et Hallgrimur aient connu les Lituaniens propriétaires du camping-car ?

Birgir se gratte le menton.

– Comment serait-ce possible ? Ce sont des touristes qui viennent d'arriver ici, non ?

– D'accord, mais il a été question de trafic de drogue dans cette affaire.

Birgir lève les bras au ciel.

– Et alors ?

– Eh bien, on m'a dit qu'il arrivait à Karl de consommer de la drogue. Je ne sais pas ce qu'il en est de Hallgrimur.

Birgir se lève d'un coup.

– Je trouve vos questions extrêmement déplacées. Ce sont des insinuations tout à fait douteuses.

Je lance un regard en direction d'Oktavia qui mordille ses lèvres maquillées de rouge.

– Pardonnez-moi, mais ce n'est là qu'une possibilité envisagée par les enquêteurs. Je suppose que la police a déjà dû vous poser cette question.

– Je refuse d'y répondre, tranche Birgir.

Sur le canapé, Oktavia se penche en avant.

– Nous ne savons rien de tout cela. Nous l'avons déjà dit à la police et nous pouvons également vous le dire à vous.

Je prends mon courage à deux mains pour leur exposer la théorie du brigadier-chef.

– Une autre théorie, ou plutôt une rumeur, affirme que Karl et Hallgrimur étaient homosexuels.

Ils échangent un regard et éclatent de rire, ce qui détend un peu l'atmosphère.

– C'est du délire, répond Birgir. Et même si ça avait été le cas, en quoi cela serait lié à la mort atroce qu'ils ont connue ?

– Il ne me reste donc plus qu'une seule question. Tous ceux qui participaient aux soirées d'enterrement de vie de garçon et de jeune fille se trouvaient-ils à l'hôtel au moment où le feu s'est déclaré ?

– Oui, la fête battait son plein. Puis quelqu'un a téléphoné à Rosa Dis pour la prévenir.

– Qui l'a appelée ?

– La police.

– Et ensuite ?

– Ensuite, la fête a tourné court, répond Oktavia. Nous sommes tous allés sur les lieux. J'ai tout juste pris le temps de me changer.

– Est-il possible que quelqu'un se soit éclipsé avant ? Sans que vous l'ayez remarqué ?

Elle secoue la tête.

– Tout le monde était présent quand nous avons appris la nouvelle. Nous avons soigneusement vérifié ce point avec la police.

– Vous étiez pourtant plus de trente. Comment pouvez-vous en être aussi certains ?

– Eh bien, précise Birgir, placé face à moi, les mains dans les poches, parce que Siggi avait installé tout le monde pour prendre une photo de groupe très peu de temps avant. Cette photo apporte la réponse à votre question. Elle est d'ailleurs entre les mains de la police qui l'a examinée sous toutes les coutures.

Tandis que je rentre à l'hôtel dans l'air froid et tranquille, une phrase d'Agatha Christie me revient en mémoire : un archéologue est le meilleur des époux que puisse trouver une femme : plus elle avance en âge, plus il s'intéresse à elle.

Ne pourrait-on pas faire figurer cette formule dans une liste qui concernerait… quelque chose. Ou bien l'appliquer à une fête à cause de… d'un détail précis ?

Dans le hall, les journalistes arrivés hier de Reykjavik plient déjà bagage. Tandis que je remonte vers ma chambre, je fais le point avant de prendre une décision. Je balance mes affaires dans ma valise, descends en vitesse et règle la note.

Dix minutes plus tard, me voici à l'aéroport. J'attends le vol vers Reykjavik et j'avale un sandwich. Mon portable se met à sonner.

– Il y a du nouveau ? me demande le rédacteur en chef.

– Il se passe toujours des tas de choses, dis-je à travers la sauce mayonnaise qui m'emplit la bouche.

À l'une des tables de la salle d'attente, les journalistes discutent à voix basse.

– Mais je n'ai rien de précis pour l'édition du week-end, à part, évidemment, mon très instructif article sur l'état des lieux dans les Fjords de l'Ouest.

– Je suggère que tu quittes l'hôtel et que tu rentres. Ça nous a coûté assez cher, précise Trausti.

– Ah, je comprends.

– Ouais, ne renâcle pas. Tout se paie.

– Exact, mon cher Trausti. Nous devons penser à nos actionnaires.

Ma phrase le déconcerte.

– Mais tu nous as envoyé de bonnes choses. Je ne veux pas qu'il y ait de malentendu. Nous ferons le point dimanche ou lundi, d'accord ?

– D'accord. Je me réjouis de te voir.

Tout porte à croire que je me suis trompé de numéro.

Quand je passe la tête à la porte de son bureau, les bras lui en tombent.

– Tu m'as téléphoné, dis-je en affichant mon sourire le plus doux, eh bien, me voilà. Quelle efficacité !

– Qu'est-ce que c'est que cette comédie ? interroge Trausti, abasourdi. Tu n'étais quand même pas en ville au moment où je t'ai appelé, mon salaud ?

– Pas du tout, j'étais à Isafjördur. Tu m'as bien demandé de rentrer, non ?

– Certes, mais…

– J'ai donc loué un petit jet, j'ai décollé et hop, me voilà !

Le visage du rédacteur en chef passe par toutes les couleurs jusqu'à trouver la bonne.

– Tu mens ! Ne me dis quand même pas que tu as osé…

– Me conformer à tes recommandations ? Évidemment que si. En m'inspirant de l'exemple d'Ölver Margretarson Steinsson. Nous devons recourir aux moyens de transport modernes. Et le temps, c'est de l'argent.

– Mais… mais… mais…

– Trausti, tu veux que je contacte la cellule psychologique d'urgence ?

Sur ces bonnes paroles, je lui envoie un baiser du bout des doigts avant de me diriger vers le Bossanova, le couloir où se trouvent les bureaux des patrons du *Journal du soir*, dans l'ordre croissant de la hiérarchie. Tout au fond, il y a celui d'Hermann Gudfinnsson, notre PDG touché par la grâce, cet homme au passé sombre qui, un beau jour, a vu la lumière. Je frappe à la porte voisine et j'ouvre.

Le directeur de la publication se tient, le dos courbé, à la fenêtre entrouverte où il regarde la montagne Esja tout en rejetant la fumée de son cigare.

– Du nouveau pour Fjalar Teitsson ?

Il se retourne vers moi.

– Déjà rentré ?

Il serait facile de tergiverser sur la question, mais comme il s'agit d'Hannes, je m'abstiens.

– Oui, notre rédacteur en chef m'a appelé pour me dire que ma sortie à Isafjördur commençait à coûter cher, que j'avais dépassé mon quota d'infos, que je devais remonter mes filets et rentrer au port.

Je ferme la porte et m'allume une cigarette.

– Parfaitement, mon cher monsieur. Pour le reste, non, il n'y a rien de neuf dans cette terrible affaire. Nous l'avons confiée à Sigurbjörg. Elle rédige un petit article sur le défunt, à paraître dans l'édition de demain.

– Ok.

– Mais ce n'est pas terminé dans les Fjords de l'Ouest, n'est-ce pas ?

– Mon sentiment, c'est que tout cela ne fait que commencer. Trausti veut que nous fassions le point dimanche ou lundi.

Je le rejoins à côté de la fenêtre.

– Dis-moi, Hannes, il y a réellement un risque qu'il occupe le poste de directeur de la publication conjointement avec toi ?

– C'est la volonté de la moitié des membres du conseil d'administration.

– Nous ne pourrions pas prouver à Ölver que le *Journal du soir* est un investissement stérile ?

Hannes me regarde avec l'air indéchiffrable, mais parfaitement serein, du joueur de poker.

– Ce ne serait pas une bonne idée d'augmenter un peu nos pertes ?

Il affiche un sourire rêveur, son cigare coincé à la commissure des lèvres.

– Avant de venir sauver ce pauvre Ölver de la catastrophe au dernier moment ?

– Profite de ton week-end, mon cher monsieur. Profite bien de ton week-end.

L'espace d'un instant, j'imagine Trausti Löve en personnage de dessin animé se jetant du haut d'une falaise vertigineuse.

Chhhhhiiiiooooouuummmm !

Poum !

Pourtant, quand je passe devant son bureau, il est encore là, figé face à son ordinateur. J'entre dans la salle de rédaction où quelques malheureux sont à la tâche et j'aperçois Sigurbjörg qui, toute décoiffée et un casque posé sur les oreilles, frappe sur le clavier à la vitesse de l'éclair.

Je viens m'asseoir sur le bord de son bureau.

Elle ne lève même pas les yeux et prononce des « hmm » et des « ah » à intervalle régulier.

Il est presque cinq heures, l'édition du week-end sera bientôt bouclée.

Pendant que Sigurbjörg se déchaîne, je sors mon portable pour appeler Gunnsa.

– Y aurait-il moyen, jeune fille, que vous et votre Raggi fissiez l'honneur à votre vieux père ce soir ?

– L'honneur de quoi ?

– Eh bien, il y a longtemps que nous nous sommes vus et j'aurais aimé vous inviter au restaurant.

– Une seconde. Raggi ! Papa veut qu'on aille au resto avec lui… Ouais, ok, c'est d'accord.

– Merci mille fois de consentir à me retrouver céans.

– Hein ? Cé-quoi ?

Sigurbjörg est toujours au téléphone. J'en profite pour appeler Margrét. Sans grande conviction. Elle est encore au travail. Je l'informe de mon retour à la civilisation et lui explique que je dîne ce soir avec ma fille et son petit ami.

– Quoi ? Je ne suis pas invitée ? lance-t-elle d'un ton narquois.

Je me relève et me retourne à la recherche de la réponse adéquate.

– C'est que ce n'est pas encore le moment.

– Pas le moment ?

– Je veux dire que, pour l'instant, je leur ai à peine

parlé de notre relation. Il faut quand même que je prépare un peu le terrain.

Puis j'ajoute, histoire d'assurer mes arrières :

– Je suis sûr que tu comprends.

Elle mord à l'appât.

– Mon cher Einar, bien sûr que je comprends.

– Ils doivent aller à une soirée vers dix heures. Tu ne veux pas que je te rappelle à ce moment-là ?

– Tu n'as qu'à venir directement.

Les yeux de Sigurbjörg se posent sur moi et je raccroche. Elle a un sourire qui lui monte jusqu'aux oreilles.

– Eh bien, dis-je, en m'asseyant à nouveau sur le bord de son bureau.

– Eh bien ? me renvoie-t-elle, toujours souriante.

– Ils t'ont chargée d'écrire un papier sur Fjalar ?

– Oui. Mais je n'arrive pas à tirer quoi que ce soit de la police. Ils refusent de me communiquer la cause du décès.

– Un suicide ?

– Ils affirment que l'enquête suit son cours.

– Ça va de soi.

– Je me vois donc réduite à tenter de rédiger un petit machin sur la carrière de Fjalar et ce genre de choses pour l'édition de demain.

Elle jette un œil à sa montre.

– Mon Dieu, l'heure tourne ! Je dois terminer.

– Tu as trouvé des informations intéressantes ?

Elle fait non d'un signe de la tête.

– Je me sers surtout des documents communiqués par le Parlement, l'Althingi. J'ai réussi à obtenir quelques déclarations de ses collègues. Ils sont très sympas, naturellement.

– Naturellement.

– Je préfère ne pas aller voir ses proches pour l'instant, ajoute-t-elle en me scrutant d'un air interrogateur.

– Je comprends.

– Il est vraiment trop tôt pour ça, et ça ne serait pas très respectueux, non ?

– En effet. Mieux vaut nous abstenir de pratiquer ce genre de journalisme.

Et je me relève.

– Bon, je ne veux pas te retarder plus longtemps. *Good luck* !

– Merci, répond-elle, les yeux à nouveau fixés sur son écran.

La main levée en guise d'au revoir, je m'apprête à prendre la direction de l'escalier.

– Au fait, Einar, dit-elle, puisque tu reviens d'Isafjördur, tu savais que Fjalar avait vécu là-bas un certain temps ?

Margrét ronfle paisiblement à côté de moi. Les boucles noires de ses cheveux s'étalent sur la taie d'oreiller blanche. Un sourire taquine ses lèvres pulpeuses. Par moments, elle fronce les sourcils. Ses seins mûrs sont une tentation.

Tout à l'heure, non seulement nous avons pris une tasse de café avant d'aller au lit, mais nous avons également passé un moment agréable à discuter de choses et d'autres. Subitement, il m'est revenu à l'esprit combien sa compagnie avait été chaleureuse et stimulante lors de nos vacances : elle est drôle, spontanée, et elle sait manier l'ironie.

Il faut que je sois plus positif. Plus constructif. Et que j'arrête de me tenir constamment sur mes gardes.

Je devrais plutôt être reconnaissant.

Je pense à Gunnsa et Raggi qui n'ont pas arrêté de

parler devant leurs biftecks au restaurant Grillhusid. Ils s'entendent bien, s'amusent bien. Pour combien de temps ?

Je pense à Oktavia et Birgir. Les futurs mariés. Et eux alors ? Combien de temps cela va-t-il durer ?

Je sors du lit pour aller à la cuisine. J'ouvre la fenêtre et j'allume une cigarette. Au-dehors, Reykjavik se tapisse de neige. Il est presque minuit.

N'y tenant plus, je prends mon portable dans la poche de ma veste pour appeler Andrés, mon camarade de jeunesse et le meilleur nounours dont je dispose dans les rangs de la police de la capitale.

Le commissaire adjoint est encore au travail. Après une discussion sur les points forts et faibles de notre pays, nous parlons de sa femme, de ses enfants et de ses anciennes maîtresses, puis je l'interroge sur les causes du décès de Fjalar Teitsson. Andrés se racle la gorge.

– Il semble que quelqu'un lui ait tordu le cou.

9

SAMEDI

Nom de Dieu !

L'ANOREXIE L'A CONDUITE AUX PORTES DU SUICIDE

Tel est le gros titre qui barre en diagonale la une de l'édition du week-end. La photo représente une jolie jeune femme au visage émacié et au corps décharné. Nous voilà encore avec un témoignage. Un déballage pornographique de sentiments. Enfin, je ne sais pas. Ce que je sais, en revanche, c'est que cette une aurait mérité mieux que ça. Les petits encarts renvoyant à mon article sur l'état des lieux, *Espoirs et déceptions dans les Fjords de l'Ouest*, ou encore au profil dressé par Sigurbjörg du député Fjalar Teitsson, *Un homme d'honneur très regretté*, n'arrangent rien à l'affaire. Le gros titre aurait pu être :

ASSASSINAT D'UN PARLEMENTAIRE

Nom de Dieu !

Je tourne les pages jusqu'à l'article de Sigurbjörg à propos de l'homme d'honneur décédé. On y apprend que Fjalar Teitsson est né à Reykjavik où il a passé son enfance. Il a suivi des études de commerce aux

États-Unis et, à son retour en Islande, s'est installé à Isafjördur où il a pris les rênes de la pêcherie dénommée Sjosokn. Puis il a épousé Gudny Karvelsdottir, la fille du propriétaire. Quelques années plus tard, il a racheté la part du père de sa femme dont il a ensuite divorcé, il y a cinq ans. C'est à ce moment-là qu'il est revenu à Reykjavik pour se consacrer à la politique. Qu'il s'agisse des membres des partis adverses ou du sien, tous affirment que Fjalar était un « homme d'honneur, un excellent analyste politique, une personnalité sympathique, un orateur brillant, un dirigeant taillé pour l'avenir, un bon camarade, une voix raisonnable qui se fondait sur la connaissance et l'expérience approfondies du secteur fondamental de l'économie islandaise. » Sigurdur Reynir, le premier secrétaire du parti socialiste ajoute : « Il me manquera terriblement. Il était l'un de nos membres les plus brillants et les plus fiables. »

Fjalar Teitsson n'était pas marié et n'avait pas d'enfants, mais il laisse derrière lui sa petite amie, Kolfinna Egilsdottir, directrice du marketing.

Voilà un profil rapide et précis, même s'il s'en tient à la surface. La photo qui figure à côté présente un homme souriant et svelte, avec des cheveux bruns ondulés et de petites lunettes posées sur son nez épaté. L'expression de sa bouche atteste d'une certaine sensibilité.

Je reprends une tasse de café instantané et jette un regard par la fenêtre. Les congères montent haut le long des murs des vieilles maisons du quartier de Thingholt. Le taxi qui m'a ramené de chez Margrét depuis Laugaras a eu toutes les peines du monde à se maintenir dans les rails de neige tracés par les roues des autres véhicules. J'attrape mon téléphone pour appeler Asbjörn.

– C'est plus long que prévu, dis-je. Quelles nouvelles de Snaelda ?

– Mon vieux, elle va bien, elle engraisse, répond-il d'un ton guilleret. Elle passe son temps à se toiletter et à se lisser les plumes. Je crois que son époux commence à lui manquer. Ah, ah, ah !

– À moins qu'elle ne se livre à tout ça pour Snulli.

Il continue à rire.

– C'est une possibilité. Karo et moi la laissons parfois sortir de sa cage. Comme tu sais, au début, elle avait une peur bleue de Snulli que nous avions attaché au pied d'une chaise, au cas où. Maintenant, elle vient même voler au-dessus de sa tête. Parfois, elle plonge vers lui comme une sterne pour lui donner un petit coup de bec sur les oreilles. Ah ! C'est un spectacle franchement incroyable ! Asbjörg, notre fille, croit même qu'ils sont amoureux. Voilà, tu sais donc à quoi t'attendre.

– En résumé, Snulli est en train de me la piquer ?

– Eh bien, mon cher Einar, les femmes n'attendent pas indéfiniment, rétorque-t-il en éclatant de rire.

– Nom de Dieu !

– Mais toi, interroge-t-il une fois qu'il a repris son souffle, combien de temps comptes-tu rester dans les Fjords de l'Ouest ?

– Trausti m'a demandé de rentrer à Reykjavik hier. Il trouvait que mon escapade commençait à coûter cher.

– Mais tes articles étaient excellents. C'est une grosse affaire !

– Exact, Asbjörn. Et elle est loin d'être terminée.

J'ai l'impression que je ne suis pas près de remettre les pieds dans le Nord.

– Nous nous débrouillerons. Joa se partage entre moi et le travail de rédaction. Ça fonctionne bien.

– Est-ce qu'il se passe quelque chose en ville ?

– Non, pas grand-chose, rien que la routine : quelques cambriolages.

– Ah bon ? Et les butins ?

– Juste un peu de liquide. Et pas de vandalisme.

– Bon, dans ce cas, passe mon bonjour à tout le monde.

– Il ne se produira rien ici tant que tu ne seras pas rentré, Einar.

– Ouais, comme a dit Joa un jour à mon sujet : *where I go, trouble follows*.

– Exactement. Un empêcheur de tourner en rond. Un type à problèmes.

– Dis-moi, Einar, tu ne me poseras aucun problème, n'est-ce pas ?

Telle est, justement, la question de ma collègue Sigurbjörg Björnsdottir, dans la voix de laquelle je décèle un agacement jusqu'ici inconnu. Je viens pourtant de lui adresser un flot de louanges sur son article à propos du parlementaire décédé.

– Qu'entends-tu par là ?

– Tout bêtement que c'est moi qui couvre le décès de Fjalar Teitsson et l'ensemble de l'enquête policière qui s'y rapporte.

– Euh…

– Je ne veux pas que tu empiètes sur mon champ d'activité.

– Je ne l'ai pas fait. J'ai simplement passé un coup

de fil à l'un de mes nounours qui m'a communiqué des informations qui auraient pu faire un scoop si cette putain d'édition n'avait pas été bouclée et partie à l'impression depuis longtemps. Tu penses sincèrement que j'aurais écrit un article sans te consulter ?

Elle se tait quelques instants à l'autre bout de la ligne.

– Oui, en réalité, je le pense. Je sais ce qu'on raconte à ton sujet. Tu n'en fais qu'à ta tête dès que tu flaires un coup. C'est notoire.

– Eh bien…

– Bon, d'accord, je suis énervée et j'ai la gueule de bois.

– Je connais. *Been there, done that.*

– Mais c'est vrai que c'est terrifiant. On lui a vraiment brisé les cervicales ?

– Oui, tout ce qu'on peut espérer, c'est que ce renseignement soit tellement récent que les autres médias ne le publieront pas ce week-end et qu'on tient quand même un scoop pour l'édition de lundi. On a peut-être une chance. Mon nounours m'a dit qu'il semblait que Fjalar ait eu les cervicales brisées. Il n'était pas sûr à cent pour cent.

– Ok. Si je ne parviens pas à avoir confirmation de cette info par la police dans la journée demain, tu serais d'accord pour rappeler ton nounours et lui demander s'ils ont abouti à une conclusion définitive ?

– Vraiment ? Mais dans ce cas, je ne risquerais pas d'empiéter sur ton champ d'activité ?

Sigurbjörg laisse échapper un petit rire.

– Pas si tu le fais avec ma permission, et même, à ma demande.

– À vos ordres !

– Tuer quelqu'un en lui brisant les cervicales, c'est

franchement atroce. Ça doit nécessiter une sacrée force ou, en tout cas, de solides connaissances médicales. On voit ce genre de truc dans les thrillers. On saisit le cou de la victime par-derrière et on lui brise les vertèbres d'un coup sec.

– En effet. On voit ce genre de truc dans les films. La grande question c'est évidemment : qui a pu commettre une telle horreur et pour quelle raison ? Peut-être que Fjalar se baladait et que c'est « par hasard » qu'il a été agressé.

– Tu suggères que ça ferait partie des débordements du week-end ?

– Exactement. Certes, Örfirisey est loin du centre-ville, mais ce n'est pas parce que le cadavre a été retrouvé là-bas que c'est à cet endroit que Fjalar a été tué. L'agression a pu avoir lieu sur le port, à Grandagardur ou dans la rue Skulagata, n'importe où le long de la côte. Le cadavre a pu être emporté par la mer et dériver jusqu'aux réservoirs de pétrole.

– Mais il est également possible qu'il ait été assassiné ailleurs et que son cadavre ait été balancé à l'eau depuis un bateau.

– C'est vrai, c'est vrai. As-tu entendu dire que Fjalar consommait de la drogue ou de l'alcool ?

– Absolument pas. Où veux-tu en venir ?

– Nulle part, ce sont de simples interrogations.

– Tu penses à des encaisseurs avec qui les choses seraient allées un peu trop loin ou auraient mal tourné ?

– Eh bien, on peut tout envisager, non ?

– C'est vrai qu'on peut supposer que les députés recourent à la drogue autant que le commun des mortels.

– Soit ils planent très haut, soit ils touchent le fond. À moins qu'ils ne fassent les deux à la fois.

Elle réfléchit un instant.

– L'été dernier, à Nasa, la discothèque, j'ai croisé un député assez jeune complètement shooté aux amphétamines.

– Tu vois ! Je ferais peut-être bien de me pencher un peu sur les liens que Fjalar avait conservés à Isafjördur, et sur ceux qu'il pourrait avoir avec tous ces trucs-là.

– Comment ça, tous ces trucs-là ? Tu crois qu'il pourrait y avoir un rapport entre son assassinat et la mort des deux gars dans le camping-car ?

– Eh bien, on peut tout envisager, non ?

Le Bar&Bistro Trend est un endroit cool et prisé des touristes. Les murs sont peints en blanc, mais le design et le mobilier ont quelque chose de chaotique. On y trouve pêle-mêle du métal et du lambris, du verre et des coussins, du récent et de l'ancien. C'est justement en cela que tient le concept.

En ce samedi après-midi où on circule difficilement, les lieux sont bondés de jeunes qui sirotent divers crus de café et de touristes qui se sont réfugiés ici pour s'offrir un repas à base « d'authentiques spécialités islandaises », conformément à ce que vante le menu. Les prix ne sont en revanche pas à la portée du revenu islandais moyen.

J'ai les pieds complètement trempés après avoir marché dans la neige jusqu'au centre-ville où j'ai donné rendez-vous à Valthor Asmundsson, le camarade de Birgir le futur marié et de Karl Olafsson, dans l'un des restaurants dont ils sont propriétaires.

Mes yeux et mes oreilles me suggèrent qu'ici, l'islandais n'est pas la langue maternelle. Je m'adresse à un serveur qui passe par là et je demande à voir

Valthor. Il s'apprête, d'une voix douce et en anglais, à me proposer une table.

– *What* ?

– Valthor.

– Désolé, mais je ne vois pas ce que vous voulez dire. Je ne travaille ici que depuis trois jours. Voici le menu, il est en islandais.

– Valthor, dis-je, sans lui prendre le menu des mains.

– Est-ce que c'est une viande ou un poisson ?

– *It's the boss*. C'est le patron !

Le serveur pâlit.

– Ah, *the boss*.

On me fait bientôt traverser une cuisine où tout est en ébullition, pour me mener jusqu'à une petite pièce, tout au fond. Un homme d'une trentaine d'années, maigre comme un clou et au teint rougeaud, est assis derrière un bureau où s'entassent des papiers. L'air magistral, penché en arrière sur son fauteuil dernier cri, il regarde l'écran d'un ordinateur, une main posée sur la souris. Ses yeux sont profondément enfoncés sous son front proéminent.

– Bonjour, je suis Einar du *Journal du soir*.

Il clique sur la souris et rabat l'écran de l'ordinateur.

– Oui, bonjour. Il m'invite à m'asseoir sur une chaise en bois aussi dure qu'inconfortable. Je ne vois pas en quoi je peux vous aider. Que voulez-vous au juste ?

– Il s'agit de ce drame dont vos amis ont été victimes dans les Fjords de l'Ouest, dis-je alors que mon regard se fige sur la pellicule qui vient de tomber de la mèche de cheveux roux lui couvrant le front pour atterrir sur le devant de son pull bleu marine. Je rassemble des informations afin de rédiger un article.

À moins que ce ne soit de la poudre qui lui serait accidentellement tombée des narines ?

Il secoue la tête. Non, il semble qu'il ait des pellicules, en effet.

– J'ai dit à la police le peu que je savais. Vendredi soir, nous avons fait la fête en l'honneur de Birgir et Oktavia. Il y a eu l'incendie de cette maison. Et dimanche, Kalli et Halli se sont évaporés. Vous connaissez la suite.

– Vous ne les avez pas revus dimanche ? Ou plus tôt dans la journée de samedi ?

– Nous avions rendez-vous au Langa Manga le samedi soir et nous avons continué à nous amuser jusque tard dans la nuit, précise-t-il d'une voix légèrement tremblante. Je suis rentré à l'hôtel vers deux heures du matin en les laissant en bonne compagnie. Je ne les ai pas revus après.

Il tend le bras vers le paquet de mouchoirs posé sur le bureau et se mouche.

– Mais ils avaient aussi une chambre à l'hôtel, n'est-ce pas ?

Il s'essuie le nez et secoue sa chevelure rousse, ce qui déclenche une avalanche de pellicules.

– Je suis allé frapper à leur porte dimanche après-midi, mais aucun d'eux ne m'a répondu.

– Je les ai rencontrés dans la salle du restaurant samedi soir et vous n'étiez pas là.

– Non, j'étais à moitié barbouillé, j'étais dans ma chambre. Je n'arrivais pas à manger. Je suis sorti m'acheter un Coca et j'ai réussi à avaler un hamburger vers dix heures. Ensuite, nous nous sommes retrouvés au Langa Manga.

– Vous dites que vous les avez laissés en bonne compagnie, avec qui ils étaient ?

– Je ne sais pas, à part Oktavia, je ne connais personne à Isafjördur. En fait, j'ai également un peu discuté avec ces gens qui ont perdu leur maison, Rosa et Sigurdur. C'était la première fois que je mettais les pieds là-bas.

– Mais qu'entendez-vous par bonne compagnie ?

Il fixe l'écran refermé de son ordinateur.

– C'est juste une façon de parler. L'endroit était bondé. Il y avait des tas de filles qui tournaient autour de Kalli. Quant à Halli, il se démenait comme un diable pour s'en dégotter une. Tout était parfaitement normal, comme d'habitude.

– Ils avaient beaucoup bu ?

– Tout le monde était ivre. Moi aussi, d'ailleurs. C'était le but du jeu.

– Et vous n'avez aperçu personne que vous connaissiez, même vaguement ?

– Non, pas pour autant que je me souvienne. En fait, je ne me rappelle de rien.

– Personne parmi les invités de la soirée organisée au restaurant de l'hôtel, la veille au soir ?

– Je n'en sais rien. Évidemment, je ne peux pas l'exclure, il y avait tellement de monde dans les deux endroits. Et je dois reconnaître que j'étais vraiment bien parti ces deux soirs-là.

– Et vous, vous êtes rentré à l'hôtel en bonne compagnie ?

– Dites donc, occupez-vous de vos affaires !

Il baisse les yeux, remarque l'étendue blanche recouvrant son pull qu'il essaie de nettoyer en tapotant.

– En plus, même si cela ne vous regarde pas, sachez que je suis marié et père de trois enfants.

– Il y avait de la drogue ?

Valthor se lève de son fauteuil.

– Je refuse de répondre à de telles questions. Deux de mes bons amis et associés sont décédés dans d'affreuses circonstances. Si vous voulez en tirer un article du style presse à scandale, ce sera sans moi !

– Je ne crois pas que mes questions diffèrent à ce point de celles de la police.

– Certes, mais celles de la police, je suis obligé d'y répondre, alors qu'aux vôtres, non.

Il est intéressant de constater combien ces hommes d'affaires très convenables que sont Valthor et Birgir sortent de leurs gonds face à des questions directes comme celles-là. À moins que ce ne soit normal ?

– Vous connaissiez Fjalar Teitsson ?

Il me fixe de ses yeux enfoncés dans leurs orbites.

– Le député ?

– Oui.

– Nous le connaissions en tant que client. Il est venu manger chez nous, comme des milliers d'autres qui sont repartis satisfaits. Pourquoi diable me posez-vous une telle question ?

– Kolfinna Egilsdottir ?

– Elle-même.

– Bonjour. Je m'appelle Einar, je travaille au *Journal du soir*.

Bien que je sache pertinemment que je commets une erreur, je la commets quand même. Assis sur mon canapé tout râpé où je fume une cigarette, je m'efforce de dissimuler ma nervosité à cette femme qui s'exprime dans un murmure.

– Je vous prie de m'excuser du dérangement et je

tiens à vous transmettre toute ma sympathie suite au décès de Fjalar Teitsson.

La seule réponse que j'obtiens, c'est un souffle tremblant à l'autre bout de la ligne.

– Je, enfin, je rentre tout juste d'Isafjördur où…

Tout à coup, je ne trouve même plus le mensonge que j'avais inventé en cas de péril.

– … où…

Ah oui, voilà :

– Où j'ai rencontré des gens qui le connaissaient bien à l'époque où il vivait là-bas.

– En quoi ça me concerne ? me répond-elle, d'une voix presque inaudible.

– En effet, pardonnez-moi, c'est juste que je… Enfin que nous nous disions que ce chapitre de sa vie manquait peut-être dans l'article paru dans notre édition d'aujourd'hui.

– Fjalar ne me parlait jamais d'Isafjördur. Il voulait oublier cet endroit.

– Ah, ah bon ?

– Et comment osez-vous m'appeler en de telles circonstances ?

– Pardonnez-moi. C'est seulement que la police mène une enquête pour meurtre et…

Kolfinna Egilsdottir hausse très légèrement le ton.

– Je l'ai appris il y a cinq heures. Est-ce trop demander de ne pas être dérangée par la presse pendant quelques jours, le temps que je me remette un peu d'un choc aussi terrible ?

– Non, bien sûr que non. Je pourrais peut-être vous rappeler plus tard ?

Elle m'a déjà raccroché au nez.

Je sursaute au moment où elle me dit :

– Einar, il y a un problème ?

– Comment ça ?

– Tu viens de passer deux minutes entières à me dévisager. Qu'est-ce que ça veut dire ?

Je me rends compte qu'elle a raison. J'ai passé mon temps à observer l'espace entre les yeux de Margrét. Sans réellement le voir. Mon esprit est totalement absent.

– Et puis, tout à coup, tu frappes du poing sur la table. Les gens commencent à nous observer.

Je jette un œil alentour. Quelques-uns des clients du restaurant Einar Ben lancent de temps à autre des regards en coin vers la table où nous sommes assis, à côté de la fenêtre, dans la première des trois salles antiques.

J'ai à peine touché à mon saumon. Les langoustines sur l'assiette de Margrét sont réduites à des carapaces.

Je l'ai invitée à dîner alors que nous étions au lit, hier soir. Évidemment, j'aurais mieux fait de l'appeler aujourd'hui pour remettre à plus tard.

Après ma conversation avec Kolfinna Egilsdottir, je me retrouve tenaillé par les remords et la mauvaise conscience. Ce qu'on peut être con, parfois. Parfois, cette satanée curiosité et cette soif d'information sont une vraie maladie. Une maladie mentale des plus sérieuses, capable d'étouffer toute trace d'intelligence.

Pourquoi est-ce que je ne peux pas me soucier un peu plus de ma vie et de celle de mes proches plutôt que d'aller sans cesse fourrer mon nez dans les problèmes des autres ?

– Einar, dit une voix à côté de moi.

Enfin, mon débordement m'a tout de même permis

d'apprendre que Fjalar Teitsson voulait oublier Isafjördur.

– Einar !

Je sursaute une seconde fois.

– Qu'est-ce que c'est que ces manières ?

Le visage de Margrét est tel un geyser avant l'éruption.

– Tu m'invites à un dîner romantique et tu ne me dis pas un mot ! Tu fais comme si je n'existais pas !

Je balaie à nouveau les lieux du regard. Tous les yeux sont maintenant tournés vers nous.

Mais Margrét, dont le visage s'apprête à exploser, ne le remarque pas.

– Allons, allons, dis-je, mon index discrètement pointé vers la salle.

– Tu crois peut-être que tu peux t'inviter chez moi tard le soir simplement pour me sauter ?

Mon front se couvre de sueur.

– Écoute, Margrét, pardonne-moi, c'est juste que j'ai la tête ailleurs.

Margrét Karlsdottir balance la serviette sur la table, attrape son sac à main et quitte les lieux comme une furie.

Lorsque j'ouvre, abattu, la porte de ma tanière en sous-sol, mon portable se met à sonner.

– Einar, je crois que tu es sur le point de rechuter.

– Margrét…

– Demain, je t'emmène à la réunion des Alcooliques Anonymes.

– Non, écoute…

– Tu viens avec moi, je passe te prendre.

Je me retiens comme je peux pour ne pas sortir de mes gonds.

– Je te remercie, mais c'est non.

– Tu es en plein déni.

Je referme la porte.

– C'est bien possible. Mais dans ce cas, laisse-moi mariner dans mon déni.

– Einar…

– Je ne supporte pas ces formules et ces recommandations pleines de bons sentiments.

Elle s'énerve de plus belle.

– Tu es en train de me dire que tu ne me supportes pas ?

– Non, je trouve que tu es plutôt une fille bien et agréable, mais tu ne devrais pas avoir trop d'exigences avec moi. Je suis incapable de les satisfaire.

– Est-ce que je suis trop exigeante ?

– Je suis simplement comme je suis.

– Voilà une description qui fait mouche !

Elle me raccroche au nez.

Hello darkness, my old friend,
I've come to talk with you again…

Allongé de tout mon long sur le canapé, je me sens légèrement mieux, bercé par le chant calme et familier de Simon & Garfunkel. Le salon est plongé dans l'ombre. Par la fenêtre, je vois un flocon de neige qui virevolte lentement jusqu'à terre dans la clarté des lampadaires.

People talking without speaking,
People hearing without listening,
People writing songs that voices never share
And no one dare
Disturb the sound of silence.

Je me relève pour aller à la cuisine. Je me sers un verre de Coca avant de retourner au salon où j'allume une cigarette en même temps que l'ordinateur.

Je vérifie mes courriels. J'y trouve un message de Sigurdur Garpur Sigfusson, le maire d'Isafjördur, qui regrette que dans l'édition d'aujourd'hui je n'aie pas assez souligné les avantages que présenterait l'installation d'une raffinerie pétrolière pour le développement des Fjords de l'Ouest.

Voilà qui me réjouit un peu.

Le dernier message reçu a été envoyé il y a vingt minutes. L'expéditeur est un certain manvamp@hotmail.com. En voici le texte :

Les salauds brûleront en enfer.

10

DIMANCHE

Tous ceux qui prétendent y voir clair dans le jeu des femmes se mettent le doigt dans l'œil, ai-je lu quelque part.

En repensant à la journée d'hier, je suis abasourdi. Comment diable ai-je pu tout foutre en l'air comme ça, coup sur coup ? Et ce n'est pas mon unique discussion avec un représentant du sexe masculin qui arrange le tableau.

Je viens de passer une nuit entrecoupée d'insomnies. Mes réflexions prennent pour la plupart la forme de remords, elles passent et repassent, s'entortillent et se disloquent dans mon crâne. Je suis pris de sueurs froides à la simple pensée du lamentable mensonge raconté par téléphone à Kolfinna Egilsdottir.

J'ai agi en salaud.

Et les salauds brûleront en enfer.

Peut-être que ce manvamp@hotmail.com est Kolfinna Egilsdottir ?

– Je n'arrive pas à y croire !

Le visage de Sigurbjörg Björnsdottir affiche autant sa surprise et sa consternation que sa colère.

– Comment as-tu osé faire une chose pareille ?

Debout face à son bureau, elle me fusille du regard.

– Pas plus tard qu'hier, tu m'as dit que nous devions nous garder de pratiquer ce genre de journalisme !

Je me résouds à mordre la poussière. Je voudrais me cacher derrière un brin d'herbe. Me plonger au fond d'un verre serait également une bonne idée.

– Je te présente mes excuses, dis-je, agenouillé sur le parquet rayé. Je te présente mes plus plates excuses. J'ai commis là une grave erreur que je regrette sincèrement. Tu as devant toi un homme brisé.

– Allons, dit-elle alors qu'elle lutte de toutes ses forces pour réfréner un sourire. Arrête ton cinéma et relève-toi, pour l'amour de Dieu. Elle balaie du regard la salle de rédaction plus ou moins déserte. Les collègues vont s'imaginer que tu me demandes en mariage.

– Non, je te demande pardon, mais, pour le reste, on peut toujours voir.

– Ce n'est pas à moi de t'absoudre.

Je me relève péniblement.

– Non seulement tu as empiété sur mon domaine, mais tu t'es aussi livré à ce que tu m'as dissuadé de faire. C'est à Kolfinna Egilsdottir de te pardonner, ajoute-t-elle, les bras croisés sur sa poitrine.

– Je tiens à préciser que c'est vendredi que je t'ai dit qu'il valait mieux s'abstenir de déranger les proches de Fjalar. C'était avant d'apprendre qu'il avait probablement été assassiné. À ce moment-là, nous ne savions pas qu'une enquête pour meurtre avait été ouverte.

– Mais ce n'est pas encore pire ? Encore plus douloureux pour ses proches ?

Je lève la main pour qu'elle me laisse la parole.

– Je ne dis pas ça pour justifier mon débordement, seulement pour préciser qu'à ce moment-là, certains indices portaient à croire que Fjalar avait mis fin à ses jours ou qu'il avait été victime d'un accident. Le *Journal du soir* ne publie généralement pas d'articles sur les suicides. Pour ce qui est des accidents, ça dépend des circonstances, on voit au cas pas cas.

– Ok.

– En revanche, je crois que ce qui m'a poussé à commettre cet impair, ce sont les renseignements que tu m'as communiqués sur le passé de Fjalar à Isafjördur. Après toute une semaine là-bas, plongé dans ces événements, ça m'a semblé intéressant. Mais je reconnais avoir dépassé les bornes.

– C'est le moins qu'on puisse dire, répond Sigurbjörg, d'un air grave. D'autant qu'il n'y a aucun rapport apparent.

– Non, c'est vrai. Et il est très probable qu'il n'y en a effectivement pas. Ce sont des faits que rien ne rattache et il semble n'exister aucun lien entre les victimes.

– Comment ça ?

– La commissaire d'Isafjördur m'a dit que c'était l'administration locale qui était chargée de l'enquête. Ne devrions-nous pas procéder comme la police ? Tu t'occupes de Fjalar, ici à Reykjavik, et moi j'essaie d'en apprendre un peu plus sur son passé à Isafjördur tout en continuant à enquêter sur ces incendies ?

– Accordé.

– Et nos deux administrations collaborent ?

– Accordé, dit-elle en souriant. Mais il faut que ce soit réciproque.

– Cela va sans dire.

– Donc, tu repars là-bas ?

– Il me reste encore à convaincre Löve que c'est la bonne stratégie.

– Tout simplement, il n'y a nulle part en Islande de meilleur sujet à couvrir en ce moment.

Ainsi se conclut ma plaidoirie dans le bureau du rédacteur en chef. Je suis tout étonné de le voir hocher la tête.

– D'accord, dit-il, tu y consacres les prochains jours. Si ça n'avance pas, nous reverrons cette décision. Comment fait-on pour la Question du jour ?

– Euh… Je demanderai à Joa de l'envoyer depuis Akureyri tant que je serai dans le Nord-Ouest.

Je m'apprête à quitter la pièce quand Trausti ajoute :

– Mais bon, il faut que tu trouves un hébergement moins cher que cet hôtel. Tu ne pourrais pas louer une chambre au rabais quelque part ?

Sigurbjörg est en train de raccrocher quand je retourne à la rédaction pour l'informer du résultat de mon entrevue.

– La police refuse de me communiquer les causes du décès de Fjalar, m'annonce-t-elle.

– C'est une bonne nouvelle pour nous ; les autres médias n'ont pas publié l'info.

– Pourrais-tu par hasard… ?

– Pourrais-je quoi ?

– Je ne vais quand même pas me mettre à genoux.

– Non, parce que dans ce cas, tu marcherais sur mes plates-bandes, dis-je avec un rictus. Les genoux, c'est mon domaine réservé. Bon, j'appelle mon nounours.

Après avoir obtenu confirmation que le député Fjalar Teitsson a effectivement eu les cervicales brisées, je m'envole vers les Alpes des Fjords de l'Ouest.

L'air immobile, froid et limpide, repose toujours sur Isafjördur. Qui vais-je pouvoir interroger ici sur le passé de Fjalar ? Je ne vais quand même pas parier sur Rut Jakobsdottir. Et encore moins sur son ex-femme.

Chat échaudé craint l'eau froide, salaud échaudé aussi.

Tandis que j'attends mon taxi à l'aéroport, j'appelle Brandur Brandsson. Il n'est pas de service et semble s'ennuyer sec.

Je lui demande s'il connaissait Fjalar Teitsson du temps où ce dernier vivait à Isafjördur.

– Je ne peux pas dire, répond-il. Évidemment, c'était un personnage public, mais je connais mieux son ex-femme, Gudny, et de longue date.

– À votre avis, qui est-ce que je devrais interroger ? Disons, pour commencer ?

– Eh bien, je crois savoir que vous avez publié dans votre torchon une fort sympathique interview de notre maire. N'allez pas vous imaginer que je l'aie lue. Le bonhomme était déjà membre du conseil municipal à l'époque. Il ne s'était pas encore fait élire maire, mais il siégeait au conseil. Je suppose que le plus simple pour vous serait de continuer à lui lécher les bottes.

– Je vois, lui et Fjalar étaient proches ?

– Les gens qui dirigent de grosses entreprises sont cul et chemise avec les autorités municipales. C'est aussi simple que ça.

– Tout à fait.

– Fjalar Teitsson siégeait dans certaines commissions ou conseils, si je me souviens bien. Ensuite, vous pourriez aussi aller pisser un coup sur la casquette.

– Pisser sur la casquette ?

– Oui, Olli la Casquette.

– Là, je ne vous suis plus vraiment.

– Celui qui nous sert de préfet.

– Ah oui, vous parlez d'Eyjolfur Atli. Ils étaient amis ?

– Les gens de pouvoir ne peuvent s'empêcher de se frotter les uns aux autres. Olli voulait depuis tout gamin devenir préfet. Il voulait porter la casquette. Il croyait que ça ferait de lui un homme.

– Et il a réussi ?

– Eh bien, qu'il soit ou non devenu un homme, c'est discutable, mais en tout cas, il porte la casquette.

– Ah, ah…

Les propos sincères que me tient Brandur Brandsson sur ses concitoyens forcent décidément mon admiration.

– Eh oui, avec les galons, les fanfreluches et les breloques !

– Merci beaucoup, Brandur. Dites-moi, le journal veut que je me trouve un logement moins cher que l'hôtel. Que me recommandez-vous ?

J'entends qu'il s'offre une prise de tabac tandis qu'il réfléchit.

– Eh bien… voyons voir…

– Il y aurait quelqu'un en ville qui louerait des chambres pour un prix modique ?

– Eh bien, répète-t-il, hésitant. Eh bien, j'ai une chambre tout à fait correcte sous les combles. Vous pourriez vous y installer.

J'ai du mal à dissimuler mon étonnement.

– Vraiment ? Ça ne vous dérangerait pas ?

– Les deniers du torchon pour lequel vous travaillez ne seront pas plus malvenus dans ma poche que dans celle de n'importe qui.

Quand je l'interroge sur le prix du loyer, celui qu'il m'annonce me semble tellement dérisoire que je suis convaincu que sa proposition inattendue se justifie moins par le manque d'argent que par le fait d'avoir de la compagnie.

– Ça me convient. Dans ce cas, j'arrive…

Brandur m'interrompt brusquement.

– Non, non, non. Ne venez pas tout de suite, mais plutôt ce soir, entre six et sept heures. Il y aura moins de monde dans les rues.

– Auriez-vous honte de moi ? dis-je en riant.

– Vous ne devez en parler à personne, marmonne-t-il. Le fait que vous habitiez chez moi doit rester secret. Vous imaginez sans peine les rumeurs qui se répandraient et tous les problèmes que je m'attirerais si les gens venaient à apprendre que j'héberge un journaliste de la presse à scandale. Et ce n'est pas tout. On pourrait m'accuser de…

Il cherche ses mots.

– Ah, comment dit-on quand les gens jouent sur deux tableaux ?

– On les accuse de collusion ou bien d'être corrompus, incapables, déloyaux ?

– Oui, que Dieu nous protège !

Je préfère ne pas mentionner une pensée encore plus terrifiante. Celle suggérant que Brandur Brandsson puisse être soupçonné de vivre sous le même toit qu'un autre homme.

Le bureau du maire est fermé le dimanche. Sa femme me dit pourtant qu'il s'y trouve alors que je téléphone à son domicile. Elle me communique sa ligne directe. Je l'appelle depuis la réception de l'hôtel qui m'a autorisé à entreposer mon bagage jusqu'à ce que mon auberge ouvre ses portes.

Sigurdur Garpur me répond qu'il est plongé dans la paperasse et qu'il n'a pas le temps de me voir.

– Je regrette de n'avoir pas pu caser dans mon article tout ce qui concerne ce projet de raffinerie pétrolière, dis-je afin de le retenir au bout du fil. Je disposais d'une telle foule d'informations et d'un tel nombre d'interviews, j'ai donc fait de mon mieux pour rendre compte des divers points de vue.

– Nous ne pourrions pas convenir que vous traiterez ce sujet plus en profondeur lors de ses prochaines avancées ?

– Cela va sans dire.

Étant donné la situation, je ne lui demande pas s'il entend par là l'étude d'impact environnemental, les projets liés à l'élimination des résidus, les risques de pollution ou d'accidents et ainsi de suite. Mais puisque je couvre l'actualité de la provincc, il est préférable de me mettre cet individu dans la poche.

– Parfait !

– Je souhaiterais vous poser quelques questions sur Fjalar Teitsson, décédé si brutalement la semaine dernière.

– Oui, c'est très triste, vraiment terrible.

– Vous le connaissiez bien à l'époque où il vivait ici ?

– Nous entretenions des relations. Son entreprise, Sjosokn, a été pendant longtemps l'un des plus gros employeurs de la ville, aussi bien avant qu'après lui.

– Mais après son départ, tout est allé à vau-l'eau, n'est-ce pas ?

– Oui, Fjalar a décidé de vendre le quota de pêche de Sjosokn. Je précise que je tiens à conserver mon anonymat si vous publiez cette information. Il serait du plus mauvais goût que je m'exprime publiquement sur ce point après ce qui vient d'arriver. Je peux vous faire confiance ?

– Oui, vous pouvez compter sur moi. C'est simplement que je manque d'informations. C'est-à-dire que Fjalar a vendu le quota de pêche dont disposait la ville à des gens de l'extérieur ?

– Évidemment, j'en étais et j'en suis toujours très mécontent. C'était du reste le cas de tous ceux qui s'efforcent de développer cette communauté et d'assurer son avenir. Nous avions attribué le quota de la ville à l'entreprise et il est venu s'ajouter à celui qu'elle détenait en bien propre. Beaucoup de gens trouvent ce type de transaction tout à fait immoral.

– Et Fjalar n'a pas consulté la municipalité lors de cette vente ?

– Non, il s'en est abstenu. Il voulait arrêter, quelqu'un lui a fait une offre avantageuse et il a vendu. Comme il était en plein divorce, il avait besoin d'argent frais. Ensuite, il a déménagé à Reykjavik et s'est lancé dans la politique.

– En effet, il était député pour la circonscription de Reykjavik. Vous avez conservé des contacts par la suite ?

– Bien peu. Fjalar se montrait malgré tout compréhensif face aux besoins que nous avions ici et il arrivait qu'il nous apporte son soutien. Mais bon, comme vous savez, son parti était la plupart du temps dans l'opposition et cela ne nous servait pas à grand-chose.

– Comment est-il entré dans cette entreprise, c'est bien par le biais de sa femme, Gudny Karvelsdottir ?

– Bien sûr. Le vieux Karvel est mort peu de temps après leur mariage.

– Qu'est-ce qui les a conduits à divorcer, que dit la rumeur ?

Il hésite quelques instants.

– Je n'ai pas l'intention de me prononcer sur cette

question. Ne dit-on pas souvent que les gens évoluent dans des directions opposées, ou quelque chose dans ce style ?

– Oui, ça arrive. Comment décririez-vous Fjalar ? Quel genre d'homme était-il ?

– Plutôt introverti. Sérieux. Ambitieux. Il voulait certainement qu'on l'estime.

– Malgré cela, il a fait passer son intérêt personnel avant celui de la communauté.

La voix de mon interlocuteur laisse transparaître une impatience grandissante.

– Il ne me semble pas approprié d'en discuter dans de telles circonstances.

– On m'a dit que le préfet et lui étaient plutôt proches.

– C'est bien possible. Ils allaient ensemble au club Kiwanis.

– Est-ce qu'il est là en ce moment, je veux dire, dans le bâtiment de la préfecture ?

– Olli ne travaille jamais le dimanche. Bon, je ne peux pas me permettre de vous consacrer plus de temps.

– Juste une chose pour terminer : à votre connaissance, Fjalar avait des ennemis ?

– Pourquoi cette question ? C'est en rapport avec son décès ?

– Non, enfin, peut-être. Je n'en sais rien.

– Je croyais qu'il s'était suicidé en se jetant à la mer.

– Eh bien, ce n'est pas tout à fait certain.

– Désolé, mais je n'ai pas le temps de m'occuper de ce genre d'affaires.

Je ne lui suggère pas de lire le journal de demain, mais je le remercie. J'essaie de contacter Alda Sif, en vain. J'avale un café au restaurant de l'hôtel et j'attends que le temps passe. Le moment venu, je me lève, je m'adresse au serveur et j'investis dans une bouteille de Brennivin islandais.

Je vous prie de ne pas vous inquiéter pour moi. Je ne rechute pas, quoi qu'en dise qui que ce soit. Assis dans son antique salle à manger, mon hôte Brandur Brandsson et moi-même passons en revue le cours des choses. Il vient de me tenir un discours enflammé où il m'a expliqué que tout foutait le camp, que ce soit à l'ouest, au nord, dans le sud ou à l'est, et que la seule chose capable de sauver la nation serait un miracle.

– Eh bien, dis-je en remplissant son verre à liqueur de Mort Noire [1], où on va le dégoter, ce fameux miracle ?

Il renifle le tabac qu'il s'est mis dans les narines.

– Nous n'avons plus qu'à nous en remettre au Sauveur.

Les sauveurs ne manquent pas en ce moment, me dis-je avec un haussement d'épaules. Et chacun d'eux se propose de nous apporter le bonheur, la beauté, la ligne, la santé, la richesse et, tant qu'on y est, la rédemption. Tout ça pour un prix modique.

Il semble lire ma perplexité sur mon visage.

– Je vous parle du Sauveur avec un grand S.

Alors que j'observe le tabac qui lui coule des narines comme deux filets de sang, ce n'est pas au Sauveur que je pense.

– On n'a pas franchement l'impression que la demande soit très pressante, dis-je d'un air absent. La

1. *Svarti dauði*, la Mort Noire ; autrement dit, le Brennivin.

plupart des églises sont à moitié vides, quand elles ne le sont pas complètement.

– C'est justement quand la demande est à son niveau le plus faible que le besoin est à son comble, conclut-il avant de se moucher vigoureusement.

J'ai pourtant en tête tout autre chose que lui.

Mon aubergiste vide son verre, se lève péniblement pour aller à la cuisine. Il porte le même gilet en laine sur sa chemise grise au col élimé et un pantalon marron, luisant aux fesses.

Bien qu'elle soit située sous les combles et en soupente, ma chambre est d'une superficie confortable. Le lit est large et légèrement creusé en son milieu. Il y a un bureau à côté de la fenêtre. Quand le maître des lieux m'a remis les clefs, il m'a dit de faire comme chez moi, mais d'essayer de m'arranger pour entrer et sortir quand la rue était déserte, de préférence à la nuit tombée. Il a ajouté que si je voulais manger ou boire quelque chose dans le contenu du frigo, je devrais faire les courses moi-même.

Il revient toutefois de la cuisine avec un verre de Coca, du poisson séché des Fjords de l'Ouest et du beurre, en-cas national qu'il pose entre nous sur la table de la salle à manger. Il semble s'illuminer à la vue du verre rempli à ras bord. Les traits de son visage grimaçant se détendent un peu.

– Il ne fait pas bon travailler dans la police, marmonne-t-il en buvant une gorgée. À Reykjavik, ils passent leur temps à saper la politique salariale. Ils s'arrangent pour se débarrasser des hommes les plus âgés et expérimentés, ils procèdent à des coupes sombres et gâtent ces petits nouveaux qui pointent leur nez avec leurs fichus diplômes en poche. On comprend parfaitement à quelle sauce on va être mangé. Les honnêtes gens n'ont pas de quoi se réjouir.

Et le revoilà, me dis-je, toujours avec sa vieille rengaine aigrie.

– La violence croît proportionnellement à l'usage de cette satanée drogue. Les agressions contre les policiers se multiplient, de même que celles contre le commun de nos concitoyens. Des gens qui traînassent dans les rues au milieu de la nuit, rendus complètement dingues par l'alcool ou la drogue, attirent évidemment tous les dangers sur eux. Je le dis comme je le pense : c'est le diable qui mène la danse. Et avec ça, nous sommes censés être le peuple le plus heureux du monde, d'après je ne sais quel sondage international. Eh bien, on en a, de la chance ! Je rends grâce à Dieu de ne pas être obligé d'aller à l'étranger pour connaître le bonheur des autres peuples de la terre.

– Vous n'y êtes jamais allé ?

– Un jour, je me suis laissé entraîner dans un voyage organisé par la police jusqu'en Espagne. J'aurais mieux fait de m'abstenir. Quelle crasse, quelle chaleur, quel boucan, c'était dégoûtant. À moins d'y être forcé, je refuse d'aller jusqu'à Reykjavik, et certainement pas plus loin que ça.

– Mais ici, dans les Fjords de l'Ouest, la vie est nettement plus calme et nettement meilleure, non ?

– Plus calme ? Autrefois, oui. Mais c'était il y a belle lurette. Je vous l'ai déjà dit et je vous le redis : la pire chose qui pouvait nous arriver, c'était de sortir de notre isolement. Ici, tout le monde passe son temps à imiter les conneries qui se font ailleurs. La bêtise se déverse comme une épidémie. Pensez un peu aux agressions sexuelles. Aux pédophiles. Ces horreurs font maintenant partie du paysage national.

– Elles n'ont pas toujours existé ? Soigneusement dissimulées sous les apparences ? Vous ne prétendez quand même pas que la vie d'antan ait été si innocente que ça dans les campagnes reculées ?

Brandur secoue la tête.

– Et ce n'est pas en discutant constamment de ces trucs-là que les choses s'arrangeront. Il vaudrait mieux que tous ces spécialistes et ces associations de défense essaient de régler les problèmes plutôt que d'en faire la publicité. Et il faudrait interdire toute cette mode de l'indécence pour les petits diables.

– Cette mode de l'indécence ?

– Parfaitement, cette mode de l'indécence pour les jeunes et pour les enfants. La société maltraite de plus en plus ces gamins à un âge où ils sont très influençables. On leur vend des vêtements vulgaires et toutes sortes de produits, ce qu'on ose appeler de la musique et des connexions par ordinateur à des sites pornographiques et Dieu sait quoi encore.

– Brandur, vous n'avez jamais fondé de famille ?

Il grimace et tend son bras vers sa tabatière.

– Non, cela m'a parfois manqué, mais plus maintenant. Il n'y a aucun moyen d'avoir une famille dans le sens où on l'entendait ici autrefois. Une famille dont les membres se serrent les coudes et se soucient vraiment les uns des autres. Il n'y a pas moyen.

– Vous m'avez dit l'autre jour qu'Alda Sif n'était pas capable de s'occuper de ses enfants.

– Non, elle n'en a pas le temps. Le petit Grimsi s'élève tout seul et son fils aîné est là-bas, à Sodome[1], chez son père. Le divorce n'a rien d'une arme pour

1. Le lecteur aura compris que Brandur parle de Reykjavik…

conquérir la liberté, c'est une fuite devant les responsabilités. Les mères ont le devoir d'élever leurs enfants, sinon ils tournent mal. C'est aussi simple que ça.

Je ne prends pas la peine de mentionner la responsabilité des pères, l'égalité dans le domaine de l'éducation, des salaires, dans le monde du travail, et les multiples malédictions qui gangrènent notre société.

– Les femmes ont sombré dans l'égocentrisme. Leur course effrénée à la consommation, à la célébrité, à l'image d'elles-mêmes les a privées de tout bon sens.

Je ne parviens pas à me retenir plus longtemps.

– Elles devraient laisser ces choses-là aux hommes ?

– Oui, elles devraient leur laisser tout ce qui abêtit. Il faut quand même bien que quelqu'un garde la tête sur les épaules pour élever les gamins.

– Vous n'êtes pas franchement satisfait de votre image, à ce que j'ai cru comprendre ?

Il fronce ses épais sourcils en broussaille.

– En effet, non. L'emploi que j'occupe dans la police représente tout pour moi. Sans parler de mon implication dans l'église qui m'a procuré bien des joies avant que les pasteurs pop n'arrivent pour m'en priver. Et qu'ont fait les politiciens pop ? Ils nous ont volé le quota de pêche pour nous imposer celui des races et des sexes !

– Le quota des races et des sexes ? Vous voulez parler de la discrimination positive ? dis-je, un sourire aux lèvres.

Il vide son verre cul sec.

– Je ne comprends rien à tous ces machins-là.

Je lui ressers un coup.

– Vous ne vous entendez pas bien avec la commissaire ?

– J'essaie de ne pas lui barrer la route. Alda Sif

cache plutôt bien son jeu, voyez-vous. Ici, elle règne en maître, dit-il en avalant une gorgée de Brennivin. Vous saviez qu'elle écrit des poèmes ?

– Ah bon ?

– Eh oui, elle s'imagine poétesse. Je suis tombé par hasard sur des vers de mirliton qu'elle avait oubliés sur son bureau. Quel infâme torchon ! Aucune rime, pas d'allitérations. Un ramassis d'imbécillités vaseuses sur le vent, les feuilles et les nuages.

Il semble se ragaillardir, ayant trouvé le point faible de sa supérieure.

– Ça ne m'étonne pas que le petit Grimsi soit en révolte contre une mère pareille, ajoute-t-il en reniflant son tabac.

Je termine mon verre de Coca, je prends un peu de poisson séché pour l'emporter dans ma chambre et je me lève.

– Eh bien, Brandur, il vaudrait peut-être mieux que j'aille me mettre au lit.

Il se lève, le visage tout rouge.

– Merci beaucoup pour le remontant. C'est bon pour la pompe, si on n'en abuse pas. Et pardonnez-moi ma mauvaise humeur, ces jours-ci. C'est que tout cela me bouleverse.

Je lui lance un regard étonné.

– Je vous en prie, il n'y a rien à pardonner.

– Il y a une chose que je peux vous dire, poursuit-il en m'accompagnant d'un pas chancelant jusqu'au couloir. La bande d'experts de Reykjavik…

On dirait que le simple fait de prononcer ces mots lui emplit la bouche d'un goût fétide.

– Eh bien, l'examen de la carcasse du camping-car a révélé qu'il y manque une chaîne hi-fi hors de prix.

– Ah bon, et quelqu'un l'aurait volée ?

– Les tourtereaux lituaniens ont confié à la police des photos de l'intérieur et de l'extérieur. Et le matériel a disparu de l'épave.

– Bizarre.

– Cette bande raconte également que le pare-brise semble avoir été cassé avant l'incendie.

– Qu'est-ce que ça implique ?

– Eh bien, les autres vitres ont explosé à cause des flammes, mais pas celle-là. Elle a dû être brisée avant.

– Est-il possible qu'il s'agisse d'un vol qui aurait mal tourné ?

– Qu'est-ce que j'en sais ? Je ne suis qu'un campagnard inculte.

Brandur hausse les épaules.

– Je suppose que je ne suis plus qu'un… oui, comment vous avez dit, déjà ? Ah oui, un épiphénomène.

11

LUNDI

– La police des Fjords de l'Ouest tient cette conférence de presse afin d'informer les médias du déroulement de l'enquête sur le décès des deux hommes dans le camping-car retrouvé brûlé dans la vallée de Tungudalur dans la nuit de jeudi dernier.

La commissaire Alda Sif Arngrimsdottir balaie de ses yeux scrutateurs l'assistance rassemblée dans la petite salle de conférence pendant qu'elle relate les faits. À part moi, il y a là Rut Jakobsdottir, la correspondante de la RUV, la Radio Télévision Nationale, accompagnée de son preneur de son, Fridfinnur Askelsson du *Courrier d'Isafjördur*, deux correspondants locaux qui officient pour le compte des *Nouvelles du matin* et du *Gratuit*, ainsi qu'un autre, équipé d'une caméra pour la chaîne de télévision Sjon 2. Les médias de Reykjavik ne sont pas parvenus à envoyer leurs visages connus pour une bonne raison : les vols ne sont pas assurés aujourd'hui. Dehors, la neige tombe abondamment et le vent souffle du nord.

– Nous avons dû organiser cette conférence dans un délai très court, en réponse à l'information publiée par le *Journal du soir* aujourd'hui même… précise Alda Sif, debout à une extrémité de la salle, et qui tient dans ses mains quelques feuilles de papier.

Elle me lance un regard indéchiffrable. Rut me décoche un sourire.

Je sais que la nouvelle couvre la une du journal, même si on ne la voit nulle part en ville. L'édition d'aujourd'hui n'est pas arrivée jusqu'ici, pas plus que le reste.

– … nous souhaitons confirmer l'information selon laquelle l'examen du camping-car a conclu aux points suivants : premièrement, le feu a été allumé dans l'habitacle et non de l'extérieur. Deuxièmement, un équipement hi-fi de marque Alpine accompagné de deux enceintes a été retiré du véhicule avant qu'il ne soit incendié. Troisièmement, le pare-brise a été cassé avant l'incendie. Et pour finir, le camping-car était verrouillé de l'extérieur au moment où la police est arrivée sur les lieux.

Elle semble en avoir terminé.

– Quelles hypothèses peut-on tirer de ces informations ? interroge Rut.

– Pour le moment, elles ne sont pas publiques. Il nous a simplement semblé souhaitable de vous exposer les conclusions des experts telles qu'elles se présentent.

Je réfléchis un instant avant de me lancer.

– Comment se fait-il que le véhicule ait été fermé de l'extérieur, mais que, parallèlement, le pare-brise ait été cassé avant l'incendie ?

Alda Sif me dévisage.

– La police n'a aucune réponse à apporter à cette question pour l'instant. En plus, il me semble que le *Journal du soir* devrait sans grande difficulté la trouver tout seul.

L'assistance laisse échapper quelques rires.

– Je vous remercie de votre confiance, dis-je en m'inclinant. Et vous n'avez pas de suspects ?

– Comme il apparaît dans ce communiqué de presse, répond Alda Sif alors qu'elle commence à distribuer les feuilles imprimées, il n'y a qu'une seule chose que je puisse ajouter : on a utilisé un liquide, peut-être du carburant, pour enflammer le véhicule. On ignore encore la nature exacte du produit utilisé.

– Ils ont dû avoir une mort atroce, observe Fridfinnur Askelsson sans poser aucune question.

Les membres de l'assemblée échangent des regards, soupirent en signe d'assentiment et se plongent dans la lecture du communiqué.

Rut lève la main.

– Si je peux me permettre : qu'en est-il de cette chaîne hi-fi ? Vous êtes à sa recherche, vous avez essayé de retrouver sa trace sur le marché du recel ?

Alda Sif toise sa collègue du club de lecture.

– Ça ne coûte rien de poser la question, mais la réponse est la suivante : tout cela est en cours d'investigation. Le marché de la revente existe, comme vous savez, partout. Il ne se limite pas à Reykjavik ou à Isafjördur, mais s'étend à toute l'Islande.

– Il arrive aussi que le butin soit emporté à l'étranger pour y être revendu, note le correspondant des *Nouvelles du matin*.

Alda Sif hoche la tête.

– Pour terminer, je voudrais souligner que la police des Fjords de l'Ouest a bénéficié de la collaboration de deux inspecteurs et d'un membre de la Scientifique, tous les trois envoyés par Reykjavik. Je vous remercie de votre présence.

Comme mes collègues plient bagage, j'en profite

pour m'engouffrer dans le couloir et suivre la commissaire.

– Est-il envisageable que cette chaîne hi-fi ait servi à dissimuler des produits introduits en contrebande ? Des stupéfiants, par exemple ?

Elle s'immobilise et se tourne vers moi :

– Comme je viens de le dire, nous ne diffuserons pas nos hypothèses en public pour l'instant.

– Mais en privé ?

Elle m'adresse un regard sévère.

– Je vous prie de vous soucier des intérêts de l'enquête et pas seulement des ventes de votre journal.

– Eh bien, je m'en soucierais peut-être si je connaissais la nature des intérêts dont vous parlez.

– Soyez un peu raisonnable.

– Ce n'est pas dans l'intérêt de l'enquête que je connaisse la nature des intérêts de l'enquête ?

Alda Sif se met en route pour rejoindre son bureau.

– Encore une petite chose, dis-je en la talonnant. Je me suis grandement soucié des intérêts de l'enquête pour ce qui est du téléphone portable que j'ai trouvé sur les lieux. Je répète : je l'ai trouvé, je vous l'ai remis et je n'en ai pas dit un mot dans mes articles. Vous avez découvert l'identité du correspondant qui appelait quand j'ai répondu ? Et de qui provenaient les quarante et un autres appels ?

Elle s'immobilise à la porte de son bureau.

– Je ne peux pas vous répondre.

– Ils proviennent certainement des proches de Karl Olafsson ? De gens qui s'inquiétaient de sa disparition ?

Elle ouvre la porte.

– Il y a du nouveau dans l'enquête sur l'incendie de la maison ?

Elle entre dans son bureau et me referme la porte au nez.

– En 2006, la préfecture des Fjords de l'Ouest s'est vue décerner un label d'exemplarité récompensant le soin qu'elle apporte à la définition de ses projets et orientations, le souci des objectifs de résultat et la politique globale d'amélioration des services visant, entre autres, à mieux servir les besoins et les attentes des usagers ainsi qu'à renforcer les liens avec eux.

Le préfet Eyjolfur Atli Sveinsson semble avoir oublié la raison pour laquelle j'ai sollicité un bref entretien. En tout cas, assis derrière son bureau impeccable au troisième étage du bâtiment de la préfecture où toute chose est parfaitement à sa place et sous contrôle, il saisit l'occasion pour vanter les mérites de son administration.

– Nous nous efforçons surtout d'aller vers les populations d'origine étrangère dont le pourcentage est assez élevé ici, m'explique tout en joignant les mains cet homme svelte, d'une cinquantaine d'années. Ses cheveux poivre et sel sont rabattus en arrière, il a un visage étroit et ses lunettes trônent au bout de son nez. Il est capital dans la petite communauté que nous formons de savoir que tout le monde se sent bien, qu'il s'agisse des gens du coin ou de ceux venus d'ailleurs. Il est souhaitable que chacun ressente qu'il compte autant que tous les autres.

– Voilà qui est effectivement exemplaire, dis-je tout en prenant des notes afin de flatter mon interlocuteur.

Sur une étagère, j'aperçois la casquette qui attend

de servir pour une grande occasion qu'apparemment je ne lui offre pas.

– Le champ d'action de nos services est très étendu, poursuit-il d'un ton posé. Nous assurons la gestion d'un grand nombre de domaines, qu'il s'agisse de celui des transports ou des problèmes liés aux stupéfiants, et nous sommes maintenant directement reliés au central de la police, ce qui présente bien des avantages pratiques.

– Tout à fait. La criminalité est-elle en augmentation ?

Eyjolfur Atli croise les mains.

– Oui, légèrement. Nous avons transmis environ deux cents affaires traitées par la police à la cour de justice des Fjords de l'Ouest. Il s'agit pour la plupart d'agressions sans grande gravité, de conduite en état d'ivresse, de vols, d'effractions, d'actes de vandalisme, et d'usage ou de trafic de drogue. Malheureusement, nous avons observé une augmentation des problèmes relatifs aux affaires familiales au cours des années passées.

– Du vandalisme, dites-vous, les incendies sont-ils fréquents ?

– Je n'irai pas jusque-là, mais nous avons eu quelques cas.

Il se penche en avant sur son bureau.

– Je peux affirmer que l'incendie qui a eu lieu l'autre jour à Eyri fait toutefois figure d'exception.

– Euh… Si nous en venions à Fjalar Teitsson ?

– Oui, pardonnez-moi, dit-il en s'enfonçant à nouveau dans son fauteuil. J'ai lu votre excellent article qui présente l'état des lieux économique de la région et je pensais que vous seriez intéressé par ces quelques informations sur les attributions du préfet.

Il se passe la main sur le menton.

– Mais vous souhaitiez m'interroger au sujet du regretté Fjalar Teitsson, ce brave garçon.

– En effet.

– C'est une grande perte. Une perte terrible. Et une mort atroce. Je n'arrive pas à y croire.

Il me raconte la manière dont ils se sont connus et me parle de leurs intérêts communs, comme la randonnée en montagne, la pratique du ski et d'autres sports de plein air, leur participation aux activités du club Kiwanis et ainsi de suite.

– Fjalar avait largement dix ans de moins que moi, mais nous avons passé de bons moments ensemble et il me manque énormément.

– Est-ce que vous avez gardé le contact après son divorce et son départ pour Reykjavik ?

Il regarde la neige qui tombe bien dru à la fenêtre.

– Non, nous avions pourtant prévu de le faire, mais il en est allé autrement.

– On m'a dit qu'il avait coupé tous les liens qui le retenaient ici et qu'il voulait oublier Isafjördur.

Eyjolfur Atli garde le silence quelques instants.

– C'est possible. Je n'en sais rien. Quand les gens sont confrontés à une expérience aussi douloureuse qu'un divorce, il n'est pas rare qu'ils décident de tirer un trait sur le passé pour repartir à zéro.

– C'était un divorce difficile ?

Il continue de regarder par la fenêtre.

– Je préfère ne pas en parler, je n'en sais pas assez, d'ailleurs nous ne nous faisions pas de confidences même si nous avions beaucoup d'activités communes. Fjalar était plutôt discret sur sa vie privée. Il accordait beaucoup d'importance à la famille.

– Lui et Gudny n'ont pas eu d'enfant ?

– Non, Gudny a une fille, Oddny, âgée de vingt ans, et Fjalar a été bon pour elle. Certains disent qu'elle a de l'avenir dans la chanson. Elle a participé à l'émission *Idol* et est allée assez loin dans les sélections.

– Ah bon, qui est le vrai père d'Oddny ?

– Son deuxième nom est formé sur le prénom de sa mère. Elle s'appelle donc Oddny Edda Gudnyjardottir. J'ignore l'identité de son père, mais je sais que Fjalar a été bon envers elle. Fjalar Teitsson était un homme honnête et juste. Il aurait fait un excellent dirigeant politique. Le seul point négatif que je puisse voir chez lui, c'est qu'il était inscrit au mauvais parti politique.

Il m'adresse un regard furtif.

– Mais il faut que cela reste entre nous. Ne rapportez que ce que j'ai dit de positif. Le reste, c'est simplement pour votre information personnelle.

– Oui, nous nous sommes mis d'accord là-dessus au téléphone. Avant de déménager à Reykjavik, Fjalar a vendu le quota de pêche de son entreprise à des gens de l'extérieur. En résumé, il s'est bien enrichi et la ville a considérablement perdu, notamment en termes d'emploi.

Le préfet fronce les sourcils avant de poursuivre :

– En réalité, cette transaction a sonné la fin de l'entreprise.

– Il s'est probablement fait des ennemis en ville pour cette raison ?

– Je suis incapable de vous le dire. Évidemment, ça en a mis plus d'un en colère, ce qui se comprend. Sjosokn était une vieille entreprise familiale. Mais je préfère m'abstenir de tout jugement. Il avait sans doute ses raisons. Chacun voit midi à sa porte.

Il me raccompagne.

– Allez-vous publier une photo de moi dans votre article ?

– Eh bien, je ne peux pas vous répondre pour l'instant, je continue de me documenter.

Il me lance un regard intense.

– Quand on occupe un poste tel que le mien, les photos qui paraissent dans la presse sont importantes. Est-ce que je peux vous en envoyer une qui me plaît particulièrement ?

– Je vous en prie, dis-je en lui communiquant mon adresse électronique.

À quoi serviraient les casquettes et les galons si on ne les montrait pas en photo ?

Croulant sous les sacs plastiques remplis de produits de première nécessité, j'avance péniblement à travers la tempête de neige pour rejoindre l'auberge de Brandur Brandsson. Par un temps pareil, je n'ai pas à me soucier qu'on m'aperçoive ou non. Comme j'y vois à peine à deux mètres, je me fie au pilote automatique.

Mon aubergiste a pris son service de brigadier-chef avec, probablement, une légère gueule de bois. Il m'a autorisé à utiliser la connexion Internet que, pour reprendre ses termes, on lui a fourguée et installée, il y a deux ans, dans la chambre du grenier. Cette tentative de Brandur pour accéder à la modernité a connu une fin abrupte. Il a investi dans un ordinateur d'occasion qui a rendu l'âme au bout de deux semaines. Et voilà !

– Une vraie saloperie, m'a-t-il confié.

– Vous n'avez qu'à en acheter un nouveau, lui ai-je suggéré.

– Non, je refuse, a-t-il répété. Je ne serai pas dévalisé deux fois par le même voleur.

Il règne dans la chambre une douce chaleur. La vieille maison est plongée dans le calme. La neige tombe à gros flocons dehors. Assis au bureau face à la fenêtre avec mon ordinateur et une tasse de café, je commence à rassembler mes notes prises ici et là. Je ne suis pas beaucoup plus avancé sur quelque sujet que ce soit. Puis je rédige une synthèse de la conférence de presse d'Alda Sif. Je n'y mentionne que les éléments qui manquaient dans mon article paru ce matin : le feu a été allumé à l'aide de carburant ou d'un liquide de nature indéterminée, les deux hommes étaient enfermés dans le camping-car verrouillé de l'extérieur.

J'attrape mon portable pour appeler le chef de la circonscription du sud.

– Bravo pour ton scoop ! me félicite Sigurbjörg qui semble un peu stressée.

– Comment ça avance de ton côté ? Du nouveau dans l'enquête sur Fjalar ?

– Non, c'est le désert. Trausti m'a posé la même question ce midi. Je lui ai répondu la vérité : la police ne communiquera aucun nouvel élément aujourd'hui.

– Par conséquent, tu n'as pas pu creuser les conditions du drame ? Par exemple à quel endroit Fjalar comptait se rendre au moment de sa disparition ?

– Eh bien, enfin si, mais cela ne m'a rien apporté. Il n'a dit à personne où il allait. En tout cas, pas plus à Kolfinna qu'à ses vieux parents. Et pas non plus à ses collaborateurs.

– Qui t'a raconté ça ?

– Mon nounours.

– Ah bon ? Tu t'es trouvé un nounours ?

– Les choses progressent lentement, mais sûrement. Mais le nounours en question n'est pas assez proche de ceux qui mènent l'enquête. Il travaille simplement dans le même bâtiment et il a entendu ça dans les couloirs ou à la pause café. C'est un gars que j'ai connu à l'université.

– Et tu n'as pas le temps d'aller interroger les proches toi-même ?

– Einar, nous étions bien d'accord pour dire que le moment est mal choisi. On ne va quand même pas arriver avec nos gros sabots chez des gens qui sont en état de choc.

– Mmh, c'est vrai, nous étions d'accord, mais…

– Mais quoi ? s'impatiente-t-elle.

– Il faudra bien finir par nous y résoudre. Il y a une semaine qu'il a été assassiné.

– Certes, mais cette information n'est publique que depuis trois jours.

– J'envisage d'interroger son ex-femme demain, enfin, je vais essayer.

– Envisage bien et réfléchis à deux fois.

En l'absence du propriétaire, j'ouvre la fenêtre pour fumer une cigarette, mais j'y renonce à cause de la neige qui entre par bourrasques à l'intérieur. Histoire de faire quelque chose, ou piqué par une curiosité particulière suite aux propos que m'a tenus Brandur hier soir, je vais consulter les archives du *Journal du soir* et des *Nouvelles du matin*. J'entre dans le moteur de recherche le nom de la commissaire. Les résultats affichent une série d'articles concernant les activités de la police. Les archives des *Nouvelles du matin* remontent plus loin dans le temps ; j'y trouve une interview datant de douze ans intitulée :

« L'écriture poétique est un contrepoids nécessaire à la complexité du droit », déclare Alda Sif Arngrimsdottir qui participe à la soirée poésie organisée par la faculté de droit de l'Université d'Islande.

Dans l'interview, Alda Sif raconte que la lecture et l'écriture de poésie lui procurent une certaine tranquillité spirituelle, une forme d'apaisement. Elle s'adonne à cette activité depuis l'adolescence et, bien qu'elle soit aujourd'hui mariée et mère d'un petit garçon, bien qu'elle suive des études difficiles et exigeantes, elle s'arrange toujours pour trouver un moment chaque semaine afin de s'y consacrer. Elle affirme ne pas avoir envie d'exercer dans un cabinet juridique, mais se destiner à une carrière dans la fonction publique. Elle envisage donc de s'inscrire à l'école de police à la fin de l'année. « Je m'intéresse plus aux gens qu'aux discussions théoriques », précise-t-elle dans l'interview. Elle explique avoir trouvé trois autres étudiants en droit également poètes qui liront leurs textes au cours de la soirée. L'article s'achève sur un poème d'Alda Sif Arngrimsdottir qui s'intitule *Abîme* et sa profondeur est telle que je ne parviens pas à en toucher le fond.

– Comment avance la collecte ? dis-je à Sigurdur Ögmundsson alors qu'il répond à mon appel téléphonique depuis son hébergement de fortune où il réside avec Rosa Dis.

– À grands pas, merci, répond-il. Le compte bancaire qui a été ouvert pour les dons a déjà été crédité d'un demi-million de couronnes en quelques jours. Et toutes sortes de gens, aussi bien des amis et de la famille que de parfaits inconnus nous ont téléphoné en nous offrant des meubles. Le problème c'est que nous n'avons absolument nulle part où les stocker pour l'instant. Ce drame nous montre à quel point la solidarité qui unit cette petite communauté est forte. Cela dépasse les gens qui viennent de Reykjavik comme vous et moi. Ça nous semble incroyable.

– Oui, je suppose que vous avez raison.

– Dites, avant que j'oublie. Nos amis organisent une soirée pour rassembler des fonds jeudi soir à la Maison d'Édimbourg. Pourriez-vous le signaler dans le journal ?

– Cela va de soi.

– Merci. Et n'hésitez pas à venir si vous êtes encore à Isafjördur.

– J'essaierai de m'en souvenir. Est-ce que vous avez trouvé un endroit où vous installer de façon durable ?

– Oktavia nous laisse son appartement pour quelques mois. Elle et Biggi repartent à Reykjavik.

– Ont-ils repoussé le mariage ?

– Non, le délai était trop court. Cela aurait coûté trop cher de tout annuler.

– Et l'avenir de votre maison ? Sera-t-elle reconstruite, rasée, vendue en l'état… ?

– Nous en discutons avec notre assureur et avec la municipalité. Est-ce que la ville veut nous aider à la reconstruire ou bien cela lui est complètement égal ? C'est l'une des nombreuses questions qui se posent.

– Qu'en pensent les frères et sœurs de Rosa Dis ? Quels sont leurs souhaits ?

– Ils n'ont pas leur mot à dire là-dessus. Les sœurs

ne voulaient rien avoir à faire avec cette maison. Elles vivent loin d'ici et elles ont touché leur part d'héritage.

– Et le frère ? Il s'appelle Bjartur, n'est-ce pas ?

– Cela concerne encore moins ce cinglé.

– Il est donc cinglé ?

– Oui, aussi cinglé que sauvage. Est-ce que vous l'avez déjà vu ?

– Oui, il me semble l'avoir aperçu dans la rue avec deux de ses camarades. Ils forment une espèce de bande gothique, c'est ça ?

– Exact, vous savez donc tout ce qu'il faut savoir sur lui.

12

MARDI

Les salauds brûleront en enfer. Mais avant cela, ils endureront d'atroces souffrances.

En ouvrant mon courriel alors que j'avale mon café matinal, la première chose que je vois, c'est un nouveau message de manvamp@hotmail.com, expédié à 02h31.

Qui diable cela peut-il être ? Quelle est la nature exacte de cette menace ?

Au fil du temps, j'ai reçu toutes sortes de mails plus ou moins nauséabonds que j'ai expédiés directement dans les fosses de l'oubli d'Internet. On ne peut pas plaire à tout le monde. C'est le job qui veut ça. Mais quand même, ce truc-là…

J'entre le terme « manvamp » dans le moteur de recherche. On le rencontre sur quelques sites rédigés en diverses langues, en russe, en allemand, quand ce n'est pas en grec. Je n'y comprends rien. Ça pourrait être le nom d'un héros de dessin animé ou bien un terme désignant un vampire de sexe masculin, un suceur de sang. Ou encore un vampire qui ne s'attaque qu'aux hommes. Un vampire homosexuel ? Ou un vampire femme et hétérosexuel ? Ce n'est pas vraiment clair. Il se pourrait également que le mot ait été construit sur les racines anglaises « man » et « vamp ». Je sais que le terme « vamp » est utilisé, surtout dans le cinéma, pour désigner une femme qui, dissimulée sous une apparence trompeuse, mène les hommes à leur perte, ce que nous appelons « femme fatale[1] ». Ce « manvamp » serait par conséquent une femme qui s'emploie à attirer les hommes dans ses filets pour les vider de leur substance avant de se débarrasser de leur charogne. À moins que ce ne soit une version masculine de la vamp qui tendrait des pièges aux femmes dans un but similaire. Ou encore aux autres hommes ?

À la fenêtre, le temps s'est apaisé, il fait clair, la neige s'est figée à terre en attendant le prochain réchauffement. Si les vents de haute atmosphère sont aussi peu violents qu'ici dans l'étroit couloir aérien permettant d'accéder au Skutulsfjördur, les vols pour Reykjavik devraient être assurés aujourd'hui. Je prends mon courage à deux mains pour passer un coup de fil.

– Salut Magga !

Bref silence.

– Salut.

– Comment ça va ?

– C'est la grande forme. Et toi ?

– C'est supportable. Je suis dans le Nord-Ouest en mission officielle.

– Super ! lance-t-elle d'un ton ironique.

Je lui explique que j'ai changé de repaire, que j'ai quitté l'hôtel et que j'occupe une chambre chez un homme qui ne veut pas que cela s'ébruite. Je lui confie tout de même le nom du maître des lieux.

– Il ne faut pas que tu t'inquiètes, je ne rechute pas,

1. En français dans le texte. L'expression est utilisée en islandais.

je t'assure. J'avais simplement la tête ailleurs, la dernière fois.

– Tu n'as pas toujours la tête ailleurs ?

– Eh bien…

– Je ne m'inquiète pas pour toi. Tu fais comme tu veux.

Sa voix a quelque chose de froid et de tendu. Je dois procéder avec application.

– Dis-moi, Margrét, puisque tu es avocate, j'ai une question à te poser : la loi punit-elle les menaces envoyées par mail ?

– Quel genre de menaces ?

– Eh bien, je ne sais pas vraiment. On me promet d'atroces souffrances.

Je la sens hésitante.

– Pourquoi cette question ?

Serait-elle en train de me jouer la comédie ? Aurais-je touché un point sensible ?

– Simple curiosité.

– Ces menaces sont anonymes ?

– Peut-être, peut-être pas, dis-je, en m'efforçant de prendre un ton détaché. Il est difficile de porter plainte contre une personne qui vous menace sans dévoiler son identité, n'est-ce pas ?

– Je ne vois vraiment pas où tu veux en venir. Je vais être en retard à ma réunion.

– Ok, dis-je sèchement. Merci du renseignement.

Les rues du centre d'Isafjördur ont pour la plupart été dégagées alors que je me dirige vers mon prochain rendez-vous, en ce début d'après-midi. Les congères forment comme des murs de protection autour de la circulation, mais il n'y a pas grand monde dehors, que ce soit à pied ou en voiture : il fait encore froid. Le calme règne sur la place Silfurtorg et à la réception de l'hôtel. Je m'engage dans la rue Hafnarstraeti, je dépasse le bâtiment de la préfecture avec sa verrière au milieu qui me fait penser à une piste de ski luisant au soleil et je décide de m'arrêter à la *sjoppa*. L'endroit est bondé. Des bandes de jeunes prennent leur en-cas de midi ou jouent aux machines à sous. À l'une des tables sont assis les trois membres du gang des gothiques. Ils sont vêtus de leurs uniformes : jeans noirs moulants et vestes en cuir par-dessus des tee-shirts noirs ornés d'inscriptions ou de noms de groupes de musique que je ne connais pas. La fille et l'un des garçons portent des chaînes et des insignes chromés. Elle a un piercing à une narine, et lui à chaque oreille ainsi qu'à l'arcade sourcilière. L'autre jeune homme est nettement plus modéré en termes de quincaillerie. Les deux garçons sont grands, maigres comme des clous, et leurs cheveux longs sont tellement noirs qu'ils doivent avoir été teints. La chevelure de la gamine est de la même couleur, mais ébouriffée à la sauvage. Leurs visages sont d'une pâleur cadavérique, le contour de leurs yeux maquillé de noir, et la fille porte du rouge à lèvres de la même teinte. Je leur donne environ quatorze ans. Ils discutent tous les trois à voix basse, sans regarder à gauche ni à droite, comme s'ils étaient plongés dans leur monde, lequel exclut le nôtre.

Pendant que j'attends mes cigarettes, je me demande si je ne devrais pas aller discuter un peu avec eux, mais l'occasion ne se présente pas. Je quitte donc les lieux en passant devant les jeunes d'origine asiatique et les machines à sous.

Gudny Karvelsdottir, l'ex-femme du regretté Fjalar Teitsson, habite dans la rue Austurvegur, non loin de l'école primaire d'Isafjördur. Il s'agit d'une longue bâtisse construite dans deux styles différents qui portent chacun la marque de leur époque. En face, on aperçoit d'imposants bâtiments gris d'un temps révolu : celui de la piscine et un autre qui porte l'inscription *École des mères au foyer Osk, 1912*. Gudny vit au deuxième étage d'un immeuble qui en compte trois et n'est plus que le souvenir de sa gloire passée. Comment se fait-il qu'une ex-princesse des quotas de pêche n'habite pas dans un endroit plus vaste et plus élégant ? Peut-être justement parce qu'elle n'est plus qu'une ex.

Les prénoms *Gudny et Oddny* sont inscrits sur la sonnette.

Mon appel de ce matin l'a déconcertée, mais grâce à ma dextérité et à la souplesse naturelle qui me caractérisent dans les échanges humains, elle m'a autorisé à passer la voir en me faisant toutefois promettre de ne pas citer son nom.

Sa voix semblait extrêmement mélancolique au téléphone. Je me suis demandé si c'était sa tonalité habituelle ou si c'était dû à la profonde tristesse qu'elle éprouvait face au décès de son ex-mari.

La réponse m'apparaît clairement sur le pas de sa porte. D'après le registre de la population, la femme qui vient de m'ouvrir a environ trente-cinq ans, mais elle en paraît au minimum dix de plus. Elle est plutôt grande, mais son corps semble avachi, les bourrelets forment comme un amoncellement de pneus de toutes tailles. Son visage bien en chair n'est pas maquillé, il est presque bouffi. Elle a les cheveux sombres et poisseux. Elle avance d'un pas lent et pesant devant moi à l'intérieur de son appartement, vêtue d'un pantalon de jogging gris et d'un pull léger, bleu clair.

Gudny me demande si j'ai envie d'un café. Sans

même attendre ma réponse, elle entre dans la cuisine, à gauche. À droite, je découvre une grande salle, d'apparence nettement plus lumineuse que la propriétaire. Un canapé et deux fauteuils clairs aux lignes épurées, des murs blancs, un grand écran plat et des bibliothèques en bois laqué remplies de livres. Au fond du couloir, une chambre meublée d'un grand lit est ouverte. La porte de celle d'à côté est fermée.

– Vous vivez avec votre fille ? dis-je d'un ton amical alors que je la suis dans la cuisine aux murs peints en vert et que je m'assois à la table genre Ikea. À côté de l'évier, une pile d'assiettes sales, des verres et des tasses. Elle sort deux gobelets propres d'un placard.

– Ma petite Odda a toujours sa chambre ici, mais elle habite en ville avec une amie, soupire Gudny tandis qu'elle nous sert un café.

Son débit est aussi lent que son pas.

– Elle a dix-neuf ans et a besoin de son indépendance.

– Je comprends. On m'a raconté qu'elle avait de l'avenir dans la chanson.

Son visage s'illumine légèrement.

– Oui, elle est extrêmement douée.

Gudny pose les gobelets sur la table et s'installe face à moi en faisant craquer la chaise.

– Extrêmement douée, répète-t-elle.

– Elle a participé à l'émission *Idol*, n'est-ce pas ?

– Oui, oui. Elle a figuré parmi les dix derniers concurrents. Évidemment, tous ces trucs-là sont dirigés par une vraie mafia et les appels du public sont truqués.

– C'est vrai, dis-je en sucrant mon café bien noir.

– En tout cas, si elle a été éliminée, ce n'était pas faute d'être douée. C'est certain.

– Oddny poursuit des études ?

Gudny m'oppose un regard vague.

– Elle veut devenir chanteuse. Elle *est* chanteuse. Tout ce qu'il faudrait, c'est qu'on lui donne sa chance, précise-t-elle en me fixant intensément.

– Elle va peut-être étudier le chant ?

– Si c'est ce qu'elle désire, je la soutiendrai. Pour l'instant, elle réfléchit. Je la soutiens dans tout ce qu'elle entreprend. C'est ma fille.

– Fjalar n'était pas son père ?

Elle se lève lourdement de sa chaise pour ouvrir l'un des placards où les boîtes de médicaments voisinent avec les épices.

– Non, c'était son beau-père, répond-elle en ouvrant l'un des étuis.

Le dos tourné, elle prend une pilule qu'elle avale avec une gorgée de café.

– Et vous, que faites-vous ?

Gudny se rassoit avec une extrême lenteur.

– Je suis handicapée de nature. Il y a longtemps que mon dos me fait souffrir. Et j'ai des rhumatismes terribles qui me privent de presque tout sommeil.

– Comme je vous plains.

– J'en passe et des meilleures. Je ne fais plus grand-chose d'autre que de m'occuper de moi.

– Espérons que vous êtes à peu près remise du divorce.

Elle tourne sa cuiller dans sa tasse, décrivant cercle après cercle, sans même s'en rendre compte.

– Je veux dire, d'un point de vue financier.

– Fjalar s'est arrangé pour que nous ne manquions de rien. Il a toujours bien gagné sa vie. C'était un homme juste et généreux.

– Il était à la tête de l'entreprise qui a autrefois appartenu à votre père.

– En effet. Je ne comprenais rien à l'administration d'une pêcherie ou à l'industrie du poisson. Ni à l'administration de quoi que ce soit. Il possédait une formation dans ces domaines. Sjosokn était au bord de la faillite au moment où il l'a rachetée pour inverser le cours des choses. Ensuite, il a vendu le quota au moment de notre divorce. Odda et moi n'avons pas à nous plaindre de notre sort.

– Qui va hériter de Fjalar ?

Elle semble aussi surprise par ma question que je le suis de n'y avoir pas pensé plus tôt.

– Comment voulez-vous que je le sache ?

– Autrement dit, ni vous ni Oddny n'êtes concernées ?

– Je ne vois pas comment. Cette idée ne m'a pas même effleurée. Fjalar et moi avons réglé nos affaires il y a plus de cinq ans.

– Qui serait son héritier le plus probable ?

– Ses vieux parents sont encore vivants, dit Gudny en se grattouillant le nez. Et il n'avait pas rencontré une nouvelle femme ?

– Eh bien, je ne pense pas qu'ils aient été mariés.

– Je n'en sais rien et ce n'est pas mon affaire.

– Mais il n'avait pas d'enfant, non ?

– Pas que je sache.

– Vous êtes restés en contact après le divorce ?

Elle se remet à tourner sa cuiller.

– Il lui arrivait de m'appeler au téléphone. Disons, une fois par an.

– Me permettez-vous de vous interroger sur les raisons de votre divorce ?

Elle semble subitement sur la défensive.

– Je trouve que cela fait partie de ma vie privée.

– Fjalar était-il aisé, voire vraiment riche ?

– J'ignore à quoi il a employé l'argent de la vente après être reparti à Reykjavik. En revanche, je crois savoir que les parlementaires sont correctement rémunérés.

– Que pensez-vous qu'il lui soit arrivé ?

Son corps est parcouru d'un frisson.

– Je ne sais pas. Peut-être qu'il n'a simplement pas eu de chance.

– Vous pensez qu'il serait, par pur hasard, tombé sur une bande d'individus violents ?

Elle se tait quelques instants et passe sa main sur son avant-bras charnu.

– Ou peut-être à cause de la politique. C'est le genre d'activité qui vous crée des ennemis, non ?

– Eh bien, les choses ne s'enveniment généralement pas à ce point, même si je suppose que ce n'est pas impensable. Les adversaires et les concurrents sont rarement des ennemis jurés dans cet univers-là.

Elle ne répond rien.

– Je crois que les haines entre hommes politiques ne sont que très superficielles. Elles fondent comme neige au soleil au moment approprié.

La porte d'entrée s'ouvre et Gudny sursaute.

– Peut-être que ces haines sont plus tenaces au sein d'un même parti qu'entre les membres de partis adverses, dis-je, histoire d'ajouter quelque chose. Dans ce cas, elles peuvent prendre une tournure plus personnelle.

– Ma petite Odda, appelle Gudny en se mettant debout. Odda !

– Ah, salut maman ! crie une voix en retour.

– Je suis avec le journaliste, précise Gudny tandis qu'elle s'avance dans le couloir.

Je me lève. Notre entretien touche apparemment à sa fin.

– Eh bien, annonce Guddny à la porte de la cuisine, venez que je vous présente ma fille.

J'avance jusqu'au couloir où se tient une jeune femme, aussi grande que sa mère, plutôt imposante, vêtue d'un manteau en cuir marron, d'un jean et d'un pull islandais, avec un bonnet de laine noir sur la tête et un téléphone portable dernier cri collé à l'oreille.

– Bonjour, dit-elle, le visage rougi par le froid, alors qu'elle me tend une main d'où le portable a disparu.

Bien que sa corpulence rappelle celle de sa mère, il semble qu'elle parvienne à un certain résultat dans le combat qu'elle livre contre les kilos. Son apparence générale est d'ailleurs très différente, il se dégage d'elle autant de joie de vivre que d'énergie.

Oddny retire son bonnet et son manteau tandis que sa poitrine généreuse sautille sous son pull. Ses cheveux bruns coupés court sont épais et vigoureux.

– Je reviens de la salle de sport. J'ai sué sang et eau pendant une heure.

– Et vous progressez ? dis-je en lui renvoyant son sourire.

– Très bien, j'ai un super coach. J'atteindrai mes objectifs en moins de deux.

– Ce monsieur vient de m'interroger, explique Gudny d'un ton fatigué en regardant sa fille.

– Je suppose que c'était aussi compliqué que d'essayer de jouer d'une guitare sans cordes, non ? s'amuse Oddny.

– Pas du tout. Évidemment ce sont des sujets délicats, toujours difficiles à aborder.

– Vous ne voulez pas vous asseoir au salon pour

discuter un moment tous les deux ? me suggère Gudny. Ça vous plairait sûrement d'interviewer Oddny, elle est bien plus intéressante et nettement plus rigolote que moi.

Sa proposition semble des plus sérieuses.

Oddny m'adresse un sourire. Je l'accompagne au salon.

– Je vous apporte un café, précise Gudny.

– La mort de Fjalar est épouvantable, déclare Oddny tandis qu'elle s'installe sur le canapé.

– Oui, dis-je m'asseyant dans le fauteuil. Qu'a-t-il donc pu lui arriver ?

– Je n'en ai aucune idée, répond-elle. Elle tient à la main son portable qu'elle consulte régulièrement afin de vérifier qu'elle n'a pas reçu un nouvel appel ou un SMS. Ça me dépasse, Reykjavik serait-elle devenue si dangereuse ?

– C'est bien la question. Quel genre d'homme était Fjalar ? Quel genre de beau-père ?

Elle me fixe droit dans les yeux.

– Par rapport à bon nombre de beaux-pères, il était parfait, gentil et prévenant.

– Vous vous entendiez bien ?

– C'était un homme très occupé qui travaillait énormément. Il était très souvent absent, mais il voulait bien faire et il était généreux avec moi.

– Vous avez souffert du divorce ?

– Je ne sais pas quoi vous répondre. Je n'avais que quatorze ans. Je ne m'occupais que de moi. À l'époque, je commençais à chanter.

Elle me regarde et m'adresse un nouveau sourire.

– Vous vous souvenez peut-être de mon passage dans l'émission *Idol* ?

– Eh bien, c'est que je ne la regarde pas.

Son sourire disparaît aussitôt.

– Mais j'ai entendu dire que vous étiez très douée et très prometteuse. Vous êtes allée assez loin dans les sélections.

Voilà qui la réjouit à nouveau.

– Le chanteur Bubbi m'a dit que je lui rappelais Aretha Franklin.

– C'est un beau compliment.

– Et Pall Oskar m'a dit que s'il n'avait pas été homo, il serait tombé amoureux de moi.

– Pas mal non plus.

– En effet, tout cela constitue un très bon bagage quand on veut se lancer.

– Vous souhaitez continuer ? Devenir chanteuse ?

– Je suis née pour la chanson, tout le monde me le dit.

Elle jette à nouveau un regard à son portable.

– Il suffit qu'on me donne ma chance. La concurrence est impitoyable. L'émission *Idol* m'a offert une bonne occasion. Mais ce n'est pas très facile de mener les choses à bien quand on vient d'un coin perdu en province. Vous voyez, quand les gens commencent à vous contacter…

– Je comprends.

– Tant de choses entrent en ligne de compte et elles n'ont rien à voir avec le chant. Il y a l'apparence, les vêtements, enfin, le look. Je dois faire des efforts de ce côté-là.

– Évidemment, l'emballage joue un certain rôle.

Oddny éclate de rire.

– Les gens auront intérêt à se méfier une fois que j'aurai travaillé tout ça. Je ne vais pas m'arrêter là, même si je dois subir des interventions chirurgicales. J'ai l'intention d'aller jusqu'au bout.

– Des interventions chirurgicales ?

– Oui, je vais avoir des séances de liposuccion, on va me poser un anneau gastrique. C'est génial. J'ai même déjà fait quelques lavements.

– Eh bien dites donc.

– J'ai une voix, j'ai un don et je peux parfaitement devenir belle.

Elle affiche encore une fois un sourire.

– J'ai participé à un concours de beauté d'un genre particulier, l'an dernier dans la vallée de Hnifsdalur. Ça s'appelait *Beauté déchaînée*. Cette compétition accordait plus d'importance à la beauté intérieure et aux aptitudes des participants qu'aux canons conventionnels. Cela vous dit quelque chose ?

– Oui, je crois en avoir entendu parler à la télé.

– J'ai été élue reine de la bonne humeur. Tout le monde me dit que je suis belle. Il me suffit de perdre quelques kilos.

En dépit des contradictions apparentes de son discours, sa franchise et sa bonne humeur sont communicatives.

– Vous êtes vraiment résolue. En général, les gens de votre trempe atteignent leur but. Surtout quand, comme vous, ils possèdent les aptitudes nécessaires.

– Oui, j'ai lu des tas d'articles et de livres sur la question. C'est dommage que l'émission *Docteur Phil* n'existe pas ici. Je pourrais y aller, obtenir un diagnostic et me faire soigner gratuitement.

– Vraiment ?

– Oui, et le public dans la salle me soutiendrait lui aussi. Sans parler de la pub que ça me ferait et de l'intérêt que je susciterais. Vous n'avez jamais regardé *Docteur Phil* ?

– Très peu.

– Il est super intelligent. Il a vraiment réponse à tout. Il faut pratiquer la pensée positive, voilà le secret.

Il me vient une idée.

– Dites-moi, vous êtes bien une amie de Rosa Dis ? Vous avez chanté à l'enterrement de vie de jeune fille qu'elle a aidé à organiser ?

– Oui, et je chanterai aussi à la soirée de soutien organisée à la Maison d'Édimbourg jeudi soir. Ça va être génial.

Elle se penche en avant.

– Vous viendrez, n'est-ce pas ?

– Oui, je me disais que j'y ferais peut-être un tour.

– Vous ne pourriez pas publier un article sur moi dans votre journal ? Avec ma photo.

– Eh bien, c'est parfaitement envisageable.

– Vous comprenez, il faut s'arranger pour être visible. Susciter la curiosité des gens. C'est aussi simple que ça.

En passant devant la *sjoppa* sur le chemin du retour, j'aperçois le petit Grimsi debout à côté de la table de la bande gothique qui semble ne pas avoir bougé d'un pouce depuis tout à l'heure. Il porte la sacoche du *Journal du soir* sur son épaule.

Je profite de l'occasion.

– Bonjour Grimsi. Je vois que les vols depuis Reykjavik ont été rétablis, tu distribues à nouveau notre journal.

Le gamin sursaute.

– Ouais, répond-il en aspirant le mot. Vous voulez m'en acheter un ?

– Bien sûr !

Nous procédons à la transaction tandis que j'observe

les trois adolescents qui ne m'accordent pas le moindre regard.

– Tu ne me présentes pas tes amis ?

Grimsi hésite.

– Lui, c'est Bjartur, précise-t-il, le doigt pointé vers celui qui porte le plus de breloques. Et là, Idunn et Robert.

– Bonjour à vous, dis-je d'un ton aussi enjoué que possible. Je m'appelle Einar et je travaille au *Journal du soir*.

Les trois jeunes lèvent vaguement les yeux vers moi avant d'échanger un regard plus ou moins narquois.

– Ok, *bye* ! lance Grimsi à la troupe qui daigne lui adresser un signe de la tête.

– Ils m'ont l'air bizarres, ces trois-là, drôle de dégaine, dis-je à Grimsi alors que je longe la rue Hafnarstraeti en sa compagnie.

– Moi, je les trouve cool, marmonne-t-il.

La capuche de son pull ne pendouille plus.

– Je vois que ta mère t'a recousu ton pull.

– Elle m'en a acheté un autre.

– Ah, super.

– Ma mère a autre chose à faire que de raccommoder mes vêtements.

– Oui, évidemment. Son travail de commissaire lui prend tout son temps et toute son énergie.

Au lieu de me répondre, il bifurque sur le trottoir devant le bâtiment de la préfecture et se dirige vers l'entrée du commissariat où sa mère l'attend, vêtue d'un long manteau bleu.

– Alors mon chéri, tu as terminé ta tournée ?

Grimsi hoche la tête.

– Bon, dans ce cas, on peut aller à Bonus, suggère-t-elle en me saluant d'un air soupçonneux.

– Mon jeune collègue et moi-même revenons de la *sjoppa*, dis-je.

Grimsi m'adresse un regard embarrassé.

– De la *sjoppa* ? s'étonne la commissaire qui prend soudain une expression réprobatrice. Arngrimur, je t'ai déjà demandé de ne pas aller traîner là-bas.

Le fils reste muet.

– Je ne veux pas que tu fréquentes cette bande, ajoute-t-elle, la main posée sur son épaule, tu le sais très bien.

Il faut que je tire le gamin du mauvais pas où je l'ai mis.

– Non, non, ça n'a rien à voir. Nous nous sommes croisés à l'extérieur, sur le trottoir. Votre courageux fils m'a vendu un exemplaire de notre journal.

Alda Sif me toise.

– Bon, conclut-elle, nous devons y aller.

– De nouveaux éléments ?

– Désolée, mais j'ai terminé ma journée, débite-t-elle.

– Ok, je vous contacterai peut-être demain.

La mère et le fils se dirigent vers le parking et je leur crie :

– Au fait, merci pour le poème !

Elle s'immobilise et lance un regard par-dessus son épaule.

– Quel poème ?

– Comme ils sont profonds, les abîmes, dis-je avec un sourire, la main levée en signe d'au revoir.

À la télé, les informations de la soirée réservent la première place à l'intervention de Rut Jakobsdottir, en direct d'Isafjördur. Elle débute ainsi :

La police des Fjords de l'Ouest a demandé à la cour de justice régionale de prononcer une interdiction de sortie du territoire à l'encontre du couple lituanien propriétaire du camping-car retrouvé brûlé à Tungudalur, non loin d'Isafjördur avec, à son bord, les cadavres calcinés de deux Islandais…

13

MERCREDI

Si je ne savais pas ce qu'est la malchance, je ne connaîtrais pas non plus la chance, chante Albert King dans l'un de ses blues.

Et oui, il faut se garder des trop grandes espérances. Les enfants doivent être élevés dans la sévérité autant que la douceur. Les bons gars seront peut-être les derniers, mais au moins, ils pourront terminer leur nuit.

Enfin, des trucs de ce genre.

Hier, elle m'a déclaré qu'elle avait terminé sa journée de boulot.

Me laissera-t-on porter plainte contre la commissaire d'Isafjördur sous prétexte qu'elle s'est dérobée au devoir d'information qui incombe aux autorités ?

Non, ça m'étonnerait bien, me dis-je tout en m'étirant. Hier soir, j'ai eu le temps d'envoyer un entrefilet pour notre édition d'aujourd'hui à propos de l'interdiction de sortie du territoire imposée aux Lituaniens. J'ai ajouté que l'avocat du couple avait porté l'affaire devant la Cour suprême et j'ai enfin réussi à joindre Jurgis par téléphone vers huit heures. Il était absolument furieux et consterné de la manière dont les autorités islandaises traitent d'innocents touristes.

Depuis deux jours, je n'aperçois mon logeur Brandur Brandsson que sous forme de courant d'air. Quand je me réveille le matin, il est en général endormi, et il prend son service au moment je me couche. Voilà qui facilite considérablement notre cohabitation. C'est tout juste si nous nous saluons quand nous nous croisons dans la rue.

Je me ressers un café et j'appelle Guffi, mon copain de la rubrique économique, pour l'interroger sur les affaires du député Fjalar Teitsson.

– Je ne pense pas qu'il ait détenu de parts importantes où que ce soit ces derniers temps, me répond Guffi. Évidemment, il est possible qu'il ait possédé des actions dans des sociétés. Mais bon, pas à ma connaissance. En tout cas, il n'a pas effectué de grosses transactions.

– Qui lui a acheté le quota de pêche d'Isafjördur ? Qui en est le propriétairc à l'heure actuelle ?

– Il ne l'a pas précisé au moment de la vente, la loi ne l'y obligeant pas. Mais d'après mes informations, la majeure partie, si ce n'est la totalité, a atterri entre les mains de la société Veidiafl à Akureyri. Cette boîte collectionne les quotas.

– Et le prix était élevé ?

– Cela se chiffre en milliards. Je ne sais pas exactement combien. Il n'y a que les gros consortiums qui puissent sortir de telles sommes. Quand un quota de plusieurs milliers de tonnes est vendu, les petits n'ont aucune chance face aux barons de la mer comme ces cousins du Nord.

– Lequel d'entre eux dirige l'entreprise en ce moment ?

– Kristjan Örlygur Karlsson.

– Tu sais si la transaction entre Veidiafl et Fjalar avait été bouclée ? S'il y a encore des fonds à verser ou des détails qui n'ont pas encore été réglés ?

– Je ne sais pas quel type d'accord ils avaient

conclu. Mais cela remonte bien à cinq ans, n'est-ce pas ?

– En effet. À quoi Fjalar a-t-il pu consacrer cet argent ?

– Eh bien c'est une bonne question.

– Je veux dire, autant qu'on sache, il ne l'a pas investi dans d'autres entreprises.

– Son ex-femme qui vit à Isafjördur a dû en recevoir une partie. C'est évident.

– En effet, elle m'a raconté hier que, lors du divorce, Fjalar ne les avait pas lésées, ni elle ni sa fille. Mais ce sont des sommes tellement astronomiques.

– Ça coûte cher, la politique, et Fjalar y a investi beaucoup d'argent. Il a fait campagne pour les primaires de son parti. En plus, il a dû en consacrer pas mal pour sa consommation personnelle.

– Aurais-tu entendu dire, par hasard, que Fjalar dépensait de grosses sommes en cocaïne et autres drogues de luxe ?

– Non, mais cela ne signifie pas que ce n'était le cas. Chez les personnages publics, dans le monde des affaires ou de la politique, ce genre de dépenses est aussi discret que possible. Elles n'apparaissent pas dans les comptes annuels qui arrivent sur mon bureau.

– Et il était plutôt raisonnable ?

– Oui, autant que je sache. Mais bon, ces gens-là bénéficient d'une sacrée marge de manœuvre même quand ils ne se déplacent pas en jets privés, ne possèdent pas de villas dans trois ou quatre pays, cinq voitures et ainsi de suite.

– Ce n'est pas en se pavanant comme un prince qu'on séduit les électeurs du Parti socialiste.

– Parfaitement, convient Guffi, d'ailleurs, je

n'aurais rien contre le fait d'aller mettre mon nez dans les comptes bancaires de Fjalar.

– Où étais-tu lundi soir après 22 h 30, au moment de sa disparition ?

– Ah, ah, ah !

– Encore une chose, Guffi : les deux hommes qui ont péri dans les flammes du camping-car, ici à Isafjördur, Karl Olafsson et Hallgrimur Saevar Bjarnason.

– Oui ?

– Hallgrimur était en dehors de ça mais dis-moi, est-ce que les investissements de Karl dans la mode et la restauration ont été fructueux ?

– Il y a eu des hauts et des bas. Parfois des hauts, parfois des bas, comme toujours dans ces affaires. Parfois, les boutiques de mode sont *in*, parfois, elles sont *out*. Parfois, les restos sont à la mode, parfois, ils sont ringards. Mais je crois que ça tourne plutôt bien en ce moment.

– Il était associé avec deux copains d'enfance, Birgir Dagsson et Valthor Asmundsson. Quelle réputation ont-ils ?

– Ils n'en ont aucune. Ce sont de jeunes loups de la finance. Le genre de types qui peuplent le monde des affaires.

– On dit que, dans ces branches-là, il est plutôt facile de blanchir l'argent de la drogue.

– Eh bien, la restauration a effectivement cette réputation. On a plus de marge de manœuvre dans ce type d'activité que dans le prêt-à-porter. Pourquoi, tu aurais trouvé quelque chose de ce côté-là ?

– Société Veidiafl, bonjour.

– Pourrais-je parler à Kristjan Örlygur, s'il vous plaît ?

– De la part de qui ?

– Einar, du *Journal du soir*.

– Un instant, s'il vous plaît.

Les instants deviennent longs. Ils s'accompagnent d'une version de supermarché de la chanson *En mer* dont je fredonne vaguement les paroles :

Les vaillants marins d'autrefois
Venaient sur les libres côtes d'Islande...

Tout en méditant sur ces libres côtes d'Islande, je me pose la question : que sont-elles devenues ?

– Kristjan à l'appareil, répond finalement une voix.

Je me présente à nouveau, j'explique que je me documente sur Fjalar Teitsson et je demande quelques renseignements sur la vente du quota qu'il a conclue avec Veidiafl à Akureyri.

– Sjosokn voulait vendre, Veidiafl était acheteur, c'est tout, renvoie la voix profonde du directeur.

– Je comprends. Quel pourcentage avez-vous acquis et à quel prix ?

– Nous ne communiquons pas cette information, il s'agit d'une transaction commerciale entre deux partenaires.

– Voilà qui a dû représenter un gros morceau pour votre entreprise, non ?

Il s'esclaffe.

– Oui, un sacré morceau, mais pas au point de nous étouffer !

– C'est-à-dire que la transaction est entièrement réglée ? J'entends par là que tous les paiements avaient été effectués au moment de la disparition brutale de Fjalar ?

– En effet, sa disparition a été brutale. Et terrible.

Mais si c'est dans ces eaux-là que vous entendez pêcher, alors non, nous n'avions plus aucune affaire en cours.

– Vous connaissiez bien Fjalar ?

– Non. Nous entretenions des relations uniquement commerciales, assez régulières, du reste, et honnêtes de part et d'autre.

– Tout le monde à Isafjördur ne trouve pas qu'il ait été très honnête de sa part de vendre le quota de la communauté.

– C'est bien possible, mais ce n'est pas mon problème. Nous dirigeons notre entreprise en préservant nos intérêts. Les gens des Fjords de l'Ouest ne peuvent s'en prendre qu'à eux-mêmes s'ils sont incapables de préserver les leurs. C'est tout simplement comme ça que ça se passe aujourd'hui en Islande.

– On se demande à quoi Fjalar a pu consacrer tout cet argent.

– Les Islandais passent leur temps à penser à l'argent. Surtout quand il s'agit de grosses sommes qu'ils voudraient bien voir atterrir dans leur poche plutôt que dans celle du voisin. L'Islande n'est plus isolée du reste du monde en ce qui concerne les investissements et les profits qu'ils peuvent dégager. Cette époque est depuis longtemps révolue. Les gens qui ont beaucoup d'argent peuvent l'investir ici où ailleurs. Ils peuvent, si ça leur chante, aller jouer à la loterie sur les marchés boursiers du monde entier.

– Fjalar s'adonnait à ce genre de loterie ?

– Comment je le saurais ? Je m'efforce simplement d'élargir quelque peu votre horizon de journaliste. Les médias islandais sont tellement à la traîne. Vous en êtes restés à l'époque où on pêchait avec des barques à rames !

Personne n'a encore été arrêté dans l'enquête que mène la police de Reykjavik sur le décès de Fjalar Teitsson.

– Ils n'ont réellement aucun suspect ? dis-je à Sigurbjörg quand je l'appelle, consciencieusement, pour lui faire un rapport de la situation dans ma circonscription.

– Personne, soupire-t-elle à l'autre bout de la ligne. En tout cas, ils ne m'ont communiqué aucun nom.

– On aurait pu imaginer qu'une enquête comme celle-là serait prioritaire sur toutes les autres et qu'elle avancerait à grands pas.

– Bien sûr qu'elle est absolument prioritaire. Pourtant, aucun témoin ne s'est manifesté. Personne ne semble savoir où se rendait Fjalar ce soir-là. Je publie un article demain où je parle de l'enquête menée par la police dans le milieu des clochards et des individus violents connus qui auraient pu croiser sa route par hasard, essayer de le dévaliser avant de lui régler son compte. Mais ça n'a rien donné. Aucune preuve, pas d'aveux, aucune trace de bagarre nulle part en ville.

– Autrement dit, on ne sait toujours pas à quel endroit il a été assassiné ?

– Non, et j'ai cru comprendre qu'il n'a pas versé beaucoup de sang. Vu la manière dont il a été tué, on ne peut pas s'attendre à retrouver ce genre d'indices.

– C'est du travail de professionnel. Nous devrions peut-être nous intéresser d'un peu plus près à la méthode employée. Je crois que, pour la plupart des Islandais, il n'y a que dans les films d'action ou les dessins animés qu'on assassine la victime en lui brisant les cervicales.

– Je réfléchissais justement à la question. Mais

nous ferions peut-être mieux d'attendre encore un peu par respect pour la famille, tu ne penses pas ?

– Elle doit être au courant de tous ces détails. Il faudrait en tout cas qu'on publie quelque chose là-dessus dans les jours qui viennent.

– Ce n'est pas du ressort de la circonscription de Reykjavik ? Autrement dit, de la mienne ?

– Probablement.

– Je vais en discuter avec Trausti.

– Tu ne lui as pas découvert d'ennemi au cours de tes investigations ?

– Pas au point d'expliquer le meurtre.

– Des gens qui lui devaient de l'argent ou à qui il en devait ? Des relations dans le monde de la drogue ?

– Non, mais il était controversé dans l'univers politique. Les primaires de son parti doivent avoir lieu au printemps prochain et les candidats se bagarrent quelque peu.

– Ah bon, ce grand héros de Sigurdur Reynir aurait décidé de se retirer ?

– C'est ce qui se dit, même s'il n'a rien annoncé officiellement.

– On affirmait que Fjalar aurait été un excellent dirigeant. Il avait des concurrents ?

– Eh bien, ce chaud lapin de Hafnarfjördur est connu de longue date, non ? Comment s'appelle-t-il déjà, leur numéro deux ?

– Smari Pall Karason. D'après ton expérience personnelle, à quel point est-il un chaud lapin ?

– Bah, ce ne sont que des ragots. On dit qu'il vole de femme en femme.

– Lui et Fjalar étaient rivaux ?

– Ils se disputaient divers postes et fonctions.

– La politique est une lutte de tous les instants.

– Mais ce n'est pas à prendre au pied de la lettre ? Ce ne serait pas un peu tiré par les cheveux ? interroge Sigurbjörg.

– Je ne sais pas. Est-ce que Fjalar a été dévalisé ? Je ne me souviens pas qu'il l'ait été.

– Je m'occupe de ça demain. Ses cartes de crédit étaient à leur place, mais on ne sait pas s'il avait de l'argent liquide sur lui.

– Et les communications téléphoniques ? Je suppose que la police vérifie les appels entrants et sortants au cours des heures et des jours qui ont précédé le meurtre ? Ainsi que les fichiers de son ordinateur ?

– En effet. Et pour l'instant, ils n'ont rien trouvé de suspect.

– Tu veux que j'appelle mon nounours ?

Sigurbjörg s'accorde un instant de réflexion.

– Gardons ça pour plus tard, répond-elle, quand les choses avanceront réellement.

– Fjalar Teitsson s'est comporté comme un salaud. Une véritable ordure. Mais ça doit rester entre nous.

– Oui, évidemment, dis-je, tout étonné d'entendre mon interlocuteur dresser un tel portrait d'un homme dont tout le monde chante généralement les louanges. Je ne fais que rassembler des informations.

C'est dans un immeuble gris, non loin du port, que vit Gunnar Bergsteinsson, l'ancien contremaître de la chaîne de traitement du poisson. Auparavant, il a été capitaine sur un bateau de l'entreprise du défunt. C'est un homme de taille moyenne, au dos voûté, qui avance à l'aide d'un déambulateur.

Ce matin, j'ai appelé Gudny Karvelsdottir pour lui demander conseil. C'est elle qui m'a indiqué cet homme et donné son numéro. « Gunni était capitaine du temps de mon père, m'a-t-elle confié, mais Fjalar l'a consigné à terre. Il était l'employé le plus ancien de Sjosokn, il avait soixante-trois ans quand nous avons cessé notre activité. »

– Je parle évidemment de la vente du quota, précise Gunnar en tripotant le haut de son dentier d'un doigt ridé. Cet homme était pourtant tellement bien, au début. Mais sa nature a fini par le rattraper. La cupidité, voyez-vous.

Le visage de Gunnar a perdu toute fermeté, il est creusé de poches et de rides profondes. Autrefois, il a dû être un bel homme robuste.

– Quand je pense qu'il se prétendait socialiste ! ajoute-t-il en se passant la main sur ses cheveux blancs coupés en brosse. Il se foutait bien de mettre au chômage soixante personnes sur terre comme sur mer. Il voulait sa part du gâteau et il l'a eue. Peu après, j'ai perdu la santé et je suis devenu l'épave que vous voyez. Ensuite, j'ai perdu ma femme, mais avant ça, j'avais perdu mes enfants qui sont tous partis à Reykjavik. Enfin, j'aurais perdu tout ça quoi qu'il en soit. Mais Fjalar Teitsson y a contribué, c'est certain.

– Vous l'accusez de la manière dont les choses se sont passées ? dis-je tandis que je balaie du regard le salon plein de meubles et de photographies d'une époque qui n'est plus. Il n'y a ici rien de neuf et rien de vivant, à part un vieil homme qui achève de jouer son rôle dans la vie.

– Pour l'entreprise ? Le travail ? Oui, sincèrement, j'ai des reproches à lui faire. Il tenait notre avenir entre ses mains. Le vieux Karvel n'était pas parfait, mais il était humain. Il buvait un peu, soit, mais il travaillait plus. Il dirigeait Sjosokn avec ses tripes et les gens le savaient très bien. Et puis un jour, étant donné les changements radicaux qui avaient eu lieu dans l'industrie de la pêche, le bonhomme s'est dit qu'il ne pouvait plus être constamment seul à bord. Il a embauché ce génie de Reykjavik sorti de l'université, qui connaissait toutes les ficelles de la finance mais ne comprenait rien aux gens ni au poisson. C'est lui qui m'a descendu du pont pour me consigner à terre. Ce n'était pas gênant, comme ça, je pouvais au moins passer un peu de temps à la maison.

– Le personnel ne l'appréciait pas beaucoup ?

– Je n'irais pas jusqu'à dire ça. Les vieux comme moi, nous étions un peu perplexes et soupçonneux au début, mais comme je viens de vous le dire, Fjalar se comportait bien. Il semblait faire des efforts pour se familiariser avec son environnement et on doit reconnaître qu'il a vite compris les rouages. En deux ans, il a transformé nos pertes en bénéfices. Mais ce que nous ignorions, c'est que son but était de vampiriser l'entreprise avant de prendre la poudre d'escampette.

– On ne peut pas imaginer qu'il n'avait pas vraiment d'autre solution quand il a divorcé de Gudny ?

Gunnar me lance un regard noir.

– Évidemment, avec les autres employés, nous pensions que son mariage avec Gudny était une bonne chose. En plus, c'était un soulagement pour le vieux Karvel. Nous imaginions l'entreprise tirée d'affaire. Nous avions alors acquis une certaine stabilité, même s'il n'existe rien de plus précaire que l'industrie de la pêche.

– À part peut-être les mariages ?

– Avec le recul, je crois bien que Fjalar a épousé Gudny uniquement pour assurer la stabilité de ses propres intérêts. Vous avez rencontré Gudny ?

– Oui, je l'ai trouvée très éteinte et très fatiguée. Que cela reste entre nous, comme tout le reste de cette conversation, mais je me demande si elle n'est pas complètement abrutie par les médicaments qu'elle prend. Elle est si malade que ça ? Elle est vraiment handicapée ?

– Par rapport à moi, elle n'a rien du tout. Elle a toujours été beaucoup trop couvée et gâtée. Karvel a tenté de la faire travailler à Sjosokn, mais ça n'a rien donné. Elle passait son temps à s'inventer des excuses ou bien à pleurnicher en réclamant des congés maladie. C'est malheureusement fréquent dans la jeune génération qui a eu la malchance de naître et de passer son enfance dans l'abondance, même si cette abondance-là n'avait rien à voir avec celle qu'on connaît aujourd'hui, cette satanée surabondance permanente.

Gunnar s'interrompt et tapote sa montre de son index, comme pour vérifier qu'elle n'est pas arrêtée.

– Peut-être, reprend-il, les yeux levés au plafond, peut-être que Gudny est emblématique de la situation qui règne ici : le découragement et le désespoir dans le meilleur et le plus bel endroit du monde. Les Fjords de l'Ouest sont devenus les handicapés des provinces islandaises. Nous passons notre temps à essayer de convaincre les autorités de Reykjavik que nous avons besoin et que nous sommes dignes de recevoir l'aumône. Cette pauvre Gudny est au départ quelqu'un de bien, une femme de bonne volonté, mais elle manque d'initiative et recule au moindre obstacle.

– Elle doit quand même être à l'aise financièrement, non ? Elle m'a laissé entendre que Fjalar s'était montré généreux pendant le divorce.

– Comme je viens de vous le dire : rien de tel que l'abondance pour tuer toute initiative.

– Elle semble nourrir de grandes espérances pour sa fille, la chanteuse, Oddny Edda.

Gunnar affiche un sourire rêveur.

– Oui, Odda Edda marche sur les traces de sa mère. Elle n'a pas pu ni voulu travailler comme tout le monde, mais elle s'en sort mieux. Aujourd'hui, les gens l'appellent Oddny Idol et ça la flatte. Sa mère rêve pour elle d'une grande carrière dans la chanson. La gamine sait chanter, c'est vrai, il n'y a aucun doute là-dessus, elle est douée. Et, contrairement à sa mère, elle semble très combative. Elle passe son temps à essayer de se prouver des choses. Mon plus jeune fils, qui est parti à Reykjavik il y a deux ans, m'a dit qu'Oddny veut absolument une sorte de reconnaissance et qu'elle fait tout pour l'obtenir. Ils se connaissaient bien il y a quelques années. Il affirme qu'elle souffre de son physique qui n'a rien de celui d'une star, comme il dit, et aussi d'une mauvaise…

Gunnar hésite.

– Ah, comment a-t-il appelé ça déjà, ce mot à la mode sur ce qu'on pense de soi-même.

– Image de soi, estime de soi ?

– Exact, il m'a dit qu'elle souffrait d'un manque d'estime de soi. Je me demande même s'il n'a pas parlé de troubles de l'alimentation et de toutes ces maladies à la mode. Elle veut absolument ressembler aux vedettes qu'on voit dans les journaux, mais ce n'est tout simplement pas le cas.

– En effet, elle n'est pas née comme ça. Mais quand je lui ai parlé hier, j'ai trouvé qu'elle avait au contraire une grande confiance en elle.

Gunnar hausse les épaules.

– Eh bien, tout ça n'est pas simple. Il y a des choses qu'on ne peut pas comprendre.

– Dites-moi, qui est le père d'Oddny ?

– On a toujours été discret là-dessus. Toute jeune, cette pauvre Gudny a rencontré un représentant un soir de bal, à Hnifsdalur. Il lui a laissé Oddny en souvenir.

– Ah, je vois. Et ils ne sont plus en contact ?

– Non, non. Les choses en sont restées là. Je me demande même si Gudny se souvient du nom de ce gars, alors le reste, vous pensez ! Le vieux Karvel a été un père de substitution pour Oddny les premières années. Peut-être que c'est lui qui lui a transmis cette énergie et cette combativité.

– Mais d'où vient son manque d'estime de soi ?

Gunnar fronce les sourcils.

– Quand Gudny a épousé Fjalar, il est évidemment devenu l'homme de la maison. Autant que je sache, il a toujours été gentil avec la gamine, mais bon, on ne sait jamais tout.

– Pour quelle raison le couple a divorcé ?

– Sur ce sujet aussi, on s'est montré peu bavard. Fjalar et Gudny, c'étaient le jour et la nuit. C'était le mariage de la carpe et du lapin. On imagine facilement qu'il l'avait épousée pour l'argent.

– Ce ne serait pas la première fois.

– Oh, non. Oh, que non !

Je termine ma dernière cigarette sur le chemin du commissariat et je décide de m'arrêter à la *sjoppa* avant d'aller à la rencontre de la commissaire. Les habitués à la mine patibulaire, Bjartur, Idunn et Robert, sont sur le départ ; nous nous croisons à la porte.

– Bonjour, vous trois.

Idunn ne me répond pas, mais Bjartur et Robert m'accordent un signe de la tête.

– Bjartur, dis-moi, je pourrais te parler un moment ? Et à vous autres aussi ?

Le frère de Rosa Dis me lance un regard et me répond, de sa voix qui mue :

– De quoi ?

– En fait, j'écris des articles sur les événements qui ont eu lieu ici. L'incendie de la maison et tout ça. C'était celle de ta famille, c'est ton grand-père qui l'avait construite.

– Je m'en fiche, j'habite plus là-bas.

Les trois poursuivent leur route le long de la rue Hafnarstraeti en direction de la ville haute. J'entre nonchalamment dans la *sjoppa*. Eh ouais, aujourd'hui pas plus qu'hier, mes désirs ne deviendront pas réalité.

À ce moment-là, quelqu'un vient me tapoter l'épaule.

Je découvre le visage blafard, légèrement boutonneux mais encore gamin de Robert. Il me tend un bout de papier sur lequel il a griffonné à la hâte un numéro de portable.

Au moment où je lève à nouveau les yeux, il a disparu.

Au bout d'une demi-heure d'attente, Alda Sif Arngrimsdottir vient enfin m'informer qu'elle n'a rien de nouveau, à l'exception du fait que la Cour suprême d'Islande s'est empressée de confirmer sa requête visant à empêcher les Lituaniens de quitter le territoire.

14

JEUDI

– Einar.

On frappe doucement à ma porte. Je me réveille en sursaut, je regarde ma montre. Presque dix heures. Je me souviens avoir eu toutes les peines du monde à trouver le sommeil. J'avais la tête remplie de questions et vide de réponses que je ne parvenais pas à m'arrêter de chercher. Ce n'est pas la première fois, ce ne sera pas la dernière.

J'enfile mon jean et j'ouvre. Dans le couloir, vêtu de son uniforme, Brandur Brandsson piétine, mal à l'aise.

– Alors, dis-je, nous y voilà, vous allez me jeter en prison ?

– Pas tout de suite, répond Brandur en s'écartant d'un pas. Vous avez de la visite.

Dans l'embrasure apparaît Margrét Karlsdottir, vêtue d'un blouson en cuir noir, d'un épais pull gris en laine, d'un jean et de bottes en cuir qui lui montent jusqu'aux genoux.

Je suis tellement déstabilisé que je me contente de la regarder, bouche bée.

Elle a un sourire indéchiffrable.

Brandur cesse de piétiner et se dirige vers l'escalier.

– Je vais prendre mon poste, bien le bonjour à vous !

– Que… que… que… dis-je.

– Qu'est-ce que c'est que ça, crie une voix depuis l'escalier. Vous n'invitez donc pas la dame à entrer ?

J'ouvre la porte en grand. Margrét entre et je referme.

– Pas mal, observe-t-elle en considérant la chambre. Plutôt pas mal pour un vieux gars déprimé qui dort dans un sac de couchage.

– Tu veux parler de Brandur ?

– Non, ce n'est pas de lui que je parle.

Elle s'approche de moi et me dépose sur la bouche un baiser que je reçois machinalement. Ça fait du bien, mais j'éprouve également une gêne. J'ai l'impression de ne pas savoir au juste qui j'embrasse.

Manvamp ?

– Bienvenue à Isafjördur, dis-je alors que nos bouches se séparent. Qu'est-ce que tu viens faire dans cet endroit ravitaillé par les corbeaux ? Vérifier que je n'ai pas rechuté ?

– J'avais envie de te voir.

– Pour ramasser quelques crottes de moineau, comme tu l'as dit l'autre jour ?

– Eh bien, plutôt pour voir ton oiseau.

Dès que Brandur Brandsson claque la porte de la maison, le lit de la chambre sous les combles commence à grincer et le centre du matelas se creuse encore un peu plus.

– J'ai simplement l'impression qu'il est temps que nous ayons une conversation tous les deux, m'annonce-t-elle en regardant par la fenêtre, une discussion sérieuse.

L'eau du Pollur est plutôt calme en ce moment. Il

fait encore froid et le vent est absent. J'ignore si ce paysage reflète la situation entre cette femme et moi.

– J'ai appelé le cabinet pour leur dire que j'étais malade, j'ai sauté dans le premier avion à neuf heures moins le quart, et me voilà !

Je regarde le pain grillé et les tasses posées devant nous. Quelques clients sont installés çà et là dans la salle du café d'Édimbourg, meublée de tables en bois clair placées sous les fenêtres à deux venteaux d'où on aperçoit la circulation clairsemée sur le boulevard Pollbraut.

– Ça te dérange que je sois venue ?

– Non, c'est juste que…

– Tu ne m'avais pas l'air trop gêné tout à l'heure, au lit.

– Non, non. Mais sur quoi tu veux qu'on ait une discussion sérieuse ?

– Sur nous.

– Notre relation en tant que telle ?

Elle semble légèrement agacée.

– Pourquoi faut-il toujours que tu tournes tout en dérision ?

– Non, pas toujours, seulement parfois.

– Tiens, répond-elle, glaciale, c'est exactement ce que tu fais en ce moment.

– Je ne tourne pas tout en dérision. Cette affirmation est exagérée. Elle confine au cynisme.

– J'exagère peut-être, mais je ne donne pas dans le cynisme. Je suis parfaitement sérieuse.

– Aïe, on ne ferait pas mieux d'arrêter ça ?

– D'arrêter quoi ? Cette discussion ?

Je sens mon dos se raidir.

– Ou notre relation peut-être ?

– Non, je voulais parler de cette chamaillerie. On ne pourrait pas arrêter de se chamailler comme ça ?

Margrét rejette en arrière sa lourde chevelure bouclée.

– On ne pourrait pas plutôt transformer ça en quelque chose d'un peu mieux ?

– Comment ça ?

– Transformer notre relation et prendre un engagement un peu plus sérieux ?

Tout à coup, je me sens parcouru d'un frisson.

– Tu ne parles quand même pas de mariage ?

Elle fronce les sourcils.

– Ce serait si horrible que ça ? renvoie-t-elle.

– Mais non, c'est juste que, tout à coup, j'ai froid.

Alors que nous déambulons dans la Maison d'Édimbourg entre le bar et les autres salles, nous croisons un groupe transportant des chaises noires. Dans l'escalier menant au premier étage, un tableau représente un homme barbu qui n'a pas l'air commode et qui porte un haut-de-forme où on lit l'inscription : *Service de pompes funèbres*. J'ignore le sens qu'on doit donner à ces mots dans le contexte de ce bâtiment, mais encore plus dans celui de ma relation avec Margrét.

Alors que nous avançons, silencieux, dans le couloir qui mène vers la sortie et la rue Adalstraeti, j'aperçois par une porte ouverte Rosa Dis et Sigurdur qui se débattent avec des piles de chaises. Je repense à la soirée destinée à la collecte qui aura lieu ce soir.

– Bon, dis-je à Margrét, il faut que j'aille discuter un moment avec ces gens-là et ensuite, je dois me remettre au travail.

– Ouais, je vois, répond-elle, agacée. Dans ce cas, je vais m'offrir une balade dans ce trou ravitaillé par les corbeaux et que tu prends pour un nid à drôles d'oiseaux.

Je m'autorise un petit rire.

– Il semble qu'il t'intéresse nettement plus que moi.

– Allons, allons, dis-je, d'un ton qui se veut détaché. Malheureusement, ce n'est pas parce que la reine arrive en ville que la populace doit cesser le travail.

Elle semble perplexe face à cette affirmation.

Je plonge la main dans ma poche pour lui tendre la clef de l'auberge de Brandur Brandsson.

– Tu n'as qu'à faire comme chez toi, tu peux te reposer un peu. Je serai rentré à la maison vers…

– À la maison ? Parce que c'est ta « maison » maintenant ?

– Tu me comprends très bien, dis-je, avec un sourire, l'index pointé en l'air. Et rappelle-toi : plus de dérision, plus de cynisme. Je serai rentré vers six heures.

Margrét prend la clef et quitte les lieux sans même me dire au revoir.

Dans une grande salle aux murs jaunes ornée de quelques colonnes noires, au parquet blond et au plafond lambrissé, on installe les chaises devant la scène. À première vue, j'ai l'impression qu'ils s'attendent à accueillir plusieurs centaines de personnes.

Rosa Dis et Sigurdur se délestent de leur fardeau au centre de la salle. Là, d'autres prennent le relais et installent les chaises en rang. Je m'avance de quelques pas.

– Eh bien, vous en attendez, du monde, dis-je au couple.

– Oui, nous espérons bien qu'il y en aura, observe Rosa Dis. C'est incroyable à quel point les gens nous soutiennent.

– Merci encore pour votre article dans le journal, ajoute Sigurdur.

– Je vous en prie. Et votre frère, il vous aide également à installer tout ça ? dis-je à Rosa Dis.

– Bjartur ? me renvoie-t-elle, étonnée. Non, il n'est pas là.

– Vous ne croyez tout de même pas que sa majesté Bjartur VII daignerait venir nous prêter main forte ? rétorque Sigurdur avec un rictus.

– Bjartur VII ? C'est son surnom ?

– Il possède toutes sortes de sobriquets, sauf Bjartur de Sumarhus[1], évidemment. Mais bon, personne ne saurait décrire à la perfection sa crétinerie et celle de sa bande.

– Siggi, enfin ! proteste Rosa Dis d'un air bienveillant. C'est quand même mon frère.

– Eh bien, avec un frère comme ça, il vaut mieux surveiller ses arrières.

– Chut, commande Rosa, ça suffit !

– Pourquoi est-ce qu'il ne vivait plus avec vous ?

– Tout simplement… commence-t-elle en regardant son mari, il a été décidé qu'il emménagerait chez Idunn. C'est lui qui l'a souhaité.

– Vous voudriez vivre sous le même toit qu'un type qui revendique Marilyn Manson comme maître à penser ? interroge Sigurdur.

– Eh bien…

– Vous n'avez pas vu le reportage racontant que ce Manson avait été accusé par les autres membres de leur prétendu groupe de rock d'avoir dépensé toutes

1. Personnage de *Gens indépendants*, roman de Halldor Laxness, traduit par Régis Boyer aux Éditions Fayard.

leurs économies pour acheter le squelette d'une petite Chinoise ?

– Non, je ne me souviens pas de ça.

– Il voulait s'en servir pour décorer son salon. Histoire d'accompagner les portemanteaux à l'effigie d'Adolf Hitler et les masques confectionnés avec des scalps humains. Et quand on a demandé des explications à ce cinglé, il a répondu que ces accusations étaient un tissu d'âneries. Un ramassis d'inventions. Le squelette en question était celui d'un petit garçon chinois et non d'une fillette.

– Salut ! lance joyeusement une voix derrière nous.

Oddny Edda Gudnyjardottir descend l'escalier d'un pas décidé, avec un étui de guitare dans une main et son portable dans l'autre. Elle est suivie d'une petite femme blonde, vêtue d'une doudoune verte, qui se débat avec un ampli noir.

– Salut, ma petite Odda, répond Rosa Dis. On peut toujours compter sur toi. Elle accorde un regard à l'autre jeune femme. Et sur toi aussi, Ninna[1]. Merci d'être venues nous aider.

– Je vois que la presse est là, observe Oddny avec un sourire. Vous allez me rendre mondialement célèbre, n'est-ce pas ?

– Serait-il possible qu'il en soit autrement ?

– Je suis allée voir la radio Ras 2 pour leur demander de retransmettre le concert en direct. Rut la Luge m'a répondu qu'à leur avis, la qualité musicale n'est pas suffisante.

– Ah, je vois.

Le visage d'Oddny s'assombrit l'espace d'un instant.

1. Diminutif de Jonina.

– Typique du snobisme et de la grossièreté des gens de Reykjavik. On paie pourtant tous la redevance, non ?

Sur quoi, elle hausse les épaules et jette un œil à l'écran de son portable.

– Ninna, dit-elle à sa camarade, je te présente Einar, il travaille au *Journal du soir*, je t'ai déjà parlé de lui.

La blonde semble un peu plus âgée qu'Oddny, mais peut-être qu'elle ne l'est pas. Elle a un visage banal et poupin, mais de profonds cernes sous les yeux.

– Jonina Sighvatsdottir, annonce-t-elle d'une voix timide.

Elle me donne une poignée de main si fuyante que j'ai l'impression de saluer une serviette éponge.

– Vous êtes la colocataire d'Oddny ?

– Oui, me répond Jonina dans une aspiration.

– Quelle est votre profession, Jonina ?

Elle hésite un instant, fixe Oddny de son regard bleu et candide.

– Ninna travaille à Bonus trois jours par semaine, répond la chanteuse, son portable collé à l'oreille bien que je ne l'aie pas entendu sonner. Elle est aux entrepôts.

Les yeux baissés, Jonina hoche la tête en se mordant l'intérieur de la joue.

C'est une grande bâtisse en béton peinte en gris sur trois étages, construite dans ce style parallélépipédique qu'on trouvait élégant et bourgeois dans les années 70 : le toit est presque plat, la baie vitrée du salon est haute et large avec un cadre de couleur sombre, assorti à celle de la gouttière. La propriété est entourée d'une clôture. Sur le côté se trouve un garage double.

Tout à l'heure, je suis passé devant la *sjoppa*.

Contrairement à leur habitude, la bande des trois n'était pas là. J'ai donc sorti mon portable, pris le bout de papier sur lequel Robert m'a noté son numéro et j'ai appelé. J'ai d'abord entendu quelques voix indistinctes en arrière-plan, puis Robert m'a communiqué cette adresse dans la ville haute en me disant de sonner au sous-sol.

C'est ce que je fais, de façon réitérée et avec insistance. Une musique entêtante, inquiétante et poussée au maximum se déverse par la porte qui s'ouvre et où Idunn apparaît, vêtue d'un pantalon moulant en cuir noir. Son joli visage est, comme l'autre jour, fardé de blanc. L'ombre à paupières bleu sombre capte immédiatement l'attention, tout autant que les bagues et le reste des breloques.

Je la suis dans l'appartement : un deux-pièces, cuisine et salle de bains. Les murs et les plafonds sont peints en noir et un peu partout sont accrochés des posters et photos de diverses incarnations du death rock et du style gothique. Il y a là une brochette d'individus ni très engageants, ni très souriants.

La même remarque s'applique aux occupants du lieu. Dans le salon, Bjartur et Robert sont assis, cigarette au bec, en dessous d'une imposante affiche du groupe The Damned. L'air est lourd, la musique oppressante. Le mobilier se résume à trois fauteuils de cuir noir, moelleux et confortables. Je m'installe dans le seul qui soit libre.

– Bonjour, dis-je en m'allumant une cigarette.

Idunn va s'asseoir sur les genoux de Bjartur. Ils ne disent pas un mot.

Je me demande un instant comment je vais parvenir à établir un contact avec eux dans de telles conditions, je laisse dériver mon regard un moment dans la pièce pour gagner du temps.

– Je reviens juste de la Maison d'Édimbourg, dis-je en forçant ma voix. J'y ai croisé Rosa Dis, Sigurdur et d'autres gens. Ils préparaient la soirée.

– Tant mieux pour eux, répond Bjartur qui tend son bras vers la chaîne hi-fi pour baisser le son.

– La musique qu'ils passeront sera sûrement bien différente de celle-là.

Je m'efforce de sourire, assommé par le martèlement des haut-parleurs qui me fait penser aux tentatives désespérées d'un enterré vivant dans un cercueil de pierre pour attirer l'attention sur lui tandis qu'un diablotin se déchaînerait à la basse.

– Musique de merde, ouais, observe Idunn.

Je n'avais jusqu'alors pas entendu le son de sa voix, laquelle est rauque et envoûtante.

– Ce que nous écoutons en ce moment, c'est bien du métal ?

– Non, me répond Bjartur, pas du métal, du goth-métal.

– Ok, du goth-métal.

– C'est Paradise Lost, précise Robert.

– Ah oui ? Et il y a beaucoup de fans du goth-métal à Isafjördur ?

Les trois jeunes échangent un regard.

– Nous sommes les seuls, répond Robert.

On décèle encore chez lui des traces de l'enfance. Quelque part, profondément enfoui sous la surface, repose le petit garçon qu'il a été.

– Vous croyez que ce trou mortel supporte ce genre de musique ? interroge Bjartur. Ici, la seule chose qu'on entende, c'est les conneries du genre tralala, tsouin, tsouin.

Je profite de l'occasion.

– C'est pour cette raison que vous avez quitté le foyer familial ?

– Ça n'avait rien d'un putain de foyer familial !

– Je voulais dire, parce que vous n'aviez pas le droit d'écouter votre musique chez votre sœur ?

Bjartur se lève, laissant Idunn s'enfoncer dans le fauteuil en cuir.

– Est-ce que vous savez ce que son taré de mari écoute ?

– Non, je l'ignore. Bubbi, peut-être ?

Il s'allume une autre cigarette, une Camel sans filtre.

– Ces couineurs de Sigur Ros, *thank you very much* !

– Personnellement, je trouve que Sigur Ros est un groupe plutôt génial.

Bjartur se pince les narines.

– Ouais, aussi génial que la morve d'un cadavre. Ici, au moins, je peux écouter et faire ce qui me plaît.

– Ah, je comprends. Idunn, vos parents sont souvent absents ?

– Suffisamment. Ils s'offrent leurs petits voyages de snobs et ils nous foutent la paix.

– Et vous n'allez pas assister à cette soirée de soutien ?

– Pour quoi faire ? renvoie aussitôt Bjartur.

– Eh bien, pour les soutenir, justement. Et pour sauver la maison.

– Vous n'imaginez quand même pas que le fric qu'ils vont récolter va servir à ça ?

– Vous ne croyez pas ?

– Non, *no way*.

– Quel est votre avis sur cette maison de famille ? Vous pensez qu'on devrait la reconstruire ?

– Ce n'est pas mon problème, répond Bjartur en arpentant le salon, de plus en plus nerveux.

– Belle maison, observe Robert à mi-voix tandis qu'il se lève avec un air de meneur. Enfin, je trouve, ajoute-t-il en prenant la Camel que Bjartur lui offre.

– C'est plus une baraque, mais un putain de tas de ruines, commente Idunn.

Je me lance.

– Vous étiez où au moment de l'incendie ?

Bjartur et Idunn échangent un sourire. Robert demeure impassible.

– Hé, hé, hé, il nous pose les mêmes questions que les flics, note Bjartur.

– On traînait en ville, répond Idunn.

– Après, on est rentrés ici, ajoute Bjartur.

– Donc, chacun d'entre vous est l'alibi des deux autres.

– Ouais, répond Bjartur. Il n'est pas aussi valable que n'importe quelle excuse ? Vous avez peut-être l'intention de faire comme cette bande de flics qui s'acharnent sur nous et ne croient pas un mot de ce qu'on passe notre temps à leur répéter.

– Tout ça parce qu'on n'est pas comme tout le monde, glisse Idunn.

– Mais Bjartur, vous devez quand même être attaché à cette maison ? C'est votre grand-père qui l'a construite, et ensuite votre père a continué le travail.

Il est campé devant l'affiche de *Freddy ou les griffes de la nuit*. À côté de la porte du salon, Johnny Depp trône dans le rôle-titre du film de Tim Burton, *Edward aux mains d'argent*. Nous voilà en plein ghetto gothique, me dis-je.

– Les liens que j'ai avec cette maison n'ont aucune

importance, répond Bjartur. Je ne me mêle pas de ça, ces histoires ne me regardent pas.

– Je croyais pourtant savoir que les gothiques comme vous appréciaient les objets anciens et originaux.

– Vous pouvez croire ce que vous voulez.

– Il suffirait simplement de la rhabiller et de la repeindre, dis-je en souriant à Idunn, il lui manque juste une petite touche de maquillage.

Je suis surpris de la voir répondre à mon sourire.

– J'en ai rien à battre, marmonne son petit ami en laissant entendre d'un geste ostentatoire que l'interrogatoire est terminé.

– Au fait, vous n'allez pas à l'école ? dis-je à Robert tandis qu'il me raccompagne vers la sortie. On vous voit surtout traîner à la *sjoppa*.

– On ne va en cours que quand c'est obligé.

Il ouvre la porte de l'appartement.

– Au fait, pourquoi vous vouliez nous rencontrer ? me demande-t-il.

– Eh bien, j'essaie simplement de cerner l'arrière-plan des événements. L'incendie de cette vieille maison n'est que l'une des nombreuses choses qui se sont produites et Bjartur est l'un des membres de cette famille, que ça lui plaise ou non. J'ai envie de comprendre un peu mieux les tensions qui semblent régner entre eux.

Robert ne me répond rien et s'apprête à refermer la porte.

– Mais vous, pourquoi vous vouliez me rencontrer ? Pourquoi vous m'avez donné votre numéro ?

– On se demandait juste ce que vous cherchiez.

Ce n'est pas cette entrevue qui aura apporté des réponses à mes questions existentielles. Pourtant, il y a quelque chose… une chose sur laquelle je ne parviens pas à mettre le doigt. Il y a derrière tout ça une histoire non dite et je n'ai pas la moindre idée de la manière dont je vais m'en approcher. Peut-être que je devrais m'offrir une halte dans un atelier de cuir pour refaire ma garde-robe ? Ensuite, direct chez l'esthéticienne pour une petite séance de maquillage. Puis, hop, un, deux et trois piercings aux narines et me voilà parti.

Non, il en faudrait nettement plus que ça pour que je me fonde dans leur groupe et dans le chrome.

Et même si ça renforcerait ma position auprès de ces parias aux manteaux noirs, cela n'implique nullement qu'il en irait de même auprès des autres manteaux noirs du lieu, c'est-à-dire de la police des Fjords de l'Ouest. Et là, je ne parle même pas de Margrét Karlsdottir.

Une angoisse sourde grandit en moi comme une aigreur qui me remonterait jusqu'à la gorge. Qu'a-t-elle précisément en tête ? Et comment je dois réagir ?

Tandis que je redescends en ville, j'appelle le commissariat depuis mon portable. À ma grande surprise, c'est Alda Sif qui décroche.

– Nous n'avons rien de nouveau. Les Lituaniens sont assignés à résidence pour encore quatre jours.

– Est-ce que ça signifie qu'ils sont soupçonnés d'avoir embarqué deux passagers dans leur camping-car, de les avoir emmenés hors de la ville pour ensuite les assassiner en mettant le feu au véhicule ?

– Ils s'apprêtaient à quitter le pays. Nous ne pouvions pas nous permettre de les laisser partir à ce stade de l'enquête.

– Pourquoi n'ont-ils pas été placés en garde à vue ?

– Eh bien, disons que nous manquions d'un motif sérieux pour le faire.

– Donc, vous n'avez pas de véritables preuves contre eux ?

– Nous discuterons de cela demain.

– Mais pour quelle raison est-ce qu'ils auraient réglé leur compte justement à ces deux hommes ?

Alda Sif ne me cède pas un pouce de terrain.

– Venez au commissariat demain midi.

Je passe à l'hôtel Isafjördur. Jurgis et Renata ne répondent pas quand j'appelle leur chambre.

– Vous vous y connaissez, mademoiselle, mieux qu'une professionnelle.

La voix de Brandur Brandsson et le fumet d'un petit plat mitonné m'accueillent au moment où j'entre dans mon auberge.

Par la porte de la cuisine, je vois le dos de Brandur qui s'affaire devant ses fourneaux. Debout à côté de la table couverte d'oignons, de poivrons et de poireaux, Margrét coupe une tête de chou avec une grande dextérité.

S'imaginerait-elle, par hasard, qu'il s'agit de ma tête à moi ?

– Eh bien, ça sent rudement bon, dis-je, posté à la porte.

Ils se retournent tous les deux. Brandur cuit des côtelettes. Sur son visage d'un naturel grimaçant s'est posée une vague sans forme qui ressemble toutefois à un sourire.

– La demoiselle est d'une aide précieuse. On ne peut pas dire ça de toutes ces…

Il s'interrompt au moment où il comprend qu'il risque de commettre un impair.

– Femmes modernes ? suggère Margrét. C'est bien ce que vous alliez dire ?

– Non, non, non, dément Brandur. J'allais dire de tous ces hommes d'aujourd'hui. Je parlais d'Einar et de ses pairs.

Margrét le laisse s'en tirer avec cette justification inventée à la va-vite et bien peu convaincante.

– Brandur, vous connaissez le meilleur moyen d'atteindre le cœur d'un homme ?

Il lui lance un regard interrogateur.

Margrét brandit sa paire de ciseaux.

– Les seins !

Brandur rit comme un phoque.

– Et vous connaissez la différence entre un amant et un mari ?

– Non, halète-t-il entre deux quintes de rire.

– Quarante-cinq minutes, répond Margrét avec un sourire.

Brandur se frappe les cuisses et s'étouffe.

– Mais, Brandur, dis-je, vous connaissez la différence entre une épouse et une maîtresse ?

Ils me regardent tous les deux, Brandur continue de rire, Margrét ne sourit même plus.

– Quarante-cinq kilos.

Margrét affiche une moue et notre hôte explose de plus belle.

Peu après, nous voilà assis tous les trois pour le dîner dans la salle à manger. J'ose parier qu'il y a des années, voire plusieurs décennies, qu'une femme ne s'est pas trouvée ici.

Brandur est en pleine forme, Margrét aussi, elle est ravie. Pour ma part, j'en ai un peu marre des conversations qui tournent invariablement autour de la très classique répartition des rôles entre hommes et femmes.

– Au fil du temps, il a bien fallu que je me débrouille

à la cuisine, observe Brandur, et pas seulement dans ce domaine.

Margrét m'adresse un rictus.

– Je doute qu'Einar ait un jour levé ne serait-ce que le petit doigt dans une cuisine.

– Bien sûr que si, j'ai souvent mis la main à la pâte. J'ai par exemple concocté pour ma fille et son petit ami un dîner gourmand qui a eu un retentissement national, l'été dernier. Un plat indien à base d'agneau, je peux vous dire.

Brandur affiche un sourire en coin.

– Eh bien dites donc !

Margrét arbore toujours son rictus.

– Einar, tu as peut-être l'impression de devoir cuisiner seulement quand c'est pour quelqu'un d'autre que toi ?

Je soupçonne quelque chose d'insidieux dans cette question.

– Oui, eh bien… à vrai dire…

Brandur vole à mon secours.

– Je dois dire qu'en réalité, on a parfois l'impression qu'aujourd'hui les femmes se croient tout simplement autorisées à tirer à vue sur les hommes.

– Comment ça ? rétorque Margrét dont le sourire se fige brusquement.

Brandur ne remarque rien et poursuit comme si de rien n'était.

– Eh bien, je peux vous donner des exemples que nous avons chez nous, à la police. Si une femme déclare qu'un tel est pédophile, violeur, violent, ou même qu'elle l'accuse de meurtre, on lui accorde plus de crédit que si c'était un homme qui venait accuser une femme du même genre d'horreurs.

– N'importe quoi ! s'exclame Margrét en haussant

le ton. Comment pouvez-vous dire une chose pareille ? Un homme adorable comme vous, un amoureux de la justice.

Elle repose ses couverts sur la nappe et croise ses bras sur sa poitrine.

– Cela correspond en tout cas à mon expérience depuis un certain temps. Si une femme doit faire face à ce genre d'accusations, toutes sortes d'associations et de cellules féministes accourent pour lui manifester leur soutien, sans aucune condition. En général sans la moindre preuve, ni sans avoir vérifié quoi que ce soit.

– Vous ne comprenez donc pas, Brandur Brandsson, que pendant des siècles, les femmes ont dû se battre pour qu'on leur accorde un peu d'attention ? Qu'elles ont toujours été seules et sans le moindre soutien jusqu'à ce que naisse réellement l'idée qu'elles puissent former des associations, il y a quelques dizaines d'années ? Et maintenant qu'elles sont enfin parvenues à se forger de malheureuses armes, voilà que les hommes se défendent en les accusant. On marche vraiment sur la tête.

Brandur tend son bras vers une côtelette comme si de rien n'était.

– Mais c'est que j'ai des exemples, ce ne sont pas des histoires à dormir debout.

– En tant que femme, je ne crois pas qu'une autre femme puisse agir de la sorte.

Margrét me lance un regard qui me hurle : tu ne vas pas finir par réagir à ces conneries de macho de mes deux ?

– Eh bien, marmonne Brandur en rognant le gras sur un os, si vous appreniez qu'il y a eu des abus sexuels au sein d'une famille recomposée, vous soupçonneriez le beau-père ou la belle-mère ?

– L'homme, évidemment ! Toutes les études indiquent que les hommes se rendent mille fois plus souvent coupables d'abus sexuels que les femmes.

– Si un vieux comme moi faisait preuve de tendresse envers des gamins, disons à la piscine, disons en leur tapotant la tête, combien de minutes s'écouleraient jusqu'à ce que tout soit mis sens dessus dessous ?

Margrét nous regarde alternativement, Brandur et moi.

– Mais si c'était une vieille femme, personne n'y verrait aucun mal.

– Évidemment ! répond-elle d'un ton sec. Les études et les chiffres parlent d'eux-mêmes et on n'a pas besoin d'autres preuves.

– Je trouve ça bien dommage, répond le brigadier-chef, j'apprécie tellement la compagnie des gamins, enfin, de certains.

Brandur Brandsson se lève pour ramasser les assiettes.

– Bon, chère demoiselle, je vous propose une mousse en dessert, vous m'en direz des nouvelles.

Mes yeux restent rivés à la nappe brodée tandis que j'entends notre hôte chantonner dans la cuisine :

Ingibjörg est très évasée,
surtout du bas,
quand ce gars de Holt l'a baisée,
elle tricotait des bas.

Environ trois cents personnes assistent à la soirée de soutien pour Rosa Dis et Sigurdur dans la Maison d'Édimbourg. En dehors du couple, je connais dans la salle Gudny Karvelsdottir, Oktavia et Birgir, le maire

Sigurdur Garpur et le préfet Olli la Casquette qui me remercie chaleureusement d'avoir publié cet article sur les activités de son administration, accompagné d'une photo de lui. Je reconnais également dans l'assistance l'ancien contremaître Gunnar Bergsteinsson, Jonina Sighvatsdottir, employée aux entrepôts de la chaîne de supermarchés Bonus, Rut Jakobsdottir de la RUV, le pasteur de la paroisse Halfdan Örn Kjartansson, Fridfinnur Askelsson du *Courrier d'Isafjördur* et les adolescents asiatiques de la *sjoppa*. Ni la société gothique ni la police ne sont représentées.

Des troupes de théâtre, des groupes de musique, des chanteurs et des chanteuses de toutes sortes, des hommes et des femmes montent sur scène pour s'adresser à la foule, lui livrer leurs réflexions ou l'exhorter à se montrer généreuse. Oddny Edda Gudnyjardottir, plus connue sous le nom d'Oddny Idol, semble en proie à une certaine nervosité qu'elle s'efforce de dissimuler sous une bonne humeur et une joie affichées. Elle ne tarde pas à retrouver son aisance, à s'épanouir sous les projecteurs et à prendre son envol. Des titres d'époques et de chanteuses diverses, Aretha Franklin, Whitney Houston, Pink et Amy Winehouse, attestent de l'incroyable étendue de son talent. Sa voix est puissante et riche, mais l'interprète greffe peut-être un peu trop de fioritures sur les lignes mélodiques. Dans un tonnerre d'applaudissements, elle entonne *Piece of my heart* de Janis Joplin. Alors qu'elle descend de scène, son portable collé à l'oreille, elle rayonne sous les ovations du public.

Nul n'applaudit plus fort que sa mère.

Pendant toute la durée du programme, celle qui m'accompagne est restée silencieuse.

– Alors, dis-je, tandis que nous nous dirigeons vers la sortie, c'était sympa, non ?

Elle se contente de hausser les épaules.

Au moment où la vieille pendule de la salle à manger de Brandur sonne les douze coups de minuit, Margrét Karlsdottir m'en assène un d'une telle violence que je vois tout noir.

15

VENDREDI

La chambre sous les combles s'est mise à tournoyer. Une interminable sirène hurle dans mon crâne.

On dit parfois que les gens voient des étoiles quand ils reçoivent un coup sur la tête. Je vous assure que c'est vrai. On voit même trente-six chandelles.

Nous allions nous mettre au lit quand Margrét m'a dit :

– Einar, je n'ai plus aucune envie d'aller acheter tes capotes.

Cette déclaration m'a déconcerté.

– Comment ça ? C'est ta manière à toi de me dire que tu veux qu'on fasse un enfant ?

Assise sur le bord du lit, vêtue d'un simple string, elle ne m'a pas répondu.

– Autant que je sache, tu n'en as jamais acheté spécialement pour moi. Jamais je n'avais vu une collection de capotes aussi extraordinaire que celle que tu gardes dans ta table de nuit.

Je lui ai montré son sac à main.

– Et dans ton sac, si on va par là.

– Peut-être, mais je n'en ai plus.

Je me suis approché d'elle pour poser ma main sur son épaule.

– Eh bien, j'irai les acheter moi-même.

Elle a levé les yeux vers moi. J'y ai vu une colère et une douleur qui m'étaient jusque-là inconnues.

C'est alors qu'elle m'a frappé, à l'instant même où la pendule de la salle à manger sonnait les douze coups de minuit.

J'ai porté la main à mon visage en attendant que mon étourdissement se dissipe. Une seconde gifle est arrivée, tout aussi violente, sur l'autre joue.

Margrét s'est levée d'un bond pour me repousser. J'ai protégé mon visage à deux mains. Une douleur cuisante s'ajoutait à l'étourdissement.

J'ai attendu la suite des événements, mais Margrét en avait terminé avec moi. Elle s'est rhabillée en vitesse, a attrapé son sac et quitté la pièce comme une furie. En entendant le claquement de la porte de la maison, les muscles de mes yeux se sont détendus et quelques larmes ont perlé à mes paupières. C'était probablement la douleur physique.

Je ne mentionne pas ce dernier détail à Brandur Brandsson qui, au point du jour, est assis face à moi au salon et m'écoute avec compassion tout en secouant la tête d'un air grave.

– Et vous n'allez pas porter plainte pour agression contre cette harpie ?

– Non, je n'en ai pas l'intention, dis-je, à moitié endormi et plutôt amoché.

– Vous voyez bien, observe-t-il, si vous étiez une femme et qu'un type vous avait traité de cette manière, vous n'auriez pas hésité une seconde.

– C'est bien possible.

– Bon sang de bonsoir, s'exclame-t-il en me tendant sa tabatière.

Je prends un peu de poudre de tabac et me sens

envahi par une ivresse agréable qui vient contrebalancer la douleur.

– Elle avait pourtant l'air drôlement bien, observe-t-il tandis qu'il s'emplit généreusement les deux narines de tabac. Elle me plaisait beaucoup et j'étais content de voir une femme dans cette maison. Mais bon, ce sont des choses qui arrivent. Les gens sont souvent imprévisibles, ils n'ont pas besoin de se soûler pour ça.

Je fixe le fond de ma tasse de café.

Brandur hésite.

– Vous pensez que j'ai dit quelque chose hier soir à table qui l'aurait agacée à ce point ?

Je ne peux réfréner un sourire.

– Difficile à dire.

– Ce ne serait pas la première fois, je ne suis pas très doué pour ces trucs-là.

– Vous voulez dire pour le politiquement correct ?

– Oui, enfin, quel que soit le fichu nom qu'on donne à ça.

– Vous m'autoriseriez à fumer une cigarette ?

Brandur se redresse sur son siège.

– Mais oui, mon ami, mais oui. Vous n'avez qu'à prendre la soucoupe comme cendrier.

J'allume ma clope d'une main tremblante.

– Ce ne serait peut-être pas si mal que vous compreniez que les femmes ne souhaitent plus qu'on leur donne du « mademoiselle ».

Il me regarde d'un air abasourdi.

– Vous croyez que c'est ça qui l'a mise d'aussi méchante humeur ?

– Je ne sais pas.

– Eh bien, nom de Dieu !

– Et pourquoi diable vous avez fredonné cette chanson sur cette Ingibjörg très évasée.

– Quoi ? J'ai fait ça ?

– Oui, quand vous êtes allé chercher le dessert à la cuisine.

– Je ne m'en suis même pas rendu compte. Quand on vit seul depuis si longtemps, on ne fait pas attention. Il y a tant d'années que je suis seul et isolé dans cette maison. C'est aussi simple que ça.

– Je comprends.

– Vous croyez que la demoiselle… enfin, je voulais dire, cette femme a mal pris la chose ?

– Je l'ignore. Mais c'est possible. Votre discussion pendant le dîner a mal tourné. Vos points de vue étaient diamétralement opposés.

Brandur se penche en avant par-dessus la table basse.

– En réalité, Brandur, ce qui est arrivé cette nuit n'a rien à voir avec ce que vous avez dit, mais avec elle et moi. Avec ce que j'ai pu dire ou ne pas dire, faire ou ne pas faire. Et avec ce qu'elle en pense.

– Voyez-vous, j'ai réfléchi à un détail de l'enquête sur l'incendie du camping-car. C'est peut-être pour ça que notre conversation a pris cette tournure.

– Ah bon ? Comment ça ?

– Je voulais vous en parler hier soir, mais ça m'a semblé déplacé parce que nous avions une invitée.

– De quoi s'agit-il ?

– Je suppose que je ne suis pas assez bien pour être dans le secret de cette enquête, mais j'ai l'impression qu'il y a un truc qui cloche avec le portable que vous avez trouvé.

– Un truc qui cloche ?

– Il faut toujours un certain temps pour obtenir la

liste complète des appels entrants et sortants, les numéros masqués, ceux qui ne sont pas répertoriés et tout ça. D'un autre côté, on dirait que ces experts passent leur temps à avancer et à reculer. Je crois bien que notre commissaire est assise sur cette liste.

– Assise sur cette liste ?

– Oui, il doit y avoir là-dessous des histoires de bonnes femmes. Et ne me demandez pas ce que ça veut dire.

Au terme de plusieurs tentatives réitérées, mais vaines, pour tirer les vers du nez de mon hôte, j'essaie de me rendormir. Je finis par y renoncer également, j'attrape mon portable et j'appelle l'hôtel Isafjördur.

– Bonjour, ici Einar, du *Journal du soir* à l'appareil.

– Bonjour, renvoie la réceptionniste.

– Dites-moi, auriez-vous comme cliente une certaine Margrét Karlsdottir ?

– Une seconde, je vous prie.

Je suppose qu'elle consulte son ordinateur.

– Oui, elle a bien passé la nuit chez nous, mais elle est repartie ce matin. Elle a pris le premier vol pour Reykjavik, celui de 09 h 50.

– Merci bien. Pourriez-vous me dire si Jurgis et Renata Urmanaite, les Lituaniens, sont ici ?

– Non, je suis désolée, ils viennent de sortir.

De toute manière, je ne m'attends pas à ce qu'il y ait du nouveau de leur côté. Ils se contenteront de me resservir leur agacement et leur colère au sujet de l'inhospitalité des autorités islandaises et du souvenir désastreux qu'ils garderont de notre pays.

Je vais à la salle de bains pour me regarder une fois

de plus dans la glace. J'ai de légers bleus sur les joues et une égratignure à la tempe.

Cela m'arrangerait bien d'être une femme en ce moment. Ça me servirait bien de pouvoir farder les petites imperfections. Juste une petite touche de maquillage, comme sur une maison incendiée.

Au lieu de ça, j'essaie mentalement de me reconstruire un visage avant d'aller à mon rendez-vous de midi avec la commissaire.

– Le portable ? s'agace-t-elle, debout, les mains derrière le dos, appuyée à la fenêtre de son bureau. Vous continuez à radoter là-dessus ?

– Je ne radote absolument pas. Je suppose qu'il constitue pour vous une pièce à conviction majeure.

– Il est l'un des éléments dont nous disposons dans cette enquête. Cela n'en fait pas une pièce à conviction et rien ne dit qu'il soit important. Quel genre de preuves il est censé apporter ?

– Eh bien, il nous permettrait de savoir qui a appelé Karl Olafsson, ainsi que ceux qu'il a cherché à joindre.

– Certes, cet appareil peut nous indiquer ce genre de détails, mais il ne faut pas tout confondre, il ne prouvera en rien l'identité du criminel.

– Vous êtes en train de me dire que cette liste d'appels ne nous apprend rien des conditions du drame ?

– Tout cela est en cours. Il faut du temps pour exploiter une telle quantité de numéros, tout vérifier dans un sens comme dans l'autre, et interroger les gens. Cette question est close pour l'instant. Vous devez tout de même comprendre que la police ne peut pas se permettre de communiquer les noms de personnes qui n'ont commis d'autre crime que celui de composer un numéro.

– Oui, oui. Et on en est où avec les Lituaniens ?

– Officiellement, je peux vous dire que nous nous sommes renseignés sur ces gens, en contactant entre autres les services de police de leur pays d'origine qui nous ont confirmé que le couple dirige effectivement une bijouterie à Kaunas. Cette branche-là est connue pour servir de couverture au blanchiment de l'argent de la drogue. Cependant, si rien n'indique qu'ils soient coupables de ce genre de choses, rien ne prouve non plus le contraire. Ils se sont considérablement enrichis, ce qui pose un certain nombre de questions.

– Et quelles réponses vous avez obtenues à ces questions ?

– Aucune que je sois en mesure de vous communiquer.

– Je crois savoir que Karl Olafsson et Hallgrimur Saevar Bjarnason trempaient dans la drogue. Ils étaient au minimum consommateurs.

Elle hoche la tête.

– Vous comprenez donc pourquoi il nous faut être particulièrement prudents dans l'examen de cet angle de l'affaire, précise-t-elle.

– Est-ce que la chaîne hi-fi disparue du camping-car a été retrouvée ?

– Non, en dépit de nos recherches menées partout sur le marché de la revente, nous n'avons pas remis la main dessus.

– N'est-il pas probable qu'elle ait contenu des stupéfiants ? Qu'ils aient retiré les composants de l'intérieur pour y cacher de la drogue ?

– Je ne m'exprime pas sur ce qui est probable ou

non. Mais ce ne serait pas la première fois que des stupéfiants seraient introduits en Islande de cette façon.

– Avez-vous découvert au fil des interrogatoires ou de l'enquête des détails susceptibles d'établir un lien entre ces gens et le milieu de la drogue ?

Alda Sif s'accorde un instant de réflexion.

– Non, nous n'avons rien de précis. Mais cela n'implique pas que ce lien n'existe pas.

– Et qu'en est-il de leurs relations avec leurs compatriotes présents ici, la fameuse mafia lituanienne ?

– Nous devons nous garder de tout discours sur la mafia lituanienne en Islande, mais nous n'avons découvert aucun lien entre eux et leurs compatriotes installés ici.

– Que se passera-t-il quand leur interdiction de quitter le territoire sera levée ?

– Nous aviserons à ce moment-là.

– Ils seront placés en détention provisoire ?

– Nous en discuterons à ce moment-là.

– Quand est prévu l'enterrement de Karl et de Hallgrimur Saevar ?

– Lundi, à Reykjavik.

– Et où en est l'enquête sur l'incendie de la maison ?

Alda Sif prend une profonde inspiration.

– Elle n'est toujours pas bouclée.

– Ce sinistre pourrait malheureusement venir s'ajouter au nombre de ceux qui n'ont toujours pas été élucidés dans toute l'Islande.

Elle ne me répond rien.

– On m'a dit qu'une photo prise lors de la soirée d'enterrement de vie de jeune fille prouvait la présence des invités à l'hôtel au moment où le feu s'est déclaré. C'est vrai ?

– En effet. Nous avons consacré beaucoup de temps à interroger ceux qui s'y trouvaient. Ce cliché a été pris à l'aide d'un numérique, l'heure y est indiquée, il y a donc peu de risque d'erreur.

– Je suppose que vous avez cartographié les allées et venues de Karl et de Hallgrimur Saevar entre le samedi soir au Langa Manga et le moment de leur disparition, dans la journée de dimanche ?

– Nous y avons, en effet, consacré pas mal d'énergie. Nous avons interrogé une foule de gens, parmi lesquels le personnel du bar et les clients que nous sommes parvenus à joindre. Le personnel n'a pas remarqué à quel moment ni avec qui ils ont quitté les lieux, pour autant qu'ils soient partis accompagnés. Quant aux clients, ceux qui se souviennent de la soirée, ils confirment.

– On sait s'ils ont passé la nuit dans leurs chambres d'hôtel ?

– Ils avaient leurs clefs sur eux, mais le gardien affirme ne pas les avoir vus.

Même réponse que celle de la réceptionniste.

– Mais leurs lits étaient défaits ? Quelqu'un y avait dormi ?

– Apparemment, non. Enfin, il se peut parfaitement qu'ils soient rentrés dans leurs chambres pour s'allonger sans défaire les draps ni les couvertures. En tout cas, personne ne les a aperçus à l'hôtel cette nuit-là.

– Ils auraient donc dormi quelque part en ville après leur soirée au bar ?

– On peut effectivement l'envisager.

– Autre chose ?

– Non.

– Et pas le temps d'écrire des poèmes.

L'espace d'un instant, elle semble perdre un peu de son assurance.

– Non, répond-elle.

Mais elle ne tarde pas à se remettre d'aplomb :

– Dites-moi, qu'est-il donc arrivé à votre visage ?

– Je me suis cogné contre une porte.

Je me requinque à l'aide de café et de cigarettes. Je fais le point sur la progression de l'enquête à Isafjördur dans un petit article auquel je joins un compte rendu de la soirée de soutien à la Maison d'Édimbourg, le tout accompagné de photos. L'opération a rapporté largement deux millions de couronnes.

Je mets en forme l'interview que m'a accordée l'héroïne de la soirée, Oddny Edda Gudnyjardottir. Elle explique avec une grande honnêteté la manière dont elle a surmonté son manque de confiance en elle et son isolement, la lutte qu'elle a dû mener contre les préjugés et le scepticisme de son environnement, ainsi que la résistance qu'elle oppose à la dictature des stéréotypes de la beauté.

Ce sont pourtant précisément ces stéréotypes qu'elle s'efforce d'imiter. Je passe cette contradiction sous silence.

– J'ai dû me battre pour devenir celle que je suis aujourd'hui. Quand je regarde en arrière, je ne reconnais plus celle que j'ai été.

Je lui emprunte le titre de cette interview : *En route vers la gloire*.

Quand j'ai terminé ces travaux de rédaction, je me sens complètement fini. Je suis à moitié sonné, battu.

Enfin, au moins, maintenant, je connais les divers sens du mot « battu ».

Trausti Löve m'appelle dès réception de mon envoi.

– Eh bien, voilà qui devrait suffire, m'annonce-t-il. Est-il nécessaire que tu traînasses plus longtemps à Isafjördur ?

Je n'ai pas assez d'énergie pour prendre la remarque avec la distance adéquate.

– Je ne traînasse pas, dis-je, d'un ton las. J'ai interrogé des tas de gens pour rassembler des renseignements de fond. J'espère que tout cela me servira, le moment venu.

– Le moment venu ?

– Écoute, Trausti, je ne suis vraiment pas dans mon assiette.

– C'est vrai, tu ne m'as pas l'air très en forme, mon vieux. Essaie de te détendre un peu.

– Trausti, nous sommes vendredi. Je suis en week-end, je n'ai par conséquent pas besoin de ta permission pour me détendre.

– Ah, tu m'en diras tant.

– Je te souhaite une bonne soirée à l'ambassade.

– Quelle ambassade ?

– Celle qui t'a invité à un cocktail avec buffet de cloportes marinés.

– Mon vieux, je vais à un dîner au restaurant Grillid. Ne sois pas jaloux.

Après cette conversation, la voix du directeur de l'antenne d'Akureyri produit sur moi l'effet d'un désodorisant bien frais. Je sens qu'Asbjörn commence à me manquer avec son entrain d'adolescent et ses blagues potaches.

– Tout va pour le mieux, mon petit Einar. Tout va bien, que ce soit pour moi ou Joa. Mais il ne se passe vraiment pas grand-chose ici.

– Je devrais peut-être venir mettre un peu d'animation ?

– Les seuls événements notables se résument à ces cambriolages. Oligisli m'a dit que ça ressemble de plus en plus à une épidémie. Il y en a deux ou trois par semaine, et les voleurs procèdent toujours de la même manière.

Je me souviens avoir vu dans le journal quelques entrefilets rédigés par Joa.

– Ouais, c'est moche. Qui sont les victimes, des riches ou des pauvres ?

– Eh bien, je ne suis pas au courant de la philosophie des voleurs.

– Dis-moi, Asbjörn, toi qui es un homme d'expérience et qui vis en couple avec Karolina depuis l'époque de la colonisation, tu comprends quelque chose aux femmes ?

– Aux femmes ? Au fil de mes observations, j'ai compris que la situation des femmes est particulièrement difficile car elle consiste surtout à s'accommoder des hommes. Ah, ah, ah !

La longue sieste que je me suis accordée m'a suffisamment reposé pour que je puisse me lever de mon lit peu avant minuit. Je mange quelques provisions que j'avais mises dans le frigo, je remonte à mon grenier et j'ouvre mon courriel.

Un nouveau message m'est parvenu de manvamp @hotmail.com :

Les salauds brûleront en enfer. Mais avant cela, ils endureront d'atroces souffrances.

Je possède le pouvoir de ramener les morts à la vie.

16

SAMEDI

Celui qui a le pouvoir de ramener les morts à la vie est théoriquement capable de l'inverse.

Et celui qui se présente en ces termes est probablement assez givré pour tenter l'expérience. Celui, ou celle.

Ouais, sur qui diable ai-je atterri ?

Quoi qu'il en soit, j'atterris à Reykjavik vers onze heures du matin.

Ses longues jambes enveloppées d'un jean et posées sur son bureau, Sigurbjörg Björnsdottir lit notre édition du week-end.

– Gueule de bois ? dis-je en m'appuyant sur le rebord du meuble.

– Pas vraiment, et toi ?

Elle lève les yeux et me dévisage.

– Tu t'es cogné contre une porte ou quoi ?

– Oui, et par-dessus le marché, je n'avais pas avalé une goutte.

Elle affiche un sourire narquois.

– Puisque tu n'arrives pas à garder l'équilibre sans picoler, tu ferais peut-être aussi bien de te remettre à la boisson.

– Non, je préfère continuer à me cogner. Ça réveille et ça remet les idées en place.

Je l'ai appelée, plus tôt ce matin, pour la prévenir de ma visite. Nous devons accorder nos violons. Il nous faut travailler indépendamment des enquêtes policières et trouver des explications plus convaincantes à tous ces événements.

– Nous ne pouvons plus attendre, il faut qu'on aille interroger Kolfinna Egilsdottir, dis-je. Tu as progressé sur ton article à propos des meurtres par rupture des cervicales ?

– J'ai essayé de me documenter autant que possible sur la question. L'idée plaît bien à Trausti. Ce mode opératoire est très rare en Islande. Le problème c'est que nous manquons tellement de personnel que j'ai dû courir constamment dans tous les sens. Je suppose que je pourrai terminer ce papier à la fin du week-end, à moins d'un contretemps.

– Tu vois bien, nous devons absolument parler à Kolfinna avant la publication de cet article. Sinon, elle risque de nous fermer définitivement sa porte.

Elle me lance un regard en coin.

– Si ce n'est pas déjà le cas.

– D'accord, d'accord, j'ai été trop pressé. Je l'ai reconnu et je m'en suis excusé. Qu'est-ce que je peux faire pour retrouver la confiance de mes électeurs ?

Sigurbjörg s'étire et pousse un soupir.

– Ce n'est pas l'administration locale qui se charge de l'enquête ?

– Ok, je l'appelle, consent-elle.

– Que dirais-tu si j'allais interroger l'homme politique sur le départ ? Je connais un peu Sigurdur Reynir. Je l'ai eu comme prof à la fac de droit et il a parfois essayé de me manipuler dans mon travail. Je l'ai d'ailleurs laissé faire puisque je l'ai manipulé en retour.

Elle hoche la tête, attrape l'annuaire, le feuillette et compose le numéro. Pendant ce temps, je cherche celui du dirigeant du Parti socialiste dans le répertoire de mon portable.

Quelques minutes plus tard, nous avons tous les deux décroché un rendez-vous.

Le premier secrétaire du Parti socialiste depuis bientôt douze ans habite une modeste maison de plain-pied d'environ trois cents mètres carrés, composée de deux ailes et d'une remise, dans la vallée de Fossvogsdalur. Les murs sont peints en blanc et bordés de bois sous la gouttière. Sur le parking dallé stationnent une Nissan Patrol dernier modèle et une Opel Vectra de couleur claire. Je gravis le large escalier de pierre à rambarde en bois foncé qui court également le long de la terrasse, laquelle fait le tour de la maison. De part et d'autre de la porte principale, des statues représentant des lions plantent encore un peu plus le décor.

Sigurdur Reynir vient m'ouvrir. C'est un homme de haute taille, vêtu d'un costume bleu marine bien coupé, d'une chemise blanche et d'une cravate bordeaux. Ses cheveux gris sont rabattus en arrière pour dissimuler le sommet du crâne qui commence à se dégarnir. De vieilles images des années 70 me reviennent en mémoire : cette époque où Sigurdur Reynir a, pour la première fois, remporté les suffrages populaires grâce à sa participation au groupe de musique Barkar. À ce moment-là, il arborait une longue crinière blonde, portait des jeans pattes d'éléphant déchirés et de sympathiques chemises à fleurs. Il s'était fait une place dans le cœur de la jeune génération d'alors avec des succès comme *Mon amour pour toi ne vaut rien à la banque, La paix habite nos cœurs, Malheur à eux !, Bibba la rockeuse de la rue.*

Dans le salon lambrissé et parqueté, il n'y a aucune photo de lui en compagnie des autres membres du groupe Barkar. En revanche, ne manquent pas les clichés de rencontres avec des hommes politiques célèbres, étrangers ou islandais, les photos de réunions du Conseil des ministres au bâtiment du gouvernement ou du Conseil d'État à la résidence présidentielle de Bessastadir, pendant la brève période où le leader a accédé au pouvoir. Sur l'un des murs sont accrochés des tableaux de Kjarval et sur un autre, de Asgrimur Jonsson. Une grande toile érotique d'Erro est posée au-dessus du vieux piano et jure franchement avec le style néo-antique surchargé du mobilier.

Hannes, qui connaît Sigurdur Reynir depuis plus longtemps que moi, le surnomme volontiers « la baraka ». Je sais de source sûre qu'ils ont manigancé diverses choses au fil des années. Hannes a publié des articles flatteurs ainsi que des interviews à des moments cruciaux de la carrière du héros du peuple, et d'autres nettement moins favorables sur ses adversaires. Je me suis rendu coupable du même genre de délit, mais uniquement quand il s'agissait d'informations vérifiées.

Sigurdur Reynir s'est un peu avachi. Son visage séduisant est moins ferme et il a perdu de sa superbe. Le renard espiègle et malicieux que beaucoup admiraient et qui en agaçait d'autres n'est plus qu'un souvenir.

– Que t'est-il arrivé à la joue ?

Il m'invite à m'asseoir dans un fauteuil recouvert

de tissu à fleurs et s'installe avec une certaine raideur dans un autre, semblable.

– Euh, j'ai eu un petit accident.

– Un petit accident, ah bon ?

Sigurdur Reynir me considère d'un air narquois.

– Ceux qui affirment avoir eu telle ou telle chose sont en général les responsables de leur propre malheur. C'est la politique qui m'a appris ça.

– Je suppose que c'est vrai.

– Tu ne t'es tout de même pas brûlé sur un banc à UV, ce n'est pas ton genre.

– Non.

– C'est bizarre, cette obsession qu'ont les blancs de vouloir devenir noirs. Quant aux noirs, ils aimeraient bien être blancs. Se fixer l'égalité pour objectif relève du plus pur malentendu.

– Il y a longtemps que nous ne nous sommes pas vus.

– Tu ne t'occupes plus beaucoup de politique depuis un certain temps. J'ai l'impression que tu as plutôt plongé dans la délinquance. Ce sont, comme tu sais, deux domaines parfaitement étrangers l'un à l'autre, répond-il avec un sourire éteint.

– Il arrive pourtant que les deux se rejoignent. Le décès de Fjalar Teitsson donne lieu à une enquête de police.

Il se passe la main sur la nuque, comme pour protéger le point faible que je viens de toucher.

– Vous étiez proches ?

– Eh bien, ce n'est pas facile à dire. En politique, la proximité est souvent trompeuse. Ceux qui semblent les plus proches sont parfois les plus éloignés.

– Tu veux dire que les intérêts personnels et la lutte

pour le pouvoir finissent toujours par l'emporter sur tout le reste ? Peu importe l'amitié ?

Sigurdur Reynir choisit de répondre à ma première question plutôt qu'à la seconde.

– Je n'ai véritablement connu Fjalar qu'à partir du moment où il a quitté les Fjords de l'Ouest pour s'installer à Reykjavik. Après ses études en Amérique, il a manifesté son intérêt pour les activités du parti en assistant aux réunions. J'avais l'impression qu'il explorait le terrain à distance et qu'il n'avait pas vraiment décidé de se lancer dans la bataille. Il était poli, élégant, mais me semblait un peu hautain et distant. Puis, il est parti dans le Nord-Ouest et je n'ai pratiquement plus eu aucune relation avec lui. Il a consacré son énergie à remettre à flot cette entreprise de pêche et de traitement du poisson.

– Et après son divorce, quand il est rentré à Reykjavik ?

– Au bout d'une semaine, il m'a téléphoné pour obtenir un rendez-vous. Il avait décidé de se lancer dans la politique, m'a fait part de son projet et demandé dans quelle circonscription il était préférable qu'il se présente. Je lui ai répondu que j'étais enchanté d'avoir en lui un équipier de choix, et que puisqu'il était originaire de Reykjavik, le plus évident serait qu'il participe aux primaires du parti ici même. Il a obtenu un sacré succès, tu t'en souviens peut-être. Il est arrivé en troisième position sur la circonscription de Reykjavik sud.

– Qu'est-ce qui a assuré un tel résultat à un homme presque étranger, qui n'avait que peu d'expérience et de soutien au sein du parti ?

– Merci, chérie, glisse Sigurdur Reynir.

Je me demande ce que cela signifie, mais je remarque que sa femme vient de poser sur la table de la salle à manger un plateau avec une cafetière, de l'eau chaude, des sachets de thé et des tasses. Elle disparaît aussi silencieusement qu'elle est apparue. C'est une dame élégante, entre deux âges, vêtue d'une jupe grise et d'un chemisier. Les femmes des dirigeants politiques sont évidemment censées être vues plutôt qu'entendues. Quelque part, depuis les profondeurs de la maison, s'échappent quelques notes de jazz. Est-il possible qu'ici, tard le soir, on joue *Mon amour pour toi ne vaut rien à la banque* ?

Sigurdur Reynir fixe le plateau d'un air absent.

– Fjalar Teitsson avait l'air d'être un homme politique sérieux et responsable. Son discours était fondé sur sa connaissance de l'économie islandaise, pas sur des hyperboles et des promesses en l'air. C'était un réaliste, pas un idéaliste.

Il place un sachet de thé dans sa tasse où il verse l'eau brûlante. D'une certaine manière, la description qu'il me donne des conceptions politiques de Fjalar est en contradiction avec celles qu'il a lui-même la réputation de défendre.

On dirait presque qu'il entend mes pensées.

– Fjalar représentait des temps nouveaux différents de notre époque à nous, les vieux renards de l'échiquier politique. Je crois que c'est ça qui explique son succès.

– Tu viens de parler d'apparence. Tu viens de dire qu'il avait l'air d'être un homme politique sérieux et responsable.

Sigurdur Reynir me regarde par-dessus ses lunettes tandis qu'il avale une gorgée de thé.

– Tu entends par là que cette apparence cacherait autre chose ? dis-je alors qu'il s'apprête à me répondre.

– Je sais d'expérience, Einar, que je peux te faire confiance pour que tu garantisses mon anonymat.

Le ton suggère que, précisément, je ne bénéficie pas de son entière confiance en la matière.

– Cela va de soi, dis-je en avalant une gorgée de café corsé.

– Bon, Fjalar Teitsson était évidemment un homme comme les autres. Il était loin de remporter l'adhésion générale au sein du parti. On est plutôt discret là-dessus maintenant, à cause du terrible destin qu'il a connu. Beaucoup de nos membres, surtout dans la branche syndicale et dans la vieille génération des socio-démocrates, se montraient soupçonneux voire hostiles à son égard à cause de sa richesse, parce qu'il était venu à la politique après avoir été chef d'entreprise, et surtout parce qu'on l'accusait d'avoir sacrifié les intérêts de cette ville des Fjords de l'Ouest sur l'autel de sa propre cupidité sans penser aux dégâts et au chômage que cela causerait.

– D'accord, mais il avait investi personnellement dans cette entreprise et vivait un divorce qui lui coûtait cher, non ?

Sigurdur Reynir balaie mon argument d'un revers de main.

– Oui, oui, mais rien ne l'obligeait à vendre le quota à une société extérieure à la ville. Il aurait pu travailler en collaboration avec la municipalité et le mouvement syndical. Fjalar a simplement fait comme n'importe qui, même s'il s'est efforcé de sauver les apparences : il a surtout pensé à son propre intérêt.

– Et comment justifiait-il cette façon d'agir ?

– Il ne la justifiait pas, il faut lui accorder ça. Il reconnaissait avoir été dans une position délicate, ce qui l'avait forcé à prendre une décision dans un délai très court.

– À cause du divorce ?

– Eh bien, cela n'a jamais été très clair. Je disais tout à l'heure qu'il me semblait un peu hautain et distant. En fait, les choses n'ont pas changé, même quand nous sommes devenus de proches collaborateurs dans le parti et que nous avons fait plus ample connaissance. Il se montrait très peu bavard, surtout en ce qui concerne sa vie privée. Je n'ai appris que récemment qu'il était en couple avec cette Kolfinna Egilsdottir depuis un an et peut-être même plus. On ne la voyait jamais avec lui dans les réunions ou les rassemblements. En réalité, je le soupçonne d'avoir, par moments, souffert de dépression ou de mélancolie. On aurait dit qu'il portait un poids, qu'il était habité d'une obscurité durable qui, de temps à autre, lui envahissait l'âme, mais qu'il parvenait le plus souvent à maintenir à distance. Alors, il se transformait en un excellent humoriste doublé d'un orateur redoutable.

– Il est surprenant qu'il ait connu une telle réussite, avec les démons qu'il traînait derrière lui, n'est-ce pas ?

– En effet. Mais il avait tellement de qualités pour faire contrepoids. Il avait le sens de la rhétorique, il ignorait la langue de bois, semblait à la fois solide et intègre. Et surtout, il avait à cœur que le parti tienne un discours honnête. Cela n'a pas toujours été le cas, mais lui, il y est parvenu. Jamais je ne l'ai entendu mentir sans vergogne, que ce soit aux autres politiciens, aux médias ou aux électeurs. C'est assez rare pour être souligné. Il était également capable de plaisanter et d'imprimer un ton nouveau à des discussions qui s'embourbaient. Fjalar était très doué avec les médias, qualité qui, de nos jours, est la clef de la bataille politique. Et l'électeur lambda avait depuis belle lurette oublié cette histoire de quota des Fjords de l'Ouest, vieille de cinq ans. Les électeurs se fichent de la richesse tant qu'elle n'est pas étalée au grand jour et Fjalar était discret sur le sujet. Comme tous nos candidats, il désirait le bien-être de chacun, un bien-être indépendant de la condition sociale. Il s'en prenait aux privilèges et aux intérêts privés. Ça plaisait aux gens. Fjalar Teitsson devait sa réussite aux électeurs et non à l'appareil du parti ou à certaines alliances.

– Il avait ta confiance et ton soutien ?

Un petit sourire narquois s'esquisse sur le visage par ailleurs grave de Sigurdur Reynir.

– Il n'est pas facile d'être le premier secrétaire d'un parti aussi éclaté que le nôtre. Et c'est encore plus difficile si on se range d'un côté plus que de l'autre. La seule solution consiste à laisser croire à chacun qu'il bénéficie de notre confiance et de notre soutien. C'est ainsi qu'on peut construire des choses durables.

– Diviser pour mieux régner ?

– A-t-on d'autres choix ? me renvoie-t-il avec un air faussement candide.

– Tu dis que Fjalar se montrait discret. À quoi est-ce qu'il a consacré sa fortune quand il a vendu et déménagé ici ?

Il avale une gorgée de thé. Sa tasse tremble sur la soucoupe.

– Je ne peux pas te répondre dans le détail. Il a dû en placer une partie quelque part. Il a acheté une grande maison dans le quartier ouest de Reykjavik et ne manquait de rien, c'est certain. Je crois me souvenir qu'il a investi dans les nouvelles technologies, l'informatique. En revanche, je peux te dire clairement que

Fjalar Teitsson a été l'un des donateurs les plus généreux du parti au cours des dernières années. Il a investi de grosses sommes dans les campagnes électorales et financé la sienne sur ses fonds personnels.

– Sa mort est donc une grosse perte pour le parti, n'est-ce pas ?

– Oui, et pas uniquement de ce point de vue.

– Autrement dit, un parti qui demande une révision de la politique des quotas a pour une large part été financé à l'aide de fonds provenant du commerce éhonté de ces mêmes quotas ?

Il hausse les épaules.

– Tout cela n'a pas grand-chose à voir. D'ailleurs, le Parti socialiste ne fait aucune distinction entre les « mauvais » et les « bons » financements. Pas plus que les autres formations politiques désireuses de remporter les élections. Nous prenons ce qu'on nous offre. Peut-être…

Il s'interrompt un bref instant.

– Peut-être que ces généreuses contributions étaient dans l'esprit de Fjalar une manière de réparer le mal qu'il a commis dans les Fjords de l'Ouest. Peut-être qu'il fallait y voir l'expression d'un besoin de se racheter ?

– Des remords ?

– Je pense en effet que c'était sa façon de montrer qu'il regrettait. Je le crois, mais je n'en ai aucune preuve.

– Où devait-il se rendre le matin qui a suivi sa disparition ? À l'étranger pour le parti, n'est-ce pas ?

– Il était notre représentant aux affaires économiques au sein du Congrès nordique des formations socialistes. Il se rendait à Copenhague pour l'une de ces réunions.

– Ah oui, dis-je en reprenant un peu de café. On m'a confié que le parti ne perdait pas seulement ce généreux donateur.

Sigurdur Reynir regarde les dernières gouttes de thé au fond de sa tasse, comme s'il y cherchait une réponse.

– C'est vrai qu'il se prépare également à regretter son grand dirigeant ?

Il ne lève pas les yeux.

– En effet, je vais me retirer d'ici quelques mois, au prochain congrès.

– Pourquoi ? Tu manquerais de soutiens ?

– Évidemment. Il y a eu des hauts et des bas, comme tu sais. Mais la raison essentielle, c'est que mon propre corps me soutient de moins en moins. J'ai dépassé la date de péremption, j'approche les soixante-dix ans. Il va falloir que je suive un traitement médical prochainement, avec opération et tout le bataclan. Voilà le facteur déterminant. Et…

Il lève les yeux et regarde par la grande baie vitrée du salon.

– Et je n'aime pas le froid qu'il fait dehors. J'en ai ma claque de ce froid.

– Tu envisages de déménager en Espagne ou quoi ?

– Non.

Il se lève pour s'approcher lentement de la vitre.

– Je vais te dire, Einar, j'en ai ma claque du froid qui règne dans ce pays. Je ne suis pas en dehors du monde au point d'être convaincu de ne porter aucune responsabilité. Mais j'en ai quand même ma claque. Et j'en ai aussi ma claque de moi-même dans ce froid.

Il se retourne et plonge les yeux vers moi, dans cette pièce où la lumière décline.

– Et je n'ai pas envie de passer mes dernières années à grelotter.

Je me lève.

– Tu es satisfait de ce que tu as accompli ?

– Oh non, répond-il, et les épaules de celui qui fut autrefois un militant charismatique s'affaissent lourdement. Oh que non, je me dis parfois que l'Islande est devenue une nation qui a perdu tout sens de l'État.

– Et qu'est-ce qui a remplacé l'État ?

– Le marché.

– Dans ce cas, nous pouvons sûrement être reconnaissants d'avoir réussi à préserver une nation.

Après m'avoir fait promettre de traiter de l'avènement prochain d'une nouvelle ère sans dévoiler mes sources dans l'édition de demain, Sigurdur Reynir m'accompagne jusqu'à la porte.

– Fjalar avait l'intention de te succéder ? C'était dans ses projets ?

– Sans aucun doute. Sans le moindre doute. Il se sentait, comme on dit, investi d'une mission.

– Quels auraient été ses principaux adversaires ?

Il sourit d'un air fatigué.

– Quand le capitaine quitte le navire, les rats ne tardent pas à l'envahir. Et ils ne manquent pas, crois-moi.

– Tu aurais soutenu Fjalar pour qu'il te succède ?

– Je n'apporte pas mon soutien à un mort. Je n'en suis quand même pas à ce point.

– Il fait un froid à se marier, commente le chauffeur de taxi tandis qu'il entre sur le parking bondé de la salle des fêtes, située non loin de mon appartement du quartier de Thingholt. Parmi les voitures attend une limousine de luxe toute enrubannée.

Je resserre le col de ma veste en descendant du véhicule et dans le froid piquant j'avance prudemment sur le verglas jusqu'à la porte.

En revenant de ma visite chez le leader politique, l'idée m'est venue d'aller féliciter les kamikazes. Hier, pendant la soirée de soutien, Oktavia m'a dit que je devais absolument passer les voir entre cinq et sept heures si j'étais à Reykjavik. Elle avait sans doute avalé un ou deux verres de blanc et ne s'est probablement pas imaginée que j'allais accepter son invitation. Mais ce n'est pas mon problème. En plus, je ne suis invité à aucune autre fête ce samedi soir.

Le problème qui se pose à moi, c'est en revanche celui d'être habillé comme un clochard, en comparaison avec les manteaux de fourrure et les riches vêtements pendus au vestiaire. Une table installée à côté de la porte de la salle croule sous les cadeaux.

Il est presque huit heures et la fête touche à sa fin. Une quarantaine de convives tirés à quatre épingles sont encore sur les lieux, debout ou assis, mais la plupart des invités sont au bar. Mon regard s'arrête immédiatement sur la mariée qui se tient à l'écart, en compagnie de ses amies couvertes de bijoux. Sa robe blanche est ajustée et suivie d'une traîne, ses cheveux sont coiffés en un haut chignon. Le maquillage a dû demander beaucoup de travail, mais il semble s'être un peu défait, et Oktavia a les yeux gonflés par les larmes.

Je m'avance vers elle et remarque la présence de Rosa Dis au sein du groupe. Elle semble aussi préoccupée que les autres.

– Toutes mes félicitations, dis-je.

Oktavia me regarde d'un air embarrassé et me serre la main d'une paume humide.

– Merci, soyez le bienvenu.

Je comprends que je tombe au mauvais moment.

– Je voulais juste vous passer un petit bonjour et vous adresser tous mes vœux de bonheur, dis-je avant de m'éloigner d'elles.

Dans la salle, j'aperçois Oddny Idol très en forme, entourée de quelques hommes, parmi lesquels Sigurdur, le mari de Rosa Dis. Oddny parle fort et les gars rigolent. Jonina, son amie, est assise seule à une table d'où elle m'adresse un regard timide.

Au bar, il y a Birgir, le marié, en compagnie de Valthor et de quelques autres types en smoking. Je réitère mes vœux de bonheur. Birgir ne serre pas la main que je lui tends. Il tangue, un verre de cognac à la main, et me transperce de ses yeux injectés de sang. Je me dis qu'il a de bonnes raisons de redouter la nuit de noces. Le jeune marié est en piteux état.

Il en va de même pour son ami d'enfance et associé. J'adresse un signe de la tête à Valthor.

– Qu'est-ce que tu viens foutre ici ? interroge ce dernier, glacial.

– Eh bien, Oktavia m'a proposé de passer si j'étais en ville. Je viens adresser toutes mes félicitations aux jeunes mariés.

– Dégage, espèce de salaud, lance Birgir en me fixant de ses pupilles dilatées. Tu crois que tu peux salir la mémoire de mes copains et te pointer à mon mariage ?

– Je n'ai pas sali leur mémoire, mais seulement posé les questions que tout le monde se pose, y compris la police.

Valthor s'approche de moi, menaçant. Il a lui aussi les pupilles dilatées. Le col de son smoking est couvert de pellicules, mais peut-être s'agit-il d'autre chose.

– Je vous prie de m'excuser, je ne vais pas vous déranger plus longtemps.

– Tu nous as déjà assez dérangés comme ça, répond Valthor dont l'haleine chargée d'alcool se déverse sur moi.

– Eh bien, vous êtes sacrément susceptibles en cette heure pourtant joyeuse. Si je n'étais pas sûr du contraire, je me dirais que, ce soir, vous avez reniflé autre chose que de la tarte à la crème.

Aussitôt, Valthor me repousse d'un geste brusque. Je perds l'équilibre et tombe en arrière. Il me saute dessus et m'assène un coup de poing dans la gueule. Le sang gicle de mon nez. Birgir me maintient les bras immobiles. Je sens que ces hommes sont à eux deux une boule d'énergie et de tension dopée à la drogue, ils soufflent comme des bœufs. Le poing de Valthor va à nouveau s'abattre sur moi quand deux personnes le maîtrisent. Du coin de l'œil, j'aperçois Sigurdur Ögmundsson et Oddny Idol.

– Biggi ! hurle Oktavia dans notre dos. Tu es malade ou quoi ?

Le marié relâche son emprise, je parviens à me dégager et à me relever.

Oktavia éclate en sanglots.

– Il va falloir que je divorce de ce type-là, dit-elle.

Rosa Dis accourt et me tend une serviette.

Oddny me passe son bras robuste autour de l'épaule. Sa poitrine généreuse se balance dans sa robe verte au décolleté plongeant.

– Ils en sont au moins à leur troisième jour, commente-t-elle à voix basse. D'abord, il y a eu cette soirée de soutien à Isafjördur, hier soir l'enterrement de vie de garçon de Birgir ici, à Reykjavik, et maintenant, la noce elle-même. Ils n'ont fait que boire.

– Je comprends, dis-je.

Jonina se tient à côté d'elle, tremblante et apeurée. Dans ce genre de situation, il semble qu'elle cède encore plus au tic de se mordiller l'intérieur de la joue droite.

– Au fait, merci beaucoup pour la super pub que vous m'avez faite dans le journal, observe Oddny que rien ne semble décidément ébranler. J'ai eu de supers retours.

– Parfait, parfait.

Ensuite, avec ma serviette sur le nez, je m'éloigne de l'assemblée bruyante en saluant d'un hochement de tête.

– Merci bien pour les petits-fours et encore une fois, tous mes vœux de bonheur.

– Espèce de salaud, me crie Valthor en guise d'au revoir.

Allongé sur mon canapé poussiéreux, je m'assoupis par moments. Dans mon demi-sommeil, je distingue comme du mouvement aux abords de la fenêtre de mon appartement en sous-sol. Mais je suis trop assommé pour remuer le moindre membre. Je suis trop abattu.

17

DIMANCHE

Il y a quelque chose que je ne fais pas correctement.

Salaud !

Peut-être que je devrais organiser une session de développement personnel à ma propre intention ?

Salaud !

Les salauds brûleront en enfer.

Ce manvamp@hotmail.com se serait-il dévoilé ?

Je suis bien conscient d'avoir trop peu d'éléments en main pour venir étayer une telle hypothèse. Le mot « salaud » est aussi familier à la plupart des Islandais que « ouais, ouais ».

Le visage de l'homme dans le miroir pourrait aisément être celui d'un salaud. Le nez tuméfié vient maintenant s'ajouter à mes joues souffletées.

Merde !

Je m'allume une cigarette et je monte l'escalier du sous-sol. Le temps s'est légèrement réchauffé depuis hier, mais vêtu de ma simple chemise je suis quand même saisi par le froid. J'avance prudemment sur le verglas mouillé jusqu'au coin de la maison pour examiner les traces aux abords de la fenêtre. Rien n'indique que quiconque soit venu traîner ici hier soir. Je me dépêche donc de rentrer au chaud.

Il n'y a rien de tel pour exciter votre paranoïa que d'essuyer des attaques répétées.

Je prends un café et une autre cigarette, puis j'ouvre mon courriel avec une certaine appréhension. Je n'y trouve pourtant rien qui la justifie, Manvamp ferme sa gueule.

Le principal mail du matin est un long message de Sigurbjörg contenant la mise au propre de notes qu'elle a prises lors de son rendez-vous d'hier avec Kolfinna Egilsdottir. Il débute ainsi :

Ma Toyota Yaris grise se gara adroitement sur l'une des étroites places de parking devant l'immeuble de Kolfinna Egilsdottir dans la rue Solvallagata. Il faisait un froid de canard et la nuit avait commencé à tomber.

N'est-ce pas un texte dans ce style que tu voudrais que j'écrive ?

Me voilà immédiatement de meilleure humeur.

Elle n'a certes pas sauté de joie quand je l'ai appelée pour lui demander si elle acceptait de me rencontrer.

– Je sais que l'un de nos journalistes vous a téléphoné à un moment particulièrement difficile, lui ai-je dit. On lui avait demandé de se documenter sur Fjalar. C'est qu'il n'a pas l'habitude de se conformer aux recommandations…

Son texte est plutôt sympa.

… Mais bon, c'est ainsi et il m'a confié qu'il regrettait énormément de vous avoir dérangée de cette

façon. On m'a maintenant confié la même mission car on entend toutes sortes d'histoires et de rumeurs. Il serait donc très utile que je puisse m'entretenir avec vous quelques instants, plus tard dans la journée.

– Ok, a-t-elle soupiré.

Qu'est-ce que je savais à propos de Kolfinna Egilsdottir ? Qu'elle avait vingt-huit ans, qu'elle était née à Reykjavik, et qu'elle était célibataire sans enfant d'après le registre de la population. Qu'elle avait des cheveux bruns, qu'elle était petite et mince, d'après la photo que j'avais trouvée dans les archives du Journal du soir *où on la voyait à une première au Théâtre national en compagnie de deux amies. Elle y portait un tailleur noir et la légende affirmait qu'elle était directrice du marketing dans l'entreprise d'informatique Framför.*

Qu'est-ce que je savais de Framför ? Que cette boîte était compétitive et agressive dans son domaine, après sa fusion avec une autre entreprise du même genre deux ans plus tôt. Cette autre compagnie s'appelait Hugver, d'après les informations de notre base de données et celles que Guffi m'a communiquées par téléphone : elle avait conclu des marchés avec diverses institutions publiques et réussissait plutôt bien à l'étranger.

Qu'est-ce que je savais de Hugver ? Cette société avait appartenu à Fjalar Teitsson qui avait, à la fusion, pris les rênes de Framför.

Aurions-nous levé un lièvre ?

Kolfinna occupe un immense loft dans l'un des immeubles de cette rue pittoresque du quartier ouest. Quand je dis un loft immense, je ne plaisante pas. La superficie doit avoisiner les cent cinquante mètres carrés. Elle m'a reçu à sa porte du troisième étage et m'a invitée dans son grand salon aux murs blancs. Il y a une cheminée décorative et une haute fenêtre à chaque pignon. L'ensemble du mobilier est assorti. Un canapé circulaire recouvert de velours noir, des coussins zébrés, la lampe avec les mêmes motifs posée sur le guéridon, ainsi que le saladier sur la table basse qui rappelle le parquet aux larges lattes. Quatre bougies brûlaient sur un haut-parleur posé contre un mur.

Tout cela était du meilleur goût. Kolfinna était dans les mêmes tons que le décor : pâle, les yeux emplis de tristesse, vêtue d'un chemisier blanc et d'un pantalon noir. En réalité, elle est encore plus petite et plus menue que ne le suggérait la photo, mais elle semble posée et déterminée. J'ai l'impression qu'elle a retrouvé une forme d'équilibre, mais j'ai tout de même perçu chez elle une certaine tension, une sorte de suspicion, ce qui est évidemment compréhensible après l'épreuve qu'elle vient de traverser.

J'ai commencé par lui demander pourquoi elle et Fjalar ne vivaient pas sous le même toit.

– Nous voulions prendre notre temps, m'a-t-elle répondu. Fjalar souhaitait préserver sa vie privée, du reste c'était nécessaire étant donné son statut d'homme politique.

– Comment vous êtes-vous rencontrés ?

Quand je lui ai posé cette question, Kolfinna est sortie du salon. J'ai cru qu'elle fondait en larmes, mais elle est revenue avec deux bouteilles d'eau pétillante et m'a tendu l'une d'elles.

– Par le biais de mon travail, a-t-elle répondu.

– Au moment où il a, enfin, où Hugver, son entreprise, a fusionné avec Framför ?

– Oui, peu de temps avant.

Je commençais à m'inquiéter de ses réponses laconiques. Elle ne me quittait pas du regard et marquait une pause entre chaque phrase, comme si elle s'appliquait à en dévoiler le moins possible.

– La fusion a eu lieu parce que vous vous connaissiez ?

Kolfinna s'est accordé un moment de réflexion.

– La première fois, je l'ai rencontré à un congrès professionnel à Londres. Nous nous sommes rapidement bien entendu et n'avons pas tardé à discuter de nos intérêts communs, et de la nécessité pour les entreprises islandaises de notre secteur de s'unir afin d'être suffisamment fortes et compétitives pour entreprendre de grands projets à l'étranger. C'est alors qu'est née l'idée de cette fusion.

– Vous possédiez alors, ou vous possédez maintenant, des parts dans Framför ?

Elle a secoué la tête.

– Pas à l'époque. À la signature, j'ai obtenu quelques actions car j'avais participé au projet. L'actionnaire principal trouvait cela logique.

– Et qui est-ce ?

– C'est l'une des sociétés d'Ölver Margretarson Steinsson, a-t-elle répondu. Elle est toujours majoritaire.

Que le diable l'emporte. À quel endroit l'actionnaire principal du *Journal du soir* ne se trouve-t-il pas ?

Ensuite, Sigurbjörg semble lire dans mes pensées.

Eh oui, Einar, il est là aussi, on le trouve partout.

– Et Fjalar est devenu le directeur ?

– Avec le soutien d'Ölver. Ça a glissé comme sur du

velours. Fjalar a augmenté le capital de notre entreprise.

Et ça peut toujours servir d'avoir un député sous le coude quand on doit signer de gros accords commerciaux, me dis-je.

– C'est-à-dire que les liens personnels qui vous unissaient se sont graduellement resserrés après le renforcement de ces liens commerciaux ?

– Non, notre histoire n'a rien eu de graduel. Elle a commencé à Londres et nos liens sont vite devenus solides, même si nous restions très discrets.

– Pourquoi Fjalar tenait tant à préserver sa vie privée ? Il est assez fréquent que les personnes publiques s'exposent dans la presse, et même devancent sa curiosité.

J'ai alors vu son regard se figer.

– Fjalar n'avait rien d'un personnage public conventionnel.

– Non, c'était juste une façon de parler, vous voyez ce que je veux dire.

Kolfinna s'est légèrement détendue.

– Il était comme ça. C'était un homme très honnête. Son honneur lui importait plus que bien des choses, plus que tout peut-être. Et il voulait travailler à la prospérité de chacun sans que sa vie privée devienne la propriété de tout le monde.

Elle a marqué une nouvelle pause.

– Je voudrais me conformer à ce souhait, malgré sa mort et bien que ce décès donne lieu à une enquête pour meurtre. Je vous demande de respecter cela.

– Je le ferai autant que possible, ai-je répondu.

Mais seulement dans une certaine mesure, je sais que vous le comprenez.

Kolfinna ne m'a rien répondu.

– Vous avez eu l'impression qu'il était un homme blessé après son séjour, son mariage et son divorce dans les Fjords de l'Ouest ?

– Peut-être, m'a-t-elle dit d'une voix si basse qu'elle était à peine audible. Il ne voulait pas parler de son passé et j'acceptais sa réserve.

– Mais vous ne trouviez pas étrange ou gênant qu'il refuse d'en parler ? Je veux dire, nous traînons tous nos casseroles, elles sont plus ou moins lourdes, mais nous ne pouvons pas agir comme si elles n'existaient pas.

– Je ne vous dirai rien de plus à ce sujet.

Bizarre, me dis-je. Comment faut-il interpréter ce silence ?

Je sais qu'elle se montrait plutôt évasive, mais je ne voulais pas aller trop loin car je sentais bien qu'elle ne me le permettrait pas.

– Fjalar était-il de manière générale un homme fermé ?

– Parfois oui, parfois non. C'était un homme extrêmement bon et chaleureux qui avait besoin de garder certains détails pour lui. Pourquoi serait-ce si difficile à comprendre ? Tout le monde doit constamment s'épancher ?

– Non, bien sûr que non. Mais dans une relation amoureuse, cela arrive peu à peu, de manière automatique, non ?

À nouveau, elle ne m'a rien répondu.

– Il peut être malsain de ne pas parler de ses

problèmes les plus intimes et les plus douloureux. Je le sais d'expérience, ai-je poursuivi.

Son regard fixait ses mains croisées.

– Il se peut que ce soit vrai. Mais tout le monde ne fonctionne pas de la même manière. Fjalar avait une tendance à la dépression. J'avais essayé de l'amener à se confier, mais il s'était encore plus refermé.

Alors, elle a levé les yeux vers moi pour ajouter :

– Mais je ne veux surtout pas que cela soit publié.

– Je ne le ferai pas sans votre accord. En revanche, la dépression est une maladie qu'on n'a plus aucune raison de cacher de nos jours.

– Je n'en suis pas si sûre. Les gens comme Fjalar ne peuvent pas se permettre d'afficher la moindre faiblesse. Sinon, cela se retourne contre eux.

Voilà une affirmation que je n'ai pas pu contredire. Mais j'ai eu l'impression que Kolfinna était la plus forte des deux au sein du couple qu'elle formait avec Fjalar.

Peut-on dire qu'en général, les couples sont constitués d'un individu fort et d'un autre plus faible ?

– Je peux vous demander ce qui a conduit Fjalar à sortir le soir de sa disparition ?

Elle a porté la main à son front.

– Nous avions prévu de nous voir chez lui. J'ai passé toute la journée en réunion et il m'a envoyé un SMS me disant qu'il devait s'absenter deux ou trois heures dans la soirée, mais qu'on se rappellerait le lendemain matin.

– Vous avez gardé ce message sur votre portable ?

– Il est entre les mains de la police. J'ai dû lui remettre ma carte SIM.

– Et vous n'avez aucune idée de l'identité de celui ou de ceux qu'il devait rencontrer ?

Elle a secoué la tête.

– Vraiment pas la moindre ?

– Non.

– Son comportement s'était-il modifié au cours des jours précédents ?

– Eh bien, il m'a semblé légèrement pensif dans la journée de dimanche. C'est tout, et je ne m'en suis pas alarmée.

– Vous avez une idée de ce qui s'est passé ?

– Je l'ignore.

– Si son décès n'a pas été le fruit du hasard, cela implique qu'il était en contact avec une ou des personnes qui lui voulaient du mal.

– Je ne parviens pas à m'imaginer de qui il pourrait s'agir. Ce cauchemar peut tout aussi bien relever d'un terrible hasard.

– Aucun clignotant du côté des relations commerciales ?

– Pas autant que je sache.

– Et de la politique ?

– Je sais que Fjalar briguait le poste de premier secrétaire du parti. Je sais qu'il était controversé. Mais le fait que cela puisse avoir un lien quelconque avec son décès me semble trop incroyable pour être vrai.

J'ai donc dû me résoudre à aller jusqu'au bout.

– La manière dont il a été assassiné pose la question de ses éventuelles relations avec le banditisme de Reykjavik, n'est-ce pas ?

– La police m'a évidemment interrogée sur ce point. Et ma réponse est claire : c'est tout à fait exclu.

– Pas non plus de lien avec le monde de la drogue ?

– Encore une fois : c'est totalement exclu.

– Et lui-même, il consommait des stupéfiants ? Ou vous deux peut-être ?

Elle s'est levée.

Je reconnais bien là la réaction à ce genre de questions.

– Fjalar et moi buvions du vin rouge aux repas, et parfois un cognac en digestif.

C'est sur ces mots que s'est achevé notre entretien.

Je ne m'en serais pas mieux tiré qu'elle.

– J'ai cru comprendre que pour approcher la vérité, on doit éloigner de son esprit tous les stéréotypes et les clichés, m'explique Sigurbjörg une fois que je lui ai témoigné mon admiration au téléphone. Et pourtant, sans eux, nous sommes complètement paumés.

– Entièrement d'accord, il faut bien qu'on ait quelques points de repère.

– Dans cette affaire, il me semble que nous n'en ayons que peu, voire aucun. À part ceux qui nous viennent de l'étranger par le biais des films et des thrillers. Tu n'as pas l'intention de me faire un rapport de ton entrevue avec Sigurdur Reynir ?

– Si je dois le faire par écrit, j'aurai du mal à soutenir la comparaison, dis-je avant de lui détailler en long et en large les événements de la veille. Je commence par lui raconter mon entretien avec le dirigeant du Parti socialiste, puis je lui expose mon fiasco auprès des jeunes mariés.

– Tu es vraiment doué pour marcher sur les pieds des autres, commente-t-elle avec un petit rire.

– Il arrive aussi que je marche sur des pieds invisibles. Mais bon, je n'avais pas cette excuse hier soir. Ceux-là étaient parfaitement visibles.

– Les pieds sont toujours sensibles, qu'ils soient visibles ou non.

– En plus, on peut à peine poser le pied quelque part sans tomber sur ceux d'Ölver Margretarson Steinsson. On arrive à peine à poser un pied devant l'autre sans trébucher sur ce sacré bonhomme.

– Eh oui, convient Sigurbjörg. L'odeur de ses panards envahit toute cette société. Tout le monde le sait.

– Ne soyons pas ingrats. Il joue un certain rôle dans le versement de nos salaires. Dis, Guffi était au courant de son implication financière dans cette entreprise ?

– Eh bien, on se demande qui peut suivre les implications financières des uns et des autres dans ces filiales de filiales de filiales de filiales.

– Pas moi, en tout cas.

– L'odeur des pieds présente à la fois l'avantage et l'inconvénient d'être invisible.

– Que dirais-tu si j'essaie de trouver un peu plus d'informations sur Fjalar au sein de son parti sous prétexte de l'élection du futur premier secrétaire ?

– Vas-y, je t'en prie. Tu crois sincèrement que son décès a quelque chose à voir avec la politique ?

– Je n'ai pas d'opinion sur les choses que j'ignore. Il est clair que Smari Pall Karason, le numéro deux du parti, briguait le poste de premier secrétaire. Et en repensant aux paroles de Sigurdur Reynir sur les rats prêts à envahir le navire, je suppose que ce Smari Pall en fait partie.

– Ah, toutes ces quéquettes gonflées de pouvoir,

soupire Sigurbjörg. Il n'y a donc aucune femme qui soit candidate pour prendre la relève ?

– Je vais creuser la question, si tu veux bien. Sigurdur Reynir n'a pas encore annoncé sa décision publiquement, mais il m'a donné le feu vert pour lancer ce scoop dans l'édition de demain.

– Ok.

– Tu m'as décrit ce Smari Pall comme un chaud lapin de Hafnarfjördur. On ne peut pas s'empêcher de se demander s'il ne serait pas allé marcher sur les plates-bandes privées de Fjalar.

– Tu penses que Kolfinna aurait… ?

– Non, non. Je ne sous-entends rien de particulier. Cette Kolfinna aurait-elle une sœur s'appelant Korna ?

– Korna ? Qu'est-ce que c'est que ce nom ? D'ailleurs, elle n'a pas de sœur.

Je lui raconte le conte populaire de Kolfinna et Korna, les deux ogresses qui se sont battues et mutuellement anéanties sur la colline d'Orrustuholl.

– C'est une bonne histoire, mais elle remonte à loin, conclut Sigurbjörg.

Je passe la journée au téléphone à tenter de mesurer le taux de testostérone du Parti socialiste. Mes sources au sein de l'échiquier politique ainsi qu'à l'extérieur sont toutes d'accord pour dire que Smari Pall Karason, quarante-deux ans, premier député de la circonscription du sud-ouest et diplômé en sciences politiques, est le plus probable successeur de Sigurdur Reynir, étant donné sa position de numéro deux et ses ambitions affichées. Le rapporteur du groupe socialiste à l'Assemblée, Lara Arnbjörnsdottir, député de la circonscription du nord-est et ancienne employée d'une pêcherie, serait également en vue et bénéficierait du soutien de nombre de ses consœurs au congrès du parti ainsi que de celui des électeurs de province. Le regretté Fjalar Teitsson est en quelques années parvenu à éradiquer la suspicion de bien des gens et à remporter l'adhésion d'un grand nombre grâce à son efficacité, son courage et sa popularité. Il représentait donc sans aucun doute une menace pour les rêves de gloire de Smari Pall. Les deux adversaires avaient d'ailleurs publiquement exposé leurs divergences de vues sur bien des questions, mais les affrontements avaient été encore plus vifs en coulisses. Smari Pall avait tenté de démonter Fjalar en insinuant qu'il manquait d'expérience et qu'il avait « acheté » sa carrière politique grâce à sa fortune qu'il avait, en plus, mal acquise. Le numéro deux n'avait pas non plus négligé d'écorcher Sigurdur Reynir qu'il avait décrit comme un dinosaure opportuniste et malade. Quand je m'intéresse au versant « chaud lapin » mentionné par Sigurbjörg, on me précise qu'il s'est marié quatre fois, mais que sa concupiscence est surtout de nature politique et qu'elle vise avant tout à atteindre son objectif dans ce domaine.

Mes sources ne sont par conséquent pas très élogieuses vis-à-vis de ce Smari Pall. Mais bon, il se peut que leurs propos soient motivés par leurs propres intérêts. Les hommes politiques disent volontiers du mal de ceux dont ils se sentent menacés. Et personne ne se sent menacé par un mort, n'est-ce pas ?

Le soir venu, j'ai réussi à concocter un article plutôt impar-tial. Lara Arnbjörnsdottir refuse que je cite son nom dans cette affaire. J'ai tenté en vain de joindre Smari Pall et ce n'est que vers sept heures qu'il décroche enfin son téléphone.

– Eh bien, vous m'apprenez une nouvelle. Le

premier secrétaire n'a pas encore annoncé de façon officielle qu'il pense se retirer au prochain congrès du parti.

– D'après nos sources, il a pourtant pris cette décision.

– Ah, eh bien dites donc !

– Vous en avez quand même vaguement entendu parler, non ?

– Je ne commente pas les rumeurs. Mais si vous tenez cette information de source sûre, je m'en tiendrai à déclarer que Sigurdur Reynir a été un leader d'exception pour notre parti et qu'il a manœuvré le navire aussi bien dans le calme que dans la tempête, contre vents et marées. Son départ laissera un grand vide, mais bon, il sera remplacé.

– Vous avez l'intention de vous porter candidat ?

– Cette question n'est pas à l'ordre du jour. Nous avons, à la tête du Parti socialiste, beaucoup de gens taillés pour être d'excellents dirigeants.

– Quelles seraient d'après vous les qualités souhaitables du futur premier secrétaire ?

Il s'accorde un instant de réflexion.

– Je préfère parler des défauts qu'il vaudrait mieux ne pas avoir. À mon avis, il faudrait qu'il ne soit ni trop jeune ni trop vieux. Il ne devrait pas être originaire de Reykjavik, mais pas non plus déconnecté de la direction du…

– Et de Hafnarfjördur ?

– … du parti. Pour être dans l'air du temps, il serait également souhaitable qu'il ait une formation universitaire. Et surtout, nous n'avons pas besoin d'un leader qui fonde sa candidature sur sa richesse ou sur un abus de la parité contraire à la république. Le Parti socialiste ne veut pas d'un tel dirigeant, le peuple islandais non plus, d'ailleurs.

On n'en sait peut-être pas beaucoup sur celui qu'on est. Mais il est rudement facile de savoir celui qu'on n'est pas.

18

LUNDI

D'abord le mariage, ensuite l'enterrement. Ou disons plutôt les enterrements, puisqu'on en a deux pour le prix d'un.

J'arrive en retard à l'église de Nes et je me tiens à l'écart. La nef est pleine à craquer pour l'inhumation des deux amis d'enfance, Karl Olafsson et Hallgrimur Saevar Bjarnason.

On note un certain déséquilibre dans le nombre de témoignages parus à la mémoire de chacun des deux hommes dans les *Nouvelles du matin*. Pour Karl, ils couvraient pratiquement une double page et on en trouvait d'autres encore ailleurs. Hallgrimur Saevar n'a eu droit qu'à quatre petits textes. Il y était décrit comme un ami fidèle, un joyeux boute-en-train qui vivait dans l'instant présent et mettait tout le monde de bonne humeur. On y affirmait également que la relation qu'il entretenait avec Karl ressemblait à celle des frères jurés du Moyen Âge. Deux phrases d'une personne signant sous le nom « Une vieille tante » se détachaient plus particulièrement : « J'avais parfois l'impression que Halli se précipitait un peu vite dans les réjouissances et qu'il succombait trop facilement aux tentations de la vie nocturne d'aujourd'hui, mais j'étais également certaine qu'il sortirait de cette ornière avec le temps. Malheureusement, l'existence de mon jeune neveu a été trop courte. »

Birgir, le jeune marié, et Valthor ont rédigé ensemble un texte dans lequel ils ne tarissent pas d'éloges sur Karl Olafsson, leur généreux ami, leur bon camarade, le footballeur d'exception, que ce soit sur le terrain ou dans la vie réelle. « Kalli atteignait tous les buts qu'il se fixait. Nous sommes heureux d'avoir eu l'occasion de le connaître. Karl Olafsson était un génie du stade et de la vie. Il avait une foule de projets en tête au moment de sa mort terriblement prématurée. Nous sommes sûrs qu'il a maintenant rejoint les meilleures équipes d'en haut. »

Trois autres témoignages semblent écrits de la main d'anciennes petites amies qui décrivent un homme robuste et passionné, croquant la vie à pleines dents. « Malheureusement, nos routes ont dû se séparer, car je ne parvenais pas à te suivre », écrit l'une d'elles.

Des joueurs de foot célèbres portent le cercueil de Karl et parmi les porteurs de celui de Hallgrimur Saevar, je distingue mon ami Valthor Asmundsson. Je ne vois nulle part le couple de jeunes mariés. Ah oui, il me revient en mémoire qu'ils devaient s'envoler vers Paris pour leur voyage de noces organisé de longue date. J'espère qu'ils s'amusent bien.

Je reconnais certains visages pour les avoir vus à la fête, samedi soir. Parmi eux, il y a Rosa Dis et Sigurdur, Oddny Edda Gudnyjardottir et Jonina Sighvatsdottir.

Quand je sors enfin dans le frimas, les corbillards partent vers le cimetière. Un groupe reste à discuter et certains prennent le temps de fumer une cigarette. Je décide d'aller au stand de location de voitures de l'hôtel Saga. Une jeep Nissan Nevara bordeaux s'approche de moi sur le grand rond-point et s'immobilise.

– Je peux vous déposer quelque part ? me demande le chauffeur par la vitre baissée.

Je m'incline et j'aperçois Valthor Asmundsson.

– Non, merci bien, je préférerais rentrer chez moi en un seul morceau.

– Écoutez, veuillez m'excuser pour ce qui s'est passé samedi soir. Je ne m'en souviens pas très bien, mais on m'a raconté que je me suis très mal conduit avec vous.

– C'est le moins qu'on puisse dire.

– Je vous présente mes plus plates excuses. Je n'étais vraiment pas dans mon état normal.

– J'en prends bonne note et je les accepte.

– Ok, répond-il.

Il semble hésiter.

– Vous avez autre chose à me dire ?

– Eh bien, je voudrais que vous sachiez que vous faites complètement fausse route dans cette affaire.

– Fausse route ?

– Voilà, c'est tout, il faut que je monte au cimetière, conclut-il.

Sur quoi, il s'éloigne.

Complètement fausse route ?

J'ai surtout l'impression d'être au milieu de nulle part ou dans un lieu perdu, où il n'y a aucune route et dont je n'ai aucune carte.

Quelle voie ce gars-là veut-il donc que je suive ?

Je n'ai pas le courage de remonter à la rédaction pour aller pinailler avec Trausti Löve sur la suite des événements et décider si je dois être ici, là-bas, ou ce qui serait encore mieux, partout à la fois. Au lieu de ça, je prends un taxi pour rentrer chez moi à Thingholt et réfléchir un peu. Je regarde les horaires des vols vers Isafjördur et j'opte pour celui de 16 h 30. J'appelle Gunnsa qui, par le biais de son répondeur, m'informe qu'elle est enfermée dans ce qu'elle nomme le bagne, autrement dit son lycée. J'appelle ma mère qui m'apprend que mon père s'est levé et la fait tourner en bourrique avec ses jérémiades. J'appelle Sigurbjörg qui me dit que le rédacteur en chef me croit toujours à Isafjördur et que, d'après lui, mon papier d'aujourd'hui sur la succession du premier secrétaire du Parti socialiste prouve qu'il est possible de faire du journalisme moderne depuis n'importe quel coin paumé. À part ça, elle est plongée dans la rédaction d'autres articles car la police ne laisse rien filtrer de l'enquête sur la mort de Fjalar. J'essaie d'appeler Hannes, mais il est en réunion de direction.

– Alors, quelles nouvelles du grand prêtre des Fjords de l'Ouest ? me lance Olafur Gisli qui décroche dès ma première tentative.

– Eh bien, ça roule. J'ignore combien de temps je mériterai cet honorable qualificatif. J'ai l'impression que ces deux enquêtes n'avancent pas plus qu'elles ne reculent.

– Je suis toujours étonné de voir à quel point les journalistes conçoivent les enquêtes policières en fonction de leurs besoins éditoriaux. Ce que vous pouvez être égocentriques, me reproche le commissaire principal d'Akureyri.

Je me dis que c'est le moment idéal pour placer la vérité première que j'ai récemment découverte : il faut bien avoir quelques points de repère et nous n'avons pas les mêmes.

– Cela ne m'a pas empêché de te laisser de temps à autre épier à notre fenêtre, objecte le commissaire.

– C'est vrai, à mon avis, la police devrait te cloner pour te planter dans tous les commissariats d'Islande.

– Sans façon, je préfère conserver mon statut d'unité indépendante.

– Oligisli, tu entends parler d'un certain nombre de choses. Dis-moi, est-ce que la police soupçonne l'existence d'un lien entre l'affaire du camping-car et le meurtre de Fjalar ?

– Je n'ai pas connaissance des détails. Des renforts de Reykjavik ont été envoyés dans le Nord-Ouest, comme tu sais, et il me semble qu'ils sont rentrés à la capitale le week-end dernier. Mais toi, tu as des raisons de penser que ces affaires sont liées ?

– Non, pas vraiment, à l'exception du fait que Fjalar a vécu à Isafjördur. Mais je n'ai jamais entendu dire qu'il connaissait Karl Olafsson ou son camarade.

– Je suis certain que mes collègues sont conscients de toutes les possibilités envisageables et qu'ils les examinent avec soin. Mais tout cela prend du temps et j'ai l'impression que toi et tes semblables avez du mal à le comprendre. Ce bon vieux Brandur ne t'aide pas un peu ?

– Tu m'avais prévenu : il a un caractère de cochon. Et il n'a pas vraiment l'air d'être dans le secret des dieux. C'est un vieux bonhomme irritable et complètement aigri. Parfois, il s'agace d'un rien et il en veut au monde entier.

– Il a l'impression d'avoir été mis au rencard et ne comprend rien au présent. Qui lui jetterait la pierre ?

– Et de ton côté, quelles nouvelles ?

– Rien, la routine. Agressions diverses le week-end,

beuveries et bitures, drogue et abus sexuels. Sans parler des cambriolages commis en milieu de semaine.

– Au fait, de quoi s'agit-il exactement ?

– Eh bien, de l'argent liquide disparaît chez des gens. Tout cela est fait très proprement.

– À quel moment ont lieu ces cambriolages ? La nuit, quand tout le monde dort ou bien…

– Non, non, en plein jour, quand les gens sont au travail, partis faire les courses ou bien à l'école.

– Et vous n'avez pas de suspects ? Les junkies ? Les délinquants notoires ?

– Les drogués voleraient de la drogue. Mais ce n'est pas le cas. Les armoires à pharmacie sont intactes, les provisions en alcool également. Bien sûr, nous avons interrogé les voleurs connus en ville et dans les environs, mais ça n'a rien donné jusqu'à présent.

Quand j'arrive à l'aéroport, j'apprends que le vol pour Isafjördur est compromis par la tempête. Les invités du mariage et du double enterrement sont installés devant leur bière, dans la salle d'attente. Je les rejoins.

– Vous avez eu droit à un accueil tout à fait soigné samedi soir, observe Sigurdur.

– Oui, j'ai eu chaud. Merci d'être intervenus.

– Pas de quoi, répond Rosa Dis. Les choses ont complètement déraillé.

– Birgir et Valthor sont de gros consommateurs, n'est-ce pas ? dis-je en m'asseyant à la table voisine.

Le couple semble n'avoir aucune intention de me répondre, mais Oddny Idol se lance.

– Évidemment, vous avez peut-être oublié l'enterrement de vie de jeune fille d'Oktavia ?

– Ce n'était pas si terrible que ça, observe Rosa Dis, embarrassée.

– Ils passaient leur temps à aller aux toilettes, précise la chanteuse tandis qu'elle fait passer son portable d'une main à l'autre.

– Karl et Hallgrimur étaient de la partie ?

Elle hoche la tête. Jonina est assise à côté d'elle, concentrée sur ses doigts qu'elle croise et décroise.

– Je n'ai pas remarqué, répond Rosa Dis. Il y avait trop de mouvement pour compter les allées et venues des uns et des autres aux toilettes.

– Sigurdur, vous étiez à l'enterrement de vie de garçon de Birgir, je veux dire le premier, chez Birgir et Oktavia à Isafjördur. Vous avez remarqué quelque chose ?

– Voilà ma drogue à moi, précise-t-il en levant son verre de bière. Et je ne reconnaîtrais pas les autres, ni l'effet qu'elles produisent, même si j'en avais plein le nez.

Tout le monde rit d'un air forcé.

– J'ai bien l'impression que ce voyage de noces n'aura rien d'une vraie lune de miel, dis-je. La mariée parlait déjà de divorce samedi soir.

– Oui, c'est vrai, répond Sigurdur, mais Paris va tout arranger. Je crois que ces vieux copains font des conneries surtout quand ils sont ensemble. Séparément, ils se tiennent à carreau.

– Nous ne connaissions pas très bien Kalli et Halli, précise Rosa Dis.

– Nous avons assisté à l'enterrement surtout parce que nous étions à Reykjavik pour le mariage, glisse Oddny.

La conversation s'oriente sur la situation économique dans les Fjords de l'Ouest, et sur le projet de raffinerie pétrolière dans cette région traditionnellement tournée vers la pêche.

– La question ne se pose même pas. Nous devons sauter sur cette occasion, lance Sigurdur.

– Ouais, finie l'odeur de la poiscaille et vive celle des hydrocarbures ! répond Oddny avec un éclat de rire.

– Et que dites-vous des risques de pollution ? Des conséquences sur l'image de la région comme paradis naturel entièrement vierge ? dis-je.

– Nous n'avons plus franchement les moyens de préserver cette image-là. Enfin, je ne sais pas. Qu'est-ce que ça va nous apporter ? Qu'est-ce qu'on va y perdre ? demande Rosa Dis.

Une annonce au micro nous informe de l'imminence de l'embarquement.

– Wow ! s'exclame Oddny, toujours positive, ils ont réussi !

Alors que je monte sur la passerelle derrière elle, je lui glisse à mi-voix :

– Au fait, Bjartur, le frère de Rosa Dis…

– Le grand Goth ?

– Oui, on le surnomme Bjartur VII, n'est-ce pas ?

– Entre autres, répond Oddny avec un sourire.

– Pourquoi ?

Elle consulte l'écran de son portable.

– C'est juste un des ces surnoms qui vous collent à la peau là-bas, dans les Fjords de l'Ouest. Comme moi, tout le monde m'appelle Oddny Idol.

– Mais pourquoi ce VII ?

– Ah, simplement parce qu'il est le septième enfant de Kiddi du Kjölur et qu'il est le seul garçon. Rosa Dis a quatre sœurs en vie et une qui est décédée. Ensuite, elle a eu ce frère, arrivé sur le tard : c'est Bjartur VII.

Je m'arrête au Rikid, le magasin d'État, pour acheter une bouteille d'alcool destinée à mon hôte. Il n'a pas encore terminé son service et je monte dans ma chambre sous les combles. J'essaie, en vain, de le joindre par téléphone. Je tente ma chance auprès d'Alda Sif, la commissaire principale, sans plus de résultat. Lorsque j'interroge celui qui décroche au commissariat sur ce qui va se passer une fois expirée l'interdiction de quitter le territoire imposée aux Lituaniens, il me répond qu'il ne peut pas se prononcer sur cette question. J'appelle l'hôtel Isafjördur où on m'apprend que personne n'a vu Renata et Jurgis de toute la journée.

Je ressens une fatigue, presque de la torpeur, étrangement mêlée à une certaine nervosité. Devrais-je appeler Margrét pour essayer de la mettre au pied du mur ? Exiger qu'elle me dise sans détour si oui ou non elle est ce Manvamp ? Lui demander ce que signifient ces menaces et pourquoi elle m'a battu comme du poisson séché des Fjords de l'Ouest [1] avant de me couvrir d'insultes ?

J'écarte l'idée. Elle n'est pas la seule à considérer qu'elle a le droit de me traiter de salaud. En plus, je n'ai pas la force de discuter avec elle de ces gifles ni de ce qui les a provoquées. D'ailleurs, je sais parfaitement qu'il y a là d'autres choses en jeu : la question se pose de savoir si nous devons ou non poursuivre notre relation, et si oui, comment ?

1. Le poisson séché à l'air libre est « battu » avant son conditionnement afin de le rendre plus friable. Il est traditionnellement consommé avec du beurre comme une friandise. L'une des marques de ce produit est justement le *Vestfirskur Harðfiskur*, le Poisson séché des Fjords de l'Ouest.

Hésitant, j'ouvre mon courriel : je n'y trouve que peu de raisons de me réjouir et aucune de m'agacer.

Je téléphone à Gunnsa qui me dit qu'elle et Raggi ont passé un week-end tranquille.

– En fait, nous sommes allés voir un concert au lycée, m'avoue-t-elle.

– Ah, ils ont invité l'orchestre de Geirmundur Valtysson[1] ?

– J'ai oublié le nom du chanteur, c'était du heavy métal. Le groupe s'appelait Blodmör, au fait, ça veut dire quoi ?

– C'est un plat traditionnel islandais fabriqué à base de sang, de graisse et d'autres choses, c'est de la saucisse au sang. Le groupe s'appelle donc « saucisse au sang ».

– Beurk !

Je lui montre que je suis à la page.

– Quel genre de métal ? Du gothique ?

– Pas vraiment, le style gothique est passé de mode.

– Et vous n'avez pas de gothiques au bahut ?

Elle éclate de rire.

– Si, un seul, si je me souviens bien, un type tout en noir et blanc et chromé de partout. Papa, tu me poses de drôles de questions.

– J'en ai rencontré quelques-uns à Isafjördur. Qu'est-ce que tu peux me dire de cette culture ?

– Les principaux groupes connus sont les anciens comme les Bauhaus, Siouxie and the Banshees, The Damned, Southern Death Cult, Sex Gang Children, The Virgin Prunes, Alien Sex Friend et les Christian

1. Chanteur de variétés. Son public n'est pas précisément constitué d'adolescents et son style, à mille lieues du heavy métal.

Death. Il y a aussi Cinema Strange, Bloody Dead and Sexy et Antiworld.

Voilà qui me semble fort sympathique, me dis-je.

– Et ce brave Alice Cooper ? Et Ozzy Osbourne, alors ?

– Ils sont morts, non ? conclut ma fille avant de me dire au revoir.

Par curiosité, je consulte Internet pour me documenter sur le phénomène de la culture ou, disons plutôt, de la subculture gothique.

Wikipédia m'indique que ce mouvement existe dans divers pays et qu'il plonge ses racines en Grande-Bretagne au début des années 90, dans le rock gothique, lequel est un avatar du punk tardif. L'influence de la littérature gothique des XVIIIe et XIXe siècles y est sensible, ainsi que celle des films d'horreur du XXe siècle. La musique se décline en divers styles, mais la caractéristique principale reste un son mystérieux et inquiétant assorti d'images ténébreuses. Le style vestimentaire est un mélange de mode rock, de punk, de celle du Moyen Âge et de la Renaissance ainsi que de l'époque victorienne, les différences entre les sexes sont gommées et le noir prédomine aussi bien dans les vêtements que dans le maquillage, le vernis à ongles, ou encore la teinture des cheveux. Souvent, les gothiques s'habillent de manière sexuellement provocante et se font des piercings à l'aide de toutes sortes d'anneaux et d'épingles. Les pratiques sadomasochistes ne sont pas rares.

Au fil de ma lecture, j'apprends entre autres choses qu'aux États-Unis, il est fréquent de voir des gothiques déambuler dans les centres commerciaux, et que là-bas on les surnomme « mallgoths ». À Isafjördur, il semble bien que la *sjoppa* joue le même rôle pour ceux que Brandur appelle les trois apprentis du diable. L'intérêt des gothiques pour tout ce qui touche à la mort et aux ténèbres a suscité des inquiétudes sur leur santé mentale et les médias ont relayé le point de vue selon lequel ils seraient dangereux, nourriraient une haine à l'encontre des minorités et des groupes ethniques autres que les blancs. Ces allégations seraient toutefois douteuses : bien au contraire, nombre d'éléments tendraient à indiquer qu'ils font preuve d'une grande tolérance. Ce malentendu aurait pour conséquence d'attiser contre eux les préjugés et la discrimination, voire de les rendre vulnérables aux agressions et au harcèlement. La philosophie gothique déplore le fait que les principaux courants de pensée de chaque culture préfèrent ignorer le mal, aussi bien dans ses manifestations individuelles que sociales. Ce serait précisément le thème récurrent des paroles de ce genre musical.

Voilà donc comment naissent les épiphénomènes.

Je parviens à joindre Jurgis dans la soirée.

– Nous sommes en train de plier bagage.

– L'interdiction de quitter le territoire n'a donc pas été prolongée ?

– Non, nous partons et nous ne sommes pas près de remettre les pieds ici !

Je ne parviens pas à contacter Alda Sif, mais j'arrache une confirmation de cette information à celui qui me répond au commissariat. Ensuite, j'envoie une brève à la rédaction.

Juste avant de me mettre au lit, je reçois un nouveau mail. Il provient de margret@loegmaeli.is :

Pardonne-moi. Discutons.

19

MARDI

On affirme qu'il est plus aisé de pardonner à ses ennemis qu'à ses amis. Il m'a toujours semblé facile de pardonner, mais difficile d'oublier. Sauf évidemment ce dont je dois absolument me souvenir.

Deux adresses électroniques, deux expéditeurs ? À moins qu'il n'y ait deux adresses pour un seul et même expéditeur ?

C'est un jeu d'enfant que de s'inventer une adresse sur Internet. On peut habiter ici et là et en changer quand bon nous semble, en fonction des situations et du besoin qu'on a ou non de maquiller les traces de son passage.

Certes, je pourrais découvrir le véritable domicile de manvamp@hotmail.com si j'y consacrais assez de temps et que je demandais à quelqu'un pour me trouver l'adresse IP et tout le bataclan. Mais j'ai bien d'autres chats à fouetter.

Sigurbjörg m'a envoyé un message où elle dessine les grandes lignes d'un article sur la dernière nouveauté islandaise en matière de meurtre, celle qui consiste à tuer la victime en lui tordant le cou. Elle compte publier son article demain :

Il est extrêmement rare en Islande qu'un meurtrier assassine sa victime à mains nues en lui brisant les vertèbres cervicales, cette affaire est peut-être d'ailleurs le seul cas référencé. En revanche, ce mode opératoire est fréquent à l'étranger et pas uniquement dans les films. Les meurtres commis de cette manière relèvent plus de l'exécution, ils nécessitent des compétences et de l'entraînement. L'acquisition des connaissances nécessaires ne semble pas problématique, que ce soit par le biais d'Internet ou de cours dispensés par des individus qui les maîtrisent pour diverses raisons, soit parce qu'ils sont militaires, soit parce qu'ils sont encaisseurs. La frontière entre l'autodéfense, les sports de combat et la préparation à ce type d'exécution est donc parfois bien mince. L'essentiel ne réside pas dans la force physique de l'agresseur. Il s'agit en premier lieu de parvenir à attraper convenablement la tête de la victime puis à la tourner d'un coup sec et ferme. Il est important de prendre sa victime par surprise, de préférence par-derrière, alors qu'elle ne se méfie pas, soit parce qu'elle connaît son assaillant, soit parce qu'elle n'a aucune idée de ses intentions malveillantes. Dans certains cas, le meurtrier place son genou au bas du dos du sujet qu'il attrape des deux mains par la gorge, avant de le retourner en lui tordant brutalement la tête sur le côté de toutes ses forces pour lui sectionner la moelle épinière.

L'homme possède sept vertèbres cervicales. La plus haute, appelée « atlas » dans beaucoup de langues étrangères, tire son nom du héros mythologique éponyme qui portait la Terre sur ses épaules. En islandais, sa dénomination, plutôt jolie et bien choisie de « banakringla[1] *», renvoie à sa forme de disque et indique clairement que sa rupture entraîne la mort de*

1. De *bana* : tuer et de *kringla* : disque. Disque de mort.

l'intéressé. La vertèbre d'en dessous porte le nom d'« axis ». L'atlas et l'axis permettent la mobilité particulière de la tête. Sur l'axis, on trouve un os de forme pyramidale appelé la dent. Si le cou subit un choc entraînant une fracture à cet endroit avec un déplacement osseux important, les os appuient alors sur la moelle épinière dont ils bloquent « l'activité », ce qui entraîne le décès du sujet. La mort survient presque instantanément, l'agonie est brève. En général, il n'y a aucun saignement.

Il me vient à l'esprit que, s'il en existe, les lecteurs attentifs du *Journal du soir* ne manqueront pas d'être frappés de perplexité devant cette leçon en technique d'exécution. Et je ne parle pas des proches du défunt. Mais que dit notre slogan ?

La réalité dépasse la fiction.

D'après nos sources, c'est par-derrière que Fjalar Teitsson a été attaqué. Ensuite, son corps a été jeté à la mer ou peut-être y est-il tombé depuis le lieu de son agression avant d'être retrouvé sur l'île d'Örfirisey. On n'a décelé le long du front de mer aucune trace du crime ; la police semble cependant considérer que c'est là que Fjalar est décédé, il n'aurait apparemment pas été assassiné ailleurs et le meurtrier n'aurait pas transporté son cadavre jusqu'au front de mer. On n'a décelé sur son corps aucune trace indiquant qu'il aurait résisté à son agresseur. Il faut toutefois préciser que sa dépouille a séjourné dans l'eau pendant trois jours avant d'être découverte.

Il m'apparaît clairement que Sigurbjörg s'est véritablement passionnée pour ce travail de recherche, puisqu'elle poursuit sur sa lancée, sans l'ombre d'une hésitation :

Ce type de décès peut survenir lors d'une violente collision en voiture et c'est également ce qui se produit lors d'une pendaison, quand le corps tombe brusquement et que la corde se resserre autour du cou. Il arrive parfois qu'une pendaison « échoue » : la corde ne se tend pas à l'endroit adéquat. Dans ce cas, l'intéressé souffre longuement et se débat avec un sursaut d'instinct de survie, jusqu'au moment où la mort survient, par défaut d'irrigation sanguine ou d'oxygénation, comme cela se produit lors d'une strangulation.

Toutes les pendaisons ne sont évidemment pas des suicides ou des meurtres. C'est également la méthode à laquelle recourent certaines sociétés dans l'application de la peine capitale, comme c'était par exemple le cas de la Grande-Bretagne jusqu'à ce que le châtiment suprême soit aboli. Aujourd'hui encore, elle est pratiquée par certains pays islamiques ou par des groupes terroristes comme méthode d'exécution de leurs otages. Cela dit, quand on pense à l'exécution de Saddam Hussein, on ne sait trop de quel côté sa tête est tombée.

À propos, Brandur Brandsson n'a-t-il pas évoqué les terroristes islamistes ?

Non, son observation était en rapport avec la profanation de la tombe.

Étant donné que Fjalar Teitsson n'est mort ni par pendaison ni par strangulation, il n'est peut-être pas utile de mentionner le recours de certains à ces méthodes lors de pratiques érotiques, qu'on désigne sous le terme de strangulation auto-érotique.

Certes, mais cela n'empêche pas Sigurbjörg de la mentionner et de la développer à l'envi. Elle relate le décès de Michael Hutchence, le chanteur d'INXS, mort il y a une bonne dizaine d'années. Hutchence fut retrouvé dans sa chambre d'hôtel à Sydney après une tentative malheureuse de masturbation où il s'était attaché autour du cou une ceinture qu'il avait serrée tout en se tripotant la flûte.

J'ignore s'il a connu le septième ciel avant d'entonner son chant du cygne, mais je l'espère sincèrement.

Les parlementaires britanniques ont la réputation d'être adeptes de cette activité récréative. Est-il possible que Fjalar ait été initié lors d'un Congrès européen des députés socio-démocrates ? Non, quand même pas. Ne nous laissons pas emporter par notre imagination, mon cher Einar.

Dites donc, on dirait bien que finalement j'ai quelques chances.

En résumé, on peut effectivement assassiner quelqu'un en lui brisant les cervicales. C'est d'ailleurs ainsi qu'on tuait et qu'on tue peut-être encore les poulets promis à la casserole dans les campagnes islandaises.

Je me dis qu'il y a là autant à boire qu'à manger, mais rien de très concluant.

Quant à ce « disque de mort », j'avoue qu'on peut

considérer l'expression comme assez jolie d'un certain point de vue.

Brandur dormait encore quand j'ai pris mon petit-déjeuner. Ses ronflements m'accompagnent au moment où je sors. Dehors tombent quelques flocons épars. J'entreprends mon circuit habituel, la rue Adalstraeti, la place Silfurtorg, je passe devant l'hôtel Isafjördur, devant la préfecture dont je fais le tour jusqu'à l'entrée du commissariat. Je traîne devant le guichet vitré de l'accueil jusqu'à ce que madame la commissaire daigne me consacrer quelques instants.

– Alors, dis-je à Alda Sif qui m'invite à entrer dans son bureau d'un geste agacé, les Lituaniens se sont envolés ?

– Je suppose, répond-elle d'un ton sec. Ils avaient l'intention de repartir ce matin. Y aurait-il quelque espoir que vous les imitiez ?

– Oh non, j'arrive à peine. Et je me plais beaucoup à Isafjördur. Les gens d'ici sont adorables, enfin, en général, et ils sont toujours prêts à vous rendre service.

Je ne peux m'empêcher d'ajouter, en affichant le plus charmeur de mes sourires :

– Y aurait-il quelque espoir que vous les imitiez ?

Elle pince les lèvres afin de réfréner un sourire. Je poursuis :

– Les gens qui écrivent de la poésie sont certainement sensibles et charmants bien qu'ils soient forcés de le dissimuler quand ils exercent une profession difficile et prenante.

– Vous aimez la poésie ?

– Je ne peux me prévaloir de cette qualité. En revanche, je tire mon chapeau à ceux qui cultivent en eux ce jardin secret. Vous connaissez beaucoup de policiers qui soient aussi poètes ?

– Non, d'ailleurs, je ne me suis jamais vantée de cette passion dans le cadre de mon travail.

– Eh oui, il existe partout des minorités, des épiphénomènes.

– D'ailleurs, personne à part vous n'a jamais abordé ce sujet avec moi. Je me suis presque demandé si vous ne passiez pas votre temps profondément plongé dans la lecture de toutes sortes de recueils quand vous m'avez parlé d'*Abîme*.

– Je suis plutôt plongé dans la presse que dans la poésie. J'ai trouvé une interview que vous avez accordée aux *Nouvelles du matin*, il y a longtemps.

– C'était une très mauvaise idée, observe-t-elle. Voilà comment on paie ses erreurs de jeunesse.

– Vous n'étiez pourtant plus vraiment une adolescente. À l'époque vous fréquentiez la fac de droit, vous étiez mariée et mère de famille, même si le petit Grimsi n'était pas encore venu au monde.

Elle croise les bras sur sa poitrine afin de me signifier que le sujet est clos.

– Ok, où en sommes-nous ? Les Lituaniens seraient-ils définitivement blanchis ?

– Nous n'avions pas de raison de les retenir plus longtemps. Nous gardons le contact avec les autorités de leur pays, en cas de besoin.

– Qui reste-t-il sur la liste des suspects ?

– Vous êtes incroyable ! Vous imaginez réellement que j'irais dévoiler à un journaliste les noms des suspects dans la plus importante affaire criminelle survenue ici depuis des années ?

– Eh bien, un certain nombre de choses sont imaginables. L'une d'entre elles concerne ces adolescents gothiques tout en noir qui déambulent dans les rues et passent leur temps à traîner à la *sjoppa* ou dans cet appartement de la Ville haute. Il s'agit du frère de Rosa Dis, Bjartur, et de ses camarades.

– Comment ça ? Si vous me demandez s'ils sont suspectés d'avoir quelque chose à voir dans le décès de Karl Olafsson et de Hallgrimur Saevar, je vais vous rendre un service et vous répondre clairement : non.

– J'avais plutôt en tête l'incendie de la maison, deux jours avant celui du camping-car.

Elle demeure un instant silencieuse.

– Il est vrai que nous avons pensé à eux, comme à beaucoup d'autres personnes. Mais ce n'est pas parce que Bjartur a quitté le foyer familial et qu'il a eu quelques frictions avec sa sœur et son beau-frère qu'il a mis le feu à leur maison.

– J'ai essayé de me documenter un peu sur cette culture gothique. Ces gamins affichent ouvertement un comportement antisocial, mais ils ne semblent pas recourir nécessairement à la violence ou au vandalisme.

– Sauf contre eux-mêmes.

– Il existe pourtant également des cas où des adorateurs de Satan incendient certains bâtiments comme les églises, non ?

– Je n'aime pas beaucoup le mode de vie de ces gamins, mais ce ne sont pas des satanistes.

– Ils sont chacun l'alibi des deux autres, ce n'est pas un peu léger ?

– Certes, mais comme je vous l'ai dit, nous avons vérifié tout ça.

– J'ai remarqué l'autre jour que vous n'étiez pas franchement ravie de voir Grimsi traîner avec eux.

Alda Sif pousse un soupir et s'assoit sur sa chaise.

– Grimsi est à un âge fragile où on se laisse facilement influencer. Ces gamins ne passent pas inaperçus au sein de notre petite communauté. Ils sont différents, leur isolement a quelque chose de provocant, ils semblent se suffire à eux-mêmes. Grimsi les trouve géniaux, leurs frusques noires y sont pour beaucoup. J'ai dû résister pour ne pas avoir à lui en acheter de semblables et pour qu'il ne se teigne pas les cheveux.

– Il est assez solitaire, n'est-ce pas ?

Elle regarde par la fenêtre.

– Je crois que c'est un choix personnel, mais bon, il n'est peut-être pas facile d'être fils de commissaire dans une aussi petite ville. Il s'en tire correctement à l'école et il est courageux, il travaille pour gagner un peu d'argent de poche en livrant les journaux. Il commence juste à découvrir le monde et la place qu'il y occupe. Le pire c'est que je ne lui suis pas d'un grand secours en la matière.

– Et les trois camarades ? Personne ne trouve à redire sur le fait qu'ils aillent en cours quand bon leur semble ?

– Ils considèrent que c'est à eux d'en décider. Les parents d'Idunn sont des gens aisés qui passent des mois et des mois à l'étranger. Bjartur a quitté le domicile familial et emménagé chez elle. Il semble que Robert soit le seul à hésiter encore à tourner le dos à la société. Je crois qu'il suit toujours les cours et qu'il vit chez ses parents, en tout cas officiellement.

– Ils se sont rendus coupables de quoi que ce soit en ville ?

Elle secoue la tête.

– Ils se droguent ?

– Ce n'est pas à exclure. Ici comme ailleurs, trop de jeunes y touchent très tôt.

On dirait qu'elle est subitement arrachée à ses pensées.

– Malheureusement le temps me manque pour disserter avec vous sur la condition de la jeune génération.

– Dommage. Encore une petite chose : y a-t-il un lien entre les meurtres du camping-car et celui de Fjalar Teitsson à Reykjavik ?

Elle se lève de sa chaise et m'adresse un regard soupçonneux.

– Pourquoi cette question ?

Je hausse les épaules.

– Notre administration collabore étroitement avec celle de Reykjavik en ce qui concerne l'enquête sur le camping-car, comme vous savez. Nous collaborons étroitement en toute chose quand le besoin s'en fait sentir. Je n'ai rien de plus à vous dire à ce sujet.

Le présent est une carne
Sa tête sonne le creux,
Il a le cœur givré,
Le cerveau est lâché…

La musique du groupe Thursaflokkur s'échappe par la porte ouverte du bureau du pasteur Halfdan Örn Kjartansson. L'homme de Dieu est allongé par terre, vêtu d'un survêtement bleu marine, occupé à ses exercices d'assouplissement qu'il exécute en grimaçant. Il ruisselle de sueur et son visage mal rasé, pâle lors de ma première visite, est maintenant gonflé et rougi par l'effort.

Je frappe sur le montant de la porte. La musique de la chaîne hi-fi derrière le fauteuil est trop forte et sa concentration trop intense pour qu'il puisse remarquer ma présence.

– Alors, ceux qui sont touchés par la Grâce auraient aussi besoin de soigner l'enveloppe ? dis-je.

Il se lève d'un bond agile, baisse le son, attrape une serviette et s'essuie le visage avec un grand sourire.

– Bien le bonjour à notre journaliste, répond-il. La chair est faible, mais l'esprit vaillant.

– Chez nous autres, pécheurs, l'esprit est aussi faible que la chair et les deux vont très bien ensemble.

Il m'invite à m'asseoir face à lui et s'installe derrière son bureau. Je lui explique que je voudrais bien en savoir un peu plus sur le petit-fils de ce Kiddi du Kjölur que nous avons évoqué il y a quelques jours dans l'affaire de la crotte sur la tombe.

– Bjartur ?

– Oui. Lui et ses deux camarades, que certains surnomment les apprentis du diable, ne passent pas franchement inaperçus dans cette petite ville. J'avais simplement envie de…

– Les apprentis du diable ? C'est un peu fort, *come on !* Ce ne sont que des adolescents en révolte, il n'y a rien de plus normal. Si on s'occupe correctement d'eux, tout ira pour le mieux. Dans le cas contraire, il y a peut-être un risque qu'ils déraillent. Pourquoi vous intéressez-vous à eux ?

– C'est ma curiosité naturelle.

– La curiosité est à l'esprit ce que le désir est au corps.

– Oui, comme beaucoup de bonnes choses, elle vient directement du diable. Ces gamins ont atteint l'âge de la confirmation. Je me suis dit que si vous les avez confirmés au printemps dernier, vous les avez peut-être connus un peu mieux à cette occasion.

– Robert a reçu sa confirmation, mais il s'en est fallu de peu. Il a renoncé, puis renoncé à renoncer avant de renoncer à renoncer de renoncer. Je crois que c'est l'attrait des cadeaux qui l'a finalement emporté, comme chez bien d'autres gamins. Les parents d'Idunn me l'ont envoyée pour qu'elle discute avec moi et Bjartur l'a accompagnée. Ils sont absolument inséparables. Je me suis efforcé autant que j'ai pu de les convaincre de l'importance d'entrer ainsi dans la communauté des adultes chrétiens, mais cela n'a servi à rien. Ils n'avaient pas besoin d'un pasteur de pacotille comme moi pour se considérer comme des adultes.

– Afin d'éviter tout malentendu, je tiens à préciser que je ne citerai pas votre nom si je venais à rapporter certains de vos propos. J'ai juste envie d'en apprendre un peu plus sur ces gamins. J'ai discuté brièvement avec eux. Ils semblent vivre en cercle fermé et souhaitent apparemment garder leurs distances du reste de la société.

Il a un sourire entendu.

– Et vous, vous n'aviez pas envie qu'on vous laisse tranquille dans votre chambre quand vous étiez ado ?

– Si, tout à fait.

– Je trouve que c'est là le signe du premier stade d'une pensée indépendante. Ces gamins me plaisent bien. D'ailleurs, on n'oblige personne à devenir chrétien ou croyant. Chacun doit trouver sa voie, qu'elle mène à Dieu ou dans une impasse. C'est une période que tous les adolescents traversent d'une manière ou d'une autre. La seule question importante, c'est de savoir où et comment ils en sortiront à la fin.

– Vous savez pourquoi ils ont été séduits par ce bazar gothique ?

– Bjartur est le chef et les autres l'ont suivi. Il a

perdu ses deux parents alors qu'il était encore très jeune. Sa mère l'a eu sur le tard, à plus de quarante ans, et elle est décédée peu de temps après sa naissance. Son père est mort quand il avait huit ans. Il a donc dû, très tôt, faire preuve d'indépendance et se débrouiller seul. Bjartur est une personne réfléchie, même s'il ne le montre pas aux inconnus. Comme dans beaucoup de cas, c'est la musique qui été le déclencheur. Il y a dans ce style musical sombre et lourd quelque chose qui correspond aux sentiments en éveil et à la pensée encore en formation. Le gothique était nettement plus à la mode il y a dix ou vingt ans. J'avais alors leur âge et je n'y ai pas échappé.

– Vous êtes un grand amateur de rock, non ?

– Absolument incorrigible. Adolescent, je me passionnais pour un nouveau truc tous les trois mois : le hard rock, les sixties, le punk, le punk tardif, la new-wave, le style romantique, le blues et toutes les variantes imaginables. Aujourd'hui, j'écoute de tout.

Il ouvre l'un des tiroirs de son bureau où il se met à feuilleter des papiers.

– Mais après avoir fait connaissance avec Bjartur et ses amis, poursuit-il, je me suis un peu penché sur leur univers mental. Par exemple, j'ai trouvé sur Internet un forum où les jeunes échangent des opinions sur les gothiques et j'en ai imprimé quelques-unes.

Il me tend les feuilles.

– Lisez donc ça, me conseille-t-il tandis qu'il augmente le son du Thursaflokkur avant de croiser les mains et de fermer les yeux.

L'un des participants au forum écrit la chose suivante :

Tout le monde se fout de la façon dont vous vous habillez et tout le monde se fout de la façon dont je m'habille. Y'a longtemps que ça n'a plus aucun sens de s'habiller comme ça. Vous n'êtes rien d'autre qu'un club, un club de nains froussards qui manquent de confiance en eux. Vous ne voulez pas être comme les autres, juste pour vous faire remarquer. Le problème c'est qu'en fait, vous n'osez même pas être différents, alors vous enfilez cet uniforme pour appartenir à tout un groupe de gens « différents ». Vous n'osez pas vous faire remarquer sauf quand vous avez à côté de vous quelqu'un qui est exactement comme vous. D'ailleurs, on ne vous croise jamais tout seuls, hein ? Arrêtez donc avec cette hypocrisie, arrêtez de pleurnicher parce qu'on vous montre du doigt et qu'on vous pose des questions idiotes puisque votre but est justement que les autres vous montrent du doigt.

Une jeune fille écrit :

Existe-t-il des vêtements plus normaux que les autres ? Je m'habille en noir simplement parce que je trouve ça beau. Ou en rouge. Je crois que les gothiques mettent les vêtements dans lesquels ils se sentent bien.

Le suivant :

Tout à l'heure, j'ai vu trois filles sous l'abribus. Elles avaient toutes exactement la même coiffure et la même couleur de cheveux : blondes avec des mèches plus claires. But hey, what do I care ?

Une gothique prend la parole :

Parfois, c'est super énervant de voir les autres qui nous suivent des yeux, mais ça peut aussi être sympa. Enfin bon, on ne pleurniche pas et on se fout complètement de ce que les autres pensent de nous.

Et ça continue :

Ce que ces gens peuvent m'agacer. Parfois, ils me font penser à (certains) noirs qui passent tout leur temps à se plaindre du racisme et à s'apitoyer sur leur sort.

Je trouve que South Park *décrit assez bien le truc : si vous voulez être anticonformiste comme nous, il vous suffit de vous habiller comme nous, de parler comme nous et d'écouter la même musique que nous.*

Si vous n'avez pas de groupe au sein duquel vous êtes reconnu, vous ne valez rien, en tout cas, du point de vue de la mode. Cela dit, je tiens à préciser que je ne m'intéresse pas du tout à la mode et que je ne supporte pas d'aller m'acheter des fringues. Mais bon, je veux défendre les gothiques parce que je trouve qu'ils forment un groupe à part assez rigolo.

Tout le monde correspond d'une manière ou d'une autre à un stéréotype. Tout le monde a besoin d'appartenir à un groupe. Les punks, qui étaient les plus révoltés de leur époque, faisaient tout pour ne pas s'intégrer à la société. Pourtant, en tant que groupe, ils étaient tous plus ou moins semblables. Aujourd'hui, le style gothique joue le même rôle.

La plupart des gens les considèrent comme une bande de junkies. Je connais des gothiques qui se droguent et d'autres qui n'y touchent absolument pas.

Si je lis encore une de ces conneries de gothique qui raconte que la mort, c'est cool et romantique, je dégueule. J'ai été gothique, super gothique. Je possède sept corsets, deux capes, deux pantalons en cuir, des chaussures new rock à bout argenté, tout un tas de quincaillerie et de je-ne-sais-quoi, mais devinez quoi ? J'en ai eu ras-le-bol. 80 % de ces fringues ne peuvent pas se laver parce que les tissus sont merdiques. Imaginez un peu les odeurs de sueur ! J'ai honte d'avoir fait partie des fans de Marilyn Manson, pas à cause de lui, mais à cause de ses admirateurs. Je suis allé faire un tour sur son forum l'autre jour et c'était encore et toujours les mêmes sujets : tu prends quoi comme drogue ? Qui déteste ses parents ? Qui a envie de tuer quelqu'un ? Qui aurais-tu envie de tuer ? Qui se fait des scarifications ? Aujourd'hui, je suis revenue aux classiques, j'écoute du hard rock et du black métal quand j'ai envie, mon petit ami vient de me faire découvrir le stoner rock. Aujourd'hui, j'aime bien les couleurs claires et le rose… J'ai l'impression d'avoir changé, en mieux !

J'ai fait partie d'une bande gothique pendant trois ans et notre point commun était d'avoir des parents SUPER CHIANTS *!*

Tu vis dans un autre monde ! Tous les parents sont chiants. Et nous sommes tous différents. Personne n'est plus différent qu'un autre.

– Eh bien, dis-je, spirituellement rassasié, alors que je tends les feuilles au pasteur. Personne n'est plus différent qu'un autre.

– Tout à fait, convient-il. Je crois que nous sommes au cœur du problème.

– Vous avez là matière à votre prochain sermon.

Je me lève et je le remercie de cette conversation avant d'ajouter :

– Bjartur est surnommé Bjartur VII, vous le savez, hein ?

– Le septième fils, ah oui, oui.

– En réalité, il n'est pas le septième fils. Il est le seul garçon, le septième enfant de ses parents, les six autres étaient des filles.

Le pasteur Halfdan Örn pose ses pieds sur son bureau et croise les mains d'un air important.

– Oui, il arrive que ces filles nous mettent parfois des bâtons dans les roues, répond-il avec un éclat de rire. J'ai taquiné Bjartur avec ce surnom, gentiment bien sûr, et je lui ai demandé s'il connaissait ce vieux blues de Phil Dixon, *The Seventh Son*. Il n'en avait jamais entendu parler, mais il s'est complètement plongé dans le truc. Cette chanson vous dit quelque chose ?

– Eh bien, sans doute, vaguement.

– Il existe toute une littérature à propos de ce septième fils. Ce bon vieux Dixon s'est basé sur des légendes et des contes populaires qu'on trouve dans divers pays. La plupart du temps on parle du septième fils du septième fils. Et le hasard veut justement que Thorsteinn, le père de Bjartur et de Rosa Dis, ait été le septième fils de Kiddi du Kjölur. De même que le dernier.

Everybody cryin' 'bout the seventh son
In the whole round world there is only me
And I'm the one, I'm the one
I'm the one, I'm the one
The one they call the seventh son...

Je reconnais le morceau dès les premières mesures, bien que je n'aie en réalité jamais prêté attention au texte. Assis devant mon ordinateur avec mon casque sur les oreilles, j'écoute Willie Dixon interpréter son blues sur ce septième fils qui possède le pouvoir de prédire le destin autant que la pluie, et qui perçoit le moment où une femme tombe amoureuse d'un autre homme :

I can tell your future before it comes to pass
I can do things to make your heart feel glad
Look at the skies and predict the rain
I can tell when a woman's got another man
I'm the one, yes, I'm the one...

20

MERCREDI

Sept.

L'idée du septième fils plonge ses racines dans le pouvoir magique et le caractère sacré associé au chiffre sept. C'est un nombre entier, composé du trois, symbole de la sainte trinité et du ciel, ainsi que du quatre, le chiffre qui forme un carré, symbole de la terre. Le chiffre sept est donc celui de l'univers, du ciel et de la terre. Il est celui de la vie.

Rien que ça.

Tôt le matin, je me retrouve assis devant l'ordinateur, plongé dans mes recherches. Je ne suis pas certain que les informations recueillies soient très objectives. On sait bien des choses sans en avoir conscience : les sept jours de la semaine, les années de malheur quand on brise un miroir, le septième ciel, les sept merveilles du monde, les sept plaies, les sept prières du Notre Père, les sept notes de la gamme musicale.

La Bible n'est pas en reste non plus. Aucun nombre n'y apparaît plus souvent. C'est elle qui mentionne les sept péchés capitaux. Dieu a créé le monde en six jours et s'est reposé le septième. Ce chiffre sacré est également important dans l'islam où il est le symbole de la perfection et de la bonté.

Adam avait sept fils.

Nous avons Blanche-Neige et les sept nains.

Il me semble à première vue déceler quelques failles dans ce système de pensée : les sens sont au nombre de six et non de sept, il n'y en a même que cinq si on y regarde de plus près.

Divers sites encyclopédiques et ésotériques sur le Net permettent d'explorer cette énigme du septième fils. On dit de celui qui est le septième fils qu'il possède de nombreux dons, entre autres extrasensoriels, et qu'il jouit d'une exceptionnelle réussite dans sa vie terrestre. Si ce septième fils est en plus lui-même né d'un septième fils, ce qui est très rare, ses pouvoirs et ses dons se voient décuplés. Il est l'élu, l'unique, que ce soit par sa naissance ou par la grâce divine, en fonction de l'origine de la légende. Dans ce domaine, on trouve bien des variantes : en France, le septième fils est réputé capable de conjurer le « mal du roi ». En Irlande, il reçoit le pouvoir de guérir et le don de prophétie après une cérémonie qui a lieu dès sa naissance. Là-bas et en Écosse, on trouve des exemples de ce genre jusqu'au début du XXe siècle. Les mêmes croyances existent chez les Indiens Cherokee. Dans l'héritage des contes populaires roumains et dans d'autres pays d'Europe de l'Est, le septième fils est en revanche destiné à se transformer en vampire.

Manvamp ?

Pour corser encore un peu les choses, la septième fille d'une femme elle-même septième fille est, dans certains lieux, considérée comme ayant les mêmes pouvoirs et dons. La lutte pour l'égalité touche bien des domaines, il n'y a aucune raison qu'il en aille autrement. Il doit aussi exister des quotas de parité en ce qui concerne les facultés extrasensorielles. Et les sources ne précisent pas si ces facultés échoient uniquement au septième fils d'une série de garçons ou si on tolère qu'une fille vienne s'intercaler ici et là.

La tranquillité matinale se trouble subitement. Quelqu'un a allumé la radio à l'étage inférieur. Brandur Brandsson est levé.

Je parcours encore quelques pages, en vitesse. Willie Dixon est loin d'être le seul à avoir été inspiré par les légendes du septième fils. On trouve des chansons sur le thème chez bon nombre de musiciens aussi divers que The White Stripes, Rory Gallagher, Bing Cosby, Bob Hope, Bob Dylan et Led Zeppelin. Quant à Iron Maiden, ils ont sorti un trente-trois tours dont le titre était justement *Seventh Son of a Seventh Son*. Il existe également une ribambelle de feuilletons, de romans et de bandes dessinées.

L'un des sites consacrés à l'ésotérisme souligne que même si la fonction principale du septième fils est de répandre le bien et de combattre les puissances du mal qui corrompent le monde, il doit souvent lutter contre ces mêmes forces qui tentent de l'anéantir.

J'éteins l'ordinateur pour descendre à la cuisine. Brandur a mis le café en route. Assis à côté de la fenêtre, il ingurgite sa bouillie de flocons d'avoine. La radio Ras 1 diffuse du classique.

– Salut l'ami, marmonne-t-il. Servez-vous donc un café.

– Je ne vous ai pas croisé depuis mon retour, dis-je tandis que je remplis mon gobelet. Vous étiez constamment de service ?

Il s'essuie la bouche d'un revers de la main.

– La routine. Et vous, quelles nouvelles de Sodome ?

Je m'installe sur un tabouret face à lui.

– Pas vraiment la routine, j'ai réussi à corser un peu les choses.

Je lui raconte en long et en large ma mésaventure au mariage.

– Eh bien, dites donc, observe-t-il, je vous conseillerais presque de mettre un masque de fer.

– L'homme au masque de fer ? Dans ce cas, je suppose que je me prendrais des coups de pied dans les couilles.

– Au fait, vous avez revu cette demoiselle… je veux dire, cette femme ?

– Non, je ne l'ai pas rappelée. Mais elle m'a envoyé un mail d'excuses avant-hier soir.

– Et vous allez les accepter ?

– Je suppose que oui, on verra bien ce que ça donnera.

– Dans notre profession on sait que les excuses ne tiennent que jusqu'à la prochaine baffe. La violence a tendance à se répéter une fois qu'elle a pointé son nez.

– Les hommes frappent les femmes depuis des millénaires. Pourquoi ne nous battraient-elles pas ? Dites-moi, il existe un refuge pour hommes battus à Isafjördur ?

La grimace permanente de Brandur se transforme en un sourire pincé.

– Non, si on exclut les cellules du commissariat.

– Vous avez souvent à traiter des cas de violences domestiques ?

– Ici comme ailleurs. Mais les femmes disposent de ce fameux réseau de soutien alors qu'il n'y a rien pour les hommes. La seule solution qui s'offre à eux c'est d'aller au bar le plus proche et d'atterrir ensuite chez nous, une fois qu'ils se sont un peu trop consolés. Les hommes victimes de violences conjugales éprouvent en général une telle honte qu'ils n'osent pas venir chercher de l'aide. Ils ont l'impression que ce serait là un signe de faiblesse.

Brandur se lève de table, place son assiette vide sous le jet du robinet avant de la mettre au lave-vaisselle.

– Eh oui, c'est comme ça, poursuit-il avant de se rasseoir pour s'offrir une prise de tabac. Le vieux bonhomme que je suis a parfois l'impression que les femmes se complaisent dans leur statut de victime.

– Vous déraillez ou quoi ? C'est impossible, il n'existe aucun homme ni aucune femme qui trouve ça drôle de se faire taper dessus.

– Que le diable m'emporte. Je ne justifie pas la violence, loin de là, qu'elle touche les hommes ou les femmes. Mais tous ces services d'aide et ces trucs de soutien individuel ont souvent pour effet de remonter le moral des femmes en rabaissant les hommes, parfois ça confine au mépris du mâle, voire à de la haine pure et simple.

Je le dévisage longuement.

– Voilà une position plutôt réactionnaire.

– Eh oui, n'est-on pas toujours en réaction ?

– On pourrait croire que vous avez personnellement connu une expérience malheureuse dans ce domaine.

Il balaie ma phrase d'un geste de la main.

– J'ai quelques vieux amis qui sont mal tombés avec leur femme, tout comme je connais des femmes qui sont mal tombées avec leur mari. Quand tout fout le camp au sein d'un couple ou dans un foyer, les raisons ne sont pas forcément si simples ni si claires. Ce que je veux dire, c'est que j'ai l'impression que le traitement réservé à ces affaires est bien souvent simpliste et que parfois on sombre totalement dans les clichés et les préjugés.

– Je vois, dis-je avec un soupir.

Je renonce à tenter de le convaincre, chiffres à l'appui, comme Margrét s'y est essayée sans succès la dernière fois.

– Mais au fait, en parlant de ça, pourquoi vous m'avez dit l'autre jour que la commissaire faisait de la rétention d'informations en ce qui concerne le portable de Karl Olafsson, et qu'il s'agissait sûrement d'une histoire de bonnes femmes ?

Brandur jette un œil à la fenêtre. Espérons qu'une belle et claire journée se lèvera sur la ville d'Isafjördur, l'espace d'un moment.

– J'entends ce que j'entends, voilà tout.

– C'est-à-dire ?

– Certains voient ce qu'ils veulent voir et sont aveugles au reste.

Je m'interroge sur ma prochaine manœuvre au moment où Brandur reprend :

– Vous avez appris des choses à Reykjavik sur le meurtre de Fjalar Teitsson ?

Je lui rapporte mes conversations avec Sigurdur Reynir et Smari Pall Karason, ainsi que les éléments glanés par Sigurbjörg auprès de Kolfinna Egilsdottir.

– Un homme politique honnête ? répète Brandur juste après moi. Je croyais que c'était une espèce animale éteinte depuis belle lurette, pour peu qu'elle ait existé ailleurs qu'en littérature ou dans toutes ces histoires à dormir debout.

– Eh bien, tout le monde semble s'accorder pour dire qu'il était l'exception qui confirme la règle. Un homme qui voulait faire progresser le bien, et de façon honnête.

– J'ai connu des individus très respectables qui se sont jetés dans le zoo de la politique la bouche pleine de telles promesses, mais qui n'ont pas tardé à retourner leur veste au bout de quelques mois. La politique est l'un des ces domaines où il importe peu que les gens disent vrai ou mentent comme des arracheurs de dents. Il faut toujours s'adapter à des conditions nouvelles et à une actualité inattendue, accepter des compromis, faire preuve de réalisme ou je ne sais quoi encore.

– Je crois bien que le commerce a pris le même mauvais pli.

– Bien parlé, marmonne Brandur en reprenant un peu de tabac sans oublier, cette fois-ci, de m'en offrir.

Alors que je renifle maladroitement, mais avec un plaisir décuplé, mon hôte se penche par-dessus la table.

– Bon, en ce qui concerne cette liste de numéros, murmure-t-il, comploteur, n'allez pas crier ça sur tous les toits, mais celui depuis lequel on appelait quand vous avez ramassé l'appareil sur la colline d'Orrustuholl correspond à la ligne de l'Association des frères et sœurs.

Je murmure en retour :

– L'Association des frères et sœurs, c'est-à-dire ?

– C'est justement l'un de ces groupes d'aide. Une sorte de centre de conseil et de soutien pour les victimes d'abus sexuels, surtout pour les femmes, évidemment.

– Pourquoi donc auraient-ils tenté de joindre Karl Olafsson au milieu de la nuit ?

– Voilà bien la question. Ils affirment là-bas que personne n'a passé d'appel à cette heure-là et que, d'ailleurs, leurs bureaux étaient fermés.

– Bizarre, dis-je, pensif. Et il n'y a aucun doute sur la provenance de ce coup de fil ?

– C'est ce que nous dit la technologie, même si les gens nous soutiennent le contraire.

– Et il n'y a aucune trace d'effraction ?

Il secoue la tête.

– Pas d'empreintes digitales sur le combiné ?

– J'ai cru comprendre qu'on n'a rien pu en tirer.

– À votre avis, Alda Sif accorderait plus de crédit au témoignage de cette association qu'aux données techniques ?

– Eh bien, comment dire ?

Il marque une pause.

– Il n'est pas facile de coincer ces demoiselles, d'ailleurs la commissaire les connaît personnellement et soutient leurs activités, en paroles comme en actes.

– Je n'y vois rien d'anormal.

– Peut-être pas. Je ne sais pas non plus s'il est envisageable que la technologie se soit trompée. Peut-être qu'il y a une erreur dans le numéro du correspondant. Mon expérience m'a montré qu'il faut se méfier de la technique comme de la peste. Ces trucs-là coûtent les yeux de la tête, c'est du racket pur et simple.

– Il est également possible que le correspondant se soit trompé de numéro. Et même dans le cas où il aurait appelé sciemment depuis cette association sur le portable de Karl, cela n'aurait rien de criminel. Ce n'est qu'un coup de fil parmi tant d'autres.

Brandur se balance d'avant en arrière sur sa chaise, silencieux.

– D'ailleurs Karl était mort à ce moment-là. Ce n'est tout de même pas son assassin qui aurait voulu le contacter après son décès, non ?

Brandur ne répond rien.

– Hein ? Pourquoi serait-il allé faire ça ? conclus-je.

La surface du Pollur est lisse comme un miroir. Quelques badauds profitent de l'absence de vent pour arpenter le quai en toute tranquillité. Je quitte le café d'Édimbourg après ma collation de midi et j'allume une cigarette tandis que je me dirige vers les bureaux du *Courrier d'Isafjördur*.

Brandur m'a raconté qu'ils avaient récemment publié un article traitant des activités de l'Association des frères et sœurs. J'ai appelé Fridfinnur Askelsson qui, par un heureux hasard, se trouve être l'auteur du papier en question.

En réalité, je comprends, j'éprouve même une certaine sympathie à l'égard d'Alda Sif qui semble se refuser à accorder trop d'importance à ce coup de fil. Bien que je ne parle pas en connaissance de cause, il est facilement imaginable que la liste des appels entrants sur le portable de Karl Olafsson comporte de nombreux autres numéros, autrement plus suspects et dignes d'intérêt.

Les bureaux du *Courrier d'Isafjördur* sont situés au premier étage d'un bâtiment de forme rectangulaire et en béton gris, juste au-dessus de la place Silfurtorg. Le rez-de-chaussée est occupé par un local commercial désert portant un écriteau « À louer ». La rédaction ressemble à toutes les autres : quelques bureaux sur lesquels des ordinateurs voisinent avec des téléphones et des piles de papiers. Au fond, deux pièces fermées. Deux femmes et deux hommes sont absorbés par leur travail. Fridfinnur se lève dès qu'il m'aperçoit et s'avance sur ses courtes pattes en me tendant la main.

Il m'invite dans la petite salle de réunion à côté du palier et me remet un exemplaire vieux de deux mois.

– Comment se fait-il que vous vous intéressiez à l'Association des frères et sœurs ? me demande-t-il, d'un ton guilleret.

Aïe, je ferais mieux de me méfier.

– Eh bien, je ne vais quand même pas rester les bras croisés sous prétexte que la police garde le silence. Disons que je me documente sur la vie de la communauté. On m'a raconté que cette association était intéressante, qu'elle effectuait un travail nécessaire et que vous l'aviez présentée dans un excellent article. Voilà tout.

Fridfinnur ne retient plus sa joie.

– Je peux vous résumer tout ça en vitesse. Je me souviens de tout ce que j'écris. La mémoire visuelle du photographe, précise-t-il en se frappant le front de l'index.

– Super !

– Bon, cette association a été fondée il y a quelques années parce que certaines personnes ressentaient la nécessité de proposer un service comparable à celui de Stigamot à Reykjavik et ailleurs, ou encore de Solstafir qui était déjà installée à Isafjördur.

– Oui, à Akureyri, nous avons Aflid.

– Cette association travaille indépendamment de Solstafir et de Stigamot, mais ses activités reposent sur les mêmes principes.

– C'est le résultat d'une scission au sein de Solstafir ?

– Non, je ne crois pas. Au plus, d'une différence de point de vue. Solstafir existe de longue date et l'Association des frères et sœurs voulait travailler selon ses propres méthodes et sa propre expérience. Comme on le voit dans l'interview que m'a accordée leur présidente, Kristin Erna, il est rapidement apparu que le besoin était très important. Un grand nombre de femmes, d'hommes et d'enfants victimes d'abus sexuels ont ainsi pu consulter des conseillers et des psychologues. En dehors de l'activité de conseil individuel, ils organisent des cours et des conférences, ils interviennent dans les écoles pour informer les jeunes sur les caractéristiques et les conséquences des abus sexuels et du harcèlement, sur les viols et l'inceste, enfin, sur ce genre de choses.

Pendant qu'il parle, je parcours du regard le reportage qui couvre l'ensemble d'une double page. L'article le plus long est une interview de Kristin Erna Kortsdottir qui, à en juger par la photo, doit avoir une quarantaine d'années. C'est une belle femme blonde aux cheveux frisés, qui affiche une mine et un regard résolus. Je suis presque sûr de l'avoir aperçue au mariage samedi soir, elle était l'une de celles qui entouraient Oktavia Kortsdottir, la malheureuse mariée.

« Ce type de violences peut avoir des conséquences difficilement imaginables pour ceux qui n'y ont jamais été confrontés », affirme Kristin Erna sous la plume de Fridfinnur. « Les victimes luttent des années durant, voire leur vie entière contre la dépression, une image d'elles-mêmes complètement détruite, la culpabilité et le mépris de soi. Elles sont confrontées à des difficultés dans leur vie sexuelle et avec toutes les personnes du même sexe que leur agresseur. Je pourrais fournir un certain nombre d'exemples dans lesquels notre soutien a aidé des adultes tout comme des enfants à ne pas sombrer dans la drogue, l'alcool, l'autodestruction, voire le suicide. »

L'interview est accompagnée d'un encart, sans photo, où une femme décrit sous couvert de l'anonymat l'inceste et les abus sexuels dont elle a été victime depuis son jeune âge.

PLUS CONFIANCE EN PERSONNE

Tel est le titre de l'encart. Ses proches, ses amies et les autorités scolaires lui ont tourné le dos quand elle a tenté de leur en parler.

L'enfant que j'étais ne pouvait pas décrire avec des mots ce qu'il subissait. Voilà pourquoi j'ai supposé que tout cela était ma faute. Personne ne me croyait, personne ne voulait me croire. Ce n'est que lorsque j'ai enfin eu le courage d'aller aux bureaux de Stigamot à Reykjavik que quelqu'un m'a écoutée et aidée. Il s'en est fallu de peu car je me trouvais à ce moment-là au bord de l'abîme. J'avais plusieurs fois tenté de mettre fin à mes jours et je sombrais dans la drogue et l'alcool. J'ai passé trois années de ma vie à faire des conneries. Elles sont définitivement perdues, et celles qui ont suivi ont d'autant plus de valeur.

Je parcours rapidement le reste du texte. On y apprend que, grâce au soutien de professionnels et de ses amis, l'intéressée a depuis longtemps repris sa vie en main et qu'elle exerce maintenant une profession à responsabilité.

J'ai tout pardonné, mais je ne peux malheureusement rien oublier.

Telle est la conclusion.

Au bord de l'abîme ? Est-ce possible ? Non, il doit s'agir d'une coïncidence. Et bien que je n'aie conservé en mémoire ni les mots exacts ni le thème du poème, je ne parviens pas à éloigner de ma pensée ce que Brandur vient de me dire au sujet du soutien apporté par Alda Sif Arngrimsdottir aux activités de l'Association des frères et sœurs.

Je m'aperçois que Fridfinnur a continué à parler

pendant je me plongeais dans cette interview. Il m'adresse un regard interrogateur.

– Pardonnez-moi, dis-je. J'étais absorbé dans ma lecture. Très bon article.

– Merci, répond-il en souriant de toutes ses dents. J'ai suivi votre conseil et j'ai téléphoné à Trausti Löve pour lui demander un job chez vous à Reykjavik. Il a été incroyablement sympa. Il avait exactement la même voix qu'à l'époque où il passait à la télé.

– En effet, il est incroyable, ce Trausti, dis-je, d'un air absent.

– Vous me l'aviez dit, ils ne prévoient pas de recruter pour l'instant, mais il m'a conseillé de le rappeler au printemps ou à l'automne prochain.

– Ah, très bien.

– Je peux dire que je vous connais et que vous me recommandez ?

– Cela va de soi.

Je saute sur l'occasion :

– Au fait, puisque nous sommes collègues, il y aurait une chance que vous me dévoiliez l'identité de votre interlocuteur anonyme et sans photo, dis-je en lui montrant l'encart.

Son sourire s'évanouit dès que j'ai prononcé le dernier mot.

– Pourquoi me posez-vous une question pareille ?

Je comprends que je ne devrais pas sous-estimer ce jeune homme ambitieux.

– Non, eh bien, c'est que, enfin…

Le visage jovial de Fridfinnur Askelsson devient presque hostile.

– Je croyais pourtant que la protection des sources faisait partie des règles d'or de notre profession.

– Évidemment, vous avez raison. Je me suis juste

dit qu'il serait intéressant de connaître l'identité de cette femme. Ce qu'elle raconte est tellement passionnant.

– Vous croyez peut-être aussi que les gens comme moi qui travaillent pour les journaux de province sont des crétins ?

– Non, non, non, pas du tout. Et on voit clairement dans vos écrits que ce n'est pas le cas. Mettez plutôt cela sur le compte de ma curiosité professionnelle.

– À mon avis, la déontologie doit primer sur la curiosité.

– Tout à fait d'accord, dis-je en me levant. Vous pouvez sincèrement compter sur moi pour vous recommander quand vous postulerez chez nous à un poste de journaliste. Vous seriez l'homme idéal à l'endroit idéal.

Voilà qui le met de meilleure humeur.

– Super, dit-il en se levant également. Votre question, c'était peut-être un test ?

J'affiche un sourire en coin.

– En effet, dis-je, soulagé.

Je pose ma main sur son épaule :

– Et vous l'avez passé haut la main.

Fridfinnur me raccompagne jusqu'au pied de l'escalier.

– Cette Kristin Erna Kortsdottir, elle est parente avec Oktavia Kortsdottir ?

– Oui, c'est sa sœur aînée. La ville est petite.

– Comment elle est ?

– Une femme très bien. Une vraie battante qui soutient ses proches.

– Vous savez si c'est à cause de son vécu personnel qu'elle s'est impliquée dans cette association ?

– Rien de tel. Elle est bien mariée et mère de deux enfants. Mais elle m'a dit qu'elle avait entendu d'autres personnes raconter leur expérience et que cela l'avait encouragée dans sa démarche.

Il me communique l'adresse. Au moment où nous nous serrons la main en guise d'au revoir, il me confie :

– Puisque vous avez été honnête avec moi, je vais l'être avec vous. Je n'ai jamais rencontré celle dont vous vouliez connaître le nom. J'avais besoin d'une histoire vécue pour illustrer mon article et Kristin Erna m'a proposé de me mettre en relation avec cette femme. Ensuite, elle m'a appelé au journal. En fait, je n'ai aucune idée de son identité.

Quelques minutes plus tard, me voilà face à une belle maison en bois à deux étages dans le vieux centre-ville, sur la langue de terre. La peinture verte commence à s'écailler.

Je viens de poser mon index sur la sonnette du deuxième, où se trouve le bureau de l'Association des frères et sœurs, quand brusquement la porte s'ouvre et une petite femme vêtue d'une doudoune rouge sort de la maison. Le visage de Kristin Erna Kortsdottir est plus mature que celui de sa sœur, mais elles ont indubitablement un air de famille.

– Bonjour, je m'appelle Einar et je travaille au *Journal du soir*.

Elle semble déconcertée.

– Oui, bonjour, me répond-elle au terme d'une brève hésitation tandis qu'elle vérifie qu'elle a bien fermé la porte à clef.

– Je connais un peu Oktavia, votre sœur.

Elle hoche la tête et consulte sa montre.

– Oui, je sais qui vous êtes. Je vous ai vu tomber sur le cul samedi dernier.

Je souris.

– Alors, quelles nouvelles du voyage de noces à Paris ?

Elle me lance un regard bref mais intense.

– Les gens passent leur temps à tirer le meilleur parti de toute chose, annonce-t-elle d'un ton grave. Mais je doute qu'il existe de pires entraves à la maturation d'un individu que celles constituées par l'entêtement, la fierté et le déni.

Je me contente de hocher la tête.

– Enfin bon, je ne veux pas vous mêler à ça. Qu'est-ce que je peux pour vous ?

– Eh bien, si vous n'avez que peu de temps…

– Vous avez besoin d'un soutien après l'agression quc vous avez subie ?

Je suis incapable de dire si elle plaisante ou non.

– Non, je vous remercie, mais c'est toujours bon de savoir où je peux m'adresser.

– Je croyais que vous traîniez dans les parages surtout pour couvrir ces incendies et ces meurtres ?

– En effet, je voulais justement vous poser quelques questions à ce sujet.

– À ce sujet ? Et pourquoi diable ?

– Principalement parce que je crois savoir que le portable de Karl Olafsson a été appelé depuis votre bureau, la nuit où on a retrouvé le camping-car.

Nous levons tous deux machinalement les yeux le long de la façade.

– Comment se fait-il que vous déteniez ce genre d'informations ? me demande-t-elle sèchement.

– Aucune importance. Le hasard veut que ce soit moi qui aie trouvé ce téléphone sur le lieu du crime à la colline d'Orrustuholl. C'est moi qui l'ai remis à la police. Ce qui importe, en revanche, c'est de savoir pourquoi quelqu'un a appelé depuis votre bureau un homme qui était déjà mort à ce moment-là.

Elle pose les mains sur ses hanches et me fixe droit dans les yeux.

– Nous n'avons aucune explication là-dessus.

– Vous êtes plusieurs à posséder les clefs de cette maison ? dis-je en montrant la porte.

– Trois, mais qu'importe, débite-t-elle.

La voilà déjà partie vers le bas de la rue.

– Je vais être en retard pour aller chercher mes enfants, pardonnez-moi.

– Je pourrais peut-être vous parler plus tard ? dis-je alors qu'elle descend à grandes enjambées vers la place Silfurtorg.

– Ce doit être une erreur, une erreur technique, me répond-elle sans se retourner.

Dans la soirée, mon aubergiste Brandur Brandsson est tellement heureux de me voir lui offrir la bouteille de Brennivin qu'il m'invite sans hésiter à partager ses boulettes de viande. Ensuite, nous restons assis tous les deux, lui à priser du tabac et à vider des verres à liqueur, et moi à boire du Coca et à fumer des cigarettes, chose qu'il m'autorise à faire dès le deuxième verre. Brandur est très en verve, il me débite des histoires grivoises et des strophes poétiques des Fjords de l'Ouest capables de faire perdre son sang-froid au plus flegmatique des hommes.

Vers onze heures du soir, je l'abandonne en compagnie d'une demi-bouteille pour remonter dans ma chambre. Pendant que je me brosse les dents, j'ouvre mon courriel. Une petite réjouissance m'y attend, expédiée une vingtaine de minutes plus tôt par manvamp@hotmail.com :

Les salauds brûleront en enfer. Mais avant cela, ils endureront d'atroces souffrances.

Je possède le pouvoir de ramener les morts à la vie. Et celui de guérir les malades.

21

JEUDI

Les pensées encore imprécises sur lesquelles je me suis endormi sont, à mon réveil, devenues une sorte de réalité.

Je me lève en vitesse, j'allume l'ordinateur et je cherche le texte du Septième Fils sur Google. Mon subconscient tourne à plein régime.

Le troisième couplet commence ainsi :

Now, I can hold you close and I can squeeze you tight
I can make you cry for me both day and night
I can heal the sick and raise the dead...

Manvamp a coupé et interverti les deux hémistiches du dernier vers.

Mais ce truc qui dit que les salauds brûleront en enfer après avoir enduré d'atroces souffrances n'apparaît nulle part dans le texte. D'où proviennent ces mots-là ?

En réalité, on a l'impression que la première partie du message est sans le moindre rapport avec la seconde.

Je crois pouvoir rayer Margrét Karlsdottir de la liste des suspects dans cette affaire. En fait, j'ai l'impression que c'est moi qui lui dois des excuses. Certes, je ne l'ai jamais ouvertement accusée. Je me contente donc de lui demander mentalement d'en prendre bonne note.

Il me vient une idée. Je clique sur *répondre*, je copie le message de Manvamp, je le colle et j'ajoute en dessous :

Tu es celui, tu es celui
Tu es celui qu'on appelle le Septième Fils.

Puis, je clique sur *envoyer*.

Pour la deuxième fois, je recherche l'interview accordée il y a douze ans par Alda Sif Arngrimsdottir aux *Nouvelles du matin*, qui l'ont qualifiée « d'étudiante en droit poétique ». Plus encore que lors de ma première lecture, je suis frappé par ses propos sur la carrière dans la police à laquelle elle se destine une fois terminées ses études car elle « s'intéresse plus aux gens qu'aux discussions théoriques ». Il y a aussi cette phrase où elle affirme que l'écriture et la lecture de poèmes lui procurent « une certaine tranquillité spirituelle, une forme d'apaisement ».

Je tente une nouvelle approche de son texte :

Abîme.

aussi bas que je sombre
aussi loin que je parte
je suis toujours encore
moi
tu ne m'entraîneras pas
vers le fond
je flotte
à la surface
je fais la planche

bientôt, je nagerai
vers le large.

J'ai toujours eu l'impression ne pas comprendre grand-chose à la poésie. Ce n'est pas mon genre.

S'agit-il là vraiment d'un torchon, de vers de mirliton ?

Je connais la réponse qu'offrirait Brandur Brandsson à cette question. Pour ma part, je n'ai pas d'opinion. Malgré cela, j'ai l'impression de voir Alda Sif plus clairement. Est-ce la femme qui a raconté cette histoire au *Courrier d'Isafjördur* ? La réponse à cette question est beaucoup moins claire. Quant à savoir si elle protège cette association de soutien aux victimes d'abus sexuels, ça l'est encore moins.

Je m'allume une cigarette en regardant par la fenêtre ouverte.

Mon esprit vagabonde jusqu'à Akureyri. Je suppose que je ne vais pas tarder à être renvoyé là-bas. L'indifférence de Trausti Löve depuis quelques jours m'inquiète un peu. Quelle est la raison de ce silence pesant ? Où sont passées ses conneries sur l'efficacité ? Et celles sur le nouvel accent mis sur la province ? Trausti et Hannes seraient-ils à ce point plongés dans les luttes de pouvoir, le souci de faire des économies et les autres problèmes liés à la direction d'édition que le quotidien n'y aurait plus sa place ?

Des filets de pluie s'écoulent le long de la vitre. J'attrape un morceau d'essuie-tout pour éponger l'eau qui a goutté par terre.

Alors que je contemple depuis un certain temps la vue claire et dégagée par la vitre du grenier, une idée me vient d'on ne sait où. J'attrape mon portable pour appeler Akureyri.

– Alors, l'enquête sur les cambriolages du siècle progresse ?

– Pourquoi t'occuper de pareilles broutilles ? m'interroge Olafur Gisli. Je te croyais devenu trop bien pour ça.

– Rien de ce qui est humain ne m'est étranger. Et j'ai quelques moments de liberté entre deux batailles. À propos de ces cambriolages, il m'est venu une idée. Ils ont lieu en plein jour dans des maisons ou des appartements déserts et tout ce qui disparaît, c'est de l'argent liquide.

– En effet, ils ont cela en commun. Mais c'est aussi le cas d'autres forfaits, commis ailleurs.

– Il serait intéressant de vérifier s'ils ne présenteraient pas un autre point commun.

– Lequel ?

– Il faudrait savoir si les occupants des lieux ont récemment fait appel aux services de laveurs de vitres.

– Ah, et pourquoi donc ?

– J'ai interviewé des jeunes pleins d'initiative il y a deux ou trois semaines. Ce sont des collégiens qui ont créé ce service pour gagner de l'argent de poche. Leur entreprise s'appelle Claire Vue.

– Je vois.

– C'est juste une idée qui m'est venue en passant.

– Qui irait soupçonner des gamins courageux de profiter ainsi de ce genre de situation ?

– Eh bien, je me trompe certainement. Enfin, on ne sait jamais à quel moment la cupidité l'emporte sur les meilleures des intentions.

Après avoir mis Sigurbjörg au parfum des derniers développements sur le front de l'Ouest, lui avoir parlé de cette Association des frères et sœurs, de la commissaire principale et de l'appel passé vers le portable de Karl Olafsson sans lui mentionner mes réflexions sur le septième fils et sur l'insaisissable Manvamp, je l'interroge sur les réponses fournies par la police de Reykjavik dans l'enquête sur le décès de Fjalar Teitsson.

– Tout ce que j'ai, c'est ce que tu peux lire dans le journal, soupire-t-elle. Autrement dit, rien du tout. Et comme tu le vois sûrement dans les autres quotidiens, les flics se montrent aussi avares avec eux. Il n'y a personne pour me donner des scoops.

– Et le mode opératoire, qu'est-ce qu'ils en disent ?

– La parution de mon article fort bien instruit sur la technique utilisée n'a d'ailleurs pas contribué à leur délier la langue. Il semblerait plutôt qu'il la leur ait coupée. D'ailleurs, certains de nos lecteurs sont même allés jusqu'à se désabonner.

– Évidemment, ceux qui s'en sont le plus délectés ont été pris de remords après leur lecture. Et il n'y a toujours aucun indice quant à des encaisseurs, des tueurs à gages, des mafieux d'Europe de l'Est, d'anciens militaires ou paramilitaires…

– Non, non, non. Arrête ton char, Einar.

– Ce n'est pas plus absurde que les autres hypothèses. Et au sujet des appels téléphoniques et des mails de Fjalar juste avant le meurtre ?

– L'enquête suit son cours, mais rien ne filtre. Tu ne voudrais pas appeler ton nounours ?

– Seulement avec votre permission, madame la directrice de circonscription.

– Accordé.

J'ai toujours eu pour habitude de faire cavalier seul dans mon travail, sans parler du reste. « On ne s'appelle pas Einar[1] pour rien », m'a un jour lancé Asbjörn. Je n'ai pas le goût du travail en groupe. L'expression renvoie pour moi à une sorte d'âme collective. Quant à l'anglais *« team »*, il ne vaut pas mieux. Il est trop proche de l'islandais *« teyma »*, qui signifie dompter ou encore de *« taumhald »*, qui s'applique entre autres au contrôle des rênes d'un cheval. Mais il y a dans ma collaboration avec Sigurbjörg quelque chose qui m'amène à, comment dire, douter.

À moins que mes considérations ne soient d'une tout autre nature ?

Pour ne pas leur laisser libre cours, j'appelle l'ensemble des nounours dont je dispose dans les rangs de la police. Voilà tout ce que je récolte : l'enquête en est à un stade délicat, l'équipe en charge est muette comme une tombe et rien n'indique l'existence de liens entre les événements de Reykjavik et ceux d'Isafjördur. Il est inutile de s'attendre à du nouveau avant l'enterrement de Fjalar Teitsson, lequel aura lieu demain. Il n'est pas exclu que la police convoque une conférence de presse dans les prochains jours.

Je reviens au rapport auprès de Sigurbjörg qui envisage d'assister à l'inhumation.

À propos d'enterrement, je repense à ces articles rédigés à la mémoire de Karl Olafsson par trois de ses anciennes petites amies ou maîtresses. Je les recherche dans la base de données des *Nouvelles du matin* pour relire les descriptions de ce jouisseur passionné et fougueux.

1. Comme il est souligné dans *Le Temps de la sorcière*, le prénom *Einar* peut être compris comme le féminin pluriel de l'adjectif *einn* qui signifie seul, solitaire.

Celle qui raconte que leurs routes ont dû se séparer car elle ne parvenait pas à le suivre s'appelle Adalbjörg Silja Gunnsteinsdottir. Je la trouve immédiatement dans le registre de la population, ainsi que dans l'annuaire téléphonique. C'est une célibataire de vingt-six ans, sans enfant, installée à Egilsstadir.

Sa ligne fixe ne répond pas, mais elle décroche son portable depuis la boutique qui l'emploie. C'est le calme plat et elle ne s'offusque pas quand je lui annonce être à la recherche d'informations sur Karl Olafsson tout en lui garantissant l'anonymat. Elle m'explique l'avoir rencontré dans une discothèque à Reykjavik.

– Nous sommes restés ensemble presque deux ans, dit-elle avant d'ajouter, après une brève hésitation : enfin, ensemble n'est peut-être pas le mot juste. Disons plutôt que je considérais que nous étions ensemble.

– Et ce n'était pas son cas à lui ?

– Non, mais il n'avait pas pris la peine de m'en informer.

– Il vous trompait ?

Elle éclate de rire.

– C'est le moins qu'on puisse dire ! J'ai été une véritable idiote. Il me plaisait tellement que mes pieds ne touchaient plus terre. J'ai succombé à toute cette féerie, cette générosité, cette abondance. Il me semblait merveilleux et incroyable que ce célèbre champion adoré des femmes me choisisse et s'intéresse à moi.

– Cela veut dire qu'en réalité, vous ne l'intéressiez pas ?

– Non ! Peut-être pendant les premières semaines ou les premiers mois. Je n'en sais rien. Évidemment, il était souvent parti à l'étranger pour le travail et ce genre de choses. Mais il était très généreux. Il passait son temps à me couvrir de cadeaux, à m'inviter au resto ou à m'emmener en voyage.

– Vous habitiez sous le même toit ?

– Il avait gardé son appartement, mais passait beaucoup de temps chez moi. Évidemment, je me demandais parfois pourquoi il m'invitait si rarement chez lui, mais je balayais aussitôt ces questions d'un revers de la main. Il était très gentil. C'était un amant formidable. Incroyable au lit. J'étais convaincue que cela me suffisait amplement et qu'il m'apportait bien plus que ne le ferait jamais aucun homme.

– Comment avez-vous découvert son double jeu ?

– Eh bien, il recevait toutes sortes d'appels et de SMS provenant de femmes. Il ne se passait pas une journée sans qu'il en reçoive et ça semblait l'amuser. J'ai longtemps supporté tout ça. Mais ces filles se sont mises à le poursuivre quand nous sortions faire la fête et là, je suis peu à peu devenue jalouse, en fait, j'étais vraiment furieuse.

– Et vous avez rompu ?

– Non, c'est lui. J'étais devenue insupportable, soupçon-neuse, lourde et aigrie. J'allais tellement mal. L'homme qui m'avait traitée comme une reine se comportait avec moi comme si je ne valais plus rien. Tant que je la fermais, que je me contentais d'être belle et de me taire, tout allait bien. Mais dès que j'ai exprimé un minimum d'exigences, je suis passée pour une casse-couilles.

– Karl se droguait ?

– Oui, répond Adalbjörg Silja sans l'ombre d'une hésitation. Moi aussi, d'ailleurs. Tout notre entourage tournait aux amphétamines et à la coke autant qu'à la bière et au vin rouge.

– Et ses associés, Birgir et Valthor ?

– Eux aussi, mais moins que Kalli et Halli. Oktavia, la petite amie de Birgir, ne supportait vraiment pas. Mais bon, il arrivait quand même qu'il en prenne malgré elle. Quant à Valthor, il se présentait comme un bon père de famille et un homme d'affaires responsable. Je n'ai compris à quel point j'étais devenue accro à toutes ces merdes qu'à la fin de notre relation. C'est alors que j'ai pris la décision de repartir à zéro et de déménager ici, dans l'Est.

– Les trois copains étaient seulement consommateurs ou bien ils donnaient aussi dans l'importation et la revente ?

Elle ne me répond pas immédiatement.

– En fait, je ne sais pas. Toujours est-il qu'ils n'étaient jamais à sec, loin de là, autant pour eux-mêmes que pour les autres. J'imagine qu'ils devaient aussi en revendre un peu par-ci par-là.

– Que pouvez-vous me dire de l'amitié qui liait Karl à Hallgrimur Saevar ?

– Ha ! Halli est le pire parasite qui ait croisé ma route. Il ramassait les miettes qui tombaient de la table débordante de Kalli. Ils n'étaient pas seulement amis, on aurait plutôt dit qu'ils étaient frères jurés. Je crois bien que Kalli était vraiment heureux de laisser à ce pauvre Halli quelques miettes de ce qu'il avait. Si cet ultra-loser fonctionnait comme le curseur définissant le gagneur, alors le gagneur devenait un super gagneur. Ils partageaient tout, y compris les femmes.

– Les femmes ?

– J'ai vu plus d'une fois Kalli arranger des coups pour Halli avec des filles dont il n'avait pas envie sur le moment. Quand il a rompu avec moi, Kalli l'a fait avec beaucoup d'élégance, avec un bracelet en or et de belles paroles, mais il a mentionné qu'il voulait bien me garder à ses côtés en me suggérant de me tourner vers Halli.

Elle s'interrompt comme si elle avait encore peine à y croire.

– C'est inimaginable, non ?

– Plutôt, oui.

Ce sont les seuls mots qui me viennent à la bouche.

– Dites-moi, il est arrivé que Karl recoure à des violences physiques ou de nature sexuelle ?

Ma question semble surprendre Adalbjörg Silja.

– Kalli ? Non, jamais. Pas à ma connaissance. Il n'avait vraiment pas besoin de ça.

– Mais il en va autrement de la violence psychologique, n'est-ce pas ?

– En fait, j'ai entendu dire qu'il est arrivé à Halli de franchir certaines limites.

– Il se serait montré violent envers des femmes qui n'auraient pas cédé à ses avances ?

– Oui, une fille a voulu porter plainte contre lui pour viol ou tentative de viol, je ne me souviens plus très bien. Kalli l'en a dissuadée avec de l'argent, il lui a versé une somme rondelette pour qu'elle oublie.

– Vous savez comment elle s'appelle ?

– Non. Et je ne dis pas que ces deux garçons étaient mauvais. Coincés dans leur rôle de mecs cool, ils se comportaient plutôt comme des adolescents auxquels on aurait confié des jouets d'adultes et suffisamment de billets de banque. Ils pouvaient tous deux être très prévenants et généreux. Je me disais parfois qu'ils agissaient comme ça simplement pour la frime.

– Encore une chose, pour finir, Adalbjörg, pourquoi diable avez-vous écrit un article à la mémoire d'un homme qui s'est mal comporté avec vous ?

– Parce que je n'irais sûrement pas aussi bien

aujourd'hui si je ne l'avais pas connu, s'il ne m'avait pas donné tout ce qu'il m'a donné et pris tout ce qu'il m'a pris. Kalli Olafs a réveillé mon existence.

J'appelle à de très nombreuses reprises l'Association des frères et sœurs tout au long de la journée. Kristin Erna Kortsdottir est absente, occupée, partie, ou bien on me raconte qu'elle ne va pas tarder à revenir. Quand je tente de la contacter sur les numéros de portables indiqués dans l'annuaire, elle ne me répond pas. Je laisse des messages sur ses deux répondeurs. Mais je saisis parfaitement que dans cette ville ma demande d'interviews dépasse de loin l'offre proposée.

Je n'abandonnerai pas, je me battrai jusqu'au bout, bien que l'expression soit plutôt inappropriée dans ce contexte. Il fait froid et le vent souffle alors que je traverse la vieille ville pour me rendre jusqu'au quartier général de l'Association des frères et sœurs. Le vent me cingle la poitrine, me dis-je tout en essayant de rester droit. Le vent me cingle la poitrine et ce n'est pas la première fois.

En arrivant, j'aperçois une petite femme vêtue d'une doudoune verte qui sort de la maison et descend la rue. J'appuie sur la sonnette du haut. L'instant d'après, une voix me parle à l'interphone. Je me présente et demande à parler à Kristin Erna.

– Elle est absente, désolée, me répond sa voix.

– Kristin, s'il vous plaît…

Mais elle a déjà raccroché le combiné.

Je me demande si je devrais rester planté là à faire le guet. Ce n'est pas vraiment souhaitable. Je risquerais d'être pris pour l'un des ces tortionnaires mâles caressant l'idée de se venger de l'association ou de l'une de ses protégées.

Je me dépêche de descendre la rue dans l'intention de prendre un café et une douceur à la *Pâtisserie d'antan* sur Silfurtorg. Arrivé à la place, je constate que la femme en doudoune verte n'est autre que Jonina Sighvatsdottir, l'amie d'Oddny Idol.

– Jonina !

Elle jette un œil apeuré par-dessus son épaule tandis qu'elle dépasse la librairie.

– Attendez !

Elle hésite puis s'immobilise.

Je lui dis bonjour. Ses cernes sombres sont encore plus marqués que l'autre fois. Elle me lance un regard timide.

– Bonjour, répond-elle d'une petite voix, les yeux baissés.

– Quoi de neuf ? dis-je, d'un ton enjoué.

– Rien, je vais au travail, c'est tout.

– Ah oui, à Bonus.

– Oui.

– Dites-moi, c'est dans le quartier de Holtahverfi, ça fait un bon bout de chemin. Vous êtes en voiture ?

Au moment même où je pose la question, je me dis qu'il faut se garder de tous ces satanés préjugés.

– Elle est là, juste à côté. Odda est partie à Reykjavik.

– Ah bon, pourquoi ?

– À l'enterrement.

– À l'enterrement de Fjalar qui a lieu demain ?

– Oui, oui.

– Elle y est allée avec sa mère ?

– Non, Gudny ne veut pas y assister.

– Vous habitez où avec Oddny ?

Elle pointe son doigt en direction de la vieille ville.

– Là-bas, dans la rue Smidjugata, sur la langue de terre d'Eyri.

– Et vous êtes colocataires ?

– Odda est propriétaire. Elle me permet d'habiter avec elle.

– Je ne voudrais pas vous retarder plus longtemps, mais est-ce que je pourrais passer demain matin pour discuter un peu avec vous avant que vous ne partiez travailler ?

Une expression de peur se lit sur le joli visage plutôt commun de Jonina, qui commence à se mordre l'intérieur des joues.

– Pourquoi ?

– N'ayez aucune inquiétude, c'est juste pour discuter en toute tranquillité.

– Je… C'est que…

Sur quoi, elle tourne les talons avant de disparaître au coin de la rue Hafnarstraeti.

Quand j'ouvre mon courriel dans la soirée, un nouveau message de manvamp@hotmail.com m'attend :

Les salauds brûleront en enfer. Mais avant cela, ils endureront d'atroces souffrances.

Je possède le pouvoir de ramener les morts à la vie. Et celui de guérir les malades.

Tu es celui, tu es celui
Tu es celui qu'on appelle le Septième Fils.

Oui, je suis celui-là.

Et je réponds sur-le-champ en ajoutant :

Ne devrions-nous pas nous rencontrer ? À moins que je ne sois le salaud destiné à endurer d'atroces souffrances avant de brûler en enfer ?

22

VENDREDI

L'odeur de brûlé a presque été dispersée. Pourtant, la vieille maison en bois à un étage surmonté d'un grenier est toujours cette coquille calcinée, ravagée, autour de ce qui n'est plus que le souvenir d'une vie révolue. On a cloué des planches à la porte et aux fenêtres, qui ont explosé. Les tagueurs ont déjà commencé à s'exprimer à coups de bombes de peinture et de graffitis.

Au fil de mes pérégrinations, il m'est arrivé de temps à autre de passer devant la maison de Kiddi du Kjölur et de ses descendants. Alors que je me dirige vers le domicile de Jonina Sighvatsdottir, j'aperçois un petit groupe en grande discussion face à la bâtisse sinistrée. Je reconnais parmi eux Rosa Dis et Sigurdur Ögmundsson ainsi que Sigurdur Garpur, le maire.

Je m'immobilise pour saluer tout le monde.

– Mon Dieu, ce n'est pas beau à voir, dis-je à Rosa Dis.

Elle hoche la tête sans rien répondre.

– Qu'a donné la collecte ?

– Elle a bien rapporté, par rapport à ce que nous avons perdu. Nous devons arriver à trois millions en tout.

– Et du côté des assurances ?

– Elles nous rembourseront bien quelque chose, mais ça couvrira à peine les réparations.

– Vous ne projetez pas de reconstruire ?

Après un bref silence, elle consent à me répondre.

– Nous n'en avons tout bêtement pas les moyens.

Je m'avance d'un pas en direction du maire.

– Et la ville ne va rien entreprendre non plus ? À moins qu'elle n'envisage d'acheter la maison ?

Sigurdur Garpur piétine dans le froid.

– Nous ne sommes pas d'accord sur la question, précise-t-il. La ville a autre chose à faire de son argent que d'aller poser des cautères sur le premier tas de bois venu. Étant donné la conjoncture et les perspectives, nous devons consacrer tous nos moyens à préserver les finances et l'emploi.

– Mais… et le vieux centre-ville ? L'harmonie architecturale des rues ? Leurs valeurs culturelle et patrimoniale ?

Le maire pointe sa main gantée dans toutes les directions.

– La vieille ville que vous voyez ici suffit amplement. Et ce n'est pas parce qu'une bicoque ou deux disparaissent au profit du modernisme et de l'évolution que ça changera la face du monde. En plus, nous n'allons quand même pas prendre racine ici et moisir avec ces planches vermoulues. Nous devons nous développer, il nous faut une vie nouvelle et des idées neuves.

– Je comprends.

– Nous avons reçu une offre assez intéressante pour le terrain et la maison, annonce Sigurdur Ögmundsson avec un sourire, une offre que nous ne pouvons tout simplement pas refuser.

– Je peux vous demander sa nature et son origine ?

– Oui, répond Sigurdur, et je vais vous le dire car vous nous avez bien aidés. En revanche, vous ne devez pas l'annoncer officiellement pour l'instant.

Il me lance un regard grave.

J'acquiesce d'un signe de tête.

– Ok, il s'agit de Birgir et de Valthor. Ils envisagent de développer leur activité et voudraient construire ici un hôtel-restaurant. Ils croient dur comme fer à l'avenir des Fjords de l'Ouest en tant que destination touristique.

– Ah, très bien.

Je me fais malgré tout la réflexion qu'ils ont fort intelligemment pris le soin de dénigrer les lieux et d'en sous-évaluer la cote immobilière.

– Ils ont proposé à Sigurdur de s'associer avec eux, m'explique Rosa Dis dont le visage ne montre rien de la joie qu'elle devrait éprouver. Il y a un certain temps qu'il guette une opportunité intéressante. Ça signifie que nous pourrons continuer à vivre ici. À mes yeux, c'est le plus important.

– Pour le jeune diplômé en commerce que je suis, pré-cise Sigurdur, c'est à la capitale que se trouvent toutes les opportunités. Mais je me plais ici. Nous avons reçu un tel nombre de témoignages de sympathie après l'incendie que nous sommes plutôt optimistes. Tout ce qui manque, c'est l'argent nécessaire pour développer les projets. Notre communauté est prisonnière d'un carcan financier. Espérons que les choses vont changer.

– C'est intéressant, dis-je.

– Oui, absolument passionnant.

Le maire désire discuter avec le nouveau pionnier et les deux Sigurdur se mettent à l'écart.

– Que va-t-il se passer avec les droits de votre frère

Bjartur ? Une partie de tout ça doit bien lui revenir, dis-je à Rosa Dis.

– Bjartur et moi devons discuter tous les deux, répond-elle d'un ton solennel. Mais il est difficile de lui parler depuis bien longtemps.

– À ce qu'il m'a dit, il est plutôt attaché à cette maison.

– Oui, soupire-t-elle. Il a été très déçu quand papa lui a expliqué, juste avant de mourir, qu'il ne servait à rien de s'accrocher à ce qui était mort, que le plus important était que nous, qui allions lui survivre, nous en tirions de manière honorable. Que nous devions agir en fonction de nos besoins. Mon grand-père tenait à ce que la famille jouisse aussi longtemps que possible de cette maison qu'il avait d'ailleurs bâtie, comme on dit, à la sueur de son front. Mais papa voyait bien que les temps avaient changé. Il refusait de se cogner la tête contre les murs.

– C'est à cause de ces discussions de famille que Bjartur a emménagé chez Idunn ?

– Il était tellement jeune, d'ailleurs il l'est encore. Bjartur est en pleine rébellion. Ça passera, comme toutes les révoltes.

– Et cette histoire de septième fils ?

Elle affiche un sourire fatigué.

– C'est une blague à cause de l'intérêt qu'il porte aux trucs ésotériques, à la musique et à tous ces machins-là. On le taquine avec ça parce que, pendant longtemps, il n'a été entouré que de filles. Il était le seul garçon de la fratrie. Jusqu'à l'arrivée de mon mari, Siggi et…

Elle s'interrompt.

– Bjartur s'est farci la tête avec ces âneries sur le septième fils à cause du pasteur.

L'idée de l'élu est sans doute arrivée à point nommé pour ce jeune homme qui n'avait pas droit à la parole au sujet de l'héritage familial.

– Dites-moi, Rosa Dis, vos amies, Oddny et Jonina…

Elle me lance un regard.

– Oui, quoi ?

– Quel genre de relation elles entretiennent ?

– Quel genre de relation ?

– Eh bien…

– Vous me demandez peut-être si elles sont lesbiennes ?

Elle secoue la tête.

– Vous avez sûrement remarqué que cette pauvre Ninna n'est pas tout à fait comme tout le monde. Elle est plutôt simple, probablement un peu attardée, mais gentille et innocente. Sa vie n'a pas été facile, elle a perdu ses parents à l'adolescence, ça se passait mal à l'école où elle subissait des brimades. Elle…

– Ah bon ?

– Enfin, je ne sais pas exactement de quoi il s'agissait, mais j'ai cru comprendre qu'elle a été victime d'abus sexuels répétés.

– Répétés ?

– À deux reprises au moins. De sales petits cons ont profité de sa naïveté au cours d'une fête. Odda a toujours été très gentille avec elle. Elles se connaissent depuis toutes gamines. Odda aussi était mise à l'écart quand elle était petite. Elle était en butte aux moqueries à cause de sa corpulence et de son apparence. On la traitait de grosse et de bouboule. Mais elle ne se laissait pas abattre. La bataille qu'elle mène contre l'obésité est véritablement admirable, même s'il est évident qu'elle ne deviendra jamais maigre. Sa constitution physique et les gènes s'y opposent. Parfois, j'ai l'impression qu'Odda refuse de regarder la réalité en face pour ce qui est de son héritage génétique. Son corps est aujourd'hui musclé et ferme, mais ça ne lui suffit pas.

– C'est vrai qu'elle a une sacrée force de caractère.

– Oui, elle est passée de la défense à l'attaque, elle a réussi à s'imposer grâce à son don de chanteuse et à sa détermination. Elle n'est évidemment pas au goût de tout le…

Rosa Dis s'interrompt.

– Mais elle aimerait bien que ce soit le cas ?

– Pourquoi ces questions sur elle et Ninna ?

– J'essaie simplement de comprendre la nature des liens qui les unissent. J'ai croisé Jonina hier et elle m'a raconté qu'Oddny était propriétaire de l'appartement qu'elles occupent.

– Oddny possède toute la maison. Fjalar l'avait achetée et la lui avait offerte au moment de son propre déménagement. Il avait également acheté le petit immeuble où vit Gudny, la mère d'Oddny. Elles mettent en location les étages qu'elles n'occupent pas.

– Il a été rudement généreux.

J'ai l'impression que les bénéfices tirés de la vente du quota ont été investis à plus d'endroits qu'on ne le pense. Et que cet argent n'a pas entièrement quitté la ville.

Elle part rejoindre son mari, qui est sur le point de prendre congé du maire.

– Cela ne vous fait pas de la peine de savoir que cette vieille maison de famille va être rasée ?

Elle s'immobilise brusquement. J'ai l'impression de

voir une larme perler au coin de sa paupière, mais elle baisse les yeux.

– Qui est-ce ?

Si j'ai eu quelques doutes jusqu'à présent, ce n'est plus le cas.

– C'est Einar.

Notre échange à travers l'interphone correspond mot pour mot à celui que j'ai eu sur le portable de Karl Olafsson à la colline d'Orrustuholl. La petite voix de Jonina Sighvatsdottir ne me trompe pas.

L'instant d'après, j'entends le grésillement qui signale l'ouverture. J'entre dans le vestibule aux murs lambrissés et je gravis l'escalier en bois, face à la porte d'entrée. Vêtue d'un jean noir et d'un épais pull jaune en laine, Jonina vient m'accueillir sur le palier. Mal à l'aise, elle piétine tout en se mordant l'intérieur de la joue droite.

– Salut, dis-je.

Elle me répond timidement et me précède dans cet appartement aussi grand que celui de Gudny, mais nettement plus lumineux et moderne. Le double salon est rempli de meubles semblables à ceux qu'on voit dans les magazines, les émissions télévisées et les publicités dont je suis incapable de citer le nom. La cuisine spacieuse est aménagée avec un équipement digne d'un grand restaurant.

– C'est drôlement chic, chez vous. Tout est neuf ?

– Oui, me répond-elle. Odda a tout transformé il y a deux semaines. Elle voulait changer de style, que tout soit léger, lumineux et beau.

Dans l'un des coins de la pièce parquetée, on voit une guitare acoustique, une autre, électrique, et un amplificateur muni d'un micro. Le mur est couvert de rangements à CD et DVD placés au-dessus d'un écran plat et d'une chaîne hi-fi hors de prix.

– Jonina, vous faites aussi de la musique ? dis-je tandis que je m'approche du mur.

La plupart des disques me semblent être des albums de chanteuses ou de chœurs féminins de toutes les époques.

– Moi ? s'étonne-t-elle.

– Oui, vous.

– Non, non, je ne sais rien faire, répond-elle à voix basse.

– Tout le monde sait faire quelque chose. Par exemple, vous savez conduire.

La collection de DVD est essentiellement constituée de films d'horreur et d'action en tous genres. On y trouve également un certain nombre de concerts.

– Eh bien, vous en avez des disques, vous et Oddny.

– Ils sont tous à Odda, me répond-elle tandis qu'elle fait les cent pas dans le salon, nerveuse.

– Mais vous, qu'est-ce que vous préférez ?

– Ben, les mêmes choses qu'Odda.

Je me tourne vers elle et je désigne l'appartement.

– Tout cela a été acheté avec l'argent de Fjalar ?

Jonina croise les bras sur sa poitrine sans rien répondre.

– Il s'est arrangé pour qu'Odda et sa mère ne manquent de rien.

– C'est vrai.

– Mais bon, une bonne partie du quota leur revenait de droit.

Elle reste silencieuse. L'entretien promet d'être difficile. Je perçois chez elle une certaine agitation, chez moi aussi, du reste. Je vais devoir faire preuve de tact. L'équilibre de cette jeune femme me semble des plus fragiles. Il s'est déjà trouvé assez de gens pour le mettre à mal.

– Comment s'entendait-elle avec Fjalar ?

Elle se remet à mâchouiller l'intérieur de sa joue droite.

– Bien, consent-elle finalement.

– Jonina, vous avez travaillé avec l'association Solstafir, la branche de Stigamot ici, à Isafjördur ?

Elle continue de se mordre les joues.

– Non…

– Et avec l'Association des frères et sœurs ?

Elle quitte le salon pour entrer dans la cuisine. J'entends le robinet qui coule. Quand j'arrive à la porte, elle boit un verre d'eau devant l'évier.

– Vous connaissez Bjartur, Idunn et Robert ?

Elle me lance un regard.

– Je sais qui ils sont. Tout le monde les connaît.

– En effet.

– Ils sont différents.

Elle affiche un sourire.

– Moi aussi, je suis différente. Mais différemment d'eux.

C'est ça, et personne n'est plus différent qu'un autre.

– Est-ce que vous et Oddny connaissiez un peu Karl Olafsson et son ami Hallgrimur Saevar ?

Elle repose le verre sur l'évier d'une main tremblante.

– Ben… marmonne-t-elle, juste comme ça.

– Et cette fête de l'autre jour à l'hôtel ? Cet enterrement de vie de jeune fille, c'était sympa ?

– Oui, c'était sympa, dit-elle en attrapant son portable sur la table de cuisine. Pardon, il faut que j'appelle Odda.

Tandis qu'elle attend qu'Oddny décroche, je fais un tour dans le couloir en traînant derrière moi ma mauvaise conscience.

– Salut, dit Jonina à voix basse.

Je jette un œil dans la chambre à côté de la cuisine. Elle n'est pas bien grande, mais tout y est propre et bien rangé. Quelques livres pour adolescents et des romans à l'eau de rose sont posés sur la commode à côté du lit. On y voit également la photo encadrée d'un couple âgé d'une quarantaine d'années, assis de part et d'autre d'une petite fille toute souriante. Jonina était une belle enfant. Sous la fenêtre, une chaîne stéréo et, au pied du lit, une petite télé montée sur un support.

– Non, Odda, non, il est juste passé pour me rendre visite, précise Jonina au moment où j'atteins la chambre au fond du couloir.

Là, c'est une tout autre histoire. Cette pièce est nettement plus grande que celle occupée par Jonina. Des tas de vêtements couvrent les étagères et débordent des placards. La couette est tirebouchonnée. Les murs sont recouverts d'affiches représentant des fils de fer comme Amy Winehouse et Whitney Houston. Ce qui frappe le plus, c'est toutefois l'immense photo qui couvre la moitié du mur face au lit. On y voit Oddny dans le décor de l'émission *Idol*, entourée de Bubbi Morthens et de Pall Oskar. Elle sourit de toutes ses dents et porte une robe si décolletée que ses seins semblent sur le point de s'en échapper.

Je retourne à la cuisine.

– Et tu rentres quand ? demande Jonina, toujours postée à côté de l'évier. Ok, à plus tard.

– Alors, dis-je, Oddny était à l'enterrement ?

– Non, au vin d'honneur, répond-elle.

– Bon, je ne vais pas vous retarder plus longtemps, à la prochaine.

– Odda rentre dimanche, m'informe Jonina sans que je lui aie demandé quoi que ce soit.

Les articles à la mémoire de Fjalar Teitsson couvrent largement une double page des *Nouvelles du matin*. Je les parcours tout en avalant mon café à la *Pâtisserie d'antan*. Ça ne m'avance pas beaucoup, c'est toujours le même discours sur le décès prématuré de cet idéaliste qui aurait été un excellent leader pour le Parti socialiste, un homme qui ne s'épargnait pas et était très doué pour les relations humaines, ce qui lui avait assuré la confiance et le respect de ses adversaires autant que de ses camarades de parti. On y trouve des témoignages signés par Sigurdur Reynir et Olli la Casquette, mais rien de Smari Pall Karason ni de Kolfinna Egilsdottir.

J'appelle Sigurbjörg qui, après s'être consciencieusement rendue à l'inhumation dans l'église bondée de Hallgrimskirkja, rédige un bref article pour l'édition de demain. Elle y précise que c'est brisée et en larmes que Kolfinna Egilsdottir a suivi le cercueil porté par les députés socialistes. Sigurbjörg est également allée au vin d'honneur où elle s'est intéressée à Smari Pall, en grande conversation avec une jeune femme dont j'ai publié une interview et une photo dans le *Journal du soir* : la belle-fille de Fjalar Teitsson.

Elle précise que la police tiendra certainement une conférence de presse ce week-end pour informer de la progression de l'enquête sur le décès de Fjalar. Voilà toutes les nouvelles de la circonscription.

Je m'arrête à l'Association des frères et sœurs où personne ne répond, que ce soit au téléphone ou à l'interphone. Quand j'ouvre ma messagerie dans la chambre du grenier de Brandur, je constate que Manvamp m'a répondu. Sous le reste du texte, il a ajouté la question suivante :

Quelle raison aurais-je de vous rencontrer ?

Je tapote, agacé, sur le plateau du bureau et me mets à penser à cet étron trouvé sur la tombe. Il y a dans ce truc dégoûtant un détail qui taraude mon subconscient.

J'attrape le téléphone pour appeler le pasteur Halfdan Örn Kjartansson. Il décroche immédiatement. On entend le groupe Hjaltalin en fond sonore.

– Révérend, vous pourriez m'envoyer par courrier électronique la photo que vous avez prise de la profanation sur la tombe de Kiddi du Kjölur ?

Il éclate de rire.

– Vous manquez à ce point de clichés à mettre en une ?

– Non, non, c'est simplement que je souhaiterais l'examiner d'un peu plus près. À cause de cette histoire de septième fils.

– Ah, vous vous intéressez donc à la forme de la déjection ?

– Tout à fait.

– Eh bien, cette idée m'a aussi traversé l'esprit. Est-ce que c'est possible ?

– Tout est possible.

– Je peux sans problème scanner ce polaroïd et vous l'envoyer. Je m'y mets tout de suite.

Je le remercie et j'attends. Quelques minutes plus tard, le malvenu envahit l'écran de mon ordinateur. Il n'est pas nécessaire de se forcer beaucoup pour voir que les deux crottes forment un sept. Je rédige une réponse à laquelle je joins la photo :

Ce cliché de la tombe de Kiddi du Kjölur apporte la réponse à votre question concernant une rencontre. Café d'Édimbourg d'ici une demi-heure et pas de bla-bla.

Manvamp ne se fait pas attendre bien longtemps.

Ok.

Mais ensuite il se fait désirer. Je commence à me lasser de scruter l'obscurité autour du Pollur hérissé de vagues. J'ai devant moi deux cappuccinos. J'envisage de renoncer et de me lever quand je sens que quelqu'un vient s'asseoir en silence à côté de moi.

Robert est encore plus pâle qu'à l'accoutumée. Ses boutons lui sortent du visage comme autant de brûlures de cigarettes. Dérogeant à son habitude, le jean qu'il porte est bleu et non noir, mais il a toujours la même veste en cuir sur le dos.

– Vous êtes seul ?

Il écarte ses longs cheveux noirs de son front et hoche la tête.

– Alors c'est vous, Manvamp ?

Il garde le silence.

– Pourquoi m'avez-vous envoyé ces mails ?

– L'idée n'était pas de moi, me répond-il à mi-voix tout en jetant un regard fuyant autour de lui alors que nous sommes les deux seuls clients.

– Elle venait de Bjartur ?

– On était chez moi. Bjartur a complètement pété les plombs, c'est lui qui a voulu faire ça.

– Pourquoi est-ce qu'il a disjoncté ?

– À cause de son connard de beau-frère.

– De Sigurdur Ögmundsson ? C'est lui, le salaud destiné à brûler en enfer ?

– Qui d'autre ? me renvoie-t-il.

Moi, par exemple, me dis-je.

– Comment j'étais censé savoir à qui s'adressaient ces menaces ?

– Je l'ignore. Bjartur voulait parler de lui sans vraiment le nommer. Ça l'amusait de ne faire que des allusions.

– Justement, je n'avais aucun moyen de savoir à qui ou à quoi vous faisiez allusion.

Robert pousse un soupir.

– Bjartur était complètement bouleversé, il était perdu, à cause de sa sœur aussi. Il ne voulait pas nuire à Rosa Dis, mais il était furieux contre Sigurdur.

– Parce qu'il l'avait mis à la porte du domicile ou pour une autre raison ?

– C'est lui qui vous le dira.

– Il est disposé à le faire ?

Robert rejette ses cheveux en arrière et hausse les épaules.

– C'est Bjartur qui a mis le feu à cette maison ?

– Vous êtes malade ou quoi ?

– Mais pourquoi a-t-il déféqué sur la tombe de son grand-père ?

– Il faisait n'importe quoi cette nuit-là. Lui et Idunn, ils avaient pris un truc.

– De la drogue ?

Il m'adresse un regard innocent.

– Je ne touche pas à ça. Je n'avais bu que quelques bières, mais Bjartur…

J'attends.

– On traînait en ville et il ne savait plus où il était, autant à cause de sa colère que de ce qu'il avait pris. Au moment où l'incendie s'est déclaré, il a complètement disjoncté. Il s'est précipité vers le cimetière en disant qu'il emmerdait toute cette bande.

– Quelle bande ?

– Eh bien, Sigurdur et ses copains, enfin, j'imagine.

– Mais en se livrant à cet acte, il a tout simplement emmerdé son grand-père.

– Je viens de vous le dire, il ne savait plus où il était, ses pensées étaient complètement embrouillées. Il nous a demandé, à moi et Idunn, de l'attendre à côté de l'église et il a couru dans le cimetière. Peu après, il est revenu pour nous dire qu'il avait fait une déclaration.

– Une déclaration ?

– Ensuite, nous sommes rentrés chez Idunn et ils ont continué leurs conneries. Moi, je suis reparti chez moi. Je ne voulais plus participer à tout ça.

– Et ces messages que vous m'avez envoyés ? C'est lui qui a écrit les deux premiers avec cette histoire de salauds qui brûlent en enfer et tout ça, mais ensuite vous avez pris le relais, n'est-ce pas ?

Robert se contente de baisser les yeux sur la table.

– C'est vous qui avez cité le texte du Septième Fils, non ?

L'expression de son visage et son silence équivalent à un acquiescement.

– Je me disais bien que les auteurs de ces phrases devaient être deux. Les deux parties étaient tellement déconnectées l'une de l'autre. Les citations que vous avez prises dans le texte de cette chanson étaient pour vous une forme d'aveu ? Une manière de m'indiquer que c'était Bjartur qui écrivait ces mails ?

Il lève les yeux.

– Je ne voulais plus être mêlé à ces conneries, c'est tout, répète-t-il. Je voulais que ça s'arrête.

– Mais Bjartur et Idunn sont vos meilleurs amis, non ?

– Mes seuls amis.

Je me penche légèrement vers lui.

– Robert, qui a mis le feu à cette maison ?

Il s'obstine à ne pas répondre.

– Vous savez qu'ils ont décidé de la raser ? Rosa Dis et Sigurdur ont reçu une proposition qu'ils ne peuvent pas refuser.

Son visage révèle un authentique étonnement.

– Hein ?! Vous êtes certain ?

– Ils me l'ont appris eux-mêmes ce matin.

Robert secoue la tête, pensif.

– Ils n'en ont pas parlé à Bjartur, il n'est pas au courant, observe-t-il.

– J'ai cru comprendre que, de toute façon, il ne leur parlait pratiquement pas. Mais vous feriez peut-être mieux d'aller lui apprendre la nouvelle.

Robert se lève précipitamment, quitte le bar tandis que je lui crie :

– Dites-lui, et aussi à Idunn, qu'à partir de maintenant, ils feraient mieux de jouer cartes sur table.

Dans la soirée, Margrét Karlsdottir m'appelle à deux reprises. Je ne décroche pas.

Quelques instants plus tard, je reçois un coup de fil provenant d'un numéro inconnu.

– Alors, qu'y a-t-il au menu de l'hôtel Brandur ? s'enquiert une voix féminine.

Je m'efforce de la reconnaître, mais avant d'y parvenir, la voix poursuit :

– Alda Sif à l'appareil.

Je suis désarçonné.

– Pas possible. Bonjour, voilà un honneur et une joie inattendus.

Puis, je comprends ce que le libellé de sa question implique :

– Euh, vous savez où j'habite ?

– Eh bien, tout simplement, vous n'êtes pas dans une grande ville. Vous avez peut-être remarqué que la nôtre est assez petite. Tout le monde sait où vous habitez. Et tout le monde s'en fiche éperdument.

– Je… C'est moi qui ai supplié Brandur de me louer une chambre. Je ne veux pas que vous lui causiez des problèmes.

– *Ne me montrez pas du doigt, protesta le brigadier*, comme dit la chanson. Enfin, je me fiche de l'endroit où vous vivez. Il faut bien que les crapules crèchent quelque part.

Je lui réponds par un toussotement.

– Je crois qu'il serait souhaitable de nous rencontrer demain, annonce-t-elle.

– Cela va de soi. Mais pourquoi donc ?

– Eh bien, des gens que j'estime beaucoup sont préoccupés par certaines des choses auxquelles vous vous livrez. Il faut que nous en discutions.

Ah, ah, l'Association des frères et sœurs commence à s'inquiéter.

– L'idée me plaît bien.

– Rappelez-moi à ce numéro demain, vers midi, conclut-elle.

23

SAMEDI

– Alors mon brave, voilà que tu résous une grande affaire criminelle à Akureyri depuis les Fjords de l'Ouest.

Je ne suis pas assez réveillé pour saisir.

– Qu'entends-tu par là, Olafur Gisli ? dis-je en regardant mon réveil qui indique presque onze heures.

– On dirait que tu y vois sacrément clair.

Je m'assois sur mon lit.

– Tu m'appelles pour me parler de mes dons de clairvoyance ?

– Eh bien, je ne parlerai pas de tes autres dons. Tu en as d'autres ?

– Aucune idée.

Je m'escrime à enfiler mon pantalon tout en marmonnant au téléphone.

– Tu es en train d'essayer de me dire que les laveurs de carreaux de Claire Vue ont été identifiés comme ceux qui s'introduisaient chez leurs clients pour les dévaliser ?

– C'est ce à quoi je m'efforce, en effet, me répond le commissaire. Est-ce que ce n'est pas représentatif des méthodes islandaises dans le monde des affaires ?

– Peut-être. Peut-être que c'est représentatif de la

conception du commerce et des échanges un peu partout dans le monde.

– Prenons-les par-derrière avec amour, animés d'un sens du service et de respect avant de les saigner à blanc, c'est ça ?

J'éclate de rire.

– Eh bien dis donc, voilà un langage peu châtié, mais c'est plutôt bien vu. Raconte-moi ça.

– Bon, ça crevait les yeux. Tous les occupants des maisons cambriolées avaient fait appel aux services de ces gamins. Nous les avons convoqués au commissariat avec leurs parents qui, pour la plupart, étaient absolument furieux contre nous. Les mômes ont tout avoué, immédiatement, et alors les parents sont devenus absolument furieux contre eux. Pauvres gamins, nous avions presque pitié d'eux.

– Ils ont raconté qu'ils voyaient tout le monde s'enrichir et jeter l'argent par les fenêtres avant d'ajouter pourquoi pas nous ?

– Oui, ça ressemblait à ça.

– Ils avaient déjà dépensé leur butin ?

– Non, ils avaient tout mis dans leur cagnotte qui se montait à deux cent cinquante mille couronnes. Les victimes ont été remboursées. En accord avec les parents nous avons décidé que les propriétaires de Claire Vue iraient eux-mêmes, sous escorte policière, leur remettre l'argent volé.

– Est-ce qu'il ne serait pas souhaitable que le *Journal du soir* rapporte cette histoire pour informer les citoyens et mettre en garde le monde des affaires ?

– J'en ai déjà parlé à Asbjörn en lui précisant le rôle que vous avez joué dans la résolution de cette énigme. Je crois savoir que Joa publiera un article dans votre édition de lundi.

– Puisque c'est Asbjörn et moi qui portons la responsabilité d'avoir fait connaître cette entreprise, il serait juste que nous informions le public du caractère illégal de ses activités.

Olafur Gisli éclate de rire.

– Ce pauvre Asbjörn est navré. Il m'a expliqué qu'il pensait que toi comme lui ne faisiez qu'attirer l'attention sur une initiative positive. On ne se méfie jamais assez.

– En effet, on ne se méfie jamais assez, et dans bien des domaines. Toute chose peut rapidement se transformer en son contraire.

Comme pour confirmer cette dernière maxime, je reçois un mail de margretk@loegmaeli.is :

Aurais-tu décidé d'arrêter de répondre à mes appels ? Est-il possible que tu sois minable au point de ne même pas daigner me parler ?

Je vais me chercher un café au rez-de-chaussée et j'ouvre la fenêtre. Les variations de la météo sont infinies : en ce moment, c'est la pluie.

Comment dois-je répondre à cette nouvelle provocation ? En premier lieu, dois-je lui répondre ? Après avoir arpenté la chambre un moment, je me mets à écrire :

Margrét, le fait que je ne sois pas comme tu voudrais ne te donne pas le droit de me frapper, ni de tes mains, ni de tes mots. Je suis prêt à discuter en tête à tête, la prochaine fois que je passerai à Reykjavik, mais seulement dans le calme et la modération. Nous n'avons aucune excuse pour ne pas nous comporter en adultes civilisés, pas même celle de l'alcool.

J'hésite quelques instants, puis je tranche et je clique sur « envoyer ». Ensuite, je passe en revue le reste de mes mails et j'arrive au message le plus ancien. C'est manvamp@hotmail.com qui me l'a envoyé à une heure trente du matin :

Rendez-vous dans ma cave, vers midi.

Avant de me mettre en route, j'appelle le numéro d'Alda Sif Arngrimsdottir, afin de me plier à sa demande d'hier. Elle m'affirme que c'est sa journée de congé et m'invite à passer chez elle à l'heure du café.

Un épais nuage de fumée plane dans l'appartement en sous-sol d'Idunn. Robert m'invite à entrer et me précède, sans un mot, dans le salon. Contrairement à ce qui était le cas lors de ma première visite, la chaîne hi-fi est éteinte. Idunn est affalée en travers d'un des fauteuils en cuir. Bjartur fait les cent pas, une cigarette aux lèvres. On dirait bien qu'ils viennent de se réveiller.

– Je suppose que Robert vous a fait part des derniers événements, dis-je en m'installant dans l'autre fauteuil.

– Quelle bande de connards, marmonne Bjartur. Quelle bande de putains de connards de merde !

– Vous n'avez pas tout à fait tort. Vous avez droit à une partie de l'argent qu'ils recevront pour la maison et le terrain.

Le septième fils renifle d'un air méprisant.

– Je ne toucherai pas à ce putain de fric, même avec des pincettes !

– Bjartur, mon chéri, risque Idunn de sa voix rauque. Tu ne voudrais quand même pas que ces connards en profitent tout seuls ? Nous pouvons parfaitement le dépenser. Nous devrions y réfléchir.

– Y réfléchir ? renvoie Bjartur, excédé, soudain immobile au centre de la pièce. Tu ne comprends donc pas que ça ferait de moi leur complice ?

– Leur complice ? De quoi ? dis-je tout en m'allumant une cigarette.

– D'avoir mis le feu à la maison ! Cet argent, ils l'empocheront parce qu'ils ont incendié et détruit tout ce que notre famille a construit patiemment avec sa sueur, son sang et ses larmes. Cet argent est couvert de sang !

Je me dis que cette marque de respect pour la sueur et le sang est pour le moins inattendue.

– Autrement dit, vous savez que c'est votre sœur et son mari qui ont mis le feu ?

Bjartur recommence à marcher à grandes enjambées dans le salon.

– Rosa Dis n'a rien à voir avec ça. Cette ordure de Siggi parle depuis des mois de la façon dont ils pourraient se débarrasser de cette maison, pour en tirer quelque chose au lieu de dépenser du fric en réparations et d'accumuler les dettes. Rosa Dis est amoureuse de ce pauvre type et elle se met en quatre pour l'aider à se trouver et à tomber sur les fameuses opportunités : il n'a que ça à la bouche. Mais ce n'est pas elle qui a mis le feu. Elle s'est contentée de fermer les yeux et les oreilles. Moi pas.

– Il vous a flanqué à la porte parce que vous étiez opposé à son projet ?

– Il ne m'a pas jeté dehors. C'est moi qui suis parti. Il ne me supportait pas et c'était réciproque. Je n'avais même pas le droit d'écouter ma musique.

– Comment vous savez que Sigurdur a incendié la maison cette nuit-là ?

Bjartur fume cigarette sur cigarette et ne me répond pas.

Robert, appuyé contre le montant de la porte, écoute attentivement.

– Nous étions en ville ce soir-là. D'abord à la *sjoppa*. Ensuite, nous avons fait un tour et on est passés devant l'hôtel où l'enterrement de la vie de garçon battait son plein. On a épié de loin.

– Bon, on l'a vu, ok ? interrompt Idunn. On a vu Siggi sortir de l'hôtel vers minuit et courir jusqu'à chez lui.

– Vous l'avez suivi ?

– Oui, et nous l'avons vu entrer dans la maison, reprend Robert. Il y est resté quelques minutes avant de ressortir pour repartir à l'hôtel en courant. Ça n'a pris qu'une minute. Tout au plus deux.

– Et qu'est-ce que vous avez fait ?

Bjartur lève les bras au ciel.

– Qu'est-ce qu'on pouvait faire ? On n'allait quand même pas entrer dans la baraque. Siggi a exigé que je lui rende mes clefs quand j'ai déménagé.

– Donc, vous êtes rentrés ici après votre petite halte au cimetière ?

Bjartur a l'air tout honteux.

– J'étais hors de moi. Je ne savais plus ce que je faisais, je le reconnais.

– Pourquoi, dans ce cas, avoir souillé la mémoire de votre grand-père ? C'est lui qui avait bâti cette maison.

Il ne sait plus où se mettre.

– Je voulais chier sur la tombe de mon père. C'est lui qui a jeté l'éponge. C'est lui qui leur a dit qu'ils pouvaient faire ce qu'ils voulaient. Je me suis trompé d'endroit, c'était la nuit et j'étais à l'ouest. Je me suis complètement planté.

– Mais pourquoi vous n'avez pas prévenu la police ? Ni cette nuit-là, ni plus tard ? Quand elle vous a interrogés par exemple ?

Les trois ados ne répondent rien.

– Bjartur, c'était pour protéger votre sœur ?

– Ce type est un connard et un vrai salaud ! Est-ce que j'allais, en plus, le laisser entraîner ma sœur dans le crime qu'il venait de commettre ? Elle n'est coupable que d'une chose : elle a épousé une putain d'ordure.

– Autant que je sache, tous les invités de cette fête affirment qu'ils étaient à l'hôtel au moment où le feu s'est déclaré.

– Ils étaient tous défoncés ou soûls, précise Robert. Et même si ça n'avait pas été le cas, c'était un jeu d'enfant de s'absenter discrètement pendant quelques minutes. Pas plus compliqué que d'aller aux chiottes, ça ne prenait pas plus longtemps.

– Mais il y a une preuve supplémentaire de leur présence : une photo que Sigurdur a lui-même prise à ce moment-là et sur laquelle apparaît la date et l'heure.

Les trois jeunes me dévisagent, incrédules.

– Eh oui, c'est comme ça, dis-je. Une photo prise avec un appareil numérique.

Bjartur secoue la tête.

– Je n'y comprends rien, je n'y pige absolument rien.

– Attendez un peu, intervient Idunn, c'est simple comme bonjour de modifier l'heure sur un numérique, on l'avance ou on la recule comme on veut avant de prendre la photo.

Elle se lève, quitte le salon et revient avec un petit appareil numérique.

– C'est le mien, venez voir.

Nous nous approchons et elle change l'heure sous nos yeux.

– C'est très simple, mais il faut la modifier avant de prendre le cliché, on ne peut plus le faire après, évidemment. Ensuite, il n'y a plus qu'à la régler à nouveau.

Bjartur brandit son poing en l'air.

– *Yes* ! C'est la preuve qu'il a bien préparé son coup. Il s'est servi de cet appareil pour se fabriquer un alibi.

Lui et Robert se frappent le plat de la main, comme deux vrais ados.

– On le tient !

– En fait, il a suffi à Sigurdur de retarder l'appareil de quelques minutes après avoir mis le feu à la maison et de le remettre à la bonne heure une fois qu'il avait pris la photo, résume Idunn.

Ainsi le temps a suspendu son vol sur un mode numérique pendant que la maison brûlait.

La pluie bien fraîche me nettoie un peu les méninges alors que je me rends au domicile de la commissaire d'Isafjördur. Et l'odeur de café qui m'accueille représente pour moi un agréable répit après avoir étouffé dans la fumée dégagée par les trois adolescents.

Alda Sif occupe une petite maison individuelle peinte en vert et coiffée d'un toit rouge sur la rue Fjardarstraeti, dont le nom provient directement du fjord de Skutulsfjördur. La vue qui s'offre à elle sur le rivage et sur le ciel bas et lourd pèse comme un couvercle.

C'est le petit Grimsi qui vient m'ouvrir. Il me salue brièvement avant de disparaître à l'étage d'où on entend des coups de feu sortis d'un poste de télé. Sa mère apparaît à la porte de la cuisine, sur le côté droit du couloir aux murs blancs. Au fond, on aperçoit un salon, des meubles en bois clair et d'autres plus anciens.

Vêtue d'un jean et d'un chemisier blanc, elle a libéré ses cheveux roux qu'elle noue d'habitude en queue de cheval. La commissaire est si séduisante en dehors des horaires de bureau que je me sens presque gêné.

– Bonjour, je vous en prie, dit-elle.

À la table de la cuisine, Kristin Erna Kortsdottir est assise devant une tasse de café. Elle m'adresse un signe de tête maussade.

– Bonjour à vous, Kristin Erna, dis-je tandis que je m'installe face à elle. J'ai la nette impression que vous ne voulez pas discuter avec moi, ni en tête à tête, ni au téléphone. C'est justifié ?

En repensant au dernier message de Margrét Karlsdottir, je ne peux réfréner un sourire.

– Je ne vois pas en quoi cela prête à rire, commente la commissaire, alors qu'elle s'assoit au bout de la table, devant sa tasse fumante.

– Non, c'est vrai, pardonnez-moi, mais je pensais à tout autre chose.

– Pour l'Association des frères et sœurs, il s'agit au contraire d'une affaire des plus sérieuses, poursuit Alda Sif.

– Il faut que vous compreniez que nous exerçons une activité très délicate, explique Kristin Erna. Elle nécessite une confiance absolue et exige le respect de l'ensemble de la communauté. Elle doit être au-dessus de tout soupçon aussi bien en ce qui concerne ses objectifs que ses méthodes de travail. En d'autres termes, il faut que les gens évitent de venir la perturber.

Elles m'opposent toutes deux un regard déterminé, si ce n'est accusateur.

– La perturber ? Comment donc ?

– Eh bien, par exemple, en l'impliquant dans une affaire criminelle extrêmement sérieuse, répond Kristin Erna d'un ton cinglant.

– J'ai impliqué votre association dans une affaire criminelle ?

– Non, en revanche, vous avez posé des questions qui pourraient lui nuire grandement si elles étaient soulevées au grand jour, précise Alda Sif.

– Avec tout le respect que je vous dois : les questions ne nuisent généralement à personne, ce sont plutôt les réponses qui risquent de le faire.

Les deux femmes échangent un regard.

– Ce n'est pas le sujet de la discussion, élude Alda Sif. Vous êtes, d'une manière ou d'une autre, parvenu à savoir qu'un coup de téléphone aurait été passé depuis le local de l'associa-tion vers le numéro de Karl Olafsson la nuit où le camping-car a été retrouvé. C'est là…

– Oh, attendez un peu. Dois-je vous répéter que c'est moi qui ai trouvé ce téléphone et qui vous l'ai remis ?

– Non, il est inutile de radoter, mais…

Je lui coupe à nouveau la parole :

– Vous savez parfaitement toutes les deux que le numéro du correspondant apparaît sur l'écran de ces portables, sauf quand il est masqué. Alda Sif, vous m'avez appelé hier soir sur le mien, vous saviez que je voyais votre numéro et que je pourrais vous rappeler.

Elle écarte mon intervention d'un revers de main.

– D'accord, d'accord, mais ce n'est pas le problème.

Je me sens soulagé. Elle ignore totalement que je n'ai pas eu le temps de lire le numéro avant de lui remettre l'appareil. Je me dois de protéger Brandur Brandsson. D'autant plus que tout le monde sait qu'il m'héberge chez lui.

– Tout ce qui compte, c'est qu'aucun des responsables de notre association n'a appelé Karl Olafsson cette nuit-là.

– Eh bien, je ne demande qu'à le croire. Mais comment peut-on en être sûr ? Qu'est-ce qui le prouve ?

Kristin Erna se penche par-dessus la table.

– Parce que c'est moi qui vous l'affirme. Nous avons vérifié tout cela. Aussi bien nous trois, qui avons les clefs du local, que la police qui…

Elle lance un regard en direction de la commissaire.

– La police a également vérifié avec nous. Nous étions tous chez nous cette nuit-là. Et nous avons des témoins : nos enfants, nos conjoints, nos familles.

– Dans ce cas, comment est-ce que vous expliquez cet appel ?

– C'est justement ce qui nous échappe, répond Alda Sif. Je vous dis ça de façon confidentielle, comme doit d'ailleurs le rester l'ensemble de notre conversation : nous ne disposons d'aucune explication. Il doit s'agir d'une erreur, d'un dysfonctionnement quelconque dans l'historique des appels, d'un problème d'informatique. La compagnie téléphonique affirme qu'il y a peu de chances que ce soit le cas. Mais malgré tout…

– Kristin Erna, ne pourrait-on pas imaginer que quelqu'un ait volé les clefs ? Ou que vous n'ayez pas fermé correctement la porte en quittant les lieux plus tôt dans la soirée ?

Mes propres questions me mettent mal à l'aise. Mais je ne peux pas risquer de compromettre Jonina Sighvatsdottir. Pas encore. Pas tant que je n'en sais pas plus. Je dois continuer de jouer ce jeu.

– Je suis absolument incapable de vous répondre, soupire Kristin Erna. Je voudrais tellement pouvoir le faire pour me débarrasser de vous, et aussi pour que la police puisse exclure catégoriquement toute implication de notre part. Mais j'en suis incapable.

Je ne sais pas quoi lui dire.

– Nous avons changé la serrure de manière à ce que cela ne se reproduise pas. C'est déjà suffisamment difficile de ne pas réussir à prouver notre innocence dans cette histoire.

– Voyez-vous, Einar, reprend Alda Sif, en tant que commissaire, je me dois de garantir une certaine impartialité. Tout le monde est égal devant la loi. Le fait que je sois familière des activités de l'Association des frères et sœurs ne change rien à l'affaire. Je peux vous confier que j'ai dû m'adresser personnellement à elle à un certain moment de mon existence, et je ne la remercierai jamais assez. Je lui suis grandement redevable, j'ai envers elle une dette dont j'essaie de m'acquitter comme je peux depuis quelques années. Je dois avouer qu'en tant que fonctionnaire de police, il me serait très douloureux d'être amenée à nuire aux intérêts de cette association. Toutefois, si je la soupçonnais à juste titre de s'être rendue coupable de quelque chose de répréhensible, je n'hésiterais pas à intervenir. Mais voilà, le soupçon en question n'existe pas. Ce qui est arrivé relève d'autre chose. En plus, bien que ce coup de fil soit effectivement étrange voire anormal, il n'a, en soi, rien de criminel. Vous le comprenez bien, n'est-ce pas ?

J'en conviens d'un hochement de tête.

– Je l'ai compris dès le début. C'est pour cela que je n'ai rien fait. Que je me suis contenté de vous poser des questions. Ce n'est quand même pas anormal.

Les deux femmes échangent à nouveau un regard.

– Non, en effet, consent finalement Kristin Erna, ça n'a rien d'anormal.

– C'est pourquoi nous souhaitions vous rencontrer pour vous exposer les choses telles qu'elles se présentent pour nous, conclut Alda Sif.

Je voudrais bien, moi aussi, pouvoir les exposer de la même manière. Mais ce n'est pas possible, tout simplement parce qu'elles ne se présentent pas clairement à moi. Au lieu de ça, je peux jeter la lumière sur une autre affaire.

Le soir venu, Alda Sif Arngrimsdottir a repris son service au moment où la trinité toute de noir vêtue est venue soulager sa conscience.

24

DIMANCHE

Les gamins ont déjà commencé à enrouler le tapis de neige qui s'est posé sur Isafjördur. Dans les jardins de la vieille ville, je vois se multiplier les bonshommes et les constructions diverses. Ni les uns ni les autres ne sont conçus dans un matériau durable, ils fondront dès que l'air se réchauffera. Ainsi, cette ville grandit puis se contracte au sein de ce monde hivernal qui n'est pas sans ressembler à l'autre, le nôtre, où les gens comme les bâtiments sont à la merci de la mort ou des lois du marché.

Après avoir déployé une énergie considérable pour ouvrir la fenêtre bloquée par la neige, je fume une cigarette. Chaque jour, je me persuade que ceux qui me sont chers et se soucient le plus de moi profitent tranquillement de la vie, en mon absence. Ma petite Gunnsa et son Raggi ainsi que mes vieux parents vont bien. Les nouvelles que j'ai d'eux sont bonnes. En réalité, c'est tout ce qui m'importe. Pourtant, je passe le plus clair de mon temps à fouiller la vie privée des autres, des inconnus avec lesquels je n'ai aucun lien. Quelle fichue obsession, quand même ! Serais-je de ceux qui se mettent plus facilement à la place des autres et sont plus doués pour résoudre les problèmes d'autrui que les leurs ? Je préfère fuir ainsi plutôt que d'être confronté à des complications comme celles liées ma relation avec Margrét Karlsdottir.

Je contacte Alda Sif vers onze heures. Suite aux dépositions que Bjartur, Idunn et Robert ont faites hier soir, Sigurdur Ögmundsson a été convoqué ce matin au commissariat pour y être entendu.

– Nous interrogerons Rosa Dis plus tard dans la journée, le moment venu, peut-être plus tôt qu'on ne le pense, me dit-elle.

– Pourquoi ? Comment est-ce que les choses se présentent avec Sigurdur ?

– Vous ne publiez rien de ça, d'accord ?

– Non, non, je vous donne ma parole.

– Je ne vous tiens au courant qu'en raison de notre discussion d'hier, et aussi parce que vous avez contribué à faire progresser cette enquête. En tout cas, pour l'instant, Sigurdur n'a pas avoué. Il maintient qu'il est allé chez lui pour y chercher son appareil photo.

– Son appareil ? Mais l'horloge de ce dernier indique justement qu'à ce moment-là, il prenait le cliché !

– C'est vrai, mais il affirme ne pas être responsable de l'heure affichée et ne rien connaître à ces trucs-là.

– Ce n'est pas très convaincant. Et pourquoi n'a-t-il pas dit plus tôt qu'il s'était absenté de l'hôtel vers minuit pour aller chercher cet appareil ?

– Il prétend qu'il avait simplement oublié ce détail, qu'il était soûl, comme le reste des invités. Que les horaires sont aussi fluides et fugaces que les consommations. Il affirme également qu'il croit savoir qui sont nos témoins, que Bjartur et ses copains veulent se venger de lui, que Bjartur passe ses journées à se droguer, qu'il ne l'a jamais supporté et que c'est réciproque.

Que tout ce que ce gamin peut déclarer contre lui doit être pris en tenant compte de ce paramètre.

Merde alors. Ça s'annonce plutôt mal.

– Et il ne reconnaît même pas qu'il aurait pu oublier, par exemple, une bougie allumée ?

– Absolument pas. Il maintient que la seule explication à cet incendie serait que Bjartur l'ait allumé lui-même et qu'il essaie maintenant de lui faire porter le chapeau.

– Oui, mais nous avons trois témoins contre un. Je peux vous demander lesquels sont, d'après vous, dignes de foi ?

– Cela n'a rien à voir avec la foi. Il faut que nous attendions de voir comment les choses évoluent. En plus, ça dépend aussi des déclarations de Rosa Dis.

J'ai à peine terminé ma conversation avec la commissaire que mon portable se met à sonner.

– Je suis au commissariat de Reykjavik, m'annonce Sigurbjörg sans ambages. La police organise une brève conférence de presse juste après midi. J'ai cru comprendre qu'elle serait retransmise en direct sur la chaîne de télé Sjon 2.

Sur quoi, la voilà déjà partie.

Il est bientôt midi. Je regarde les infos de Sjon 2 sur le Net. Après un premier reportage où il est question de clignotants alarmants dans le domaine économique, de l'endettement des banques et de toutes sortes d'indicateurs de croissance, on nous emmène au commissariat où l'on voit des chefs assis à une table, face à un micro, ainsi que quelques journalistes disséminés sur les rangées de chaises. Au milieu du premier rang, j'aperçois Sigurbjörg, armée de son calepin et de son magnéto.

Apparemment, il ne faut pas s'attendre à ce que

cette conférence change la face du monde. Ne sont présents ici ni le chef de la police de Reykjavik ni celui de la Police nationale, comme le veut l'habitude lorsque des affaires importantes sont élucidées.

– Nous tenons cette conférence de presse suite au grand nombre de demandes d'informations que nous avons reçues en ce qui concerne le décès du député Fjalar Teitsson, annonce le porte-parole. Comme vous le savez, Fjalar a quitté son domicile vers 22 h 30, dans la soirée du lundi, il y a trois semaines. D'après son entourage, il avait l'intention de ne s'absenter que deux ou trois heures et n'a pas précisé avec qui il avait rendez-vous, ni quelle était la nature de cette rencontre. Le lendemain, comme ses proches n'avaient aucune nouvelle, ils ont signalé sa disparition aux services de police et des recherches ont été entreprises dans la soirée. Son corps a été retrouvé trois jours plus tard, rejeté par la mer, au pied des réservoirs à hydrocarbures de l'île d'Örfirisey. L'enquête a révélé que son décès ne relève pas d'une cause naturelle, mais qu'il s'agit d'un meurtre. En dehors des examens scientifiques et médicaux approfondis auxquels on a procédé sur sa dépouille, la police de Reykjavik a pris les dépositions de personnes qui connaissaient le défunt ou entretenaient des relations avec lui, mais l'enquête n'a toujours pas abouti à une conclusion, aucun suspect n'a été placé en garde à vue ni arrêté.

Il s'interrompt.

– Nous répondrons maintenant à quelques questions, ajoute-t-il.

Sigurbjörg : Est-ce que cela signifie que l'enquête piétine ?

Le porte-parole remue, mal à l'aise, sur sa chaise.

– Comme je viens de le préciser, elle n'a toujours

pas abouti à une conclusion. Nous sommes en plein milieu du travail d'investigation et nous tenons cette conférence en raison de l'intérêt manifesté par les médias. Chaque jour, les demandes d'informations qu'ils nous adressent pleuvent au commissariat.

Sigurbjörg : Nous savons que Fjalar a eu les cervicales brisées. Quels indices cette donnée et les autres éléments dont vous disposez nous apportent-ils sur l'identité de son ou de ses agresseurs ?

Le porte-parole : Dans ce domaine, nous nous sommes penchés sur un certain nombre de points. Et nous continuons à le faire.

Les *Nouvelles du matin* : Considère-t-on qu'il y avait plusieurs agresseurs ?

Le porte-parole : Ce n'est qu'une possibilité parmi d'autres.

Le *Gratuit* : Avez-vous découvert des éléments indiquant que le décès de Fjalar serait lié à ses activités politiques ou économiques ?

Le porte-parole : Nous n'avons rien trouvé qui aille dans ce sens. Mais à ce stade de l'enquête, il nous est impossible d'affirmer quoi que ce soit à ce sujet.

Le *Gratuit* : Est-il possible qu'il s'agisse d'un hasard ? Que Fjalar ait croisé la route d'une bande de voyous ?

Le porte-parole : Cette éventualité a été examinée avec soin et nous pensons qu'elle est à exclure. Le plus probable est qu'il avait rendez-vous avec son assassin. Il semble qu'il n'ait même pas été dévalisé.

La RUV, Radio Télévision Nationale : Qu'a révélé l'examen des coups de téléphone et des mails de Fjalar dans les journées qui ont précédé le meurtre ?

Le porte-parole lance un regard à ses deux acolytes.

– Cette partie de l'enquête n'est pas encore bouclée.

Nous pouvons simplement vous dire qu'elle est entrée dans une phase délicate.

Sigurbjörg : Considère-t-on qu'il y ait un lien entre le décès de Fjalar à Reykjavik et celui de Karl Olafsson et de Hallgrimur Saevar Bjarnason à Isafjördur, quelques jours plus tôt ? Je vous pose cette question parce que Fjalar a vécu quelques années là-bas.

Le porte-parole : Nous envisageons tous les cas de figure et collaborons étroitement avec les services de police de la circonscription d'Isafjördur.

Sjon 2 : En d'autres termes, ce lien n'est pas à exclure ?

Le porte-parole : Non, pas plus qu'un certain nombre de choses, d'ailleurs.

La RUV : Disposez-vous d'éléments précis et un peu plus tangibles qui prouveraient l'existence d'un tel lien, à part le fait qu'il ait vécu là-bas, il y a des années ?

Le porte-parole : Tout cela est en cours et nous ne pouvons pas vous en dire plus pour l'instant.

Sigurbjörg : Est-ce que cela signifie que l'enquête s'oriente désormais dans cette direction précise ?

Le porte-parole : Je vous répondrai simplement qu'elle est complexe. Je peux toutefois vous confier que chacune de ces deux enquêtes pose un grand nombre de problèmes techniques et que chacune d'elles nécessite beaucoup de temps, en grande partie parce que les indices ont été abîmés par les forces naturelles destructrices, à savoir la mer, le feu et la neige. Sans parler des effets du temps.

Il dissout l'assemblée et nous revoilà au studio.

J'appelle Sigurbjörg.

– Conférence mémorable ? Pas franchement, dis-je, enfin, elle n'était pas tout à fait inutile.

– Non, convient-elle. Elle nous a appris deux

choses. Premièrement, l'examen des coups de téléphone et des mails de Fjalar est entré dans une « phase délicate ». Deuxièmement, la police étudie certains éléments susceptibles de démontrer l'existence de liens entre ces deux affaires.

– Exact.

Je lui fais un compte rendu de ma rencontre avec les gothiques, de l'enquête sur l'incendie de la maison, et des relations entre l'Association des frères et sœurs et la commissaire d'Isafjördur.

– Ce coup de fil passé depuis leur local est des plus suspects, commente Sigurbjörg.

– Oui, il faut vraiment que je tire ça au clair.

– Prends garde à ne pas aller marcher sur les pieds de quelqu'un.

– J'aimerais bien pouvoir te le promettre.

Au moment où j'arrive aux locaux de l'association, j'ai les jambes complètement trempées. J'ai affronté les bourrasques, suivi les sentiers tracés dans la neige et enjambé de nombreuses congères en chemin. Les efforts que j'ai déployés n'ont servi à rien. Personne ne répond à la sonnette. Je sors mon portable pour appeler Kristin Erna qui, elle non plus, ne me répond pas.

Je reprends ma marche éprouvante pour aller jusqu'à la maison de Jonina et Oddny.

– Odda n'est pas encore arrivée, m'annonce Jonina à l'interphone sans que je lui aie demandé quoi que ce soit. Il n'y a pas d'avion.

– Vous me permettez d'entrer un moment ?

L'instant d'après, je me retrouve dans le salon impeccable en compagnie de Jonina qui se balance d'avant en arrière sur son fauteuil, comme une vieille femme.

– Donc, dis-je, Oddny est bloquée à Reykjavik par le mauvais temps.

Elle répond d'un hochement de tête.

– Ce n'est pas bien grave, elle adore être là-bas.

– Elle y va souvent ?

Jonina jette un œil par la fenêtre.

– Oui, souvent.

– Ah bon ? Elle a envie de réussir, de connaître la célébrité ?

– Oui, et elle adore voyager.

– Vous êtes déjà allées à l'étranger toutes les deux ?

– Pas moi, répond-elle timidement, je n'ose pas, ça me fait bien trop peur.

– De quoi vous avez peur, Jonina ?

– Eh bien…

Elle hésite.

– Des hommes qui sont méchants et ce genre de choses. Mais Odda est souvent allée à l'étranger, elle n'a peur de rien. L'an dernier, elle est allée à Londres.

– Pour y faire quoi ?

– Ben, pour voir, suivre un cours et aller à des concerts.

– Un cours de chant ?

– En fait, je ne sais pas vraiment. Odda a tellement d'idées qui lui passent par la tête.

– Et elle est votre meilleure amie, n'est-ce pas ?

– Oui, me répond-elle en une profonde inspiration. Elle a toujours été très gentille avec moi.

Je prends mon courage à deux mains pour lui poser la question qui me semble inévitable.

– Dites-moi, Jonina, pourquoi avez-vous appelé le portable de Karl Olafsson depuis l'Association des frères et sœurs, la nuit où on a retrouvé le camping-car sur la colline d'Orrustuholl ?

Son visage pâle et marqué devient blanc comme neige.

– Je sais que c'est vous, j'ai reconnu votre voix.

– Je… je…

Sa gorge semble subitement complètement nouée.

– Vous deviez connaître Karl, non ?

– Je… je… je l'avais seulement croisé à cette fête.

Elle s'interrompt, et croise ses doigts si fort que les jointures blanchissent.

– Que vouliez-vous lui dire s'il avait répondu ?

– Je ne sais pas.

Les larmes se mettent à couler le long de ses joues.

– Mais comment avez-vous réussi à entrer dans le local de l'association en pleine nuit ?

– C'est Fjalar…

– Fjalar ? Comment ça ?

Elle se lève tout à coup.

– Il faut que vous partiez.

– Vous savez que vous devrez tôt ou tard répondre à ces questions, dis-je en me mettant également debout. La police va vous les poser.

Jonina prend son visage dans ses mains.

– La police ?

– Oui, la police.

Je décide d'aller encore plus loin pour qu'elle comprenne, ou qu'au moins elle perçoive le sérieux de l'affaire.

– D'ailleurs, elle a déjà interrogé Bjartur et ses amis.

– Bjartur ? Pourquoi ?

– Et maintenant, c'est le tour de Sigurdur, le mari de Rosa Dis, à propos de l'incendie de leur maison.

– Mais… mais… mais… bégaie Jonina.

Puis elle se contente de sangloter en prenant son visage dans ses mains.

Avant même de m'en rendre compte, j'ai entouré ses épaules de mes bras.

La neige a cessé de tomber. Pourtant, dans ma tête, la tempête continue de m'aveugler.

Je suis désolé d'avoir plongé cette jeune femme sans défense dans un tel désarroi. Quand on pense à ce qu'elle a subi et à son état mental, on peut craindre qu'elle choisisse une solution radicale. Mais je n'avais pas d'autre choix.

J'enjambe péniblement les congères jusqu'à la Maison d'Édimbourg. Je m'installe, je commande un café et un sandwich, puis je réfléchis un moment.

Je retourne mon portable dans le creux de ma main avant de me décider à appeler Gudny Karvelsdottir.

– Bonjour, c'est Einar, du *Journal du soir*.

– Oui, bonjour, répond-elle, haletante.

– Une chance que vous ne soyez pas allée à Reykjavik pour l'enterrement de Fjalar. Vous auriez été bloquée par la tempête comme votre fille.

– Je ne m'en sentais pas la force, précise Gudny.

– Je vous comprends. Je désirais vous poser une question : Fjalar était-il en relation avec l'Association des frères et sœurs, ici à Isafjördur ?

Elle respire profondément à l'autre bout du fil. Je me l'imagine clairement : bouffie, épuisée, occupée à prendre ses pilules dans l'une des plaquettes rangées dans le placard.

– Allô ?

– Eh bien, il a plus ou moins participé à sa création.

Mais je n'en sais pas plus. C'est Olli qui s'est occupé de tout ça.

– Vous voulez dire Eyjolfur Atli, le préfet ?

– Oui, ils étaient amis. Après le divorce, Olli l'a aidé sur des questions juridiques et financières concernant le partage des biens.

Je la remercie avant de prendre congé. Ensuite, je compose directement le 118 qui me communique le numéro du domicile d'Olli la Casquette, dont je sais qu'il ne se rend jamais à son bureau le dimanche. Il me répond lui-même et me réserve un accueil poli, après que je lui ai présenté mes excuses pour le dérangement causé en ce jour de repos. Derrière sa voix, je reconnais Led Zeppelin et leur *Immigrant song* en sourdine.

We come from the land of the ice and snow
where the midnight sun and the hot springs blow…

C'est ainsi qu'un préfet se doit d'être. Il me confie qu'il est allé à Reykjavik pour l'enterrement de Fjalar avant-hier, mais qu'il est rentré dans la journée.

– Ce n'était pas plus mal, étant donné le temps qu'il fait aujourd'hui. Je me plais beaucoup ici, comme je vous l'ai déjà dit lors de notre très intéressante interview, mais les transports posent quand même problème, la question est insoluble. Certains affirment que leur mauvaise qualité est surtout dans la tête des gens. Si c'est vrai, autant s'appliquer à penser le moins possible, mais bon, dans ce cas, je crains fort qu'on ne finisse par rester les deux pieds dans le même sabot. Alors, que puis-je faire pour vous ?

Je lui expose ma requête.

– Il s'agit là d'une chose privée entre moi et mon ami Fjalar, répond-il. Il m'a demandé de l'aide pour régler ses affaires. J'ai été très heureux de pouvoir la lui apporter.

– Tout à fait. Quand il est parti d'ici, il a été critiqué à cause de la vente du quota et de ses conséquences. Mais il apparaît maintenant clairement que cela ne s'est pas passé comme les gens l'ont cru à l'époque. Le regretté Fjalar a laissé à cette ville une partie des bénéfices bien plus importante que ce qu'on imaginait.

– Oui, il voulait qu'il en aille ainsi et cela correspond bien à sa personnalité.

– Il a acheté une maison pour son ex-femme et une autre pour sa belle-fille, ce ne sont là que des exemples.

– En effet, mais je ne peux pas me permettre d'entrer dans les détails.

– Non, je comprends, mais, voyez-vous, je m'interroge sur un point précis. J'ai parlé à Gudny et elle m'a conseillé de me tourner vers vous.

– De quoi s'agit-il ?

– Je voudrais savoir si Fjalar a subventionné des œuvres de bienfaisance.

– Oui. Je crois pouvoir vous confirmer sans risque qu'il a investi beaucoup d'argent dans l'Association des frères et sœurs qui défend les intérêts des victimes de violences, surtout celles qui ont subi des abus sexuels. Il leur a acheté un local et légué une forte somme d'argent pour leurs activités à venir.

– Mais déjà à l'époque et aujourd'hui encore, il existait l'association Solstafir, sur le modèle de Stigamot.

– Eh bien, je peux simplement vous dire, et il faut absolument que cela reste entre nous, que Fjalar souhaitait renforcer une association qui serait orientée autant vers les victimes masculines que féminines.

– Pourquoi ?

– Je ne le sais pas exactement. Il lui semblait que ce

genre d'orientation était nécessaire. En réalité, il leur a fait cette donation à cette condition. Pourquoi me posez-vous cette question ?

L'espace de quelques instants, je me demande ce que je dois lui répondre, puis je lui parle du coup de fil controversé sans toutefois nommer Jonina Sighvatsdottir.

– Oui, évidemment, j'ai connaissance de cet appel, mais il doit bien exister une explication logique, répond Eyjolfur Atli. Notez encore une fois que Fjalar ne voulait absolument pas que sa donation soit dévoilée publiquement.

– Mais il est mort. Et la police mène une enquête pour meurtre.

– Oui, je suppose que ça change de nombreuses choses, concède le préfet. La mort modifie la donne.

Avant que le jour ne touche à sa fin, j'envoie pour l'édition de lundi un article annonçant qu'un homme d'environ trente-cinq ans et habitant à Isafjördur, Sigurdur Ögmundsson, a reconnu lors de son interrogatoire par la police des Fjords de l'Ouest qu'il était l'auteur de l'incendie de la maison dont il était propriétaire avec sa femme dans le vieux quartier d'Eyri. L'homme s'est entêté à nier sa responsabilité jusqu'à ce que son épouse avoue avoir eu connaissance de ses projets.

– Rosa Dis a toujours lutté pour vivre honnêtement et conserver la maison familiale, m'a confié la commissaire en privé. Elle a travaillé dans l'industrie du poisson, comme tous ceux de l'ancienne génération, et peu importe combien de fois les entreprises faisaient faillite. Sigurdur voulait les arracher à ce qu'il qualifiait de pétrin financier et elle n'a pas réussi à l'en dissuader.

L'article du *Journal du soir* précise également que trois témoins ayant vu l'homme entrer dans la maison peu avant l'incendie se sont manifestés à la police.

25

LUNDI

L'écume remonte des profondeurs et commence à s'épaissir. Toutes ces choses qui fermentent et bouillonnent par en dessous finiront par exploser à la surface. Pour l'instant, la manière dont cette éruption risque d'arriver ne me dit rien qui vaille.

– Sigurbjörg, dis-je à ma collègue de Reykjavik alors qu'elle se rend en voiture au travail, le portable collé à l'oreille. Le fait que Kolfinna n'ait pas voulu s'exprimer sur la vie privée de Fjalar et sur son passé dans le Nord-Ouest au moment où tu es allée la voir ne signifie pas que nous devons renoncer à toute autre tentative.

– Je ne suis absolument pas certaine qu'elle ait connaissance d'informations déterminantes.

– Quand tu es allée l'interroger, nous n'avions aucune idée des liens entre Fjalar et l'Association des frères et sœurs, ni des dispositions qu'il avait prises concernant ces importantes sommes d'argent. À ce moment-là, cette histoire de coup de fil n'était pas encore éclaircie.

– J'ai bien l'impression qu'elle ne l'est toujours pas, d'ailleurs. Espèce de connard !

– C'est à moi que tu parles ?

– Non, à un cinglé qui vient de me faire une queue

de poisson, répond-elle tandis qu'elle malmène le klaxon.

Qu'il est agréable d'être loin du tumulte et de la fureur de ce monde, dans un village tranquille où il n'arrive jamais rien.

– Eh bien, il est évident que cet appel a été passé par une amie de sa belle-fille. Il y a quelque chose là-dedans, et je suis certain que Kolfinna est parfaitement au courant. Tu es la personne idéale pour l'amener à se confier. Elle doit quand même souhaiter que le décès de Fjalar trouve une explication, tu ne crois pas ?

– Si, si, si, si, répond-elle, agacée.

– Le portrait que nous avons de cet homme est vraiment paradoxal. Il a dirigé une pêcherie d'une main de fer, transformé les pertes en bénéfices, s'est marié avec la fille du propriétaire et a, pour ainsi dire, reçu l'entreprise en guise de dot. Puis il a divorcé, vendu le quota à des gens de l'extérieur, ce qui a déclenché la colère des autochtones. Il semble qu'ensuite il ait éprouvé quelques remords. Une bonne partie des bénéfices qu'il a empochés est restée dans le Nord-Ouest, mais il ne voulait pas que les gens l'apprennent. Sur quoi, il a débuté une carrière politique frappée du sceau de l'honnêteté et de l'égalité. Cependant, comme me l'a dit Sigurdur Reynir, on a l'impression que ses actions étaient motivées par une sorte de remords et qu'en même temps, il avait une tendance à la dépression. Je pourrais continuer encore et encore mais le principal, c'est la chose suivante : il manque dans ce portrait le lien, le fil directeur qui nous permettrait d'emboîter les pièces du puzzle.

– Naturellement, cet homme étant mort, nous n'avons pas l'occasion de le rencontrer.

Un sourire me monte aux lèvres.

– Sigurbjörg, si je suis la peste, toi tu es le choléra. Toujours est-il que Kolfinna connaît la pièce manquante à notre puzzle.

– Ok, je veux bien essayer. Pour peu qu'on me fiche la paix et qu'on ne me colle pas sur le dos des interviews de quelques banquiers ou hommes d'affaires de malheur que Guffi n'a pas le temps d'aller voir.

– D'autres nouvelles du pays de cocagne qu'est le *Journal du soir* ?

– C'est la pagaille. Si un ou, pire encore, deux d'entre nous venaient à tomber malades, nous aurions tout le mal du monde à faire sortir le journal. On réduit de tous les côtés, les recrutements sont bloqués et, en même temps, on nous en demande toujours plus, pas seulement en termes de productivité, mais aussi pour que chacun rende constamment des articles vendeurs. C'est n'importe quoi. Tu peux t'estimer sacrément heureux d'être loin de ces conneries.

– Ce n'est pas tous les jours Noël pour moi non plus.

– Depuis quelques jours, on entend dans le Bossanova, le couloir des chefs, des claquements de portes si violents qu'ils sont sûrement mesurables sur l'échelle de Richter.

– Ah bon, que se passe-t-il ?

– Je l'ignore. On ne nous dit rien. Trausti est survolté. Quant à Hannes, il est invisible.

Le couronnement du dauphin serait-il pour bientôt ?

J'ai bien envie d'appeler Hannes, mais je décide de résister à cette tentation.

À la place, je descends à la cuisine où m'accueillent des notes d'accordéon et l'arôme du café.

– Bien le bonjour, monsieur l'aubergiste, dis-je.

Brandur Brandsson marmonne quelque chose au-dessus de son bol de bouillie de flocons d'avoine et me fait signe de me servir un café.

– Eh bien, voilà cette histoire d'incendie élucidée.

– Mouais, cette fichue cupidité n'épargne rien, commente-t-il.

– Vous avez bien raison, dis-je en m'asseyant face à lui avec ma tasse. Mais c'est quand même une consolation de savoir que notre beau pays n'abrite pas à son insu des terroristes islamistes.

– Ah bon ? renvoie Brandur en fronçant les sourcils. Je ne pense pas que quiconque soit en mesure de l'affirmer. Une chose n'exclut pas l'autre.

– Vous suggérez qu'ils seraient responsables de l'incendie de la vieille église, il y a vingt ans ?

Il continue d'enfourner bruyamment sa bouillie.

– Et qu'ils se seraient masturbés sur la Bible ? À moins qu'il ne s'agisse de satanistes ?

Brandur frappe du poing sur la table.

– Il faut se garder de prendre de telles ignominies à la légère. Cette fois-ci, le responsable c'était la cupidité, qui est en train de mettre ce pays sens dessus dessous. Tout ça pour imiter les autres. Les gens se pâment devant des richesses dénuées de toute valeur véritable et ne voient que ça partout autour d'eux : dans les journaux, à la télé, chez leurs voisins, et ils ont l'impression qu'ils doivent se prêter au même jeu. Et ce jeu-là n'épargne rien ni personne.

Je repense aux jeunes loups en herbe de Claire Vue à Akureyri.

– Quant aux enfants, ils s'appliquent à singer les parents.

– Et se prosternent à leur tour devant le dieu de l'argent.

Cette fois-ci, je m'entête jusqu'à ce que Kristin Erna Kortsdottir m'ouvre la porte du bâtiment abritant l'Association des frères et sœurs. Le local est composé de trois pièces chaleureuses et lambrissées, situées sous les combles. Le bureau se trouve dans la première, avec un mobilier hétéroclite qui semble provenir de dons. La pièce du fond est une salle de réunion meublée d'une longue table et de chaises et, sur le côté, il y a une salle de détente avec de vieux fauteuils et un coin café. Kristin Erna m'y précède, m'invite à m'asseoir et nous sert deux tasses.

– Que voulez-vous encore ? me demande-t-elle tandis qu'elle s'assoit face à moi de l'autre côté de la table basse toute rayée.

– Eh bien, vous et Alda Sif n'avez pas été tout à fait honnêtes avec moi, l'autre jour.

Elle avale une petite gorgée.

– Et pourquoi devrions-nous être parfaitement honnêtes avec vous ? Il y a une raison particulière ?

Je lui décoche un sourire.

– La confiance mutuelle n'est-elle pas le fondement de toute relation humaine ? Surtout dans une activité telle que la vôtre ?

Elle me toise d'un air interrogateur.

– C'est vrai, la confiance et le respect du secret sont extrêmement importants.

Je balaie les lieux du regard.

– Vous avez omis de mentionner que tout ce qui se trouve ici, qu'il s'agisse de ce local ou de l'ensemble de vos activités, est en majeure partie financé par les deniers du regretté Fjalar Teitsson.

Je ne distingue aucune trace de lézarde sur la façade résolue qu'affiche Kristin Erna.

– Nous parlions justement de confiance et de respect du secret, répond-elle. Le soutien que Fjalar apportait à notre activité était lié à un secret total. La condition qu'il posait, c'était que son nom ne soit cité nulle part, et je ne voyais aucune raison de trahir sa confiance.

– Mais il est mort.

– Vous insinuez qu'une fois que les gens sont morts, la confiance et le respect du secret n'ont plus de raison d'être ? renvoie-t-elle.

– Étant donné l'enquête criminelle en cours sur son décès et celui de deux autres hommes ici en ville, je suppose que d'autres points de vue que le vôtre pèsent plus lourd dans la balance. Entre autres choses parce que le téléphone qui se trouve là-bas sur le bureau a été utilisé pour appeler l'un de ces deux hommes. Et je crois savoir qui a passé ce coup de fil. Ce que j'ignore, c'est pourquoi.

Kristin Erna se penche en avant.

– Et qui a passé ce coup de fil ?

– Eh bien, tant que ne régnera pas entre nous une confiance mutuelle suffisante, je préfère conserver cette information pour moi.

Elle garde le silence l'espace de quelques instants.

– Quand Fjalar a divorcé de Gudny et décidé de partir à Reykjavik, il a confié à son ami Eyjolfur Atli, notre préfet, qu'il souhaitait soutenir généreusement ce genre d'activité. Olli connaissait l'intérêt que je portais à ces questions. Il le savait en raison des abus sexuels qui ont eu lieu au sein de ma famille, et dont la police et Alda Sif se sont occupés. Il a discuté avec Alda Sif qui a ensuite discuté avec moi. C'est ainsi que les choses ont commencé, ainsi que j'ai connu personnellement Alda

Sif qui, à l'époque, venait d'arriver ici pour prendre son poste.

– Mais pourquoi ne voulait-il pas soutenir Solstafir, l'association semblable à Stigamot ?

– J'ai cru comprendre qu'il tenait absolument à ce que notre activité repose sur des principes généraux et ne se fonde pas sur des conceptions féministes. C'était l'une de ses exigences. Je ne dis pas qu'il avait quoi que ce soit contre le féminisme ou contre Stigamot. D'ailleurs, pour ma part, comme toutes les associations qui œuvrent pour des causes humaines, elle bénéficie de mon soutien inconditionnel, même si je n'ai jamais travaillé avec elle. Fjalar considérait simplement qu'il était nécessaire de mettre l'accent sur d'autres choses. Je suppose que c'était lié à son vécu personnel, mais je suis incapable de vous dire de quoi il s'agissait. J'étais simplement enchantée de cette opportunité et je connaissais des gens, aussi bien des hommes que des femmes, qui voudraient la saisir avec moi.

– Une chose liée à son vécu personnel, dites-vous ?

– Oui. En réalité, je n'ai pas vraiment connu Fjalar, il est parti à Reykjavik très rapidement. Il m'a accordé sa confiance parce que Olli m'avait recommandée auprès de lui et parce que les propos que j'ai tenus au cours de la seule réunion que nous ayons eue ensemble lui ont beaucoup plu. Il a confié à Olli le côté pratique concernant les finances, l'achat du local et ce genre de choses, puis ce sont des avocats de Reykjavik qui ont pris le relais.

– Vous n'avez aucune idée ni même un vague sentiment sur ce que pourrait être cet événement lié à son vécu personnel ?

– Aucune, excepté le fait que j'ai supposé que

c'était en rapport avec son divorce, d'une manière ou d'une autre.

– Vous connaissez Jonina Sighvatsdottir ?

Elle s'avance à nouveau par-dessus la table basse.

– Vaguement. Elle a une vie très difficile. Elle est attardée mentale, enfin, peu importe le terme employé. Elle et Oddny, la belle-fille de Fjalar, sont amies depuis l'enfance et Oddny l'a prise sous son aile.

– Elle ne s'est jamais adressée à vous ?

– Vous voulez dire, dans le cadre d'abus sexuels ?

– Eh bien, je sais qu'il s'agit là d'une affaire privée, mais j'espère que vous m'accorderez votre confiance, étant donné la situation. Je crois savoir qu'elle a été deux fois victime d'abus sexuels.

– Elle ne s'est pas adressée à nous, répond Kristin Erna. Cela a dû se produire avant notre création. Peut-être qu'elle est allée voir Solstafir ou encore Stigamot, à Reykjavik. Peut-être qu'elle n'a pas cherché à être aidée non plus. Il est fréquent que les victimes enferment au fond d'elles-mêmes ces expériences traumatisantes et essaient de les oublier. Une plainte a été déposée ?

– Je ne crois pas. Et Oddny, est-ce qu'elle a travaillé ici ou s'est adressée à vous ?

– Elle passe ici de temps en temps. Je crois qu'elle prétend jouer un rôle dans notre activité en raison de la contribution financière de Fjalar. Ça n'a rien de gênant.

– Et Jonina ?

– Il arrive qu'elle l'accompagne, mais elle ne dit jamais un mot. Elle passe son temps à faire les cent pas en se tordant nerveusement les doigts.

– Où conservez-vous les clefs de votre local et celle de la porte d'en bas ?

Kristin Erna pousse un soupir.

– Je vous ai déjà dit que seuls trois membres de notre association en possèdent et qu'aucun d'entre nous n'en a fait usage cette nuit-là.

– Mais vous conservez sûrement des doubles ici ?

Elle se lève, marche vers le bureau et je la suis. À côté de la fenêtre est fixé un petit crochet qu'elle me montre du doigt et où sont accrochées quelques clefs.

– Je comprends, dis-je.

– Et aucune d'entre elles n'a disparu, précise-t-elle, péremptoire. J'ai vérifié dès que nous avons eu connaissance de cette histoire.

– D'accord, mais une personne extérieure a pu sans difficulté en subtiliser une, profitant d'un moment d'inattention. Quand vous preniez un café ou que vous répondiez au téléphone, par exemple. Ensuite, elle a pu la remettre en place une fois qu'elle n'en avait plus besoin.

Kristin Erna ne répond rien.

– Vous ne vérifiez quand même pas ces clefs tous les jours.

– Non, avoue-t-elle finalement.

Alors que nous prenons congé l'un de l'autre, je lui demande si beaucoup d'hommes s'adressent à l'association.

– Oui, leur nombre est en augmentation.

Elle me toise.

– Avez-vous été victime d'abus sexuels ?

Se pourrait-il qu'Alda Sif ait mentionné le fait que je m'étais « cogné contre une porte » ? Pour une raison que j'ignore, je rentre dans ma coquille.

– Bon, je continue de creuser cette histoire et je vous tiens au courant.

– Vous n'allez pas me dire qui a utilisé notre téléphone ?

– Si, quand je serai sûr à cent pour cent.

– Où en sont la confiance mutuelle et le respect du secret ?

Telle est la question qui me poursuit alors que je sors pour retrouver la neige en train de fondre.

Les vols ont dû reprendre, me dis-je. Le ciel d'Isafjördur est couvert, mais calme. La neige s'évanouit face à ce nouveau redoux. J'appelle l'aéroport où on me dit que le prochain avion en provenance de Reykjavik va atterrir d'ici un quart d'heure. Il ne me reste donc que très peu de temps pour fouler une fois de plus au pied mon sens de l'honneur. Il faut que je saisisse cette dernière occasion.

– Odda n'est pas encore rentrée, m'annonce Jonina qui piétine sur le pas de la porte, s'entourant la poitrine de ses bras, comme si elle avait froid.

– Non, mais elle ne va plus tarder.

Elle se sent visiblement soulagée et retourne à l'intérieur de l'appartement.

– Que voulez-vous encore ? demande-t-elle en se mordillant l'intérieur de la joue.

Je me dirige droit vers sa chambre où tout est aussi bien rangé que lors de ma première visite. Au pied de la fenêtre, il y a la chaîne hi-fi et deux haut-parleurs, disposés de part et d'autre. Je m'avance et me baisse pour vérifier la marque : ce sont bien des Alpine.

– Où est-ce que vous avez eu ça ? dis-je en me tournant vers Jonina qui tremble comme une feuille dans l'embrasure.

– Qu… quoi ? soupire-t-elle, tenaillée par l'angoisse.

– Cette chaîne hi-fi.

Elle recule d'un pas pour se réfugier dans le couloir.

– Jonina, vous avez pris ces appareils dans le camping-car.

Elle porte sa main à sa bouche.

Je la suis jusqu'à la porte de l'appartement.

– Pourquoi avez-vous volé ce véhicule ? Pourquoi Karl et Hallgrimur Saevar étaient à l'intérieur ? Pourquoi vous l'avez incendié ? Et qu'est-il arrivé à Fjalar Teitsson ?

L'ensemble de son corps est secoué de tremblements. Une main plaquée sur la bouche, elle me fait signe de m'en aller.

– Il faudra bien que vous répondiez à ces questions, dis-je. La police vous les posera.

– Non, gémit-elle, pas la police !

Je l'observe un bref moment. Je ressens pour elle une certaine compassion, mêlée à de l'étonnement et à une forme de terreur.

On entend la porte du bas s'ouvrir. Oddny Edda Gudnyjardottir entre dans le couloir, vêtue d'un long manteau en cuir, cette fois-ci de couleur noire. Elle tient à la main un imposant sac assorti.

– Pas possible, salut ! lance-t-elle, joyeuse, dès qu'elle nous aperçoit sur le pas de la porte alors qu'elle gravit l'escalier.

– Odda ! hurle Jonina en lui sautant dans les bras, comme un enfant qui fêterait le retour d'un de ses parents.

– Il faut que vous parliez toutes les deux, dis-je à Oddny tandis que je commence à descendre les marches. Jonina et vous devez avoir une bonne discussion, et ce immédiatement.

Quand j'arrive au commissariat, j'obtiens une entrevue avec la commissaire Alda Sif avec une rapidité inhabituelle. Pendant que j'abats l'ensemble de mes cartes sur la table, elle se tient debout à la fenêtre de son bureau où elle m'écoute d'un air concentré et posé, en tirant par moments sur sa queue de cheval qui a repris sa place.

Je termine mon récit en l'informant que je ne compte pas envoyer d'article à Reykjavik tant que l'enquête ne sera pas achevée.

– J'attendrai que chaque détail soit élucidé mais ensuite, je veux avoir l'exclusivité. Pas de conférence de presse, ni maintenant, ni plus tard.

– Ok, me répond-elle en s'asseyant dans son fauteuil. Il y a encore une chose que nous voulions creuser, mais nous avons dû nous armer de précautions. Le jour de la disparition de Fjalar, quelqu'un l'a appelé depuis l'Association des frères et sœurs en passant par le standard du Parlement. Un nombre incroyable d'appels transitent par là chaque jour et il nous a fallu beaucoup de temps pour avoir une certitude. Il s'agit d'une conversation très brève, mais il n'y a aucun doute : il a bien reçu un coup de fil depuis ce numéro quelques heures avant de quitter son domicile pour la dernière fois.

– Ah, ah, voilà donc pourquoi le porte-parole de la police de Reykjavik a déclaré hier, lors de la conférence de presse, que l'examen de ses appels téléphoniques et de ses mails était entré dans une phase délicate.

Elle hoche la tête.

– En plus, cet appel a été passé quelques heures avant qu'on ne découvre le camping-car sur la colline d'Orrustuholl, n'est-ce pas ?

– En effet, environ dix heures avant.

– Qu'est-ce que cela nous indique ?

– Que la personne qui a volé les clefs de l'association les a eues en sa possession pour une durée qui peut aller jusqu'à une douzaine d'heures.

– Il faut donc que Kristin Erna essaie de se souvenir si Jonina leur a rendu visite ce lundi-là ou les jours précédents.

La commissaire frappe son bureau du plat de la main.

– Aïe, cette pauvre Jonina. C'est difficile à croire.

– Oui, difficile à croire et très triste.

– Mais avant tout, dit-elle en se levant pour me signifier que notre entretien est terminé, il nous reste beaucoup de questions en suspens.

Dans la soirée, comme nous en avions convenu, la commissaire me téléphone. Elle me dit qu'il est à peine possible d'interroger Jonina étant donné son état de tension nerveuse.

– Elle est trop bouleversée pour tenir des propos sensés. Mais Oddny a reconnu qu'elle avait protégé et aidé son amie.

– Que s'est-il passé ?

– D'après Oddny, Karl et Hallgrimur Saevar sont venus chez elles après la fin de l'enterrement de vie de jeune fille. Oddny est allée dans sa chambre avec Karl et le lendemain matin, Jonina, folle de rage, lui a dit que Hallgrimur Saevar l'avait violée dans le salon. Jonina était dans tous ses états, elle ne voulait ni porter plainte, ni se faire aider psychologiquement, et elle ne pensait qu'à se venger. Elle a été traumatisée par des abus sexuels dans le passé et elle était incapable de réagir raisonnablement. Tout ce que Jonina avait en tête le lendemain, c'était de trouver une manière cruelle d'exécuter sa vengeance. Elle s'est comportée comme si de rien n'était ce samedi-là et n'a pas fui Hallgrimur Saevar au Langa Manga, de manière à ce qu'il ne soupçonne rien de ce qu'elle préparait. Dans la journée de dimanche, Jonina a vu le camping-car des Lituaniens garé sur un parking. Il n'était pas fermé, les clefs étaient sur le contact et elle s'est mise au volant. Elle a dit à Oddny que puisqu'on pouvait mettre le feu à une maison sans être inquiété, on pouvait aussi incendier un camping-car. Oddny a préféré la suivre pour éviter qu'elle ne commette l'irréparable. Elles ont donné rendez-vous à Karl et Hallgrimur Saevar au centre-ville, Jonina les a invités à monter dans le véhicule et ils ont accepté, par curiosité. Les deux copains étaient bien avinés et ils avaient sur eux deux bouteilles de vodka à cinquante-cinq degrés. Pendant un moment, ça a été la fiesta dans le camping-car. Jonina s'est garée à la colline d'Orrustuholl, d'après Oddny c'était par pur hasard. Ils ont continué à boire et à discuter. Karl et Hallgrimur Saevar se régalaient de poudre blanche quand, soudain, Jonina a pris la chaîne hi-fi pour la balancer à travers le pare-brise qui s'est brisé en morceaux. Ensuite, elle a attrapé l'une des bouteilles de vodka et a fait semblant de s'apprêter à en boire une lampée, mais elle l'a versée sur les deux hommes avant de les enflammer avec une allumette. La vodka et la poudre ont servi de combustible et Oddny n'a rien pu faire, d'ailleurs Jonina était ivre de colère. Pendant que les deux hommes luttaient en vain contre les flammes, Jonina est sortie du véhicule en emportant avec elle les haut-parleurs de la chaîne. Oddny m'a dit qu'elle avait tout juste eu le temps de s'échapper avant que son amie ne ferme le camping-car à clef, de l'extérieur.

– Et le portable de Karl ?

– Jonina le lui a pris et l'a jeté par la portière pour qu'il ne puisse pas appeler les secours. Hallgrimur était de son côté neutralisé par l'alcool qu'il avait ingurgité.

– Comment sont-elles rentrées en ville ?

– À pied. Et comme il neigeait abondamment, leurs traces ont été aussitôt recouvertes.

– Et Fjalar ?

– Oddny se sentait très mal après les événements de la soirée et elle est allée voir sa mère dès le lundi matin. Vous avez rencontré Gudny, je n'ai donc pas besoin de vous dire qu'elle ne lui a pas été d'un grand secours. Elle a contacté son ex-mari, comme à chaque fois qu'elle était confrontée à un problème insoluble et qu'elle ne savait pas quoi faire. La liste des appels passés depuis chez elle nous confirme ce coup de fil qui, d'ailleurs, n'avait rien de suspect puisqu'il semble que Gudny téléphonait à Fjalar environ toutes les deux semaines.

– Elle m'a pourtant dit autre chose.

– Oddny affirme que Fjalar avait renoncé à son voyage à l'étranger et qu'il comptait venir ici dès le mardi, le lendemain. Quand Oddny a raconté ça à Jonina, elle s'est à nouveau énervée, persuadée que Fjalar allait la dénoncer. Jonina l'a donc appelé depuis l'Association des frères et sœurs pour mettre la police sur une fausse piste, et elle lui a fixé un rendez-vous à Reykjavik le lundi soir. Elle est partie là-bas en voiture et a rencontré Fjalar sur l'île d'Örfirisey. Son destin était scellé.

– C'est elle qui lui a brisé les cervicales ? dis-je, en dissimulant difficilement mon incrédulité.

– Oddny affirme qu'elle ne connaît pas les détails. Mais si la victime ne s'attend pas à ce genre d'agression par-derrière, qu'elle ne soupçonne rien et qu'elle n'est pas armée, cela n'est pas impensable.

– Vous croyez réellement Jonina capable de ce genre de calculs ?

– Eh bien, l'instinct de survie peut être extrêmement fort.

– Est-ce que Kristin Erna se souvient d'un passage de Jonina et Oddny au bureau de l'association ce lundi-là ?

– Oui, parfaitement, d'ailleurs, les événements marquants n'ont pas manqué au cours du week-end en question.

– Et pour la chaîne hi-fi dans la chambre de Jonina ?

– Elle provient effectivement du camping-car. C'est la même marque et le numéro de série correspond.

– Vous y avez décelé des traces de stupéfiants ?

– Absolument aucune.

– Les pauvres Lituaniens. Leur unique tort, c'était leur nationalité. Finalement, ils étaient d'innocents touristes qui venaient visiter leur terre promise.

Alda Sif ne répond rien à cette dernière observation.

– Il me semble tout de même qu'il manque quelques pièces au puzzle.

– En effet. Nos collègues de Reykjavik ont reçu ce soir l'enregistrement des caméras de surveillance installées dans le tunnel du Hvalfjördur pour cette soirée du lundi. On y aperçoit la voiture de Jonina qui roule en direction de Reykjavik vers dix heures et on la voit revenir aux alentours de minuit.

Je garde le silence un instant et je réfléchis.

– Dans ce cas, il y a au minimum un détail qui ne colle pas : il est impossible qu'elle soit revenue à Isafjördur à l'heure où elle est censée avoir appelé le portable de Karl Olafsson, dans la nuit de lundi à mardi.

– Précisément, convient Alda Sif.

Et moi qui croyais que j'allais la surprendre.

26

MARDI

À quel point est-on soi-même attardé, retardé, en retard ?

Peu importe les étiquettes qu'on appose sur les autres, il semble que rien ne soit plus facile que de sous-estimer ceux qui, comme on dit, sont différents. Jonina Sighvatsdottir serait-elle l'exemple vivant de ma propre bêtise ?

Au fait, que disaient ces gamins sur le forum de discussion pour gothiques ?

Que personne n'était plus différent qu'un autre ?

Mes insomnies ne m'ont pas éclairci les idées. En contrepartie, l'adrénaline se déverse dans mes veines comme jamais. J'ai passé la nuit à me tourner dans mon lit, à me lever pour tourner en rond et à me recoucher. La pensée que Jonina Sighvatsdottir est plus intelligente que nous, qui nous croyons malins, m'effleure plus souvent l'esprit que toute autre. Est-il possible qu'elle interprète le rôle de la pauvrette désemparée avec un tel brio ?

Je repasse dans ma tête le film des principaux événements. Dans la nuit du vendredi au samedi, Sigurdur Ögmundsson quitte en catimini la soirée d'enterrement de vie de jeune fille pour mettre le feu à la maison de Kiddi du Kjölur. Puis, quatre des invités, Karl

Olafsson, Hallgrimur Saevar Bjarnason, Oddny Edda Gudnyjardottir et Jonina Sighvatsdottir se rendent au domicile des deux jeunes femmes. Plus tard cette même nuit, Jonina est victime d'un viol. Le dimanche, elle prépare une terrible vengeance qu'elle met à exécution le soir même et qui se solde par la mort de Karl et de Hallgrimur dans un incendie. Le lundi, l'impunité de cette vengeance est menacée quand Fjalar Teitsson apprend ce qui s'est passé et décide de s'en mêler. Jonina fixe un rendez-vous à Fjalar à Reykjavik dans la soirée depuis la ligne du bureau de l'Association des frères et sœurs, où elle et Oddny se trouvent à ce moment-là. Elle part vers Reykjavik au volant de sa voiture, règle son compte à Fjalar et rentre directement dans les Fjords de l'Ouest. Juste avant minuit, peut-être une ou deux heures avant que Jonina ne quitte Reykjavik, on retrouve les corps carbonisés de Karl et de Hallgrimur Saevar dans le camping-car, près de la colline d'Orrustuholl. Peu après, quelqu'un appelle le portable de Karl depuis le local de l'association et je suis sûr, absolument certain, que c'était Jonina. Comment est-ce possible ?

Ma conscience ne parvient pas à faire abstraction de tous ces détails qui ne s'emboîtent pas. Vers sept heures du matin, je m'avoue vaincu et descends à la cuisine où j'écoute les ronflements apaisants de Brandur Brandsson. Je suis en train de remonter l'escalier quand j'entends mon portable sonner sous les combles.

– Je n'ai pas voulu te déranger cette nuit, m'annonce Sigurbjörg, mais je suis passée voir Kolfinna Egilsdottir hier soir.

– Ah bon, dis-je tandis que j'ouvre la fenêtre pour m'allumer une cigarette. Et tu es parvenue à lui tirer quelques vers du nez ?

– Oui, c'est le moins qu'on puisse dire.

– Tu as l'intention de garder tout ça pour toi ou de… ?

– Non, je voulais simplement te laisser humer un peu le fumet de ta propre cuisine.

– Ok, ok, j'ai assez humé comme ça.

– Quand je lui ai exposé les derniers développements de l'enquête, elle a compris qu'elle ne pouvait plus garder le silence sur les raisons qui ont poussé Fjalar à quitter Isafjördur, commence Sigurbjörg. Il ne lui était jamais venu à l'esprit que son décès puisse avoir quelque rapport que ce soit avec son passé là-bas, mais il apparaît maintenant qu'il en va autrement. Elle ira voir la police dès aujourd'hui pour raconter toute cette histoire.

– Qui dit que… ?

– Comme elle me l'a déjà dit la première fois, Fjalar connaissait des phases dépressives. Dans ces moments-là, on pouvait à peine lui parler sans qu'il rentre dans sa coquille. Ces périodes ne duraient généralement pas bien longtemps. Il parvenait à les surmonter avec l'aide des médecins et des médicaments. Après l'un de ces accès de mélancolie, il a raconté à Kolfinna ce qui s'était passé en lui faisant promettre de ne plus jamais évoquer la chose et, surtout, de ne jamais en parler à personne. D'après lui, il avait commis une erreur en épousant Gudny. Il avait eu pitié d'elle mais n'était pas vraiment amoureux, et il n'avait pas eu le cran de mettre fin au mariage.

– Le quota de pêche n'a-t-il pas joué un certain rôle dans l'affaire ?

– Kolfinna assure que non. En revanche, l'évolution de ses relations avec sa belle-fille, Oddny, l'a terriblement choqué.

– Terriblement choqué ?

– Fjalar a confié à Kolfinna qu'il avait fait de son mieux pour être gentil et aimant avec la petite. Tout allait plutôt bien jusqu'à ce qu'Oddny arrive à l'adolescence. À ce moment-là, elle a eu des difficultés à s'accepter, à accepter sa corpulence, elle est devenue agressive, ne respectait aucune limite, était jalouse, remplie de haine et bourrée de complexes. Il y a cinq ans, alors qu'elle avait quatorze ans, elle a accusé son beau-père d'abus sexuels.

– Quel genre d'abus sexuels ?

– Des avances qui seraient allées jusqu'à des tentatives de viol. Elle l'a menacé de le révéler publiquement et de porter plainte contre lui. Gudny, sa mère, qui n'a d'yeux que pour elle et la soutient dans tout ce qui lui passe par la tête, a pris fait et cause pour la gamine.

– Et Fjalar a nié les faits ?

– Absolument. Il affirmait que c'était de la pure imagination. L'amie d'enfance d'Oddny avait, en effet, subi des abus sexuels et elle avait tout simplement fait une sorte de transfert sur sa personne.

– Il voulait parler de Jonina, n'est-ce pas ?

– Sans doute, même s'il ne l'a pas nommée. Oddny s'était en réalité inventé un rôle de victime.

– Mais l'affaire n'a jamais été dévoilée publiquement et elle n'a pas porté plainte ?

– Non. Oddny a exigé que Fjalar quitte la maison, qu'il divorce de sa mère et qu'il leur assure une sécurité financière pour le restant de leur existence. S'il ne se pliait pas à ses exigences, elle porterait plainte. Il ne voyait aucune autre solution que celle de céder à ce chantage. Il affirmait également avoir voulu protéger Gudny et Oddny car elles étaient fragiles. Il a donc vendu le quota, pris des dispositions concernant la répartition financière et s'est réfugié à Reykjavik. Tout cela l'a profondément marqué et, en réalité, il ne s'en est jamais totalement remis. Kolfinna m'a confié que toute sa vie et sa carrière politique avaient été déterminées par cette tragique expérience. En réalité, je le comprends bien. Qu'est-ce que tu ressentirais si on t'accusait d'abus sexuels alors que tu es innocent ?

Je sais ce qu'on ressent, mais je n'en souffle pas un mot à Sigurbjörg. Et bien que j'aie retracé ces événements à travers une série d'articles intitulée *Lune bleue*, je me suis ensuite efforcé d'oublier, même si je n'y parviendrai jamais tout à fait.

– Gudny a pourtant continué d'entretenir des relations avec lui.

– Oui, elle n'ignorait pas que les accusations de sa fille n'avaient aucun fondement. Oddny le lui a d'ailleurs avoué une fois que le divorce a été prononcé et qu'elles avaient en main l'argent et les biens. Kolfinna affirme que Fjalar a parfois dû faire face aux avances pressantes de Gudny. « Je ne m'en sortirai jamais. » Kolfinna m'a rapporté ses propres mots. Il lui a également confié qu'il arrivait qu'Oddny le contacte. Elle trouvait qu'elle l'avait bien berné et cela renforçait sa confiance en elle, elle se croyait protégée par une bonne étoile. Fjalar voyait bien qu'au fil des ans, Oddny était de plus en plus en dehors de la réalité. Elle avait de plus en plus de mal à faire la différence entre le réel et ses rêves qui, pour la plupart, provenaient de la télé, du cinéma ou des magazines. Elle désirait avoir l'image de la femme convoitée à qui tout sourit du simple fait de son apparence ou de ses aptitudes, voire des deux. Elle voulait se trouver un mignon petit ami et parlait parfois des célébrités islandaises ou même des stars étrangères comme de ses prétendants.

Est-ce cela qui aurait scellé le destin de Karl Olafsson ? me dis-je.

– Cela a dû être affreux pour un homme comme Fjalar, et d'ailleurs ça le serait pour n'importe qui, de vivre avec cette épée de Damoclès et ce risque de voir cette accusation sans fondement criée sur tous les toits, non ?

– Kolfinna m'a expliqué que cette peur-là, tout autant que l'idée d'être accusé, était à l'origine de ses accès de dépression. Il savait que, dans ce cas, Gudny se rangerait aux côtés de sa fille. Évidemment, Oddny a exploité la situation. Elle s'était même mise à exiger de Fjalar qu'il l'introduise dans le monde de la politique, où elle voulait qu'on lui donne la possibilité de s'exprimer. Comme je te l'ai dit, je l'ai vue en grande discussion avec Smari Pall pendant le vin d'honneur après l'inhumation.

– Qui sait si ce chaud lapin de Hafnarfjördur n'a pas mordu à l'hameçon ?

– Quand Fjalar lui a expliqué que ce n'était pas si facile que ça d'entrer en politique, elle lui a demandé un poste de direction bien rémunéré chez Framför.

Sa mère lui affirmait qu'elle avait simplement besoin qu'on lui offre une opportunité. Quant à elle, elle voulait aller « jusqu'au bout ».

– Eh bien, dis donc. Et Kolfinna n'a rien pu ajouter sur le décès de Fjalar ou sur ses circonstances ?

– Non, et je crois qu'elle nous a dit tout ce qu'elle sait.

– Beau travail ! Nous avons maintenant la pièce qui nous manquait dans le puzzle de la vie de Fjalar. Pourtant, il y en a encore une qui manque dans celui de sa mort.

Sur quoi, je lui raconte les événements qui ont eu lieu hier à Isafjördur.

– Wow ! commente Sigurbjörg, une fois que j'ai terminé mon récit. Où va-t-on ?

Où je vais ? Ouvrir mon courriel dans lequel je trouve le message suivant, signé de margret@loeg-maeli.is :

J'ai tellement réfléchi que j'ai l'impression que ma tête va exploser. Einar, tu sais, je me méprise et je méprise les autres depuis si longtemps que j'ai l'impression que je suis incapable d'autre chose. En réalité, je ne désire rien de plus qu'une forme de sécurité, une forme d'amour. Mais je bousille tout aussitôt, peut-être par peur de perdre ce que j'ai. Et alors, je le perds.

Ces propos semblent venus du fond de mon cœur. Mais il faut maintenant que je réponde à un autre appel.

En chemin, sur la place Silfurtorg, je croise le petit Grimsi avec sa sacoche du *Journal du soir* sur l'épaule.

– Salut, vous voulez acheter le journal ? me demande Grimsi.

– Si je veux ! dis-je en lui tendant l'argent.

– Vous voulez aussi celui d'hier ?

– Puisqu'il n'a été livré qu'aujourd'hui, oui. Alors, quelles sont les nouvelles ?

– Tout va bien.

– Ta mère est au travail ?

– Elle travaille tout le temps, répond-il.

Je parcours la une du regard. Il n'y a pas grand-chose à se mettre sous la dent. Celle de l'édition d'hier est en revanche couverte de photos de Fjalar Teitsson,

Karl Olafsson et Hallgrimur Saevar Bjarnason. Le gros titre de l'article de Sigurbjörg sur la conférence de presse est le suivant :

LA POLICE ÉTUDIE LES RAPPORTS
ENTRE LES DEUX AFFAIRES DE MEURTRES

– Est-ce que tu lis le *Journal du soir* ?

– Non, répond Grimsi.

– Tu ne t'intéresses pas aux informations ? Même pas à celles de la télé ?

Je lui montre la une de l'édition d'hier.

– Ta mère travaille sur cette enquête, c'est pour ça qu'elle est tellement occupée.

Il examine les photos des trois hommes.

– Ce sont ces gars-là, observe-t-il, pensif, en désignant Karl et Hallgrimur Saevar.

– Quels gars ?

– Ceux qui m'ont déchiré mon vieux pull à capuche.

– Ah bon ?

– Vous avez oublié ? Vous m'avez demandé ce qui était arrivé à ma capuche la première fois que vous m'avez pris un journal.

– Ah oui, c'est vrai, et ta mère t'en a acheté un nouveau. Mais où et quand ont-ils fait ça ?

– J'étais en train de distribuer l'édition du week-end et j'ai croisé ces types. Ils étaient soûls et ils voulaient que je leur file un journal. J'ai essayé de partir, mais ce gros m'a attrapé par la capuche et l'a presque déchirée, précise-t-il en montrant la photo de Hallgrimur Saevar.

– Et tu t'es enfui ?

– Je n'en ai pas eu besoin. Un énorme camping-car est arrivé et il s'est arrêté sur le bord du trottoir. Ils sont montés dedans et ils ont disparu.

– Qui était au volant ?

– Odda. Oddny Idol.

– Tu es certain ? Tu n'as raconté ça à personne ?

– Non, pourquoi ? Personne ne m'a posé la question.

– Même pas ta mère quand elle a vu l'état de ton pull ?

– Je lui ai juste dit que c'était deux gars complètement soûls qui l'avaient déchiré. De toute façon, je ne les connaissais pas.

– Et elle ne t'a rien demandé de plus.

– Elle m'en a juste acheté un autre. Elle est tellement occupée.

Eh oui, les témoins ont plus ou moins de poids, me dis-je, tandis que je dépasse la maison en pierre mal entretenue sur la rue Austurvegur.

Dans la cuisine de Gudny Karvelsdottir, la vaisselle sale encombre l'évier et des emballages alimentaires s'entassent à côté de la poubelle. Son jogging semble aussi sale que la vaisselle et son tee-shirt taille familiale ne semble pas être d'un noir uni.

Elle m'a immédiatement laissé entrer et, au terme d'une brève discussion autour de la table Ikea, je comprends qu'elle n'a aucune idée de la situation dans laquelle se trouve Jonina Sighvatsdottir ni de la déposition de sa fille. Gudny a l'air engourdi et le regard vague. Ses mouvements sont peut-être encore plus lents que l'autre fois.

– Je continue à m'intéresser au meurtre de ces deux hommes, ici en ville, dis-je, après avoir bien réfléchi à la rhétorique adéquate. Vous savez si Oddny était la petite amie de Karl Olafsson ? Je lui montre les photos à la une du *Journal du soir*.

Elle sursaute en voyant le portrait de son ex-mari à côté de celui des deux hommes.

– Eh bien, ce Karl était apparemment très amoureux d'Odda, il lui faisait une cour assidue, à ce qu'elle m'a dit.

– Mais elle n'était pas amoureuse de lui ?

– Odda ne veut pas aller trop vite en ce qui concerne les hommes. Elle m'a raconté qu'elle s'était montrée polie avec lui. C'était quand même un footballeur très célèbre.

Elle regarde à nouveau la une du journal.

– Mais bon, il lui est arrivé cette chose terrible.

– Comme vous voyez, la police examine les rapports éventuels entre ces deux affaires.

– Eh bien, je ne vois vraiment pas quel rapport elles pourraient avoir.

Elle se lève, ouvre le placard et attrape une pilule dans l'une des plaquettes.

– Gudny, je sais que le sujet est délicat, mais les meurtres le sont généralement. Est-il vrai qu'Oddny a accusé son beau-père d'abus sexuels sur sa personne il y a cinq ans ?

Elle se raidit et avale immédiatement un autre cachet.

– Ma petite Odda était tellement jeune et naïve, répond-elle. Tout cela n'était qu'un malentendu.

– Un malentendu qui a coûté assez cher à Fjalar, non ?

Elle renifle.

– Avant que vous n'appreniez qu'il s'agissait d'un malentendu, Odda a-t-elle reçu de l'aide, une forme de soutien psychologique ?

– Je l'ai emmenée à l'association Solstafir. Ça n'a servi à rien. Odda disait qu'elle voulait simplement que Fjalar répare le crime qu'il avait commis.

– Elle désirait se venger ?

– Oui, mais c'était un malentendu et, à cette époque, je ne le savais pas. Fjalar et moi avons dû divorcer après cela. Il s'est toujours montré très généreux et prévenant avec nous. Ma petite Odda est une gentille fille, voyez un peu comment elle aide cette pauvre Ninna. Odda est très gentille, elle est belle et très douée. Elle est sensible, elle apprend vite, elle a appris le chant, la guitare, les techniques d'autodéfense et la musculation. Il ne lui manque plus qu'un coup de chance.

– Les techniques d'autodéfense ?

– Évidemment, les jeunes filles doivent apprendre à se défendre de tous ces types violents et insistants.

Je m'accorde un moment de répit en sortant. Je m'allume une cigarette, compose le 118 et contacte la branche de l'association Solstafir à Isafjördur. La femme adorable qui prend les appels me répond que l'ensemble des échanges entre l'association et les victimes relève évidemment du secret professionnel.

Je lui expose dans les grandes lignes le stade auquel en est l'enquête.

– Tout ce que je peux vous dire, c'est que l'affaire dont vous me parlez s'est arrêtée là. Du reste, la jeune fille ne voulait d'aucune aide et il semble bien qu'elle n'en avait pas besoin.

– Elle n'avait pas besoin d'une aide psychologique ?

– Je ne m'exprimerai pas plus longuement sur la question.

– Je crois savoir que sa mère a considéré judicieux de venir vous consulter avec elle, par précaution.

– Je ne peux rien vous dire de plus là-dessus.

Je la remercie avant de prendre congé. Je comprends subitement que Fjalar Teitsson a peut-être tiré la conclusion erronée et hâtive selon laquelle les manigances d'Oddny Edda auraient eu leur origine dans l'association Stigamot et dans les théories féministes. Ce doit être la raison pour laquelle il a jugé nécessaire de promouvoir une activité de soutien psychologique fondée sur des principes plus généraux, pour reprendre ses termes. C'est également cela qui a motivé son initiative et l'aide financière qu'il a apportée à la création de l'Association des frères et sœurs.

Mais pourquoi a-t-on essayé de mêler cette association au meurtre de ces trois hommes ?

C'est une belle et douce journée à Isafjördur. Le calme qui m'entoure alors que je traverse la ville paisible pour rentrer chez Brandur Brandsson tranche violemment avec la réalité terrifiante des crimes qui sont maintenant sur le point de s'éclaircir. J'appelle Alda Sif que le standard du commissariat me passe immédiatement et je lui raconte ce que j'ai glané au cours de ma journée.

Sa réponse à ce que m'a raconté le petit Grimsi se borne à un vague soupir.

– On est parfois aveugle à ce qui crève les yeux, observe-t-elle ensuite.

– Je ne vous le fais pas dire. Cela m'est déjà arrivé personnellement.

– En tout cas, cette pauvre Jonina est en train de se remettre et elle commence à se rebiffer.

– Et quelle est sa version ?

– L'exact opposé de celle qu'Oddny a fournie. Elle affirme qu'Oddny est coupable de tout ce dont elle l'accuse. Elle confirme que Karl et Hallgrimur Saevar les ont accompagnées chez elles la nuit où…

– Justement, je me demande bien pour quelle raison. J'ai cru comprendre qu'ils avaient amplement le choix en matière de jolies femmes, en tout cas pour ce qui est de Karl. Pourquoi est-ce qu'ils ont décidé d'aller chez Oddny et Jonina ?

– Oddny affirme qu'ils y tenaient absolument. En revanche, Jonina dit que c'est Oddny qui les a invités en leur faisant miroiter une grande fiesta avec plein d'autres jeunes filles et suffisamment de consommations de toutes sortes. Quand ils ont vu qu'ils étaient loin du compte, Karl a voulu quitter l'appartement, mais Hallgrimur a proposé qu'ils acceptent ce qui s'offrait à eux étant donné que la nuit était bien avancée. Jonina dit qu'Oddny a dragué Karl, mais qu'il lui a ri au nez. En revanche, Hallgrimur Saevar a dragué Oddny d'une manière très grossière, encouragé par Karl, son âme damnée. Jonina affirme qu'elle a eu peur et qu'elle est allée se coucher dans sa chambre. Au milieu de la nuit, Oddny l'aurait réveillée, complètement bouleversée, en lui disant que Hallgrimur l'avait violée et que Karl l'avait aidé à le faire. À ce moment, les deux hommes avaient quitté les lieux.

– Et c'est Oddny qui a eu l'idée de se venger ?

– La description que Jonina donne d'Oddny correspond à celle qu'Oddny donne de Jonina. Elle aurait été folle de rage et de haine, son seul désir aurait été de mettre à exécution cette vengeance. Jonina explique qu'elle n'a pas osé s'opposer à ses exigences et qu'elle l'a donc aidée. C'est le même scénario, mais les rôles sont inversés.

– Il ne faut pas non plus oublier que Jonina a elle-même connu une douloureuse expérience en matière d'abus sexuels.

– En effet. Elle affirme qu'elle a parfaitement

compris ce que ressentait Oddny, mais qu'en revanche elle ne comprenait pas ce qu'elle avait l'intention de faire.

– Et pour Fjalar ?

– En apprenant que Gudny lui en avait parlé, Oddny a paniqué et pensé que cette vengeance, pourtant justifiée, allait lui revenir en pleine figure. Fjalar aurait exprimé à Gudny son intention de prendre les choses en main et de ressortir les accusations infondées qu'elle avait proférées à son égard. Il était grand temps qu'Oddny regarde la réalité en face. Oddny voyait là s'écrouler tous ses rêves d'avenir. Elle a donc donné un rendez-vous à Fjalar pour l'amener à changer d'avis. Elle s'est servie du téléphone de l'association, autant pour mettre l'enquête sur une fausse piste que par mesure de représailles envers Kristin Erna et ses collaborateurs qui ne l'avaient pas acceptée au sein du comité de direction, chose qu'elle consdérait comme lui revenant de droit. Dans son esprit, c'était sur ses deniers personnels que fonctionnait l'Association des frères et sœurs.

– Et ensuite, elle a emprunté la voiture de Jonina, histoire de continuer à s'enfoncer dans le déni de ses responsabilités ?

– C'est la version que nous fournit Jonina. Puis, quand elle a compris qu'elle ne parviendrait pas à convaincre Fjalar de renoncer à son projet, Oddny a opté pour la solution radicale.

– Et elle a installé cette chaîne hi-fi qu'elle avait volée dans la chambre de Jonina afin de la désigner comme la coupable, n'est-ce pas ?

– Oui, la pauvre Jonina ne comprend absolument pas que son amie ait pu la sacrifier. Elle est totalement brisée par cette trahison.

– Le contraire serait étonnant. Mais pourquoi Jonina a-t-elle appelé le portable de Karl depuis le local de l'association ?

– Elle affirme qu'Oddny le lui a demandé en lui disant de ranger les clefs à leur place avant de repartir. Et, comme à son habitude, Jonina a obéi.

– Tout cela pour mettre la police sur de fausses pistes ?

– Apparemment. Heureusement que nous nous sommes gardés de tirer des conclusions hâtives.

– Où se trouve Oddny actuellement ?

– Nous l'avons laissée repartir hier soir, après sa déposition. Nous avions besoin d'un moment de battement pour comparer leurs deux témoignages. Mais il est évident que nous n'allons pas tarder à la convoquer à nouveau.

– Vous croyez à la version de Jonina ?

– Je vous répète ce que je vous ai déjà dit : mon travail n'a rien à voir avec ce que je crois ou pas.

J'ai à peine eu le temps de remettre mon portable dans ma poche après ma conversation avec la commissaire qu'il sonne à nouveau.

– Salut, annonce une voix énergique et enjouée. C'est Oddny !

Quand on parle du loup, on en voit la queue.

– Ah, bonjour.

– Maman vient de me dire que vous étiez passé à la maison.

– Ah bon ?

– Oui, et je veux bien vous accorder une interview.

– Une interview ? Sur quoi ?

– Sur ce qu'on ressent en tant que victime.

Voilà qui ne me plaît pas beaucoup.

– Qu'est-ce que vous entendez par là ?

– Il me semble que vous le savez parfaitement.

Me voici devant la porte de Brandur Brandsson.

– Oddny, tout ce que je sais, c'est que vous êtes dans de sales draps.

– Dans ce cas, on n'a qu'à discuter de ça. Je vous accorde une interview. Vous êtes journaliste, non ?

Le besoin et le désir de devenir célèbre n'ont-ils donc aucune limite ? Je sais pourtant très bien que je ne parviendrai pas à résister à sa proposition.

– Ok, dis-je. Où et quand ?

– Où êtes-vous en ce moment ?

– Eh bien, devant mon domicile.

– D'accord, la maison de Brandur Brandsson. J'arrive !

Sur quoi, elle raccroche.

Dès que j'ai fermé la porte, j'appelle le commissariat et je demande à parler à Alda Sif, qui est occupée.

Et merde !

J'aurais bien voulu l'informer de ce revirement. Le portable de Brandur ne réagit pas non plus et je suis en train de déposer un message sur son répondeur au moment où quelqu'un sonne à la porte. À l'extérieur, vêtue de son manteau en cuir noir, Oddny Edda Gudnyjardottir m'adresse son plus charmant sourire. Elle a le visage maquillé et me semble très en forme.

Je l'invite à la table de la cuisine. Elle refuse le café que je lui offre et reste assise, les mains serrées autour de son portable tandis qu'elle me fixe d'un regard à la fois innocent et suspicieux.

– Donc, vous voulez me raconter votre histoire, dis-je tout en m'installant en face d'elle. Ce pourrait être là votre dernière chance.

– Vous m'en direz tant, commente-t-elle.

– Si nous commencions par le début : pourquoi avez-vous accusé Fjalar Teitsson d'abus sexuels qu'il n'a jamais commis ?

Elle hausse les épaules.

– Pff, ça fait tellement longtemps que je m'en souviens à peine.

– Allons, arrêtez un peu votre cinéma.

– Vous n'avez pas le droit de me juger.

Elle me fusille du regard.

– D'abord, qu'est-ce qu'il est venu foutre à s'introduire dans ma vie et celle de ma mère et à s'occuper de l'entreprise de mon grand-père ?

– Votre mère était amoureuse de lui.

– Maman est une crétine, moi pas.

– C'est vrai, vous êtes sacrément maligne.

À ces mots, son visage affiche une certaine fierté.

– Je ne laisse personne me marcher sur les pieds. C'est comme ça, point ! Maman oublie tout ce qui peut avoir de l'importance en se droguant aux médocs. Moi, j'irai jusqu'au bout. Rien ne m'arrêtera. Je vais m'en aller loin de ce trou paumé et agonisant.

– En effet, je me rappelle que lors de notre première rencontre, vous m'avez dit que rien ne vous arrêterait. Cela inclut également la vie des autres, pas vrai ?

L'expression de son visage devient tout à coup haineuse.

– Vous savez ce que ces ordures m'ont fait ?

– D'après Jonina, ils vous ont violée. Ou plutôt, Hallgrimur Saevar vous a violée et l'homme que vous imaginiez être amoureux de vous l'a aidé.

Mes mots parviennent à la déstabiliser l'espace d'un instant.

– Jonina a dit ça ?

– Je suppose que vous avez cru que vous pouviez lui

faire porter le chapeau sans qu'elle se défende. Après tout, ce n'est pas bien grave de sacrifier votre sœur de souffrance, une handicapée, hein ?

– Comment savez-vous que Jonina a dit ça ?

– Aucune importance. Peut-être est-ce d'ailleurs votre goût prononcé pour le drame qui vous a empêchée de protéger une autre personne tout aussi faible qu'elle, je parle là de votre mère. Peut-être était-ce un besoin tout à fait compréhensible d'exprimer à celle qui vous est le plus proche l'authentique souffrance que vous enduriez.

Les traits de son visage se détendent légèrement.

– Vous n'avez aucune idée de ce que j'ai traversé.

Il me revient en mémoire qu'Oddny a changé l'ensemble du mobilier de son appartement après l'événement, comme pour effacer cette souillure et prendre un nouveau départ. Mais c'est là un malentendu sur la nature profonde du matérialisme.

– Évidemment que c'était terrible, mais c'est bien comme ça que les choses se sont passées, n'est-ce pas ?

Elle ne me répond rien.

– Vous aviez pourtant l'intention de me raconter votre histoire. Vous n'êtes pas venue ici pour m'accorder une interview ?

Le visage d'Oddny s'empourpre subitement, autant de colère que de désespoir.

– Si ! C'est exactement pour ça que je suis là. C'est moi qui suis la victime, moi seule ! hurle-t-elle.

– Mais Jonina, n'est-elle pas, elle aussi, une victime ? N'est-elle pas en réalité aussi votre victime ?

Elle essaie de se maîtriser.

– Ninna n'a aucun avenir. C'est une pauvre fille, comme ma mère. Moi, tout m'est ouvert.

– Ah oui, il faut juste que quelqu'un vous donne votre chance, hein ? dis-je, ironique.

– Vous vous moquez de moi ?

– La voilà, l'opportunité que vous attendiez, dis-je en m'efforçant d'afficher un calme olympien. Cette interview est la dernière chance qui s'offre à vous de devenir célèbre.

– Vous et toutes ces ordures de mecs, éructe Oddny.

Elle se lève d'un bond et la chaise se cogne contre les tiroirs de la cuisine, derrière elle.

– Jusqu'où croyez-vous pouvoir piétiner les gens ?

– Dites-moi plutôt... Pourquoi a-t-il fallu que Fjalar meure ?

Avant même que j'aie le temps de réagir, elle se retrouve de mon côté de la table.

– Lui aussi, il voulait me piétiner. Je suis partie là-bas pour lui parler, pour lui faire comprendre qu'il ne devait pas se mêler de cette histoire. Il a menacé de me dénoncer. Je ne pouvais pas laisser arriver une chose pareille. Et elle n'arrivera pas non plus maintenant.

Elle m'enserre brusquement la gorge de ses mains puissantes. Une odeur de cuir de luxe m'envahit les narines.

– Attendez, attendez, c'est comme ça que vous avez tué Fjalar ?

– Ouais, et facilement. Les mecs sont tellement cons qu'ils s'imaginent que les femmes n'ont pas assez de force et qu'elles ne peuvent pas avoir le dessus.

– Pourquoi n'avez-vous pas également brûlé son corps ?

– Ben, parce que ce connard est tombé à la mer.

J'essaie de me débattre, mais elle se tient à la distance adéquate pour que je ne puisse rien faire.

– Je ne savais pas qu'on enseignait comment briser les cervicales des gens dans les cours d'autodéfense.

Elle ne me serre pas encore la gorge au point de m'empêcher de parler. Elle apprécie de s'exprimer et d'avoir le dessus sur moi.

– Ha ! Ce truc-là, je l'ai appris en moins de deux dans un cours d'arts martiaux à Londres. J'avais souvent vu ça au cinéma…

Je revois par la pensée tous ces films d'action qu'elle a chez elle dans les rangements à DVD.

– … j'ai lu ça sur le Net et il y a longtemps que j'avais envie de savoir comment on s'y prend. C'est très facile. Juste un petit tour rapide et c'est terminé.

– Allons, allons, dis-je, entre deux halètements.

J'entends à peine le son de ma voix à cause du bourdonnement qui m'envahit les oreilles. C'est le moment de mettre à profit l'enseignement que m'a dispensé Sigurbjörg Björnsdottir concernant ce qu'elle nomme des exécutions. Tandis que ma pensée s'affole à la recherche d'une échappatoire, je me débats dans tous les sens comme un poisson hors de l'eau.

– Mais je croyais que vous étiez la victime ? dis-je en un murmure, même si j'ai compris depuis belle lurette que le fonctionnement de cette jeune femme n'obéit pas aux règles habituelles de la logique.

Du reste, j'aurais mieux fait de m'abstenir de lui poser cette question.

– Exact, répond-elle. Et Fjalar s'est permis d'en douter.

Oddny relâche son emprise l'espace d'un instant avant de me saisir, d'une main, à la gorge. Je fais de mon mieux pour me dégager, mais elle est en position de supériorité.

Elle me tire jusqu'au plan de travail de la cuisine,

attrape la bouteille de Brennivin que j'ai offerte au maître des lieux et dont il reste encore une bonne moitié, puis la vide sur moi. Il m'est arrivé plus d'une fois d'avoir envie d'un petit coup à boire mais là, je suis assoiffé comme jamais.

– Il n'avait pas de bonnes raisons ? Vous aviez déjà crié au loup dans le passé, sans aucun motif.

– C'est moi, la victime ! Et ça n'arrivera plus jamais.

Brusquement, je trouve au fond de moi une dernière carte à abattre, un détail qui pourrait la prendre par surprise.

– Mais comment peut-on savoir que vous avez réellement été violée ? Nous n'avons pour le croire que ce que vous avez dit à Jonina et à votre mère. Vous avez déjà menti. Pourquoi pourrait-on vous croire maintenant ?

Son étreinte se relâche l'espace d'un instant. Je fais une ultime tentative pour me dégager, mais elle m'emprisonne à nouveau la gorge.

– Et maintenant, je vais vous montrer ce que ça fait d'être une victime, éructe Oddny.

Elle serre de plus en plus fort. Je vois tout noir. Elle serre, encore et encore, toujours plus fort, me frappe au visage avec son portable. Un craquement. Finalement, elle me laisse tomber à terre.

La dernière image que j'ai de cette existence, c'est celle d'Oddny Idol Gudnyjardottir en train de craquer une allumette prise dans la boîte de Brandur Brandsson.

Alors quoi ? Est-ce vraiment terminé ?

27

QUELQUES JOURS PLUS TARD

Mais non. Ce n'est pas encore la fin. J'ai une vie après la mort.

– Je vous ai apporté une boisson au malt, mon ami.

Le visage grimaçant de Brandur Brandsson est la première chose qui m'apparaît au moment où j'ouvre les yeux, en cette dernière journée de mon séjour à l'hôpital d'Isafjördur. Il pose la bouteille sur la table de nuit et s'applique à remettre en place le bouquet de fleurs qui commence à se faner. Ce sont Alda Sif et le petit Grimsi qui me l'ont apporté, le deuxième jour de mon hospitalisation, celui où j'ai repris connaissance.

Quand on revient à soi, on fête les retrouvailles.

– Merci, mon cher Brandur. Puisque je ne me suis pas volatilisé dans les vapeurs d'alcool, cela me fera du bien d'avaler cette boisson reconstituante qui me donnera bonne mine : c'est écrit sur la bouteille.

– Et qui vous aidera à digérer, c'est aussi sur la bouteille, ajoute Brandur avec un sourire.

– Alors, quelles nouvelles de votre pension de famille ?

Il secoue la tête.

– Je n'ai aucun souci à me faire.

– Il ne faudrait pas qu'on perde encore une maison !

– Non, non. Les artisans sont en train de retaper la

cuisine. Elle sera comme neuve, mais ce qui compte, c'est que mon hôte soit comme neuf !

– Je ne promets rien. Je m'estime déjà heureux d'être en vie et en un seul morceau.

J'ignore combien de minutes se sont écoulées avant que Brandur ne réagisse au message que j'avais laissé sur son répondeur. Il est rentré chez lui, a éteint les flammes en m'aspergeant d'eau, puis m'a refroidi à l'aide de serviettes de bain humides. Je sais simplement que ces minutes n'ont pas été trop nombreuses et que je ne souffre que d'une brûlure au second degré sur le dos avec des cloques qui ne tarderont pas à cicatriser.

Dans mon malheur, j'ai la chance de dormir habituellement sur le côté ou sur le ventre.

Probablement ai-je bénéficié d'un deuxième coup de chance : Brandur avait bu assez de Brennivin dans la bouteille pour que ce qui reste ne suffise pas à consumer le carburant que représente ma vieille existence. Le troisième coup de bol, c'est qu'Oddny n'a pas pris le risque de me briser les cervicales. Elle a dû penser qu'un incendie déclenché par un ancien alcoolo serait moins suspect.

Au moment de « ma mort », je n'ai pas vu repasser dans ma tête le film de ma vie. Je n'ai même pas pensé : que va devenir Gunnsa ? Et Snaelda ?

– Que devient la vieille maison de Kiddi du Kjölur ? dis-je.

Brandur passe sa main sur son crâne chauve tout ridé.

– On ne sait pas trop.

– Comment peut-on justifier qu'une maison détruite par un incendie criminel soit tout simplement rasée ?

– Eh bien, n'est-ce pas plutôt cette satanée manie du

développement qui prime sur toute forme de justice ? renvoie Brandur. Et sur toute forme de bon sens, du reste ? ajoute-t-il.

Je sais que celui dont j'ai partagé le toit va me manquer. Ce vieux bonhomme farfelu et désabusé, le plus souvent à contre-courant. Après tout, en y réfléchissant, nul ne saurait lui jeter la pierre.

Le jour où Brandur partira, il emportera avec lui beaucoup de choses qui ne reviendront jamais, que ce soit pour le meilleur ou pour le pire. Se trouvera-t-il autant de gens pour écrire des articles à la mémoire de Brandur Brandsson qu'il y en a eu pour honorer celle de Fjalar Teitsson ou de Karl Olafsson ? Non, mais je suppose que je compterai parmi ceux-là.

Brandur et mon père partagent un certain nombre de points communs. Autant que je me souvienne, il est rare que j'aie approuvé les propos tenus par mon père. C'est en m'opposant à lui, avec son soutien et sa bienveillance, que je suis devenu celui que je suis. C'est également ainsi que je penserai toujours à Brandur. Sans lui, je ne serai pas là, quel que soit le sens qu'on donne à cette formule. Et lorsqu'il partira, le lien avec le passé se brisera.

Quelqu'un frappe sur le chambranle de la porte. Brandur se lève et la commissaire en uniforme entre dans ma chambre. Quoi que certains puissent en dire, je suis persuadé que c'est à juste titre qu'on lui a confié ce poste.

– Alors, la situation est sous contrôle ? me demande-t-elle, avec un sourire auquel elle ne m'a pas habitué.

– Votre brave brigadier-chef est le meilleur garde du corps qui soit à des kilomètres à la ronde, dis-je.

Brandur hoche la tête, mal à l'aise.

– Bon, je ne vais pas vous déranger plus longtemps.

Le bonhomme est vivant et il vivra encore. Ainsi soit-il.

Il indique la chaise vide à sa supérieure et sort d'un pas lourd tandis qu'Alda Sif s'approche du lit.

– Donc, vous nous quittez aujourd'hui ?

– Eh oui.

– Dommage. Nous commencions à vous adopter, ici, à Isafjördur.

Voilà qui est joliment dit – et réciproque.

– D'habitude, personne n'est aussi heureux de me voir lever le camp que la police, dis-je avec un sourire. Le plus souvent, une fois que j'ai disparu, les choses rentrent dans l'ordre.

– Vous vous surestimez. Espérons que vous n'allez pas vous mettre à écrire des poèmes.

– Où en est-on avec Oddny ?

– La vedette d'*Idol* campe sur ses positions ; elle a l'impression d'être totalement dans son droit.

– Il reste quand même une question à laquelle aucune enquête ne sera capable de répondre : Oddny a-t-elle réellement été violée ou simplement éconduite ? Ces deux choses reviennent peut-être au même, dans son esprit ?

– Aux yeux de la justice, répond Alda Sif, cela ne change rien à l'affaire. Elle porte la responsabilité de la mort de trois hommes et elle a avoué. Mais le fait qu'elle affirme avoir été violée par cet idiot de Hallgrimur Saevar et non par Karl Olafsson, le champion de foot, indique peut-être que, pour une fois, elle raconte la vérité.

Personnellement, je ne dispose pas de la réponse à cette question.

Quand mon sauveteur Brandur m'a trouvé en flammes sur le sol de sa cuisine, Oddny avait déjà déserté les lieux. La police l'a trouvée chez elle, assise dans son salon où, en s'accompagnant à la guitare, elle chantait *Piece Of My Heart* :

Didn't I make you feel like you were the only man, well yeah,

An' didn't I give you nearly everything that a woman possibly can ?

Honey, you know I did !

And each time I tell myself that I, well, I think I've had enough,

But I'm gonna show you, baby, that a woman can be tough...

– C'est elle, la victime, dis-je, vous le voyez bien, non ?

Alda Sif me répond à nouveau par un sourire.

Je me fais la réflexion qu'elle a finalement décroché l'occasion qu'elle attendait. Enfin, enfin ! Le nom d'Oddny Idol est sur toutes les lèvres.

Le journaliste amoché, qu'il soit allongé sur le ventre ou sur le côté, n'est pas franchement vaillant. C'est d'ailleurs Sigurbjörg Björnsdottir qui a été chargée de mettre en forme par téléphone la série d'articles du *Journal du soir*, intitulée *Le Septième Fils*.

– Pourquoi ce titre ? m'a-t-elle demandé. Le septième fils ?

– Par ironie, ai-je répondu. L'ironie est le cœur de cette affaire.

– Comment ça, le cœur ? s'est-elle entêtée.

– Le cœur constitué par les différentes générations de notre pays et la manière dont chacune d'elles essaie de combler le vide spirituel qui l'habite avec quelques brins de paille qui, finalement, ne sont que des sauveurs avec un *s* minuscule.

– Je n'y comprends rien ! Tu suggères que tout revient au même, quoi qu'on fasse ?

– Non, je n'ai pas dit ça. Mais je pense qu'il s'agit d'une question de foi. De croire qu'on est l'élu ou pas. C'est tout ce qui compte.

– L'élu ? Tu veux dire en tant que septième fils, avec toutes les aptitudes et les capacités qu'il est censé avoir ?

– Ou peut-être en tant que septième fille.

– Tu ne serais pas en train d'essayer de jouer les intellos ? Élu ? Pour faire quoi ?

– Précisément, pour quoi faire ?

Sigurbjörg ne m'a rien répondu.

– Il faut que je te fasse un dessin ? Peut-être pour rendre le monde meilleur, ai-je tâtonné. Peut-être pour faire empirer les choses. Peut-être pour se persuader soi-même et convaincre les autres qu'on n'est pas un épiphénomène.

Elle s'est accordé un moment de réflexion.

– Mais le septième fils n'avait, en réalité, rien à voir avec cette histoire, a-t-elle objecté.

– Eh bien, son unique crime était de vouloir défendre l'antique héritage, mais c'est tout de même lui qui a dévoilé l'affaire. C'est cela que je veux dire quand je parle d'ironie.

– Pourtant, il n'était même pas le septième fils.

– Précisément. Je crois que tu commences à comprendre.

– Tu es vraiment une satanée tête de bois.

– Oh que non, le siège de mon cerveau est sensible

et ramolli car il a récemment subi les assauts du portable d'Oddny Idol.

Le soir du jour où paraissait le dernier article que j'ai rédigé à quatre mains avec Sigurbjörg, j'ai regardé à la télé le débat concernant l'ensemble de cette affaire. Un parlementaire titulaire d'un diplôme de sociologie et un fonctionnaire licencié en psychologie ont débattu sur la délinquance, la fuite de certains face à la réalité, les stupéfiants, le triomphe des apparences et de la superficialité, la cupidité, le manque de respect de toutes les valeurs mises à mal autant par l'urbanisation que par la rouille, la morale et surtout son absence, la jeune génération qui hérite de notre vieux pays et d'une société complètement transformée.

Face à ces clichés criants de vérité, mes brûlures me démangeaient.

Notre impuissance m'apparaissait si totale que j'en étais paralysé.

Le présentateur a posé la question suivante : les Islandais sont-ils devenus dépendants de la consommation et ivres de bien-être au point d'être obligés d'augmenter les doses pour continuer à en ressentir les effets ?

À ce moment-là, j'ai zappé sur une autre chaîne où j'ai regardé une série policière américaine.

Robert est passé me voir l'autre jour. J'ai bien failli ne pas le reconnaître. Il était vêtu d'un jean bleu, d'une veste marron, et il portait son sac de lycéen en bandoulière. Ses longs cheveux teints en noir avaient raccourci d'une bonne moitié.

– J'en avais ma claque de tous ces trucs-là, m'a-t-il confié.

– Mais Bjartur et Idunn, alors ?

– Idunn a repris les cours. Bjartur passe le plus clair de son temps avec son casque sur les oreilles à fumer des joints.

– Et ils sont toujours gothiques ?

Robert m'a souri.

– Au fait, ça veut dire quoi ?

Après son départ, j'ai longuement médité sur le thème des meneurs et des suiveurs.

Bjartur, Idunn et Robert.

Karl et Hallgrimur Saevar.

Fjalar et Gudny ?

Kolfinna et Fjalar ?

Sigurdur et Rosa Dis ?

Margrét et moi ?

Oddny et Jonina ?

Celui ou celle qui mène, l'autre qui suit.

Est-ce le hasard ou les prédispositions de chacun qui décident de la répartition des rôles ?

Rôles qui, parfois, s'inversent au moment où l'on s'y attend le moins.

Comme avec Oddny et Jonina.

Peut-on envisager que cette dernière se soit un jour présentée ainsi : je m'appelle Jonina et je suis la meilleure amie d'Oddny Idol ?

Jonina, tant que j'y pense. Elle est passée brièvement me voir hier. Elle est restée debout dans l'embrasure, presque muette, à me sourire timidement.

– Odda ne va pas rentrer de sitôt, lui ai-je dit.

– Non, m'a-t-elle répondu. Je suis désolée qu'elle ait été si méchante avec vous.

– Merci beaucoup. Enfin, j'en suis sorti vivant. Et vous, tout ira bien maintenant, n'est-ce pas ?

À ce moment-là, elle s'est mordillée l'intérieur de la joue.

J'ai aussi repensé à ce conte populaire des deux sœurs ogresses Kolfinna et Korna, qui se sont affrontées sur la colline d'Orrustuholl pour une raison que tout le monde ignore. Chacune d'elle a perdu la vie.

Probablement n'existe-t-il aucune forme de destruction plus stérile que celle qui vise à se détruire soi-même.

J'ai abordé la question avec le pasteur Halfdan Örn Kjartansson qui est venu s'asseoir à mon chevet dès mon deuxième jour ici pour me proposer, avec son air enjoué, une aide psychologique d'urgence avec la collaboration de Jésus-Christ et de ce bon vieux Megas[1].

– C'est le brigadier-chef de cette ville qui m'a dit qu'ici, c'était le diable qui menait la danse et qu'il nous faudrait un miracle pour l'en empêcher.

– Le miracle, il est à l'intérieur de vous, m'a répondu le pasteur pop. Au fait, que disait le grand maître ? Si tu souris au monde, le monde te sourira. Je crois que ce genre de formule nous montre le chemin.

Je me suis dit que j'allais m'inspirer du conseil du pasteur et de maître Megas. J'ai passé un coup de fil à Margrét pour lui dire combien j'étais navré de ne pas être parvenu à satisfaire ses exigences et à combler ses attentes. Je voulais lui demander si elle ne comptait pas m'accorder le bénéfice du doute. J'avais l'intention de lui proposer un rendez-vous à Reykjavik pour faire le point sur la situation, voire pour tenter de repartir sur de nouvelles bases.

1. Megas est chanteur et poète. Il est déjà mentionné au début du livre.

La voix qui m'a répondu était pâteuse. J'ai entendu des tintements de verres et des voix en bruit de fond. Elle a marmonné un truc incompréhensible avant de me raccrocher au nez.

Ai-je vraiment connu cette personne ?

Voilà : j'ai enfilé mes vêtements et j'attends, sage comme une image, qu'on vienne me chercher. Mon portable sonne.

– Alors, mon cher monsieur, voici le moment venu de rentrer chez toi ? me demande le directeur de la publication.

– Disons plutôt que je vais quitter les lieux. Pour ce qui est de rentrer chez moi, c'est une autre affaire. Je ne sais plus vraiment où c'est. Peut-être que le chez soi, c'est simplement le lieu où l'on compte pour les autres.

– J'ai l'impression que tu quittes à contrecœur cet endroit ravitaillé par les corbeaux.

– Eh bien, je me suis rendu compte par moi-même à quel point une petite communauté pouvait être grande.

En effet, même Olli la Casquette s'est fendu d'une visite. Ainsi que Kristin Erna, le maire Sigurdur Garpur, Rut Jakobsdottir de la RUV, sans oublier mon chauffeur de taxi.

Pourquoi tous ces braves gens ont-ils témoigné autant de sympathie à un type de mon espèce ? Un type à emmerdes comme moi ?

Probablement parce que mon sort ne leur était pas indifférent.

– Tu n'es pas le seul à devoir plier bagage vers d'autres cieux, précise Hannes.

– Je suppose. Tu penses à quelqu'un en particulier ?

– En réalité, oui, mon cher monsieur. La télévision a besoin d'hommes qui présentent bien. La demande est phénoménale et l'offre, en conséquence.

Je me redresse sur ma chaise.

– Hein ? Ne me dis quand même pas que Trausti Löve retourne travailler sous les projecteurs ?

– Où serions-nous sans le besoin qu'ont certains d'être le centre du monde ?

Les ondes aériennes me transmettent jusqu'aux Fjords de l'Ouest le sourire narquois du directeur de la publication. Il est parfois pratique d'occuper une maison qui recèle bien des pièces.

– Il rejoint la chaîne sœur ? Sjon 2 ?

– Les présentateurs du journal télévisé ne risquent pas de commettre trop de bourdes. Il faut qu'ils sachent lire à haute voix et qu'ils soient bien coiffés. Tout le reste n'a que peu d'importance.

– Il fallait s'attendre à ce qu'Ölver arrête de tergiverser et qu'il finisse par trancher.

– En revanche, il n'est pas certain que la chaîne en question restera notre sœur pendant bien longtemps.

– Qu'est-ce qu'il se passe ?

– Einar, tu as émis, sans doute par défi, l'idée qu'on démontre à notre actionnaire principal que le *Journal du soir* était un investissement boiteux. J'ai creusé cette idée et plus je la creusais, plus elle me semblait excellente.

– Ölver refuse de perdre plus de fric avec le journal ?

– Ne jamais investir dans ce qui nécessite nourriture ou entretien, dit l'expression. Les plus malins s'enrichissent justement sur le dos de ceux qui nécessitent nourriture ou entretien.

Je comprends maintenant pourquoi, depuis peu, on

me laisse tranquillement dépenser les deniers du journal en voyages et en séjours de longue durée au fin fond de la province.

– Et qui va racheter les cinquante pour cent qu'il possède dans la société d'édition ?

– Ce n'est pas très clair pour l'instant, mon cher monsieur. En tout cas, ses parts sont à vendre.

– Tu connais beaucoup de gens qui ont envie de faire des investissements improductifs ?

Hannes durcit le ton l'espace d'un instant.

– Le *Journal du soir* n'est pas un investissement improductif, pour peu que ses actionnaires et ses employés marchent main dans la main quant aux objectifs et aux méthodes de travail. L'avenir est incertain, mais l'incertitude vaut toujours mieux que la guerre.

Je ne peux que me montrer admiratif de la sagesse du vieux renard.

– Hannes, ne sommes-nous pas une espèce en voie d'extinction ?

– Nous ne le saurons qu'au moment de notre mort. La seule bataille qui compte réellement, c'est la lutte pour la vie.

– Cela, tu n'as pas besoin de le dire aux gens des Fjords de l'Ouest. Et même si ça ne change pas grand-chose à l'affaire, dis-moi quand même. Qui va remplacer Trausti au poste de rédacteur en chef ?

– Cela dépend de l'offre. Tu aurais une idée sur la question ?

– Eh bien…

– Tu n'as pas besoin de chercher bien loin.

– Non, Hannes, non. Je te l'ai déjà dit : non, merci.

– Je sais bien, mon cher monsieur, mais réfléchis-y quand même. Il faut bien avoir un chez soi, tu le reconnais toi-même, il faut bien élire domicile quelque part.

Un poste de direction bien rémunéré à Reykjavik ?

Se fixer un objectif, comme disait Margrét ? Avoir de l'ambition. Et croire, croire que, malgré tout, on est l'élu ?

Quand ma fille entre à grands pas dans ma chambre d'hôpital pour m'annoncer que le taxi m'attend et que l'avion vers Reykjavik décolle d'ici une demi-heure, je sais à peu près à quel endroit j'élis domicile.

Le plus important, c'est de savoir que je suis dans ses pensées. Et je ne crois pas que cette maison-là risque d'être réduite en cendres.

Je ne sais pas si c'est également le plus important pour elle. Mais je le crois, c'est une question de foi.

– Cela ne te gêne pas d'être mon unique fille ?

– Que pourrais-je être d'autre ? me lance Gunnsa, déconcertée.

– La septième.

Elle lève les yeux au ciel.

Eh oui, voyez-vous, c'est comme ça. Je suis l'élu.

RÉALISATION : IGS-CHARENTE-PHOTOGRAVURE À L'ISLE-D'ESPAGNAC

Cet ouvrage a été imprimé en France par
CPI Bussière
à Saint-Amand-Montrond (Cher)
en novembre 2011.
N° d'édition : 105639-2. - N° d'impression : 113702.
Dépôt légal : novembre 2011.